D1753986

LE VILLAGE AUX HUIT TOMBES

DU MÊME AUTEUR

La Hache, le Koto et le Chrysanthème, traduit par Vincent Gavaggio, Denoël, 1985 (repris en Folio n° 1978).

La Ritournelle du démon, traduit par Rose-Marie Fayolle, Éditions Philippe Picquier, 1990.

SEISHI YOKOMIZO

Le village
aux huit tombes

Denoël

roman traduit du japonais
par René de Ceccatty et Ryôji Nakamura

OUVRAGE PUBLIÉ SOUS LA DIRECTION
DE CYNTHIA LIEBOW

*En application de la loi du 11 mars 1957,
il est interdit de reproduire intégralement ou partiellement
le présent ouvrage sans l'autorisation de l'éditeur
ou du Centre français d'exploitation du droit de copie.*

Titre original :
YATSUHAKAMURA
(Kadokawa, Tokyo)
© Seishi Yokomizo, 1951

et pour la traduction française
© by Éditions Denoël, 1993
73-75, rue Pascal, 75013 Paris
ISBN 2-207-23663-3
B 23663.2

PERSONNAGES PRINCIPAUX

La famille Tajimi, dite « Maison de l'Est »
  Tatsuya TERADA, plus tard TAJIMI : narrateur
  Yôzô TAJIMI : son père
  Koumé et Kotaké TAJIMI : jumelles, tantes de Yôzô
  Hisaya TAJIMI : fils aîné de Yôzô, demi-frère de Tatsuya
  Haruyo TAJIMI : fille de Yôzô, demi-sœur de Tatsuya

La famille maternelle du narrateur
  Tsuruko : mère de Tatsuya
  Ushimatsu IKAWA : son père, grand-père de Tatsuya, maquignon

La branche cadette des Tajimi, les Satomura
  Shintarô SATOMURA : cousin de Tatsuya, ex-militaire
  Noriko SATOMURA, dite « Norichan » : sa sœur

La famille Nomura, dite « Maison de l'Ouest »
  Sôkichi NOMURA : le chef, la cinquantaine
  Miyako MORI : sa belle-sœur, veuve, la trentaine

Les religieux
  Myôren, dite la « nonne de Koicha » : nonne, la cinquantaine
  Baikô : nonne de l'ermitage Keishô-in à Bankachi
  Chôei : vieux prêtre supérieur du temple Maroo-ji
  Eisen : son vicaire, plus de cinquante ans
  Kôzen : prêtre du temple zen Renkô-ji, la trentaine

Les médecins
  Tsunemi KUNO, dit « oncle Kuno » : médecin apparenté aux Tajimi, la soixantaine
  Shûkei ARAI : réfugié pendant la guerre, depuis installé au village

Autres personnages
  Kichizô : un autre maquignon
  Kôsuke KINDAICHI : détective

Prologue

Le village aux Huit Tombes est une modeste bourgade au cœur des montagnes, à mi-chemin entre Kyōto et Hiroshima. Dans une région aussi montagneuse, il n'y a guère de terres cultivables : tout juste quelques rizières dispersées, d'une cinquantaine de mètres carrés chacune. Et ces mauvaises conditions climatiques rendent les récoltes difficiles. On a beau réclamer l'augmentation des productions, les habitants du village parviennent à peine à se nourrir.

Si la survie des villageois est malgré tout assurée, c'est qu'ils disposent d'autres ressources : le charbon de bois et les bœufs de labour. L'élevage est pratiqué depuis peu, mais la fabrication du charbon de bois est, depuis longtemps, la principale activité, célèbre dans toute la région de Kyōto. Car, la matière ne manque pas au village : les montagnes qui l'entourent et s'étendent jusqu'au nord sont couvertes de différentes sortes de chênes qui poussent à foison.

Mais, quoique récent, c'est maintenant l'élevage qui constitue la principale ressource : le bœuf de la région, le *chiya-ushi*, sert aussi bien au labour qu'à la consommation, et sa qualité attire lors des marchés du village voisin de Niimi les maquignons de tout le pays.

Chaque foyer du village est chargé d'élever cinq ou six têtes : ce n'est pas la propriété des villageois, mais celle du fermier qui leur cède les veaux et les leur fait vendre une fois adultes. Le prix de la vente revient alors au bailleur de fonds qui leur laisse un bénéfice fixe. Ainsi, comme dans tout village agricole, propriétaires et métayers s'opposent : dans un bourg aussi modeste se manifeste une nette différence de fortune.

Ici, deux riches familles se partagent leurs prérogatives : les Tajimi et les Nomura. En fonction de leurs situations dans le village, on a appelé les Tajimi la « Maison de l'Est » et les Nomura la « Maison de l'Ouest ».

Mais un mystère demeure : l'origine du nom du village. Le village aux Huit Tombes....

Ceux qui sont nés et enterrés là-bas n'ont certes jamais été intrigués durant leur vie, mais on ne peut qu'être surpris la première fois où l'on entend ce nom. On peut supposer là-dessous quelque énigme effrayante.

Oui, il faut remonter au XVIe siècle : le 6 juillet 1567, le seigneur Yoshihisa Amako dut s'avouer vaincu et livrer à son ennemi, Motonari Môri, son château ; mais un de ses hommes refusa la reddition et s'évada du château avec sept fidèles. La légende veut que la troupe des rescapés ait emporté trois mille *ryô*[1] d'or, dont ils chargèrent trois chevaux, dans l'espoir d'un retournement.

C'est après une traversée et une escalade qui leur valurent mille peines qu'ils parvinrent à ce village...

Les villageois se montrèrent d'abord hospitaliers avec les huit fuyards que cet accueil sympathique rassura et convainquit de s'installer dans le village pour fabriquer, eux aussi, du charbon de bois.

Heureusement, les profondeurs de la montagne offraient de multiples refuges : en cas d'urgence, des grottes à stalactites constituaient un abri inespéré. Elles étaient nombreuses dans la vallée, en raison de la nature calcaire du sol. L'une d'elles, nommée le « Fourré de Yawata », paraissait insondable. En cas d'arrivée intempestive de l'ennemi, elle aurait fourni un excellent repaire aux guerriers. Leur choix était donc lié à ces avantages géographiques.

Six mois s'écoulèrent paisiblement, sans aucun conflit avec les villageois. Mais, entre-temps, l'ennemi resserrait ses recherches. Elles se précisèrent jusqu'au fond des montagnes : la vaillance du chef des fuyards était connue dans le clan d'Amako et sa survie pouvait augurer d'un malheur. Les villageois qui protégeaient les fuyards commencèrent à s'en inquié-

---

1. Unités de monnaie.

ter. Et la récompense promise par le clan Môri brillait à leurs yeux.

Mais les trois mille *ryô* d'or transportés, paraît-il, à cheval, n'étaient pas non plus sans éclat. Il suffisait donc de les assassiner tous les huit, pour ne susciter aucun soupçon sur cet or. Et si le clan Môri en avait entendu parler, il suffirait de nier pour se dérober à leur insistance.

Après en avoir discuté, les villageois se mirent tous d'accord et attaquèrent à l'improviste les fuyards qui, rassemblés dans un chalet, étaient en train de faire griller du charbon de bois. Les villageois encerclèrent le chalet dont ils bloquèrent les issues de trois côtés en faisant brûler de la paille. Les plus jeunes firent assaut, brandissant des épées et des lances. L'époque était troublée par d'incessantes guerres civiles qui avaient enseigné même à des paysans l'art du combat.

Les fuyards étaient pris au dépourvu : dans la confiance que leur inspiraient leurs hôtes, c'était une douche froide... Dans ce lieu de travail, ils n'avaient aucune arme sous la main, sinon des serpes et des haches, mais c'était peine perdue dans une lutte aussi déséquilibrée. Ils furent l'un après l'autre abattus jusqu'à ce que les huit périssent tragiquement.

Les villageois décapitèrent les huit cadavres, mirent le feu au chalet avec des cris de triomphe ; les têtes coupées avaient une expression d'amertume haineuse qui glaçait tous ceux qui les voyaient. En particulier, la tête du jeune chef avait gardé cette haine qu'il montra jusqu'à sa mort en criant, baigné de sang, qu'il poursuivrait de sa vengeance le village pendant sept générations.

Mais si les villageois obtinrent du clan Môri la récompense promise, ils ne purent dénicher nulle part les trois mille *ryô* d'or. Ils eurent beau fouiner et fouiller sous les rochers, entre les herbes, au fond de la vallée, ils ne décelèrent pas la moindre paillette d'or. De plus, durant leurs recherches, plusieurs phénomènes étonnants eurent lieu : l'un trouva une fin tragique, bloqué au fond d'une grotte après un éboulement. Un autre, cherchant sous un rocher, trébucha et, chutant au fond du ravin, demeura invalide pour le restant de ses jours. Un troisième qui creusait la terre à la racine d'un arbre fut écrasé sous le poids du tronc qui soudain s'écroula cruellement sur lui.

Et, pour couronner le tout, un accident se produisit, qui pouvait enfoncer les villageois dans un gouffre d'horreur.

Six mois s'étaient écoulés depuis le massacre des huit guerriers.

On ne sait pour quelle raison des orages terribles se succédaient cette année-là et la foudre ne cessait de tomber : les villageois y voyaient un signe de la malédiction des huit guerriers. Un jour, elle s'abattit sur le cyprès du jardin de Shôzaimon Tajimi : elle le fendit en deux jusqu'à la racine avec une force extraordinaire. Or ce Shôzaimon Tajimi était l'instigateur du massacre : le remords lui avait troublé les sens et l'avait rendu, à force de gestes inconsidérés, tyrannique à l'égard des siens. La foudre acheva de désorganiser ses esprits. Il s'empara d'une épée qu'il fit tournoyer et dont il blessa plusieurs membres de sa famille. Et, sortant dans la rue, il blessa d'autres villageois. Pour se réfugier enfin dans une montagne où il mit fin à ses jours en se décapitant...

A tort ou à raison, les villageois, qui firent le compte des cadavres et en dénombrèrent huit en ajoutant celui de leur assassin, l'interprétèrent comme la malédiction des guerriers.

Pour apaiser leur courroux, les villageois déterrèrent les huit guerriers qu'ils avaient ensevelis comme des chiens et leur érigèrent des tombes où ils les vénérèrent comme des divinités. Voilà donc l'origine du nom du sanctuaire dressé sur une colline qui domine le village, lui aussi ainsi désigné par dérivation. C'est ce que veut la légende rapportée des temps anciens.

L'histoire se répète, dit-on avec raison. Il y a quelques années, un événement terrible a défrayé les chroniques dans tout le pays et ramené l'attention sur le nom de ce modeste village. C'est le prélude de l'histoire qui nous occupe.

C'était en 192*, il y a un quart de siècle...

A cette époque le chef de la Maison de l'Est (la famille Tajimi) s'appelait Yôzô, il avait trente-six ans. Depuis Shôzaimon, une tare héréditaire de démence poursuivait les nouvelles générations, et Yôzô en fut victime dès sa jeunesse : des gestes brutaux lui échappaient souvent. A l'âge de vingt ans, il épousa une jeune fille du nom d'Okisa, qui lui donna un garçon, Hisaya, et une fille, Haruyo.

Orphelin dès l'enfance, Yôzô avait été élevé par ses deux

tantes. Quand l'affaire éclata, la famille Tajimi comptait donc six membres : Yôzô et sa femme Okisa, Hisaya (quinze ans) et Haruyo (huit ans) et les deux tantes. Ces dernières, jumelles et demoiselles, consacrèrent toute leur vie à s'occuper des affaires de la famille après la mort des parents de Yôzô.

Yôzô avait un frère qui avait quitté la famille très tôt pour prendre la succession de la branche maternelle dont il avait pris le nom de Satomura.

Or, deux ans avant notre affaire, Yôzô, malgré sa femme et ses deux enfants, tomba éperdument amoureux de la jeune fille d'un maquignon : âgée de dix-neuf ans, elle travaillait à la poste. Elle s'appelait Tsuruko.

Le naturel violent et impulsif de Yôzô ne pouvait abriter qu'une passion enflammée. Il guetta un jour son retour, il l'enleva, l'emmena dans son entrepôt où il la viola et la garda captive en ne cessant de la tourmenter de son désir brutal.

Bien sûr, Tsuruko appela à l'aide avec des cris et des larmes. Dès qu'elles prirent connaissance de ce forfait, les deux tantes et la femme de Yôzô voulurent en vain le dissuader. Revenu de sa surprise, Yôzô s'obstina. Les parents de Tsuruko apprirent la chose avec stupéfaction : ils protestèrent avec des larmes, mais ne surent infléchir Yôzô. Aux supplications de son entourage, Yôzô répondit d'un regard étincelant de dédain : il était manifestement disposé à toute forme de violence.

La seule solution que pouvait trouver l'assistance épouvantée était de persuader Tsuruko de devenir la maîtresse de Yôzô. Elle n'accepta pas tout de suite, mais à quoi sa résistance pouvait-elle la mener? Car la clé de l'entrepôt était entre les mains de Yôzô qui venait y satisfaire son désir à son gré et en usant de violence.

Tsuruko se mit à réfléchir : une acceptation lui aurait évité du moins ces brutalités. Elle aurait pu sortir de cet entrepôt. Et elle aurait trouvé, une fois libre, une dérobade. Elle s'en tint donc à cette décision qu'elle communiqua à Yôzô par l'intermédiaire de ses parents.

Yôzô ne se sentait plus de joie. Il fit sortir aussitôt Tsuruko de l'entrepôt et lui offrit une maison. Il lui fit présent de kimonos, de meubles et de bijoux magnifiques. Ses manières à l'égard de la jeune femme étaient emplies d'attentions.

Il lui rendait plusieurs visites quotidiennes dans cette dépendance. Il la couvrait de caresses. Tsuruko était terrorisée. A ce qu'on disait, la violence du désir de Yôzô avait une démence qu'une femme ordinaire ne pouvait tolérer. Exaspérée, elle tenta plusieurs escapades que Yôzô arrêtait à chaque fois avec une brutalité folle. Les villageois terrifiés par ces démonstrations supplièrent Tsuruko de regagner sa geôle. Ce à quoi elle se résigna, la mort dans l'âme.

Elle ne tarda pas à se retrouver enceinte et accoucha d'un garçon.

Explosant de joie, Yôzô nomma son fils Tatsuya. On pensait qu'avec un enfant Tsuruko s'attacherait à ce foyer, mais elle multipliait ses fugues en emportant le bébé. C'est que cette naissance ne modifia guère les excès du désir de Yôzô qui, bien au contraire, pensait désormais avoir des droits sur l'objet de son délire.

Les villageois et les parents de Tsuruko comprirent enfin que la raison de ses fuites réitérées ne tenait pas seulement à sa répugnance à l'égard de Yôzô. Il en était une plus profonde : elle avait depuis longtemps une liaison.

C'était un jeune instituteur du village, du nom de Yôichi Kamei. On se doute que sa profession l'obligeait à la discrétion. Kamei n'était pas originaire de la région, mais il y avait été nommé et s'intéressait à la géologie... Se rendant souvent dans les grottes à stalactites, il retrouvait la jeune femme dans cet endroit que ne fréquentaient pas les villageois.

On finit par l'apprendre au village et certains jasèrent sur la naissance de Tatsuya.

« Ce n'est pas le fils de M. Tajimi, celui-là... M. l'Instituteur y est pour quelque chose... »

Dans un aussi petit village, une telle rumeur ne pouvait échapper à Yôzô dont la colère ne fit pas long feu. Sa folle jalousie était à la mesure de son attachement délirant. Il traîna Tsuruko par les cheveux, la roua de coups et après l'avoir dénudée déversa sur son corps des baquets d'eau glacée. Et il saisit Tatsuya qu'il aimait jusque-là câliner, pour lui brûler atrocement le dos et les cuisses à l'aide d'une pince de brasero.

« A ce régime-là, nous serons achevés sous peu », gémit Tsuruko en se précipitant hors de la maison avec son enfant.

Elle se cacha chez ses parents pendant deux ou trois jours au bout desquels elle apprit l'effroyable colère de Yôzô. Épouvantée, elle prit la fuite vers Himeji où devait l'accueillir un parent.

Yôzô passa quatre ou cinq jours à se soûler en attendant le retour de Tsuruko. Jusque-là, deux ou trois jours après une fugue de Tsuruko, ses parents ou des représentants du village la ramenaient avec des excuses. Mais cette fois-ci, cinq jours, dix jours passèrent sans qu'elle réapparût. La fureur de Yôzô prit peu à peu une ampleur diabolique. Ses deux tantes et sa femme, Okisa, étaient trop effrayées pour oser l'approcher. Et, pour le coup, les villageois ne se hasardaient plus à lui adresser la parole. La folie de Yôzô avait donc fini par éclater.

C'était une nuit de la fin avril, quand la fraîcheur des montagnes obligeait encore, malgré la venue du printemps, à user de la chaufferette. Un coup de fusil et des hurlements terrifiants arrachèrent soudain les villageois à leur sommeil. Quelques instants plus tard, un deuxième coup, puis un troisième retentirent. Des pleurs, des cris, des appels à l'aide se mêlèrent en s'amplifiant. Ceux qui se précipitèrent à l'extérieur pour voir, aperçurent un homme dont l'apparence avait quelque chose d'inouï.

Il portait une veste à col officier, des guêtres et des espadrilles de paille, et, au front, un bandeau blanc, qu'il avait garni de deux torches électriques comme des cornes. Il arborait sur la poitrine une autre lampe portative pareille au miroir que l'on utilise dans les prières nocturnes de malédiction. Il s'était entouré d'une ceinture de soldat où il avait glissé une épée et il tenait un fusil à la main. A cette vision, les villageois tombèrent à la renverse. Ils ne s'étaient pas encore ressaisis que le fusil partit et les abattit sur-le-champ.

C'était Yôzô.

Dans cet accoutrement, il venait de transpercer de son épée le corps d'Okisa et il s'était précipité dans la rue, véritable incarnation de la folie. Il n'avait cependant pas touché à ses tantes ni aux enfants, mais il errait dans le village, tirant au hasard et maniant l'épée sur les habitants qu'il rencontrait.

L'enquête devait révéler plus tard que le maître d'une maison avait répondu sans y penser aux coups que l'on avait frappés à sa porte, qu'il avait ouvert et avait été aussitôt abattu. Yôzô avait pénétré dans une autre maison où logeait un couple : le mari qui ouvrit fut tué à bout portant par Yôzô qui avait glissé le fusil dans l'entrebâillement de la porte et la femme qui criait grâce, plaquée contre un mur, ne fut pas davantage épargnée. Cette image impitoyable fit verser des larmes à un policier accouru sur les lieux. D'autant plus que cette jeune mariée était venue quinze jours seulement auparavant dans le village et n'avait donc aucune relation d'aucune sorte avec Yôzô.

Après cette nuit d'effroi et de panique répandue dans tout le village, Yôzô se réfugia dans les montagnes, à l'aube.

Le lendemain, quand une foule de policiers et de journalistes envahit le village, alertée par le massacre, le bourg était baigné de sang.

Les cadavres ensanglantés étaient dispersés dans tout le village aux Huit Tombes. Chaque maison retentissait d'un long cri d'angoisse. Certains appelaient encore à l'aide, avec un hurlement, et ne parvenaient pas à mourir. Il était impossible de dénombrer ceux qui avaient été blessés par Yôzô; quant aux morts, il y en avait trente-deux. C'était une horreur inégalée dans les annales du crime.

On ne pouvait retrouver le criminel enfui dans les montagnes. Elles furent passées au peigne fin, jusqu'à leurs faîtes, par une équipe de policiers et de pompiers et par une milice d'autodéfense. On fouilla jusqu'au fond de la grotte aux stalactites. Les recherches continuèrent pendant plusieurs mois. On finit par admettre que la cachette de Yôzô serait introuvable. Mais de multiples preuves indiquaient qu'il n'avait pas cessé de vivre : on découvrit la carcasse d'un bœuf dont la viande avait été arrachée en plusieurs endroits. (Dans cette région, les bœufs restent à l'étable pendant l'hiver, mais, le printemps venu, ils sont laissés en liberté : ils errent à l'aventure pour paître et il arrive qu'ils atteignent le département voisin du nord. Une ou deux fois par mois, quand ils ont besoin de sel, ils retournent chez leur maître.) A côté de la dépouille de l'animal, des traces de feu signalaient que Yôzô avait fait exploser de la poudre pour cuire la viande : il était évident que Yôzô, en se réfugiant dans les montagnes, loin d'avoir la moindre intention de mettre fin à ses jours, avait décidé de continuer à vivre, coûte que coûte, ce qui replongeait les villageois dans la terreur.

On n'avait jusqu'alors aucune nouvelle de Yôzô. Le bon sens veut qu'on ne puisse pas vivre vingt ans seul dans les montagnes, mais les villageois, obnubilés par la superstition, croyaient fermement à sa survie. Il y avait, à la base, quelque chose d'assez cocasse dans cette thèse...

Yôzô avait donc eu trente-deux victimes : trente-deux est un multiple de huit. Par conséquent, les huit tombes du village exigeaient chacune quatre sacrifices. La mort de Yôzô ajouterait une victime propitiatoire en surnombre. Les partisans de cette interprétation concluaient ainsi leur démonstration :

« Jamais deux sans trois! Avec Shôzaimon, l'ancêtre de Tajimi, et Yôzô cela fait deux. Il faut encore une autre affaire horrible et sanglante pour faire le compte! »

Dans le village, quand un enfant n'est pas sage, on le menace du monstre aux cornes électriques. L'enfant voit alors apparaître à ses yeux cette image tant de fois évoquée par ses parents : un monstre coiffé de deux cornes avec une lampe sur le cœur et une épée à la ceinture. Et ses larmes sèchent aussitôt. Le cauchemar restait inscrit en chaque habitant.

Mais qu'étaient donc devenus ceux qui avaient un rapport direct avec la folie sanguinaire de Yôzô? Le plus surprenant, c'était que les victimes de Yôzô n'avaient aucun lien avec l'affaire de Tsuruko et qu'en revanche ceux qui y étaient impliqués étaient sains et saufs.

La victime toute désignée de Yôzô, l'instituteur Yôichi Kamei, s'était rendu, ce fameux soir, chez un moine du village voisin pour jouer au go et avait ainsi échappé au massacre. Mais était-ce par crainte de la réaction des villageois? Il se fit muter dans une école lointaine. Les parents de Tsuruko, devinant tout de suite le déroulement des événements, s'étaient dissimulés dans la paille d'une étable et n'avaient pas eu la moindre égratignure. Quant à Tsuruko elle-même, elle s'était réfugiée, avec son bébé, comme on le sait, chez un parent de Himeji : elle était donc sortie indemne de ce drame. Elle dut rentrer au village, sur la convocation de la police, après le massacre : elle y resta quelque temps et perçut la profonde rancœur des villageois.

« Si elle avait cédé, tout cela ne se serait pas produit », se disaient avec haine les parents des victimes.

Pressée par ces murmures et par la terreur de voir réapparaître Yôzô en vie, Tsuruko ne tarda pas à quitter le village, avec son enfant, qui était alors âgé de deux ans. Et depuis lors, on n'entendit plus parler d'elle.

Vingt-six ans s'écoulèrent ainsi. Nous sommes en 195*.

Le proverbe disait juste : le village devait être le théâtre d'autres crimes mystérieux...

A la différence des premiers, ils n'eurent rien d'impulsif, mais furent perpétrés avec une logique insidieuse et insaisissable, qui replongea le village dans l'horreur.

Les préliminaires ont été fort longs, mais voici que le rideau va se lever sur le drame. Auparavant, je tiens à préciser que ce que vous allez lire a été rédigé par une personne qui, directmeent mêlée à l'affaire, a joué un rôle important. Je ne raconterai pas ici comment je me suis procuré ce manuscrit, puisque cela n'a pas de lien avec le récit.

Chapitre premier

« On recherche... »

Le village aux Huit Tombes... A ces mots seuls, un frisson me parcourt. Quel affreux nom de lieu! Et quelle abominable affaire!

Le village aux Huit Tombes : j'ai dû attendre mes vingt-sept ans, c'est-à-dire l'année dernière, pour entendre parler de ce sinistre lieu : comment aurais-je pu soupçonner le lien important qui m'unissait à cet endroit? Je savais pourtant que j'étais originaire de cette région. Je n'avais pas de précision sur la commune ni sur le nom du village. Ces détails ne m'intéressaient pas. Élevé dans le port prospère de Kōbe, j'étais indifférent à la campagne et ma mère évitait d'évoquer devant moi notre origine, prétendant avoir perdu tous ses parents.

Mère... Il suffit que je ferme les yeux pour revoir exactement les traits de son visage, hélas disparu quand j'avais sept ans. Comme n'importe quel fils qui a perdu sa mère dans son enfance, j'estime qu'il n'y a pas de plus belle femme au monde. Elle était de petite taille. Elle était menue à tout point de vue : la finesse de ses traits, yeux, nez, bouche, faisait d'elle une poupée. Elle avait des mains aussi petites que les miennes alors : et elles devaient supporter tous les travaux de couture qu'on lui demandait. Toujours absorbée, elle parlait peu et ne sortait guère. Mais quand elle ouvrait la bouche, c'était pour faire chanter le doux accent de l'ouest à mes oreilles ravies. Mais mon cœur était souvent déchiré : en pleine nuit, ma mère semblait affectée de crises terrifiantes. Alors qu'elle avait jusque-là dormi tranquillement, soudain elle se redressait sur son lit et elle prononçait des phrases incompréhensibles, avec un débit hâtif et une élocution que la peur contractait, avant de s'effondrer sur l'oreiller pour sangloter violemment. Ces crises n'étaient pas rares. Mon beau-père et moi, nous nous précipitions, éveillés par ses cris : nous essayions, en vain, de la ramener à la raison, en répétant son nom et en la secouant. Sans cesser de pleurer, elle se blottissait dans les bras de son mari et s'endormait enfin, épuisée par ses pleurs. Mon beau-père la gardait toute la nuit dans ses bras, en la berçant doucement.

Hélas! Je sais maintenant la cause de ses pleurs... Comment son terrible passé aurait-il pu lui épargner ces cauchemars? En pensant à cette époque, j'éprouve à l'égard de mon beau-père la plus profonde reconnaissance. Je regrette, mais trop tard, de m'être brouillé avec lui et de n'avoir jamais eu l'occasion de manifester ma gratitude. Son nom était Torazô Terada ; il était contremaître dans un chantier naval de Kōbe.

Il avait quinze ans de plus que ma mère : grand, le teint basané, il avait une allure qui pouvait effrayer, mais, à bien y penser, c'était un homme généreux, d'une trempe remarquable. Pour quelle raison l'épousa-t-elle? Je l'ignore. Je n'appris que très tard que cet homme, attentif à elle, tendre avec moi, n'était que mon beau-père.

Pour l'état civil, je suis d'ailleurs déclaré comme son fils. Mon nom officiel est Tatsuya Terada. Ce qui pouvait cependant intriguer même un enfant, c'est que dans le porte-bonheur du cordon ombilical, dont je ne me dépars jamais, la date mentionnée est 1922, alors que mon acte de naissance indique 1923. Mon âge véritable est donc vingt-neuf ans, mais je passe pour en avoir vingt-huit.

Comme je l'ai déjà précisé, ma mère est morte quand j'avais sept ans : ce fut la fin brutale de mon bonheur. Je n'en suis pas pour autant tombé dans la misère. Mon beau-père se remaria dès l'année suivante. A la différence de ma mère, la nouvelle mariée était grande et parlait volontiers, avec gaieté. Comme toutes les femmes volubiles, elle était d'une nature franche et mon beau-père, généreux, assura mes études à l'école primaire, puis dans un collège d'enseignement commercial.

Comme c'est souvent le cas entre des parents et des enfants qui ne sont pas de même sang, il me manquait quelque chose : c'est, pour ainsi dire, comme un plat parfait d'apparence, mais auquel, si l'on y goûte, fait défaut un condiment essentiel. De plus, ma nouvelle mère mit au monde plusieurs enfants, et bien qu'elle ne se montrât nullement gênée par ma présence, il était inévitable qu'elle y prêtât moins d'attention.

Pour une tout autre cause, l'année où je quittai le collège d'enseignement commercial, je me brouillai avec mon beau-père et allai loger chez un ami. Aucun événement particulier ne se produisit par la suite. Comme mes compagnons bien portants, je fus mobilisé en 1943. Je fus envoyé sur le front des îles du Sud, et, après une période pénible, je rentrai au pays, un an après la défaite.

Je fus stupéfait, à mon retour, de découvrir Kōbe sous les décombres. La maison de mon beau-père, auquel, malgré notre querelle, je demeurais attaché, avait été détruite et je ne trouvai pas trace de ma belle-famille. J'appris que mon beau-père était mort en recevant un éclat d'obus, lors du bombardement du chantier naval. La compagnie commerciale pour laquelle j'avais travaillé avant la guerre avait fait faillite et, comme on ignorait quand elle serait en mesure de reprendre ses activités, j'avais perdu tout espoir d'y retrouver mon poste.

J'étais absolument démuni, mais, heureusement, un ancien camarade d'école, très gentil, me présenta à une compagnie de produits de beauté, créée après la guerre. Cette compagnie n'avait rien d'extraordinaire, mais elle me permit de survivre pendant deux ans, de manière décente. Sans les événements que je vais raconter, ma vie aurait suivi son train-train médiocre et besogneux. Un mystère allait empourprer la grisaille routinière. J'allais découvrir un monde d'aventures et d'effroi.

Je ne l'oublierai pas : c'était il y a un an, le 25 mai 1950. Dès mon arrivée, à neuf heures, je fus appelé par le chef de service. Il me fixa et me dit :

« Dis-moi, Terada, tu n'as pas écouté la radio, ce matin ? »

Comme je secouais la tête, il poursuivit :

« Ton prénom, c'est bien Tatsuya ? Et celui de ton père Torazô, n'est-ce pas ? »

J'acquiesçai, en me demandant quel pouvait être le lien entre les nouvelles de la radio et ces prénoms.

« C'est donc bien ça. Quelqu'un lance un avis de recherche qui te concerne. »

J'étais abasourdi. Il m'expliqua que, dans la série d'avis de recherche de ce matin, on indiquait une adresse où envoyer les renseignements sur mon compte et où me rendre moi-même si jamais j'entendais l'émission.

« J'ai noté l'adresse : la voici. Tu as une idée de qui peut te rechercher ? »

Il me tendit son agenda où était écrit : « Kitanagasadôri 3-C, Nittô Building, 3ᵉ étage. Cabinet de Mᵉ Suwa. »

En voyant cette adresse, je fus en proie à un sentiment vraiment étrange. J'étais presque un orphelin. Ma belle-mère, mes demi-frères et demi-sœurs, qui, victimes des bombardements, étaient portés disparus, vivaient peut-être encore quelque part, mais il était peu probable qu'ils aient pris la peine d'engager un avocat et de se servir de la radio pour renouer avec moi. Si mon beau-père avait survécu, sans doute aurait-il eu pitié de moi et serait-il parti à ma recherche. Mais il n'était plus de ce monde. Je n'avais aucun autre indice. Je ne voyais pas du tout qui essayait d'entrer en contact avec moi.

Je ne pouvais détacher mes yeux de cette feuille : j'étais ébahi.

« En tout cas, tu dois y aller. Il y a quelqu'un qui te recherche : tu ne peux pas te défiler », me dit mon chef d'un air encourageant.

Il m'accorda ma matinée et me conseilla d'y aller sur-le-champ.

Il était nécessairement excité par la curiosité, car il se sentait comme le chaînon nécessaire du destin. Est-ce qu'on me bernait ? Est-ce que je devenais le héros d'un roman ? Farce ou non, je me rendis à l'adresse indiquée, non sans appréhension. J'y fus en moins d'une demi-heure.

« Eh bien, la radio est un moyen très efficace. Je ne pensais pas connaître un succès aussi fulgurant ! »

Mᵉ Suwa était un bonhomme jovial et bedonnant, aux cheveux tout blancs : cela me rassura tout de suite, car mes lectures romanesques m'avaient mis en garde contre certains avocats véreux et j'étais inquiet à l'idée d'être à mon tour le jouet d'une escroquerie. Après m'avoir questionné sur mon passé et mes parents, il me demanda :

« Mais ce M. Torazô Terada, était-ce vraiment votre père ?
— Non, ma mère m'avait eu d'un premier lit, quand elle l'a épousé. Elle est morte quand j'avais sept ans...

— Mais alors vous le savez depuis longtemps ?
— Non, je l'ignorais, quand j'étais petit. J'ai su la vérité vers l'époque où ma mère est morte. Je n'en ai pas un souvenir très précis.
— Et connaissez-vous le nom de votre véritable père ?
— Non. »

C'est seulement alors que je me suis rendu compte que l'homme qui me recherchait pouvait être mon père et j'ai senti mon cœur s'emballer.

« Ni votre défunte mère ni votre beau-père ne vous ont-ils appris son nom ?
— Non, ils ne m'ont jamais parlé de lui.
— Bien sûr, votre mère est décédée quand vous étiez encore très jeune, mais votre beau-père a vécu jusqu'à ce que vous fussiez en âge de connaître la vérité. Pourquoi a-t-il gardé le silence ? Il n'ignorait tout de même pas ce nom ! »

A bien y réfléchir, son amour pour ma mère ne pouvait l'avoir laissé dans l'ignorance. Je crois que c'est l'occasion qui a manqué pour qu'il m'en parle. Si je n'avais pas quitté ma famille, si je n'avais pas été mobilisé, si lui-même n'avait pas péri, n'aurait-il pas eu, un jour, l'intention de me mettre au courant ? L'avocat hochait la tête.

« Oui, vous devez avoir raison... A propos de votre identité – excusez-moi de vous paraître méfiant... – n'auriez-vous pas un document qui puisse l'authentifier ? »

Je réfléchis un instant et je lui tendis le talisman que je gardais sur moi depuis mon enfance. Me Suwa l'ouvrit et en sortit le papier qui enveloppait le cordon ombilical.

« *Tatsuya. Né le 6 septembre 1922*, lut-il. Mais le nom de famille n'est pas inscrit. Vous ne pouvez donc toujours pas connaître votre véritable nom de famille. Ah, mais qu'est-ce que ce papier ? »

Me Suwa déplia une autre feuille de papier japonais où était tracée au pinceau une sorte de carte dont j'ignorais moi-même le sens. C'était un plan en forme de labyrinthe irrégulier où étaient inscrits des mots incompréhensibles, probablement des noms de lieux, comme la « Mâchoire du Dragon » ou la « Tanière du Renard ». A côté de la carte, on trouvait des poèmes ressemblant à des chants de pèlerins. Et il devait y avoir un lien entre ces poèmes et la carte, car, justement, ils contenaient les expressions « Mâchoire du Dragon » et « Tanière du Renard ». Il y avait une raison pour laquelle j'avais gardé sur moi un papier au contenu aussi obscur. C'était du temps où ma mère vivait encore. De temps en temps, elle me faisait sortir cette carte et l'observait attentivement. Alors, son visage, d'ordinaire refermé, retrouvait des couleurs et ses yeux leur éclat. Elle finissait immanquablement par soupirer profondément, en déclarant :

« Mon chéri, tu garderas bien cette carte. Surtout ne la perds jamais ! Peut-être un jour te rendra-t-elle heureux... Ne la déchire pas et ne la jette pas. N'en parle jamais à personne. »

J'ai respecté la volonté de ma mère et je ne me suis jamais séparé de cette feuille. Mais j'avais changé, depuis mon enfance, et je ne croyais plus au pouvoir miraculeux de ce bout de papier. C'était plutôt par inertie que je n'avais jamais déchiré cette carte qui, d'ailleurs, ne me gênait pas et que j'ai donc conservée. Mais je faisais erreur : elle devait exercer une influence indéfinissable sur ma destinée. J'aurai l'occasion d'y revenir.

Me Suwa ne semblait pas y porter plus d'intérêt et, comme je ne faisais aucun commentaire, il replia poliment la carte qu'il replaça dans le porte-bonheur.

« Il me semble qu'il n'y a plus guère de raison de se tromper et on ne saurait être trop prudent. J'ai une dernière requête à vous présenter... »

Je le considérai d'un air perplexe.

« Puis-je vous demander de vous déshabiller ? Je voudrais vous examiner... »

En entendant cette demande, je ne pus m'empêcher de devenir écarlate. C'était précisément le secret que je ne voulais à aucun prix dévoiler. Rien ne m'était plus désagréable, quand j'étais petit, que de devoir exposer mon corps au bain public, pendant les visites médicales de l'école, quand j'allais à la mer... Car mon corps était entièrement meurtri de cicatrices : sur le dos, les fesses, les cuisses. C'étaient les traces atroces qu'avaient laissées les pinces brûlantes d'un brasero.

Je ne veux pas avoir l'air de me vanter, mais ma peau, sans ces blessures, aurait la blancheur et la finesse de celle d'une femme. Le contraste entre la beauté de ma peau et ces sillons violets qui la déchirent suscite l'horreur chez quiconque le perçoit. J'en ignorais absolument la cause. A mes questions sur ce sujet, ma mère répondait par des sanglots soudains ou par ces cris que j'ai déjà mentionnés : je décidai de ne plus l'interroger.

« Pourquoi voulez-vous m'examiner ? Y a-t-il un rapport avec notre affaire ?

— Oui, si vous êtes bien celui que je recherche, votre corps doit porter une marque que personne ne peut contrefaire. »

J'acceptai donc d'ôter ma veste, puis ma chemise et mon maillot, et enfin mon pantalon. Je restai en slip. J'étais plutôt gêné de me montrer nu devant l'avocat. Il m'observa attentivement et poussa un soupir de soulagement.

« Je vous remercie. Excusez-moi de vous avoir infligé cette épreuve. Rhabillez-vous vite. Il n'y a maintenant plus aucune raison de douter. »

Et voici ce qu'il m'apprit :

« A vrai dire quelqu'un vous recherche. Je ne puis encore vous révéler son nom. Mais c'est un de vos parents. Cette personne voulait retrouver vos traces, pour renouer avec vous et vous prendre en charge. C'est quelqu'un de riche, vous ne pourrez qu'en tirer profit. Je dois discuter encore avec mon client et je vous joindrai. »

L'avocat prit note de mon lieu de travail. C'est ainsi que s'acheva ma première entrevue avec Me Suwa.

Malgré ces détails, j'avais l'impression d'avoir été grugé, mais, regagnant mon bureau, je résumai cette rencontre à mon chef de service, qui s'exclama :

« Oh, oh ! Te voilà donc enfant naturel d'un milliardaire ! »

Comme il n'avait pas pu tenir sa langue, l'histoire se répandit dans les couloirs de la société. Chaque fois que je croisais un collègue, j'étais l'objet de ses railleries au sujet de ma naissance illégitime.

Ce soir-là, je ne trouvai pas le sommeil. Mais ce n'était pas du tout parce que j'étais ravi de l'heureux sort qui m'était échu. Il y avait certes un peu de cela. Mais l'inquiétude l'emportait. Les atroces crises de désespoir où sombrait ma mère et les effroyables cicatrices qui me laceraient les chairs, voilà qui n'aurait su inspirer des rêves souriants.

J'avais de la peine à refouler le pressentiment d'un horrible drame.

Chapitre 2

Sinistre avertissement

En général, on n'aime guère voir sa vie bouleversée du jour au lendemain. C'est moins une question de goût que de lâcheté. Surtout dans mon cas, où je ne pouvais présager de l'avenir. J'avais donc des raisons de vouloir être laissé en paix. Mais, loin de craindre la réponse de l'avocat, je l'attendais patiemment. Je me rongeai les sangs pendant cinq jours, dix jours sans recevoir la moindre nouvelle de l'avocat. Or, au fur et à mesure que le temps passait, je comprenais qu'il ne s'était pas pour autant désintéressé de l'affaire.

Un jour, alors que je revenais du bureau, la femme de l'ami chez qui je logeais me dit:

« Tatsuya, il s'est passé quelque chose de bizarre aujourd'hui...

— Comment ça, quelque chose de bizarre?

— Eh bien, quelqu'un d'étrange est venu. Il m'a posé une foule de questions sur toi...

— Sur moi? Une foule de questions? Ah! Ce doit être un clerc de Me Suwa.

— Oui, c'est bien ce que j'ai d'abord pensé, moi aussi. Mais ce n'était pas ça. J'ai l'impression que c'était quelqu'un de la campagne.

— Vraiment?

— Oui... Quel âge avait-il? Je n'arrive jamais à deviner l'âge des gens de la campagne... Il portait un imperméable au col relevé, un chapeau bien enfoncé, des lunettes noires... Il m'a fait un effet déplaisant...

— Qu'est-ce qu'il t'a demandé ?
— Il m'a posé des questions sur ton comportement, ton caractère. Si tu buvais, si tu n'avais pas de brusques accès de colère, comme un fou...
— Comme un fou ? Drôle de question !
— C'est bien ce que je me suis dit.
— Et qu'est-ce que tu as répondu ?
— J'ai juré que non ! Que tu étais très gentil, très sympathique. J'ai bien fait, non ? »

Les compliments de la femme de mon ami ne parvenaient pas à dissiper mon malaise. Je pouvais comprendre que l'avocat fît une enquête pour vérifier non seulement mon identité, mais ma situation et mon caractère. Et ce genre de questions : « Boit-il ? Fume-t-il ? » n'a rien d'étonnant. Mais la dernière, concernant des « colères de fou », me semblait pour le moins déplacée. Que voulait-on donc savoir de moi ?

Deux ou trois jours plus tard, mon chef de service m'apprit qu'il avait été soumis à un semblable interrogatoire. Une personne répondant à la même description et cachant son visage s'était présentée au bureau. Elle avait posé les mêmes questions.

« Ton père inconnu était peut-être un alcoolique ? Son comportement était peut-être violent ? On craint peut-être l'hérédité ? Mais tu n'as pas de bile à te faire, j'ai démenti ces allégations. »

De toute évidence, mon chef de service, qui me croyait fils naturel d'un milliardaire, trouvait l'événement loufoque, mais je n'étais pas d'humeur à rire. L'inquiétude et le désagrément commençaient à se préciser. L'inconnu ne se contentait pas de me rappeler mon ascendance : il en répandait le bruit et cela m'agaçait prodigieusement.

Pour apaiser mon impatience, je pensais me rendre chez l'avocat et exiger de lui qu'il s'adresse à moi directement. Mais des scrupules me retenaient encore quand je reçus cette lettre infâme.

Seize jours s'étaient écoulés depuis ma visite au cabinet de Me Suwa. Je venais de prendre, en vitesse comme toujours, mon petit déjeuner. J'étais en train de m'habiller pour aller au bureau, quand j'entendis la voix de la femme de mon ami :
« Tatsuya, une lettre pour toi. »

Je pensai aussitôt à Mᵉ Suwa et mon cœur battit violemment : j'attendais chaque jour sa réponse. Je n'avais ni parent ni ami pour m'écrire.

Saisissant la lettre, je fus envahi par un sentiment très désagréable. L'enveloppe était d'un papier de très mauvaise qualité, comme du papier hygiénique... Je ne pouvais imaginer qu'un avocat dont le bureau était situé dans un immeuble luxueux pût l'avoir utilisé. L'écriture était d'une maladresse enfantine et il y avait des pâtés un peu partout. En retournant l'enveloppe, je constatai que l'adresse de l'expéditeur manquait. Le cœur battant, je décachetai l'enveloppe et trouvai une lettre écrite de la même main maladroite et émaillée de taches d'encre :

« Ne remets jamais les pieds dans le village aux Huit Tombes. Si jamais l'envie t'en prend, un malheur arrivera. Les dieux du village sont en colère. Si jamais tu reviens, tu verras, il y aura du sang, du sang, du sang ! Et le carnage d'il y a vingt-six ans se reproduira. Le village aux Huit Tombes deviendra une mer de sang. »

Je devais avoir un air hébété. La voix de la femme de mon ami semblait venir de très loin et me ramena au monde réel. Je fourrai précipitamment l'enveloppe dans ma poche.

« Tatsuya, que t'arrive-t-il ? Cette lettre contient-elle quelque chose de particulier ?

— Non... Mais pourquoi ?

— C'est que tu es pâle comme un linge ! »

Elle gardait les yeux fixés sur mon visage. Il m'était évidemment difficile de cacher ma réaction à une telle lecture. Mon cœur battait encore plus fort. J'étais ruisselant de sueur. Et pour échapper à son regard inquisiteur, je sortis lentement.

Le village aux Huit Tombes. Je découvrais l'existence de ce lieu au nom mystérieux. Le village aux Huit Tombes : le nom suffisait à jeter l'effroi sans les terribles menaces que la lettre contenait. « Les dieux sont en colère... du sang, du sang, du sang !... le carnage d'il y a vingt-six ans... le village aux Huit Tombes deviendra une mer de sang... »

Qu'est-ce que tout cela signifiait ? Quelle était l'intention de l'auteur de cette lettre ? J'étais plongé dans le noir le plus absolu. Mais j'étais certain que la lettre était liée à l'avis de recherche. Depuis que M⁰ Suwa m'avait identifié, il y avait eu au moins deux personnes qui s'intéressaient à moi : l'enquêteur et l'auteur de cette missive.

Mais non! J'eus soudain une idée lumineuse : est-ce que ces deux personnages n'en formaient pas un seul? Je ressortis la lettre de ma poche. J'essayai d'examiner attentivement le cachet de la poste, mais l'encre avait passé et il était devenu illisible.

J'étais, ce matin-là, complètement égaré : je manquai plusieurs trains et arrivai au bureau avec une demi-heure de retard. Le chef de service m'attendait, me dit-on. Quand j'entrai dans son bureau, il paraissait de bonne humeur.

« Salut, Terada! Je t'attendais. Il y a eu un coup de téléphone de M⁰ Suwa pour toi. Il faut que tu ailles tout de suite à son cabinet. L'heure des retrouvailles familiales a enfin sonné! Quand tu auras vu ton milliardaire de père, il faudra arroser ça! Ben, dis donc... Ah! mais tu n'as pas bonne mine ce matin! »

Je ne sais plus quelle réponse je lui ai donnée. J'aurais d'ailleurs bredouillé n'importe quoi. Laissant mon chef décontenancé, je quittai le bureau comme un somnambule. J'allais franchir le seuil de l'horreur.

Chapitre 3

La première victime

Quand j'arrivai au cabinet de Me Suwa, il y avait déjà un homme aux cheveux poivre et sel et coupés ras. Il portait des vêtements kaki de surplus militaire probablement. Son teint hâlé, ses doigts noueux, jaunis par la cigarette, trahissaient immédiatement son origine campagnarde.

J'avais, comme la femme de mon ami, du mal à deviner son âge, mais il devait avoir entre soixante et soixante-dix ans. Il était assis avec gêne dans un fauteuil. Quand il m'aperçut, il eut un mouvement de surprise et se leva à demi : il se retourna aussitôt vers l'avocat. Cette réaction m'assura qu'il s'agissait de celui qui me recherchait ou du moins de quelqu'un en relation avec celui qui me recherchait.

« Bonjour, monsieur. Je vous attendais. Prenez un siège, je vous prie. »

Me Suwa se montrait, comme toujours, très avenant. Il m'indiqua une chaise devant son bureau.

« Vous avez dû vous impatienter. J'aurais bien voulu vous avertir de la bonne nouvelle plus tôt, mais vous savez combien la poste est lente en ce moment... L'accord vient enfin d'être donné... Faisons les présentations. »

L'avocat se tourna alors vers le vieillard assis dans son fauteuil.

« Je vous présente M. Ushimatsu Ikawa, votre grand-père... C'est le père de votre défunte mère, c'est-à-dire votre grand-père maternel. Monsieur Ikawa, je vous présente Tatsuya, dont je vous ai parlé, le fils de Mme Tsuruko. »

Nous nous saluâmes du regard, en nous levant à demi. Nous évitions de nous regarder dans les yeux. La réalité est moins dramatique que le théâtre : cette rencontre avec mon grand-père était d'une simplicité très prosaïque.

« Mais la personne qui vous recherche et voudrait prendre soin de vous, ce n'est pas ce monsieur... »

Il devait craindre ma déception devant l'apparence peu prospère de mon grand-père. Il poursuivit aussitôt :

« Ce monsieur était bien sûr, lui aussi, très inquiet, mais il n'est ici que le messager des personnes qui vous recherchent et qui appartiennent à la famille de votre père. Je vais vous apprendre votre véritable nom : c'est Tajimi. Vous vous nommez donc en réalité Tatsuya Tajimi. »

Me Suwa feuilleta le carnet qui se trouvait sur son bureau.

« Votre père, feu M. Yôzô, a eu deux autres enfants. M. Hisaya est votre demi-frère et Mme Haruyo est votre demi-sœur. Ils sont l'un et l'autre âgés et de faible constitution, ils n'ont pas fondé de famille. A vrai dire Mme Haruyo s'est mariée dans sa jeunesse, mais elle s'est séparée de son mari. »

Mon grand-père acquiesçait en silence. Il me jetait parfois un coup d'œil, à la dérobée. Je m'aperçus avec une émotion irrépressible que ses yeux s'emplissaient de larmes.

« L'illustre famille Tajimi n'a donc plus aucune chance de se perpétuer ni du côté de M. Hisaya ni du côté de Mme Haruyo. C'est ce qui tourmente vos deux tantes jumelles, Mlles Koumé et Kotaké. Grâce à leur excellente santé, leur grand âge ne les empêche pas de gérer les affaires de la famille Tajimi. Après en avoir délibéré, elles ont décidé de vous faire rechercher puisque vous aviez disparu avec votre mère quand vous étiez enfant. Elles veulent vous instituer leur héritier. Voilà où en sont les choses. »

Je ne saurais dire alors quel fut mon sentiment : joie, tristesse ? Mais qu'était-ce vraiment ? Je ne comprenais pas ce qui m'arrivait. Et tout n'était pas limpide dans ces explications.

« Mais monsieur votre grand-père pourra vous donner plus

de détails. Y a-t-il des questions auxquelles je puisse vous répondre ? »

Je repris mon souffle et commençai par ce qui me préoccupait le plus.

« Mon père est-il mort ?
– Je crains bien que oui.
– Vous craignez ? Qu'entendez-vous par là ?
– Là-dessus, monsieur votre grand-père pourra vous fournir plus de précisions. Tout ce que je puis vous dire, c'est qu'il est mort quand vous aviez deux ans... »

J'étais violemment troublé, mais n'osai pas demander d'éclaircissements. Mon grand-père me renseignerait plus tard. Je posai une deuxième question :

« Et ma mère... pourquoi a-t-elle pris la fuite avec moi ?
– Vous avez bien sûr raison de vous interroger là-dessus : il y a certes un rapport profond avec la mort de votre père. Mais monsieur votre grand-père vous éclairera. Avez-vous d'autres questions ? »

Ces deux dérobades m'agaçaient et mon esprit restait très confus.

« Oui, j'ai encore quelque chose à vous demander. Je vais avoir vingt-sept ans cette année et je n'ai jamais rien su de ma famille. Pourquoi s'est-elle mise à ma recherche maintenant seulement ? Je vois à peu près ce qu'il en est, mais des points restent obscurs. En dehors de cette situation particulière, n'y a-t-il pas une cause plus directe ? »

Après un échange de regards avec mon grand-père, l'avocat me fixa et dit :

« On ne saurait rien vous cacher. Cette question est en effet essentielle pour votre affaire. Je vais tenter de vous éclairer brièvement, mais en vous suppliant de garder un silence absolu... »

Voici ce qu'il m'apprit, après cette mise en garde : mon père avait un frère, Shûji, qui avait quitté la maison paternelle pour prendre la succession de la branche maternelle, Satomura, dont il a adopté le nom. Son fils, Shintarô, s'était engagé dans l'armée où il était devenu capitaine. Pendant la guerre, il avait été affecté à l'état-major où il possédait une certaine influence. Mais, depuis la défaite, il était rentré au village dans un grand état d'abattement. Il vivait au milieu des paysans. A trente-six ou trente-sept ans, il n'avait ni femme ni enfants. Comme tous les engagés, il était d'une santé robuste : c'était à lui que serait naturellement revenue la fortune des Tajimi, si...

« On ne sait pourquoi, mais ce Shintarô n'a pas l'heur de plaire à vos tantes. Ou plutôt, c'est son père, Shûji, mort maintenant depuis longtemps, qui ne leur plaisait pas. Non seulement Shintarô est le fils d'un homme qu'elles n'aimaient pas, mais il a quitté le village très tôt et il y est revenu rarement : il est devenu pour elles un parfait étranger. Ce sentiment est partagé par M. Hisaya et par Mme Haruyo. Plutôt que de voir leur fortune passer entre ses mains, ils ont préféré partir à votre recherche. C'est, pour ne rien vous cacher, les vraies motivations des Tajimi. Mon rôle s'arrête ici : il vous reste à interroger monsieur votre grand-père, en prenant tout votre temps. Si vous le permettez, je vous laisserai seuls... »

J'étais vivement ému; il y avait donc au moins une personne qui ne désirait pas mon retour. En pensant à l'effroyable lettre de menace que j'avais reçue le matin même, j'avais le sentiment que cette vérité que je commençais d'entrevoir était affreusement lugubre. Après le départ de l'avocat, nous avons observé un long silence. Les liens familiaux ne facilitent pas les rapports, en réalité, car, souvent, les phrases toutes faites se heurtent à une franchise plus brutale. Mais mon interprétation était insuffisante : mon grand-père ne pouvait ouvrir la bouche à cause d'une atroce souffrance qui lui déchirait les entrailles.

En voyant son front ruisseler de sueur, j'entamai la conversation :

« Grand-père... »

Mon grand-père remua les yeux, mais ses lèvres tremblaient et il ne put émettre le moindre son.

« Le village où je suis né s'appelle bien le village aux Huit Tombes? »

Mon grand-père esquissa un léger signe d'acquiescement. Ses lèvres laissèrent échapper un gémissement presque inaudible.

« J'aimerais vous montrer quelque chose, grand-père. J'ai reçu une lettre étrange ce matin... »

Je sortis l'enveloppe de ma poche et dépliai la lettre devant lui. Il tendit la main, mais perdit l'équilibre et s'effondra.

« Grand-père, qu'avez-vous ?
— Tatsuya... de l'eau... de l'eau... »

Ce devaient être ses premières et dernières paroles.

« Grand-père ! Qu'avez-vous ? Vous vous sentez mal ? »

Je rangeai précipitamment la lettre dans ma poche et comme j'allais saisir une bouteille d'eau posée sur le bureau, j'aperçus un filet de sang couler entre les lèvres de mon grand-père soudain paralysé. Sans même m'en rendre compte, j'appelai à l'aide.

Chapitre 4

Une charmante messagère

Ce furent alors dix jours d'un tourbillon incessant. La guerre avait été le seul événement qui fût jusque-là venu troubler la grisaille de ma vie. Une tache rouge était maintenant apparue et, chaque jour, il me semblait qu'elle s'étendait un peu plus jusqu'à empourprer mon existence entière.

Au début, j'avais cru que mon grand-père avait succombé à une crise des suites d'une longue maladie. Mais le médecin, aussitôt accouru, eut des doutes qu'il rapporta à la police : l'événement devait alors prendre de l'ampleur. Le cadavre fut transféré à l'hôpital départemental. Le médecin légiste, qui procéda à une scrupuleuse autopsie, diagnostiqua une mort violente par le poison. Ma situation devenait dès lors délicate.

J'étais le premier suspect, puisque j'avais assisté, seul, à la mort de mon grand-père. Pendant les trente minutes qui précédèrent mon arrivée, Me Suwa n'avait rien remarqué d'étrange dans son cabinet. Et pendant les dix minutes où je fus avec eux, nous n'avions rien noté. C'est du reste pour cela que Me Suwa nous avait laissés seuls. Mon grand-père avait commencé à souffrir peu de temps après le départ de l'avocat : il était mort dans d'atroces souffrances et n'importe qui était en droit de m'accuser.

« Vous plaisantez ! Quel besoin aurait-il eu d'empoisonner son grand-père ? Et d'ailleurs, il... je veux dire M. Terada n'avait jamais rencontré ce vieil homme. Seul un fou criminel serait capable d'un acte aussi absurde. »

C'est ainsi que Me Suwa m'a défendu : ce n'était pas la meilleure des plaidoiries... Ce n'était pas son intention, mais l'affirmation selon laquelle un fou criminel pouvait seul avoir agi pouvait être renversée : si j'étais un fou criminel, je pouvais bien être l'auteur de cet absurde crime. De plus, par Me Suwa, la police avait été mise au courant de cette naissance maudite que j'avais si longtemp ignorée.

Le regard du commissaire m'était insupportable, ainsi que l'insistance de son interrogatoire sur mon état de santé mentale et physique.

Visiblement, l'attente du commissaire aurait été satisfaite si j'avais reconnu avoir de constants bourdonnements d'oreilles, être le jouet d'hallucinations ou tomber dans un état maniaco-dépressif : mais, honnêtement, je ne pouvais m'attribuer ces symptômes.

Je ne jouis pas d'une vitalité extraordinaire, mais il faut mettre cela au compte de ma vie solitaire. Or le commissaire ne semblait pas convaincu par mes déclarations et il ne cessa durant trois jours de m'interroger sur mon état mental.

Toutefois, il y eut un revirement soudain. J'en appris plus tard l'origine. Le poison qui causa la mort de mon grand-père pique trop violemment la langue pour pouvoir être absorbé directement par voie buccale. Au cours de l'autopsie, le médecin légiste trouva dans l'estomac de la victime une gélatine fondue. Le criminel avait utilisé une capsule exigeant, pour se dissoudre dans l'estomac, un délai qui me disculpait.

Les soupçons pesaient maintenant sur Me Suwa. J'appris que mon grand-père avait passé la nuit chez l'avocat. Et je sus que Me Suwa était originaire du village aux Huit Tombes. Il appartenait à la famille des Nomura, seconde famille prospère du village. C'est la raison désintéressée pour laquelle il accepta de s'occuper de l'affaire : il hébergeait les gens du village, quand ils venaient à Kōbe. Mais quel aurait été son mobile ? Qui donc avait empoisonné mon grand-père ? L'enquête piétinait, quand Me Suwa envoya un télégramme au village : une personne arriva à Kōbe pour s'occuper des funérailles et me reconduire au village. Tous les doutes furent levés avec cette nouvelle venue.

Mon grand-père avait des crises d'asthme, particulièrement violentes quand il était excité. Il avait toujours sur lui son médicament et, en s'apprêtant à un voyage pour voir son petit-fils, il ne pouvait l'avoir oublié. Tout le monde savait qu'il prenait des capsules : le criminel n'avait-il pas pu facilement y mêler la capsule empoisonnée ?

Après ce nouveau témoignage, on fouilla aussitôt les bagages de mon grand-père où l'on retrouva une petite boîte qui contenait encore trois capsules. L'analyse révéla qu'il s'agissait simplement de médicaments contre l'asthme, sans rien d'anormal. Mais cela prouvait que mon grand-père avait confondu le poison avec le médicament et que le criminel devait vivre au village. L'enquête devait donc se poursuivre dans le village : Me Suwa et moi-même nous trouvions lavés de tout soupçon.

« Vous m'avez sauvé, Miyako ! J'aurais probablement fini par me disculper. Mais ces convocations incessantes étaient assommantes !

– Hé, hé ! C'est un drôle de tour qu'on vous a joué là, Me Suwa. Mais ce n'est pas à de vieux singes qu'on apprend à faire des grimaces ! Quant à M. Terada, quelle mauvaise passe ! Vous avez dû ne pas en revenir ! »

C'était le soir où nous avions été mis hors de cause. J'avais été invité par l'avocat qui voulait fêter ça : je fus présenté à un personnage inattendu.

« Je vous présente Miyako Mori, notre déesse tutélaire. C'est elle qui est venue exprès du village aux Huit Tombes, pour résoudre l'énigme de l'assassinat de M. Ushimatsu. Miyako, je vous présente M. Tatsuya Terada. »

Comment décrire ma stupéfaction ? Entre ce nom de lieu sinistre et l'apparence rustre de mon grand-père, j'avais toutes les raisons de penser que le village était le coin le plus arriéré du monde. Mais la personne que j'avais devant moi était belle, même selon des critères citadins ! Son raffinement se reconnaissait à ses moindres gestes, dans les moindres détails de son apparence très délicate.

Elle devait avoir une trentaine d'années. Sa peau était blanche et soyeuse. Elle avait le visage allongé, classique, sans être démodé et elle pétillait d'intelligence. Elle avait relevé ses cheveux et dégagé sa nuque d'une façon sensuelle. L'élégance du kimono qu'elle portait ce soir-là acheva de me troubler.

« Eh bien, monsieur Terada, vous semblez tomber des nues... Tant qu'une aussi ravissante personne est chargée de le représenter, qui peut se moquer du village aux Huit Tombes, n'est-ce pas ? Je vous signale d'ailleurs que cette dame a perdu son mari... Vous avez devant vous la veuve joyeuse en quête d'un nouvel époux... Mettez-vous sur les rangs... »

La bonne humeur de Me Suwa n'était pas sans lien avec le saké. Quant à moi, j'étais successivement parcouru de frissons et de bouffées de chaleur.

« Allons, allons, Me Suwa, un peu de retenue ! Excusez-le, monsieur Terada. Me Suwa se laisse aller à dire n'importe quoi, quand il est éméché.

— Vous connaissez Me Suwa depuis longtemps ?

— Oui, nous sommes des cousins éloignés. Vous savez, il n'y a pas beaucoup de monde qui ait quitté le village aux Huit Tombes pour s'installer en ville... Nous nous sommes trouvé des points communs... Moi, j'habitais Tōkyō avant les bombardements...

— Mais, Miyako, intervint l'avocat, quelle idée avez-vous eu d'aller moisir chez ces péquenots ? C'est vraiment un crime de laisser quelqu'un comme vous s'enterrer dans un pareil patelin !

— N'oubliez pas que je vous ai dit que je rentrerais à Tōkyō dès que ma maison serait reconstruite. Ne craignez rien, je n'ai nullement l'intention de finir mes jours dans ce trou.

— Ouais... mais vous prenez le temps ! Ça fait combien d'années que vous y êtes ?... Depuis la fin de la guerre... Quatre ans en tout... Comment avez-vous tenu le coup ? C'est à croire que quelque chose vous retient dans le village aux Huit Tombes...

— Ne racontez pas de bêtises... C'est à M. Terada que j'aimerais parler. »

Après avoir fait taire l'avocat, elle se tourna vers moi. Sa beauté m'intimidait.

« Monsieur Terada, je suis venue pour vous. Pour vous ramener, vous l'avez compris...

— Euh...

— Je suis vraiment désolée pour votre grand-père. Si j'avais pu prévoir, je serais venue à sa place. Les gens de la campagne sont pleins d'entrain chez eux, mais une fois hors de leur coquille, ils sont très fragiles. Vos grand-tantes, Mlles Koumé

et Kotaké, m'ont chargée de la mission de venir vous chercher...
Je compte repartir dans deux ou trois jours... Vous viendrez
avec moi, j'espère...
— Euh... »
Des bouffées de chaleur et des frissons se succédaient à nouveau en moi. Et je voyais s'étendre la tache rouge dans la grisaille de ma vie.

Chapitre 5

Un suspect

Miyako Mori avait commencé par annoncer que nous partirions dans deux ou trois jours. Mais sa nature féminine a pris le dessus : il fallait profiter de ce voyage pour faire des emplettes, rendre visite aux amis, aller au théâtre. A force d'atermoiements, nous ne sommes partis que le 25 juin.

J'étais venu pour la première fois chez Mᵉ Suwa le 25 mai. Un mois seulement avait passé : mais quel mois ! Je me rendais presque quotidiennement chez Mᵉ Suwa. Et souvent Miyako m'y appelait pour me demander de l'accompagner dans ses courses ou même au spectacle.

Je n'avais guère eu encore d'occasion de fréquenter une femme. La nouveauté de l'expérience m'excitait beaucoup, mais l'inquiétude accumulée depuis un mois commençait à me miner. Mᵉ Suwa et Miyako craignaient sans doute de trop me perturber et ils attendirent la veille du départ pour me révéler les épouvantables circonstances qui entourèrent ma naissance. Je ne reviendrai pas là-dessus. J'en suis d'ailleurs bien incapable. Qui pourrait froidement évoquer la tragédie de ses parents ? Pauvre maman ! Je commençais à comprendre la cause des crises atroces dont j'étais, enfant, le spectateur terrorisé. Et j'apprenais aussi l'origine des cicatrices qui me zébraient le corps.

Les deux événements m'abattirent profondément. Mais j'étais surtout horrifié par le massacre des trente-deux habitants du village. Mᵉ Suwa et Miyako attendirent la fin pour l'évoquer avec mille précautions, en feignant de ne pas y attacher une réelle importance, mais ils ne purent m'éviter un terrible choc. Tout mon corps se glaça. J'eus le souffle un instant coupé. Des frissons incontrôlables me parcouraient, je tremblais de tous mes membres.

« A vrai dire, ce n'est pas un rôle très agréable que je joue là. C'était normalement à votre grand-père de tout vous raconter. Sa mort l'en a empêché et j'ai décidé de m'en charger avec Me Suwa. Je suis affreusement désolée... j'ai tellement l'impression de me montrer cruelle... mais, une fois au village, vous auriez nécessairement appris la vérité jusqu'au bout. Ne m'en veuillez pas ! »

En essayant de mettre la plus grande douceur dans sa voix, Miyako fixa son regard sur moi. Je tentai de répondre :

« Non, bien sûr. Au contraire, je ne sais comment vous remercier. Cette histoire, je devais, tôt ou tard, la connaître. J'aime autant l'avoir entendu raconter avec votre gentillesse... mais...

— Oui ?

— Qu'est-ce que les gens du village pensent de moi ? Si je rentre au village que vont-ils penser ? »

Me Suwa et Miyako échangèrent un regard. Me Suwa prit la parole avec douceur :

« Il ne faut pas que vous posiez ces questions. On se complique la vie à force de trop prêter attention aux réactions des autres...

— Oui, Me Suwa a raison. De toute façon, vous n'avez rien à vous reprocher.

— Je commence à comprendre le sentiment qui vous anime, mais j'aimerais savoir... je veux savoir à l'avance ce que les gens du village ressentent à mon égard... »

Miyako et Me Suwa échangèrent à nouveau un regard et Miyako acquiesça.

« Oui, vous avez peut-être raison de le vouloir aussi. Il faut que vous soyez préparé... Franchement les gens du village ne sont pas bien disposés à votre égard. Leur sentiment n'est pas fondé, puisque vous n'y êtes pour rien. Mais, enfin, quand on a eu ses parents ou ses enfants assassinés, c'est compréhensible. Seulement, dans un village, dix ans équivalent à une seule année en ville... Avec l'agitation des métropoles, un an suffit à tout effacer. Mais dans les campagnes, les gens prennent racine : les souvenirs restent inscrits des années durant. Mettez-vous bien cela dans la tête. La perspective de votre retour a délié les langues.

— Tout le monde sait déjà que je reviens?

— C'est-à-dire... il n'est pas aisé de faire taire les gens. Il y a toujours des fuites. Le secret est rapidement divulgué. De toute façon, toute personne venue de la ville suscite des commérages. Vous savez, quand on est veuve à mon âge, les mauvaises langues s'en donnent à cœur joie. Si je commençais à m'en soucier, je ne m'en sortirais plus. Je m'en moque éperdument. Enfin, la vie à la campagne n'est pas rose.

— Mais la situation de M. Terada est un peu différente, fit remarquer l'avocat. Si la rancune est assez profonde, il faudra à M. Terada pas mal de courage pour revenir au village. »

Je ressentais une pénible impression, comme si j'avais étouffé. Mais je finissais toujours par avoir raison de ma timidité et je pris sur moi de répondre, comme pour aller au-devant de mes craintes.

« Je vous remercie de tous vos avertissements et je m'attends à de durs moments, comme Me Suwa vient de m'en prévenir... Mais, madame, si vous le permettez, je voudrais vous poser une question. Admettons que tout le village me soit hostile. N'y a-t-il pas quelqu'un qui ait des raisons particulières de m'en vouloir, de s'opposer à mon retour, de m'écarter du village?

— Ne soyez pas aussi radical! Ne croyez pas que tout le monde vous en veuille...

— J'ai de bonnes raisons de vous poser cette question : regardez la lettre que j'ai reçue. »

Me Suwa et Miyako furent stupéfaits de prendre connaissance de la missive que j'avais reçue le matin même de l'assassinat de mon grand-père.

« N'y a-t-il pas un rapport avec la mort de mon grand-père ? N'était-ce pas le meilleur moyen d'empêcher mon retour ? N'est-ce pas l'effet d'une atroce machination ? »

Miyako pâlit sans pouvoir répondre.

« En effet, intervint Me Suwa en fronçant les sourcils. N'avez-vous aucun soupçon, Miyako?

— Eh bien...

— Que diriez-vous de Shintarô? Vous le connaissiez à Tōkyō, n'est-ce pas? Est-il capable d'un tel complot?

— Tout de même... »

Elle avait beau nier, sa pâleur et le tremblement de ses lèvres trahissaient son trouble.

« Vous voulez parler de mon cousin ? demandai-je.

— Oui, celui qui s'est engagé dans l'armée. Miyako, cela ne vous dit rien ?

— Que voulez-vous que ça me dise ? Je n'en ai pas la moindre idée. Il s'est complètement transformé : il était plein d'ardeur autrefois. Mais on dirait un vieillard, maintenant. Depuis qu'il est revenu au village, je n'ai pratiquement jamais parlé avec lui. Et je ne suis pas la seule. Je pense qu'il n'a aucun ami au village. Il est devenu d'une telle misanthropie ! Comment lire dans ses pensées ? Mais non ! Non, je ne peux pas croire qu'il ait formé un projet aussi épouvantable ! Il n'était pas ainsi, je le connaissais bien... »

Miyako semblait prendre la défense de Shintarô, mais ses propos étaient confus et son trouble évident. Sa raison luttait contre son cœur : l'une pouvait nier ce que clamait l'autre. Cette supposition m'obsédait.

Shintarô Satomura avait-il un motif incontestable de ne pas désirer mon retour ? Je devais rester perturbé par cette terrible hypothèse et par l'étrange visage de Miyako lorsque l'avocat l'avança.

Chapitre 6

En route

25 juin. Le jour du départ, le ciel était couvert, un ciel noir de saison des pluies. Je redoutais déjà le voyage et le temps me déprimait encore plus. A vrai dire, en attendant le train à la gare, j'étais d'une humeur massacrante. Et Me Suwa, venu nous accompagner, me mit en garde d'un air grave :

« Monsieur Terada, il faut vous montrer prudent. Je ne veux pas jouer les oiseaux de mauvais augure pour un départ, mais je commence à être inquiet du tour que prennent les choses. Il y a là quelque chose qui nous échappe, c'est net. L'assassinat de votre grand-père, cette lettre bizarre de mise en garde et ce mystérieux enquêteur... Tout cela ne présage rien de bon... »

Miyako était de nous trois la plus en forme. Elle portait un imperméable turquoise : une fleur éclose sur un triste quai.

« Allons... que racontez-vous là ? Qui dit que M. Terada est en danger ? C'est absurde ! Rien ne se produira... Mais si jamais..., ajouta-t-elle, en roulant des yeux de petite fille espiègle, si jamais quelque chose devait se produire, n'oubliez pas que je suis là ! Je suis très forte, vous savez ! Plus qu'un homme... Allons, soyez tranquille. Advienne que pourra !

– Vous pouvez avoir confiance : on peut compter sur Miyako ! » dit Me Suwa avec un sourire contrit.

Il était temps d'y aller. Nous nous séparâmes de Me Suwa pour monter dans le train. Malgré toute mon appréhension, j'éprouvais une certaine joie à partir en voyage.

Chaque corps exhale une odeur forte ou discrète, attirante ou désagréable, qui ne correspond pas toujours à l'apparence physique : dans le cas de Miyako, c'était un parfum soutenu et sensuel, qui émanait de son envoûtante beauté.

Femme protectrice : c'est un rôle qu'elle aimait jouer. Il lui plaisait de rendre service. Dans les jours qui avaient précédé notre départ, elle jouait déjà les « tutrices » avec moi : elle prodiguait les conseils d'une sœur aînée. Elle n'avait pas lésiné sur les dépenses pour préparer mes habits de voyage.

« Ne vous en faites pas. C'est de l'argent que vos grand-tantes m'ont confié. En province, c'est la manière de s'habiller qui compte le plus. Les gens cherchent toujours la petite bête. Il faut en imposer. Surtout ne faites jamais le timide ! »

Dans le train, je pus connaître enfin les éléments de la vie de Miyako. C'était la belle-sœur de Sôkichi, le chef de la famille Nomura, rivale de Tajimi. Elle avait été mariée à Tatsuo, le frère de Sôkichi.

« Que faisait votre mari ? demandai-je.

— Il dirigeait une usine d'appareils électriques. Je ne sais plus quoi exactement. En tout cas, les affaires prospéraient pendant la guerre. Le malheur des uns...

— Et quand est-il mort ?

— En 43. C'était le début de la chute du Japon. Il est mort d'une hémorragie cérébrale. Il buvait trop.

— Il était encore jeune, n'est-ce pas ? »

Cette question la fit éclater de rire.

« Il avait dix ans de plus que moi. On peut toujours dire qu'il était jeune... D'autant plus que sa mort était absolument inattendue. J'étais complètement désemparée. Mais son collaborateur s'est heureusement révélé très honnête ; il s'est chargé de la succession en m'assurant la part qui me revenait. Je n'étais pas à la rue.

— Vous connaissiez bien Shintarô ? »

J'essayais de prendre un air dégagé, mais je ne pouvais me soustraire au regard perçant de Miyako.

« On ne peut pas vraiment dire que je le connaissais très bien. Nous sommes du même village évidemment. Je connaissais son nom, je savais qu'il s'était engagé. Mais je l'ai mieux connu quand mon mari lui a mis le grappin dessus. Pendant la guerre, on ne jurait que par les militaires. On cherchait des pistons. On l'invitait, on sortait avec lui...

— Et vous avez continué après la mort de votre mari ? »

Le regard de Miyako s'appesantit sur moi. Elle avait un sourire énigmatique.

« Bien sûr. Et même encore plus souvent. Je n'étais pas rassurée devant l'avenir et je commençais à avoir la nostalgie du pays. Ce n'est pas que j'aie un goût particulier pour les militaires, mais Shintarô était affecté à l'état-major : grâce à lui, on ne manquait pas d'informations. C'est surtout à moi que cette relation profitait, il faut bien l'avouer. »

Je devais apprendre par la suite que, devant la probabilité de la défaite, Miyako s'était mise à acheter des diamants et des métaux précieux. De là venait sa fortune personnelle : une somme coquette, à ce qu'on disait. Cela aussi, c'était Miyako... Pour une Japonaise, elle faisait preuve d'une activité et d'une volonté peu ordinaires.

« On dit que M. Shintarô est toujours célibataire. Vit-il dans la famille Tajimi?

— Non. Il est célibataire, mais il ne vit pas seul. Il a une sœur qui se prénomme Noriko. Noriko est en réalité... »

Elle s'interrompit brusquement. Je sentis qu'elle était gênée, mais j'insistai.

« Elle est en réalité?

— Excusez-moi, reprit-elle lentement. Je n'aurais pas dû commencer à vous parler d'elle. Mais il est impoli de ne pas aller jusqu'au bout d'une confidence. Noriko est née au moment de l'affaire... L'affaire de votre père. C'était une naissance prématurée : sa mère avait eu un choc évidemment. Elle est née au huitième mois de grossesse. On croyait qu'elle ne survivrait pas, mais on se trompait. Sa mère en revanche est morte peu après l'accouchement... C'est peut-être à cause des circonstances que Noriko, qui doit avoir vingt-six ans, en paraît vingt... Enfin, Shintarô vit avec elle... Ils mènent une vie de paysans... »

J'étais à nouveau écrasé par une sensation d'oppression. Les crimes de mon père laissaient donc des séquelles jusqu'à aujourd'hui... Noriko n'était pas la seule victime qui ait survécu. Je me représentai la réaction des villageois à mon arrivée. Cette vision me glaça d'horreur.

Chapitre 7
La nonne de Koicha

Il était quatre heures passées, quand, après avoir changé à Okayama, nous sommes descendus en gare de N. Jusqu'à Okayama, le train était confortable : nous voyagions en première. Mais le tortillard que nous avons ensuite pris était archibondé et j'ai soupiré de soulagement lorsque j'ai vu apparaître la gare. J'ai été accablé quand j'ai appris que nous n'étions pas au bout de nos peines : pour arriver jusqu'au village aux Huit Tombes, il nous fallait encore une heure d'autocar et une demi-heure de marche.

L'autocar fort heureusement était presque vide. C'est là que j'ai fait la connaissance du premier habitant du village.

« Tiens, mais c'est madame de la Maison de l'Ouest... »

Sur ce ton criard qu'ont les gens de la région, l'homme appela Miyako et prit place devant elle : il avait une cinquantaine d'années. Son corps avait les formes lourdes de mon grand-père : le type humain de la région probablement. Il avait la même manière de s'habiller.

« Tiens, Kichizô, d'où viens-tu ?

– J'avais une affaire à régler à N. Je rentre à la maison maintenant. Vous venez de Kōbe, n'est-ce pas ? Quelle sale histoire, pour ce pauvre Ikawa...

– Allons, ça te fait un concurrent de moins...

– Vous plaisantez !

– Mais non ! On raconte que vous vous disputiez un client, lui et toi. »

Je devais apprendre par la suite que Kichizô était maquignon comme mon grand-père. Ils étaient deux pour le village : étant donné la probabilité des relations commerciales dans un petit village, chacun avait une clientèle qui n'évoluait pas. Mais l'inévitable désordre qui avait suivi la guerre avait eu des répercussions jusque dans un village perdu des montagnes. Les paysans n'hésitaient pas à changer de maquignon, dans chacune des deux clientèles. L'allusion de Miyako avait apparemment troublé Kichizô.

« C'est une mauvaise plaisanterie que vous faites là, madame. Cette affaire m'a seulement ennuyé. Les messieurs de la police m'ont suffisamment tarabusté et maintenant au village on me regarde d'un sale œil. Ben, on était tous les deux à vouloir les clients de l'autre : je n'étais pas le seul dans mon tort. Mais le vieil Ikawa a fait des histoires et je l'ai mal pris...

– Ça va. Je le sais bien. Personne ne t'accuse de l'assassinat d'Ikawa. Ne t'en fais pas. Et au village, rien de spécial ?

– Le Dr Arai a été convoqué plusieurs fois au commissariat.

– C'est vrai qu'il était le médecin du vieil Ikawa. Mais a-t-on jamais vu un médecin empoisonner son malade ? Cela se saurait tout de suite. Et quelle raison aurait-il eue de lui en vouloir ?

– Il n'était convoqué qu'à titre de témoin... Ce qui est sûr, c'est que quelqu'un a remplacé les médicaments du docteur. Mais, madame... »

Kichizô baissa la voix.

« Le vieil Ikawa n'a pas été tué par le Dr Arai, mais il est mort pour avoir confondu le poison avec les médicaments que le docteur lui avait donnés. Il y a des gens pour raconter que les médicaments du docteur sont porteurs de mort... et il paraît qu'il a perdu pas mal de clients.

– Les gens ont mauvaise langue ! Qui est-ce qui a lancé l'idée ?

– Je ne devrais pas le dire à haute voix, mais il semble bien que ce soit le Dr Kuno...

– Ce n'est pas possible !

– Si, si ! Depuis que le Dr Arai s'est réfugié dans le village, les affaires du Dr Kuno ne sont pas florissantes... »

Dans tous les villages, c'est le médecin qui est la personnalité la plus puissante. Plus que le maire ou le directeur de l'école. Les paysans sont littéralement assujettis au médecin. A quelques exceptions près, ces médecins de village ont considérablement étendu leur pouvoir : ils sélectionnent leurs malades et ne se déplacent la nuit que si un riche les appelle. Personne n'aurait remis en cause ces habitudes.

Mais la guerre devait tout bouleverser : les médecins des villes dont les maisons avaient été bombardées durent se réfugier, chacun, dans son village natal ; ils ne pouvaient lésiner sur la diplomatie et les services à rendre. Et malgré leur respect des coutumes, les villageois ont préféré les flatteries d'un médecin qui les considérait moins comme paysans que comme clients. C'est ainsi que les médecins des villes l'emportèrent sur les médecins en place : le village aux Huit Tombes observa la même évolution. Après l'histoire de la querelle des maquignons, c'est celle de la rivalité des médecins que j'écoutais avec attention : elle était très crédible dans ce petit monde.

« Oui, le Dr Kuno était trop hautain. Il aura été récompensé... Un médecin qui perd sa clientèle ne peut plus rien dans un village. On peut toujours s'en aller quand on est en ville, mais pas dans un village. On ne peut pas changer de style. En plus, il a beaucoup d'enfants. Il paraît qu'il ne peut même plus les nourrir. Sa femme s'est mise à la culture des pommes de terre. Pour un médecin, c'est vraiment la déchéance ! »

Kichizô semblait en vouloir beaucoup au Dr Kuno : il s'amusait énormément en racontant cette histoire. Il baissa encore la voix :

« La haine du Dr Kuno contre le Dr Arai n'est pas légère. Il semble passer son temps à raconter des choses derrière le dos du Dr Arai. Alors, moi, je pense que l'assassin du vieil Ikawa, c'est... le Dr Kuno !

– Mais ce n'est pas vrai ! s'écria Miyako. Même s'il haïssait le Dr Arai, quelle raison aurait-il eue d'empoisonner Ikawa ?

– Eh bien, pour faire accuser le Dr Arai. Et puis le vieil Ikawa n'était pas innocent. C'est lui qui a commencé à laisser tomber le Dr Kuno. Et il allait répétant partout que les médicaments d'Arai étaient très efficaces. Il est normal que le Dr Kuno n'aime pas le vieux. Et puis, dans un village comme le nôtre, il n'y a que les médecins qui aient des poisons en réserve.

– Allons, ça suffit, Kichizô. Il ne faut pas lancer des hypothèses à tort et à travers quand l'enjeu est de cette importance. Et tu as devant toi un monsieur qui est apparenté au Dr Kuno. »

Kichizô daigna alors me regarder pour la première fois. Et une profonde stupéfaction se lut dans ses yeux.

« Mais alors, Mme Tsuruko est sa...
— Oui, monsieur est revenu rapporter les cendres d'Ikawa. Nous ferons plus tard les présentations officielles. »

Toute trace de gaieté avait disparu du visage de Kichizô, devenu soudain pensif.

Il me jetait des regards soupçonneux et, se penchant vers Miyako, lui dit :

« Madame, vous l'avez vraiment amené ? Au village, on disait que vous ne le feriez pas et qu'il ne viendrait pas, quoi qu'on lui dise. »

Cette révélation me refroidit. Charmant accueil! Il semblait vouloir continuer, mais, comme Miyako détournait la tête avec agacement, il se tut. Il avait croisé les bras et gardait les lèvres crispées : son regard attentif contenait une expression hostile et pesante. Nous étions parvenus à proximité du village. Dès l'arrêt de l'autocar, Kichizô descendit avant tout le monde et se précipita hors du véhicule, en direction du village. Nous nous regardâmes avec perplexité. Je comprenais sa réaction : Kichizô voulait nous devancer pour avertir les villageois de mon arrivée. Miyako soupira.

« Mᵉ Suwa avait raison : il vous faudra du courage. Ça va, monsieur Terada ? »

J'avais peut-être pâli, mais je me sentais prêt. Je me contentai d'acquiescer. Pour aller au village, à partir de l'arrêt d'autocar, il fallait franchir un col. Il n'était pas très élevé, mais comme la route était mauvaise, on ne pouvait passer qu'à vélo ou à pied. Nous avons mis vingt minutes pour l'atteindre et je me souviens très bien de l'humeur sombre qui m'envahit quand je regardai dans la vallée, en direction du nord.

Le village aux Huit Tombes : il était tout au fond d'une vallée en forme de mortier. De tous côtés, des montagnes s'élevaient : elles étaient cultivées jusqu'à une certaine hauteur. On apercevait des rizières grandes comme des mouchoirs de poche, curieusement entourées de haies. Je me rendis compte, par la suite, que ce village, qui vivait d'élevage, constituait un seul grand pâturage : les bœufs paissaient n'importe où dans le village. Les haies devaient protéger les rizières de leur invasion.

C'était donc le 25 juin, à la fin de la saison des pluies, que je contemplai ce premier panorama du village aux Huit Tombes. Il ne pleuvait pas, mais les nuages étaient bas. Et un danger pesait sur ces maisons couvertes de crépi, dispersées dans la vallée. Je tressaillis.

« Vous voyez au pied de la montagne, en face, une grande demeure? C'est votre maison. Et vous apercevez ce cyprès, là-haut? C'est le sanctuaire des Huit Tombes... Il y en avait encore deux récemment : on les appelait les cyprès jumeaux. Mais à la fin mars, un orage a éclaté, ce qui est rare au printemps. Et la foudre a déraciné l'un d'eux et l'a coupé en deux. Depuis, les gens du village redoutent un nouveau malheur. »

Un frisson irrépressible me parcourut à nouveau.

Nous sommes descendus silencieusement; une foule nous attendait au pied de la montagne. Ils semblaient tous avoir abandonné leurs travaux dans les rizières et, quand je vis Kichizô parmi eux, je grimaçai nerveusement. Ils étaient encore en train de parler bruyamment, mais l'un d'eux nous aperçut et lança un cri qui imposa aussitôt le silence et attira tous les regards sur nous. Malgré leur agitation, ils restèrent sur place. Mais une femme se détacha, bizarrement accoutrée et dit :

« Ne viens pas! Il ne faut pas venir! Retourne-t'en! »

Ce personnage saugrenu criait d'en bas, d'une voix éraillée. J'eus un sursaut et restai interdit. Miyako mit alors la main sur mon bras.

« On peut y aller, ce n'est rien. C'est la nonne de Koicha. Elle est un peu cinglée. Mais elle est inoffensive. Il n'y a rien à craindre. »

Comme nous approchions, je reconnaissais ses habits de nonne. Mais qu'elle était moche! Elle avait au moins cinquante ans. Un bec-de-lièvre découvrait d'énormes dents jaunes et chevalines. Et nous voyant continuer, la nonne balayait l'air de ses bras, trépignait hystériquement pour reprendre de plus belle :

« Ne viens pas! Ne viens pas! Va-t'en! Va-t'en! Les dieux des Huit Tombes sont en colère! Si tu viens, le village baignera encore dans le sang! Les dieux des Huit Tombes exigent huit sacrifices! Tu m'entends? Je te dis de t'en aller! Tu sais pourquoi ton grand-père est mort? C'était le premier sacrifice. Et puis un deuxième, un troisième, un quatrième, un cinquième... Il y aura huit victimes! Tu m'entends? Tu m'entends? Tu m'entends? »

Elle continua de nous poursuivre de ses vociférations, tandis que nous traversions le village et passions la rivière. Elle nous suivit jusqu'à la porte de la maison Tajimi.

Elle entraînait à sa suite la foule passive des villageois, privés de toute expression, comme des débiles mentaux.

Tel fut l'accueil que me réserva le village aux Huit Tombes.

Chapitre 8

Les deux vieilles

« Monsieur Terada, ne vous en faites pas. Les gens de la campagne disent plus qu'ils ne pensent. Ils sont tous lâches en réalité : ils n'ont les moyens de rien faire. Et si vous vous montrez impressionné, ils en profiteront. Faites comme si de rien n'était. »

J'avais heureusement Miyako à mes côtés et je pus sauver les apparences, mais comment aurais-je fait tout seul ? Probablement aurais-je pris la fuite sans demander mon reste. Quand nous arrivâmes devant la porte de la maison Tajimi, j'étais en nage.

« Mais qui est cette nonne de Koicha ? Pourquoi s'acharne-t-elle contre moi ?

— C'est aussi une victime du massacre. Son mari et son enfant ont été assassinés. Elle s'est faite nonne... et elle s'est installée à Koicha. Mais depuis qu'un des deux cyprès du sanctuaire des huit tombes a été foudroyé sous ses yeux, elle n'a plus toute sa tête...

— Koicha, c'est un nom de lieu ?

— Oui, c'est un lieu-dit. Il y avait depuis longtemps un couvent, où une nonne servait aux visiteurs ce thé très fort que l'on appelle *koicha*. On lui donna le surnom de la " nonne de Koicha ". On ne sait à partir de quand le nom désigna également le lieu. La vieille femme s'appelle Myôren, mais personne ne l'appelle ainsi. La nonne de Koicha, la cinglée de Koicha... Enfin, c'est une folle, il ne faut pas faire attention. »

Comment pouvais-je reconnaître des points communs entre

les propos de la folle et la lettre de menace ? Mais, malgré son ton, ce message répondait à une logique dont je ne pensais pas capable cette demi-aliénée. Il se peut que l'auteur de la missive ait été simplement inspiré par les cris de cette vieille détraquée.

Ma maison natale était beaucoup plus grande que dans mon imagination. Elle formait une masse trapue comme un roc. L'enclos de terre battue entourait un bosquet touffu de très hauts cyprès. Nous n'eûmes pas plus tôt franchi le portail qu'apparut une jeune femme au seuil de l'entrée de service : ce devait être la bonne.

« Bonjour, madame Miyako. Qu'est-ce que tout ce bruit ?
– Ce n'est rien. N'y prête pas attention, Oshima. Peux-tu annoncer aux demoiselles que j'amène M. Tatsuya ?
– M. Tatsuya !... »

La jeune bonne me dévisagea en écarquillant les yeux et elle se précipita rougissante vers le fond de la maison.

« Eh bien, entrons, monsieur Terada...
– D'accord. »

Dès le vestibule, je sentis cette fraîcheur propre aux vieilles demeures. J'étais très tendu. Après un instant, nous vîmes apparaître une jeune femme de trente-cinq ou trente-six ans : elle avait le teint pâle et les cheveux crépus.

« Ah, madame Miyako ! Entrez, je vous en prie. »

Sa voix était haut perchée et son ton un peu obséquieux et mou. La lenteur de ses gestes devait moins être liée à son manque de sincérité qu'à la maladie : son cœur devait avoir des faiblesses. Son visage était boursouflé et ses yeux manquaient de vivacité.

« Je vous l'ai ramené, madame Haruyo... M. Tatsuya, que vous avez tant attendu... Monsieur Terada, je vous présente votre sœur, Mme Haruyo. »

Les lieux semblaient très familiers à Miyako qui ôta ses chaussures et entra dans la maison. Je restai dans le vestibule sans dire un mot à Haruyo qui baissa timidement les yeux. Cette première rencontre avec ma demi-sœur ne produisait pas sur moi une mauvaise impression. Ma demi-sœur n'était pas d'une exceptionnelle beauté, mais elle avait du charme et de l'originalité. La simplicité de ses habitudes lui donnait un air sympathique qui me détendit aussitôt. Il me semblait que sa présence me soulageait d'un poids.

« Alors, madame Haruyo, quelle est votre impression ?
– Eh bien... c'est devenu un beau garçon. »

Elle rougit comme une petite fille et baissa la tête en souriant. Je devais donc lui faire un excellent effet, ce qui me rassura.

« Maintenant elles nous attendent. »

Nous la suivîmes dans un long corridor. La maison paraissait déjà extérieurement très grande, mais une fois que nous fûmes dans le couloir, qui avait une trentaine de mètres de long, nous eûmes le sentiment de traverser un véritable temple.

« Est-ce que vos tantes sont dans la dépendance ?
– C'est-à-dire... elles ont préféré s'y trouver aujourd'hui, puisque nous accueillons Tatsuya... »

Le couloir se terminait par trois marches qui menaient à deux salles, l'une assez vaste et l'autre encore plus spacieuse. J'appris plus tard que cette dépendance datait de l'époque d'Edo où elle avait été édifiée pour y recevoir le seigneur de la province.

Les doyennes de la famille Tajimi étaient assises dans la plus grande pièce, le dos tourné à l'alcôve décorative ; elles portaient sur leur kimono de tous les jours une veste de cérémonie, ornée du blason familial. Ces deux silhouettes, que j'aperçus de l'entrée, composaient un tableau lugubre.

J'avais entendu dire qu'il existait deux sortes de jumeaux : homozygotes et hétérozygotes. Chez les premiers, issus d'un même œuf, la ressemblance est plus frappante et c'est probablement à cette catégorie qu'appartenaient mes grand-tantes.

Elles devaient avoir dépassé quatre-vingts ans. Elles avaient tiré leurs cheveux tout blancs en chignon. Elles étaient assises, le dos voûté. Elles avaient un tout petit visage et un corps très menu, qui aurait tenu dans le creux d'une main. On aurait dit deux petits singes recroquevillés. Je parle de leur taille et non des traits de leur visage, qui n'était pas laid et avait même dû être beau dans leur jeunesse. Elles avaient, pour leur âge, le teint frais et leurs lèvres serrées – sur des gencives sans doute nues – leur donnaient une expression assez noble. Mais leur ressemblance trop évidente mettait mal à l'aise ceux qui les voyaient. Il n'était ni rare ni étrange de voir des jumeaux parmi des jeunes gens, mais une ressemblance aussi frappante entre deux octogénaires avait quelque chose non seulement d'exceptionnel, mais même de funeste. Il ne s'agissait pas seulement de ressemblance innée, mais d'une véritable osmose qui faisait que l'une ne pouvait rire sans que le visage de l'autre se détendît aussitôt.

« Tantes..., dit Haruyo, en se prosternant sur le plancher de la véranda. Mme Miyako, de la Maison de l'Ouest, a eu la gentillesse d'amener Tatsuya... »

Était-ce le style de la famille ? Que de cérémonie dans l'attitude de Haruyo à l'égard de mes tantes ! Je m'agenouillai naturellement dans le couloir, mais Miyako resta debout, en arborant un sourire gêné.

« Nous vous remercions de la peine que vous avez prise », murmura presque indistinctement l'une des deux vieilles femmes.

Je ne pouvais pas encore les distinguer, mais j'allais savoir qu'il s'agissait de Koumé.

« Entrez, je vous en prie, madame Miyako. Merci d'avoir pris cette peine..., ajouta Kotaké, en ouvrant à peine la bouche.

— Au contraire, excusez-moi d'avoir autant tardé. Nous vous avons fait attendre ! »

Peu respectueuse du protocole, Miyako pénétra dans la pièce et s'assit, les jambes de côté, de manière désinvolte.

« Entrez, je vous en prie, monsieur Tatsuya, me dit-elle, je vous présente vos deux tantes : Mlle Koumé à droite et Mlle Kotaké à gauche.

— Vous vous trompez, madame Miyako, je suis Kotaké et c'est Koumé, rectifia tranquillement l'une des vieilles femmes.

— Pardonnez-moi, je me trompe toujours. Je vous présente M. Tatsuya. »

Je m'assis devant elles en m'inclinant sans un mot.

« Oh, c'est donc lui, Tatsuya, n'est-ce pas, Kotaké ?

— Mais oui, Koumé, qu'y a-t-il ?

— C'est la voix du sang qui parle. C'est le portrait vivant de Tsuruko, non ?

— Il a ses yeux, sa bouche... Ah ! Tatsuya ! Enfin de retour ! »

Je gardai la tête inclinée en silence.

« C'est la maison où tu es né. Dans cette maison, dans cette pièce même. Vingt-six ans ont passé, mais tout est resté en l'état, la cloison coulissante, le paravent, le kakemono, le cadre accroché à l'imposte, n'est-ce pas, Kotaké ?

— C'est vrai, vingt-six ans, cela semble beaucoup, mais une fois passés... »

L'ombre des jours écoulés traversa les yeux des deux vieilles femmes. Miyako prit alors la parole :

« Mesdemoiselles... et M. Hisaya?

— Ah, Hisaya est alité en ce moment... Les présentations auront lieu demain... je crains qu'il ne soit bien malade.

— C'est vraiment si grave?

— Kuno dit que tout va bien, mais ce n'est pas un médecin de confiance. Je me demande s'il pourra passer l'été.

— Quelle est sa maladie? demandai-je alors, prenant la parole pour la première fois.

— Il est poitrinaire. C'est pour cela que tu devais venir, Tatsuya. Et Haruyo est malade des reins : elle ne pourra pas avoir d'enfants. Elle a quitté son foyer. C'est sur tes épaules que repose maintenant le destin de la famille.

— Mais, Koumé, ne t'inquiète plus. Le retour d'un aussi beau garçon nous enlève tout souci pour la succession. Cela fera mentir cet oiseau de malheur! Bien fait pour lui! s'exclama Kotaké avec un rire sardonique.

— Tu as raison, Kotaké. Je suis enfin rassurée, moi aussi », répondit Koumé, en s'esclaffant.

Leurs rires, dans cette immense salle qu'envahissaient les ombres crépusculaires, me firent frissonner et leur soudaine cruauté rompit l'atmosphère de douceur qui semblait tout d'abord s'être installée.

C'est ainsi que je pénétrai au fond de ces montagnes légendaires et dans cette demeure encore hantée par le souvenir d'un événement sanglant.

Chapitre 9
Le paravent des trois sages

Je ne pus m'endormir ce soir-là. Comme pour beaucoup de nerveux, un nouveau lieu m'empêchait de trouver le sommeil. Le voyage m'avait épuisé, mais j'avais les nerfs à fleur de peau et l'esprit complètement en éveil. A bien y penser, c'était plus que naturel : moi qui avais jusque-là passé mes nuits chez mes amis, dans une chambre exiguë, encombrée de meubles, je me sentais un peu perdu dans cette vaste pièce.

Je me retournais dans tous les sens sur le futon. Plus je m'exaspérais, plus je m'éveillais, et les images des événements de la journée défilaient dans ma tête comme une lanterne magique.

Notre départ de la gare de Kōbe, Miyako dans ses beaux habits de voyage, Kichizô et ses histoires de maquignon, dans l'autocar, les cris de l'affreuse nonne de Koicha, la poursuite des villageois et les deux petites figures simiesques de mes tantes : ces personnages et ces décors allaient et venaient sans ordre ni cohérence. Le souvenir le plus présent était le récit étrange que ma sœur venait de me faire.

Kotaké et Koumé s'étaient retirées dans leur chambre après notre entretien, à cause de leur grand âge. Je pris alors un bain et, quand j'eus terminé, Haruyo me dit :

« A partir de demain, on vous servira à côté, dans la dépendance. Mais ce soir, vous êtes encore notre hôte. Si madame Miyako veut bien elle aussi être notre invitée... »

Et elle nous servit avec Oshima, la bonne.

« Merci de votre invitation, dit Miyako.

— Je vous en prie, ce sera très simple, mais comme c'est l'heure du repas. Nous vous ferons raccompagner plus tard...
— Je suis désolée de vous déranger. Merci beaucoup. »

C'est ainsi qu'il fut décidé que Miyako partagerait notre repas du soir et j'étais ravi qu'elle restât avec nous plus longtemps que prévu. Elle ne rentra d'ailleurs pas tout de suite après le repas. Nous avons passé quelques instants à bavarder tous les trois. C'était Miyako qui parlait bien sûr le plus : elle choisissait les sujets les plus distrayants, en prenant un ton insouciant. Elle essayait aussi d'égayer mon esprit qui avait tendance à s'assombrir et de détendre mes rapports avec ma sœur. Mais les sujets finissaient par s'épuiser et Miyako dut se taire. Je profitai du silence pour observer le décor.

Il y avait une phrase, prononcée par mes tantes, que je ne pouvais oublier. N'avait-elle pas dit : « C'est la maison où tu es né. Dans cette maison, dans cette pièce même. Vingt-six ans, mais tout est resté en l'état... la cloison coulissante, le paravent, le kakemono, le cadre accroché à l'imposte »?

C'est ce même paravent, ce kakemono, cette cloison coulissante que regardait chaque jour ma pauvre mère. Une nostalgie insoutenable colora dès lors toutes mes pensées et je ne pouvais voir du même œil ces objets.

Le kakemono de l'alcôve décorative représentait la déesse Kannon, toute vêtue de blanc. Il me suffit de penser à la détresse de ma mère pour retrouver l'intensité avec laquelle elle priait devant la déesse. Elle avait une véritable dévotion pour Kannon, quand j'étais petit : elle avait posé dans l'alcôve une statuette devant laquelle elle ne manquait jamais de se recueillir le soir. Elle avait placé près de l'alcôve deux masques de nô effrayants sur des étagères : celui d'un singe et celui d'un démon. Démons et bouddhas semblaient cohabiter dans la pièce et c'est peut-être la raison pour laquelle le tableau de calligraphie portait pour inscription : « Le cœur de Bouddha dans la main du démon. » La cloison coulissante était décorée d'un paysage selon une technique relevant de traditions chinoises et japonaises : elle était d'époque et avait fané avec le temps.

Il y avait un autre détail qui retenait mon attention : le paravent à six pans. Il représentait trois Chinois grandeur nature qui entouraient une jarre. Haruyo me surprit dans cette contemplation et me dit soudain :

« Un événement étrange concerne ce paravent. »

Ma sœur s'était montrée, jusque-là, la moins bavarde de nous trois et je la dévisageai involontairement quand elle parla ainsi.

« Quel est cet étrange événement ? demanda Miyako, en s'approchant.

— Oh, cela va peut-être vous faire sourire... Mais on prétend qu'un des trois personnages est sorti du paravent...

— Quoi ? »

Miyako fixa Haruyo, l'air stupéfait. Mon regard passait du visage de Haruyo au paravent et je lui demandai :

« Mais au fait, que représente-t-il, ce paravent ? Il doit bien avoir une histoire...

— Oui... je ne sais pas très bien, mais..., commença Haruyo, en rougissant. Il paraît qu'on l'appelle " le paravent des trois sages ". Les trois personnages représentés sont Sotôba, Kôrochoku et le prêtre Butsuin, du temple de Kinzan. Un jour, Sotôba rendit visite avec son ami Kôrochoku à Butsuin, qui en fut charmé et leur offrit à boire un vin appelé " la fleur âpre du pêcher ". Ils y goûtèrent en faisant une grimace. Or, le premier était confucéen, le deuxième taoïste et le troisième bouddhiste. Leurs trois grimaces étaient différentes, mais l'origine en était le même vin. Cela signifie que le confucianisme, le taoïsme et le bouddhisme ne diffèrent que par la forme, mais que leur objet est identique... C'est du moins ce que l'on m'a appris.

— Oh, c'est tout à fait ce que devaient penser les anciens Chinois. Mais quelle est cette histoire du personnage sorti du paravent ? »

Manifestement, Miyako, qui venait de prendre la parole, s'intéressait plus à ce détail qu'à l'origine de la légende. Et moi aussi, je dois l'avouer.

« Oh, ça n'a ni queue ni tête. Et je ne sais pas trop s'il faut y accorder un crédit quelconque... Mais enfin, il s'est passé quelque chose de bizarre... »

Et Haruyo poursuivit sur le même ton naïf :

« Cette dépendance où nous sommes est d'ordinaire inhabitée, mais pour éviter l'humidité, on l'ouvre tous les trois jours. Mais il y a de cela deux mois, quand j'ai fait coulisser les volets de bois avec Oshima, nous nous sommes aperçues de quelque chose de surprenant : on avait l'impression que quelqu'un était entré, c'est-à-dire que... le paravent avait été déplacé, le placard des étagères avait été dérangé, mais en revanche, les volets étaient intacts. Je pensais délirer, mais sans rien en dire à Oshima, j'ai laissé entrouvert le placard et j'ai appliqué le paravent exactement au bord d'un tatami, afin que tout intrus qui aurait touché au paravent et au placard laisse des traces immédiatement perceptibles. Le lendemain, je suis revenue discrètement...

– Et quelque chose avait changé ? Le placard et le paravent ?

– Non, rien n'avait changé. Je croyais avoir déliré. Mais je suis revenue deux ou trois jours plus tard...

– Et alors, qu'avez-vous vu ?

– Eh bien... le paravent avait été éloigné du bord du tatami et le placard avait été complètement refermé.

– Quoi ? »

Miyako et moi échangeâmes un regard stupéfait.

« Et le volet avait-il été touché ?

– Pas du tout. Avant de l'ouvrir, j'ai bien vérifié la barre du verrou, mais elle était baissée et rien n'indiquait qu'elle eût été forcée. »

Je regardai à nouveau Miyako avec étonnement et je demandai :

« Mais est-ce qu'il n'est pas possible d'entrer ailleurs que par le jardin ?

– Il reste le long couloir par lequel vous êtes entré. Mais il est fermé de ce côté et verrouillé de l'autre. Nous avons deux clés : j'en ai une et mes tantes la seconde.

– Ce serait quelqu'un de la famille ?

– Non, c'est impossible. Mon frère est alité, il ne peut pas marcher seul. Il y a peu de chance que mes grand-tantes viennent et Oshima n'a aucune raison d'entrer dans cette pièce.

– Bizarre, dit Miyako.

– Oui, bizarre, répétai-je.

– Oui, c'est vraiment étrange et j'étais effrayée. Mais je n'osais en parler à personne et, après y avoir mûrement réfléchi, j'ai demandé à Heikichi, un bûcheron à notre service, de passer la nuit ici.

– Que s'est-il passé de particulier ?

– Heikichi est un gros buveur. Je lui ai demandé de passer quelques nuits ici, contre du saké. Les trois premières nuits, il n'y a rien eu de spécial. Mais après la quatrième nuit, je crois, je me suis levée tôt le matin, et quand je suis venue voir ici, Heikichi n'était pas là. Un des volets était tiré. Heikichi était rentré dans son cabanon et s'était couché en rabattant le futon sur sa tête. Je l'ai secoué pour le questionner. »

Nous l'interrogions du regard sans un mot. Haruyo rougit légèrement.

« C'est-à-dire... il m'a dit que l'image du paravent était sortie, au milieu de la nuit.

— Vraiment ? »

Nous dirigeâmes spontanément nos regards vers le paravent.

« Cette image ? Avec les trois hommes ?

— Non, un seul est sorti. Le prêtre bouddhiste : je me demande si c'est vrai. Heikichi, comme je vous l'ai dit, est porté sur la boisson. Il ne peut pas dormir sans avoir bu. Et puis, c'est le genre de buveur à qui une lampée ne suffit pas. Il m'a expliqué avec confusion qu'il avait pensé éteindre sa lampe avant de s'endormir, mais qu'il avait été réveillé par une lueur venue d'on ne sait où... Il a jeté un regard étonné autour de lui et il a vu quelqu'un debout devant le paravent. Il a demandé avec surprise : " Qui êtes-vous ? " L'homme s'est retourné, lui aussi surpris. Et d'après Heikichi, ce ne pouvait être que le prêtre du paravent.

— Eh bien ! s'exclama Miyako en s'avançant. C'est drôle, ça... et qu'est-il arrivé à Heikichi ?

— Lui, en tout cas, répondit Haruyo avec ironie, il n'a pas trouvé ça drôle du tout ! L'individu a disparu précipitamment, sans rien dire. Ou plutôt, d'après ce qu'il m'a dit, la lumière s'est soudain éteinte et, dans cette obscurité, il ne comprenait plus rien. Mais il a dit qu'il avait senti quelqu'un l'effleurer à son chevet. Il était maintenant complètement dessoulé et il était resté là à trembler. Et puis, il a pris son courage à deux mains, il a rallumé la lumière : les trois personnages étaient, bien entendu, sur le paravent. Rien d'anormal. Il était un peu plus rassuré. Il a eu alors l'idée d'examiner les volets. Or, ils étaient bien fermés. Il est allé vérifier la porte du couloir : elle était verrouillée de l'autre côté et ne pouvait pas bouger. Il a pris peur, car il n'y avait pas la moindre trace humaine. Il s'est alors dit que ce ne pouvait être que l'image du paravent... La terreur s'est emparée de lui et il s'est précipité vers les volets qu'il a tirés et il s'est enfui.

— Bizarre!
— Oui, c'est bizarre!
— Oui, c'est une histoire bizarre! Heikichi a ajouté autre chose. C'était cette nuit-là la première où Heikichi a vu l'image du paravent sortir, mais il s'était déjà produit plusieurs phénomènes étranges. Quand il se réveillait en pleine nuit, il avait l'impression qu'on le fixait. Cette sensation le terrifiait parfois. Il était persuadé que c'était l'image du paravent. Bien sûr, on peut dire que c'était une illusion de sa part, mais il est certain que quelqu'un entre parfois dans cette dépendance. J'en ai eu la preuve.
— Et quelle est cette preuve? »
Miyako semblait gagnée par l'excitation et s'approchait de plus en plus de Haruyo.
« J'ai demandé à Heikichi de garder la bouche cousue. Et je suis revenue ici examiner la pièce. J'ai trouvé derrière le paravent un bout de papier bizarre.
— Quel bout de papier?
— Je ne sais pas exactement, mais une espèce de carte tracée au pinceau sur une vieille feuille de papier japonais, où sont inscrits des noms de lieux comme " le Siège du Singe [1] " ou " le Nez du Tengu [2] " » et des sortes de poèmes. »
Je laissai échapper un petit cri. Miyako eut, elle aussi, un choc. Elle me jeta un coup d'œil furtif et baissa aussitôt les yeux sur le sol. Elle devait savoir que j'avais eu en ma possession le même type de carte. Je ne me rappelle pas lui en avoir parlé, mais Mᵉ Suwa avait dû se montrer indiscret. Haruyo dut s'apercevoir de notre réaction, car elle nous dit en nous fixant :
« Qu'y a-t-il? »
Puisque Miyako, de toute évidence, le savait, je ne pouvais le cacher :
« En réalité, j'ai moi aussi une carte semblable. Je ne sais pas de quelle formule magique il s'agit, je ne sais pas le sens des mots, mais je l'ai toujours eue sur moi, dans mon porte-bonheur, depuis mon enfance, quoique ma carte ne contienne pas exactement les noms de " Siège du Singe " ou de " Nez du Tengu ". »
J'hésitai encore à montrer la feuille et, comme je me retenais

---

1. Nom de plante parasite, polypore.
2. Personnage mythologique, affligé d'un long nez.

de le faire, je restai muet. Ni l'une ni l'autre ne me demanda de le faire. Mais Haruyo se rendit compte qu'il devait y avoir un sens caché sous les mots de la feuille.

« C'est bizarre, vraiment. J'ai gardé précieusement la feuille. Nous pourrions, un jour, la comparer avec la vôtre. »

Haruyo et Miyako ne dirent plus un mot. Haruyo avait dû commencer le récit de son aventure pour distraire ses invités, mais elle devait se repentir de s'être laissée aller à raconter devant une étrangère une histoire qui pouvait me mettre en cause.

Miyako l'avait certainement compris : elle renonça à poursuivre sur le sujet de cet intrus inconnu et rentra chez elle. On ne tarda pas à étendre un futon dans cette même salle et je dus me disposer à y passer une nuit tout seul. Tout en étant assailli par les doutes, tourmenté par ces énigmes irrésolues et dévoré d'inquiétude...

Chapitre 10
La deuxième victime

C'est presque à l'aube que je trouvai le sommeil. Quand je me suis réveillé, la lumière filtrait à travers les volets. Je m'accoudai à l'oreiller et m'aperçus à ma montre qu'il était dix heures. J'étais très surpris et me levai aussitôt. Les rumeurs de la ville vous arrachent au sommeil quelle que soit l'heure à laquelle vous vous êtes couché. Très gêné d'avoir fait la grasse matinée, le lendemain de notre arrivée dans cette maison, je rangeai le futon à la hâte, quand j'entendis un bruit qui signalait la présence de ma sœur, venue de la maison principale.

« Bonjour... Oh, laissez-le à Oshima...
— Bonjour. J'ai fait la grasse matinée...
— Vous deviez être très fatigué et puis j'ai raconté mon histoire un peu effrayante... Vous avez dû bien vous reposer.
— Euh...
— Je crois que vous n'avez pas bien dormi. Vous avez les yeux rouges comme un lapin. Vous n'avez pas eu à traverser le couloir. »

La veille, elle m'avait en effet averti qu'elle ne baissait pas le loquet dans le couloir, pour me permettre de venir rapidement s'il se passait quelque chose de bizarre. Elle avait une manière très précautionneuse qui m'inspira plus de sympathie que la veille.

Je fus conduit dans la maison principale où ma sœur me servit le petit déjeuner, que je fus, étant donné l'heure tardive, le seul à prendre.

« Et nos tantes?

— Comme toutes les vieilles personnes, elles sont debout depuis longtemps. Elles vous attendent...
— Je suis désolé.
— Mais vous n'avez pas à vous excuser. Vous êtes ici chez vous. Vous savez, ici, c'est la campagne. Ce n'est pas très confortable. Prenez toutes vos aises. »
Ces paroles me versaient du baume sur le cœur. Je m'inclinai muettement, en la regardant, et elle baissa les yeux avec émotion. La veille, au cours du repas, je pensais qu'elle me montrerait la carte mystérieuse, mais elle ne le fit pas. Je n'osai pas l'évoquer. Rien ne pressait : je devais rester longtemps. Elle me dit, comme à contrecœur :
« Euh... nos grand-tantes nous attendent... elles voudraient que vous rencontriez notre frère dès ce matin.
— Ah oui... »
Elle m'avait déjà glissé la veille un mot à ce sujet, mais elle poursuivit avec la même gêne :
« Quand vous verrez notre frère, faites attention. Ce n'est pas une mauvaise nature, mais sa maladie l'a aigri et comme il y aura M. Shintarô... »
Je commençai à avoir quelque appréhension.
« Nous sommes cousins, mais je ne sais pourquoi nos tantes et notre frère ne l'aiment pas beaucoup. Et Hisaya est toujours de mauvaise humeur, quand il vient. Mais aujourd'hui, comme vous êtes là, on l'a invité intentionnellement avec sa sœur Noriko. »
Je comprenais que mes tantes désiraient montrer à tout le monde, le plus vite possible, que j'étais de retour. Si l'affection seule commandait cet empressement, j'en aurais été réjoui, mais je soupçonnais des arrière-pensées qui ne me souriaient guère.
« Il n'y a pas d'autre invité?
— Si, oncle Kuno. C'est le cousin de notre père...
— Ah, vous êtes au courant. Miyako vous aura parlé de lui.
— Non, c'est parce qu'un certain Kichizô nous en a parlé dans l'autocar.
— Oh oui, Kichizô..., dit-elle, en fronçant les sourcils. Oshima m'a raconté : il paraît que les gens du village se sont montrés impolis à votre égard. A l'occasion, j'aurai une explication avec eux. Ils sont un peu butés, mais ils ne sont pas méchants au fond...

– Je sais.
– Bien, vous me suivez, s'il vous plaît... »
Mon frère Hisaya se reposait dans un salon en galerie, plongé dans la pénombre. Les hortensias blancs étaient en fleur dans le jardin. Quand ma sœur tira les portes coulissantes, la puanteur qui se dégagea de la pièce me fit reculer : elle me rappelait quelque chose. C'était celle de la gangrène pulmonaire dont un ami était mort. A condition de trouver le bon remède, la tuberculose n'est pas incurable, à la différence de la gangrène. Le triste pronostic de mes tantes était probable, mais comment ne pas être désolé à l'idée de cette mort prochaine? Or, mon frère semblait plutôt en forme. Il redressa la tête quand Haruyo tira la porte coulissante. Quand son regard se posa sur moi, un éclair brilla dans ses yeux de malade. Mais après un mystérieux sourire, il reposa aussitôt la tête sur l'oreiller.

Je savais qu'il avait treize ans de plus que moi. Il devait avoir quarante et un ans cette année, mais la maladie lui en faisait paraître plus de cinquante. Il était décharné, sa peau même semblait morte. La proéminence de sa pomme d'Adam semblait jeter une ombre funèbre et grotesque. Mais son visage avait peut-être gardé une certaine vigueur. Un sursaut de combativité semblait éclairer ses derniers jours. Mais quel était le sens de son sourire énigmatique?

« Excusez-nous d'avoir tardé. Tatsuya, entrez, je vous en prie.

– Entre, Tatsuya, tout le monde avait hâte de te connaître. »

A son chevet, mes deux tantes étaient, à leur habitude, assises comme deux petits singes. L'une d'elles me désigna un siège. Sans savoir laquelle avait parlé, j'obéis en m'inclinant.

« Hisaya, je te présente ton frère, Tatsuya. C'est devenu un beau garçon, n'est-ce pas? Tatsuya, je te présente ton frère aîné. »

Sous le regard ardent de mon frère, je fis un salut silencieux. Il dit d'une voix enrouée :

« Quel beau garçon! La beauté est rare chez les Tajimi... »

Il ricana fielleusement et fut pris d'une quinte de toux, qui dégagea une odeur pestilentielle dans la pièce. Je n'osai lever la tête, pétrifié par la nausée et intimidé par son ironie. Il toussa un bon moment, puis, se retournant, il s'adressa aux autres invités :

« Qu'est-ce que tu en dis, Shintarô ? C'est agréable, de voir quelqu'un d'aussi beau de retour... Je peux maintenant mourir tranquille, en sachant l'héritage en de bonnes mains. Et toi, oncle Kuno, tu dois être content, toi aussi... »

En ricanant, il faillit avoir une autre quinte de toux. L'une des deux jumelles lui fit aussitôt boire un peu d'eau. Il en but une gorgée bruyamment, puis repoussa le récipient.

« Ça suffit comme ça. Laissez-moi tranquille, tante. »

Il parlait avec violence et se tourna vers moi.

« Tatsuya, je te présente oncle Kuno. C'est un médecin. On dit qu'il y a un meilleur médecin dans le village. Mais si tu tombes malade, tu iras le trouver, parce que c'est ton oncle. A côté, c'est ton cousin Shintarô. Il est rentré au village sans le sou, mais il faut sympathiser. Écoute bien, tu es maintenant au village : il faut te faire apprécier de tout le monde. Et veille à tes droits : qu'on ne te vole pas l'héritage des Tajimi ! »

Une quinte épouvantable le secoua à nouveau. J'éprouvai de l'anxiété et un noir pressentiment. Mon frère ne cachait pas son hostilité à l'égard de Kuno et de Shintarô : j'en ignorais la cause, mais cette démonstration me paraissait déplacée. Pourquoi cette haine entre parents ? Je commençais à entrevoir la complexité des liens familiaux en province : c'était pitoyable et lugubre. L'excitation probablement redoublait la toux. A force de tousser, n'allait-il pas étouffer ? Les raclements de sa gorge étaient déchirants. Dans l'atmosphère humide et chaude de la saison des pluies, l'odeur puante montait de manière insupportable. Personne ne faisait un geste vers lui. Raidies, mes deux tantes ne lui jetaient pas un regard. Il fallait peut-être attribuer cette indifférence apparente à une résignation, mais cela semblait très cruel. Haruyo, dans un coin, tremblait, la tête basse. Elle était écarlate. L'horreur de cette situation devait elle aussi l'empêcher de relever la tête.

L'oncle Kuno avait une soixantaine d'années : il était maigre. Ses cheveux étaient grisonnants, hérissés, il avait les yeux globuleux. Il semblait jauger de loin l'état de mon frère. Si on pouvait tuer d'un seul regard, mon frère serait mort sur-le-champ. Son visage allongé, son nez fin pouvaient laisser penser que, dans sa jeunesse, il n'avait pas manqué de charme. Mais la vieillesse avait durci ses traits qui n'exprimaient plus que haine et mépris triomphants.

Dès mon entrée dans le salon, je fus intrigué par Shintarô, mais je n'arrivais pas à percer son mystère. Il avait à peu près le même âge que Haruyo. C'était un garçon bien bâti. Il portait un vêtement de serge un peu usé. Tout cela était conforme à son image de soldat. Il laissait pousser une barbe qui, comme l'avait annoncé Miyako, le vieillissait un peu. Il gardait les bras croisés sans ciller. Il semblait indifférent à ce qui l'entourait. Était-ce dû au dédain ou à un état d'abattement?

A côté de Shintarô se trouvait sa sœur Noriko, qui sembla tout de suite disgracieuse.

L'homme est calculateur : si elle avait été jolie, je l'aurais prise en sympathie et les crimes de mon père m'auraient culpabilisé. Sa laideur dans un certain sens me rassura. Elle promenait son regard d'un air distrait. Elle avait un certain air d'innocence, mais ne me paraissait pas très vive. Elle avait le front large et les joues creuses. Miyako avait raison : j'avais peine à croire que nous avions à peine un an de différence. Non pas qu'elle fût juvénile. Disons plutôt qu'elle était immature. Sa fragilité laissait deviner immédiatement sa naissance prématurée. Elle regardait autour d'elle avec curiosité, mais elle ne posa pas les yeux sur moi. Elle me fixa sans paraître y mettre la moindre intention. Son regard était seulement curieux et naïf. La toux de mon frère semblait ne pas devoir s'arrêter. J'avais les os transpercés par le sifflement guttural de chaque crise. Personne n'ouvrait la bouche. L'atmosphère était devenue très pesante. Mon frère dit alors, en agitant les bras :

« Quels idiots ! Quels idiots. Ils me voient crever sans lever le petit doigt ! Quels... »

Une quinte violente l'interrompit. Une sueur glacée perlait sur ses tempes.

« Mon médicament ! Mon médicament ! Donnez-moi... »

Près de la couche, Kotaké et Koumé eurent un regard entendu. L'une d'elles ouvrit un coffret d'où elle retira un sachet. La seconde lui tendit de l'eau.

« Tiens, prends ton médicament, Hisaya... »

Hisaya qui s'était agrippé à l'oreiller se redressa, avança les lèvres vers moi. Je ne sais quelle idée lui passa par la tête, mais il me dit, en se tournant vers moi :

« Tatsuya, regarde bien ce médicament. C'est celui d'oncle Kuno, tu vas voir comme il est efficace... »

Je ne sais pas s'il eut alors une arrière-pensée... Il n'avait probablement qu'une intention ironique à l'égard du médecin, mais comment ne pas interpréter ?

Il but le médicament et resta un instant agrippé à l'oreiller. Sa toux sembla s'apaiser. L'épuisement secouait ses épaules. Mais mes craintes disparurent quand je le vis se calmer. Mon frère se mit soudain à trembler convulsivement de tous ses membres.

« Ha! Je souffre... quelle... quelle horreur... de l'eau ! »

Il se traîna hors du lit, à quatre pattes, et porta les mains à sa gorge. Ses grimaces de douleur étaient atroces à voir. Je revis en un éclair l'agonie de mon grand-père. J'étais glacé d'effroi.

« Tantes, mon... mon frère... qu'est-ce que... »

Cette douleur inhabituelle semblait stupéfier mes tantes qui lui tendirent de l'eau, mais mon frère était maintenant incapable de boire. Ses dents claquèrent contre le gobelet.

« Hisaya, allez, un effort, bois cette eau... »

Mais il repoussa le gobelet et, portant les mains à sa gorge à nouveau, il se mit à cracher du sang sur la taie d'oreiller. Il se cabra soudain et demeura figé.

Chapitre 11

Kôsuke Kindaichi

J'en frissonne rien qu'à m'en souvenir. A ce moment-là, je sentis qu'une atmosphère pesante envahissait, comme une nappe d'épais brouillard, cette pièce obscure située à l'entresol. J'avais l'impression d'être en proie à un danger et mon instinct me commandait de fuir ces lieux au plus vite. Ce n'était pas la première fois que pareille chose m'arrivait. Il me suffisait donc d'être en présence de mon grand-père ou de mon frère, pour les voir mourir aussitôt dans les affres de l'agonie. Leur façon de mourir n'était-elle pas exactement la même?

Un empoisonnement... Il était bien naturel d'y penser. Mais tout le monde semblait rester étrangement calme.

« Il est mort. Son excitation a hâté sa fin. »

Je scrutai son visage avec étonnement. Je ne comprenais pas la placidité de l'assistance. Mais le médecin avait un tremblement dans la voix. Il détourna le regard en remarquant le mien, non sans embarras. Quel était le sens de cette réaction? Savait-il quelque chose?

Shintarô restait énigmatique : il montra quelque surprise au début de l'agonie de Hisaya, mais reprit son calme après sa mort. Sa sœur Noriko demeurait hébétée.

Je voulais crier, mais ma voix était étranglée.

« Non! Non! Ce n'est pas une mort naturelle! C'est la même chose que pour mon grand-père : il a été empoisonné! »

Je ne parvins pas à articuler ces protestations. Les mots ne sortaient pas de ma bouche. En présence d'un médecin, il était difficile de contester la mort naturelle d'un tel malade. On s'y attendait : ni les parents ni les serviteurs ne semblaient choqués. Quoique agacé par leur silence, je m'y conformai pour ne pas les scandaliser. Je n'avais pas le courage d'affirmer qu'il s'agissait d'un meurtre : on devait mourir de la gangrène pulmonaire en présentant de tels symptômes. Et si je n'avais pas vu mourir mon grand-père, le diagnostic de Kuno m'aurait satisfait.

Il fut décidé que les obsèques auraient lieu le lendemain après-midi. On en célébrerait deux en même temps avec les cendres de mon grand-père que nous avions rapportées pour permettre à la famille Ikawa d'organiser une cérémonie. Comme la mort soudaine de Hisaya m'avait empêché de leur rendre visite, ma grand-mère maternelle Asae, son fils adoptif et sa bru vinrent aux nouvelles. Mon grand-père, n'ayant pas d'autre enfant que ma mère, avait adopté après la fugue de sa fille, en effet, son neveu Kenkichi, pour qu'il lui succède.

Je fis leur connaissance ce jour-là. Mais comme ils ne sont pas liés à notre histoire, je ne m'attarderai pas davantage sur leur compte. Je tiens simplement à dire que la décision fut prise sur-le-champ d'organiser aussi les funérailles de mon grand-père dans cette maison.

Les deux jumelles, Koumé et Kotaké, disaient tour à tour :

« Depuis que Ushimatsu et Tsuruko ont disparu, nos liens étaient presque rompus, mais puisque nous l'avions chargé de se rendre à Kōbe pour cette affaire et que cela a été la cause du drame, il va de soi que nous prendrons en charge les funérailles. En outre, pour les deux obsèques, Tatsuya sera le représentant de la famille... »

Quel rapide bouleversement! Ma vie banale et grise s'est métamorphosée en un seul jour et je me suis senti dépassé. De nombreuses personnes sont venues successivement présenter leurs condoléances. De manière inattendue, c'était la façon dont les villageois faisaient ma connaissance et dès qu'ils avaient fini leurs politesses, ils fixaient, tous, sur moi un regard curieux.

Miyako est venue, elle aussi, accompagnée de son beau-frère nommé Sôkichi Nomura.

La maison des Nomura était située à la sortie ouest du village; les Nomura étaient des propriétaires fonciers à la fortune comparable à celle des Tajimi. Le chef de famille, Sôkichi, avait une attitude réservée et une noble élocution, qui convenait à son rang. Il avait une cinquantaine d'années. Lui-même, quand Miyako me présenta à lui, ne put s'empêcher de manifester sa curiosité bien qu'il eût aussitôt réprimé cet élan...

La double cérémonie fut terminée en fin de journée sans incident. Mon grand-père, Ushimatsu, fut incinéré, par convenance, mais dans la région on préférait généralement une inhumation. Le tombeau des Tajimi se trouvait derrière la maison, au-dessous du sanctuaire des huit tombes : on venait de creuser une fosse où l'on plaça le cercueil de mon frère. Je fus le premier à jeter une poignée de terre, mais j'ai gardé le souvenir très net du frisson qui me parcourut alors, comme si j'avais fait tomber quelque chose de précieux.

En revenant de l'enterrement, nous commencions à accueillir des gens du village, quand Miyako s'approcha de moi.

« Tatsuya, dit-elle avec familiarité. Il y a quelqu'un qui tient absolument à vous être présenté. Vous êtes libre là?

– Qui est-ce?

– Je ne le sais pas moi-même. Quand je suis revenue de Kōbe, il est venu dans la maison principale. Il paraît que c'est un vieil ami de mon beau-frère. Il a prétendu qu'il était passé par hasard, parce qu'une affaire l'avait appelé dans la région. Depuis, il est resté chez nous. Il s'appelle Kôsuké Kindaichi. »

A l'époque, ni l'un ni l'autre ne connaissions ce nom.

« Que me veut-il?

– Je n'en sais rien, mais il voudrait vous entretenir en tête à tête. »

J'en fus troublé. Je me dis que c'était peut-être la police. Dans ce cas, je serais bien contraint de le rencontrer.

« Soit, fis-je. Je vais l'attendre dans le salon, là-bas. »

Je l'attendais donc dans une pièce à l'écart de l'agitation, quand un homme se présenta, souriant. Mais lorsque je découvris son visage, je me dis même qu'il y avait là une erreur, car je m'attendais à quelqu'un de plus imposant. Si bien que lorsqu'il s'inclina en s'excusant, je dus l'observer attentivement.

Kôsuke Kindaichi... il devait avoir trente-cinq ou trente-six ans. Petit, le cheveu hirsute, il ne payait pas de mine. Avec ça, vêtu d'une veste de serge et d'un *hakama*[1] froissés : dans le meilleur des cas, on l'aurait pris pour le secrétaire de mairie

---

1. Large pantalon traditionnel.

d'un village ou un instituteur. En plus, il avait tendance à bégayer.

« Bonjour, je suis Tatsuya. Vous vouliez me parler ?
— Oui, j'aurais une ou deux questions à vous poser... »

Sans se départir de son sourire, Kôsuke Kindaichi me scrutait avec un regard qui me donnait froid dans le dos.

« Il n'est pas courtois de ma part de vous le demander d'emblée, mais êtes-vous au courant de la rumeur du village ?
— Quelle rumeur ?
— A propos de la mort de votre frère. Il semble qu'une rumeur scandaleuse circule dans le village... »

J'eus un haut-le-cœur. Le bruit n'était pas parvenu directement jusqu'à moi, mais étant donné les mots qu'avait prononcés la nonne de Koicha, l'avant-veille, il ne m'était pas difficile d'imaginer une rumeur étrange sur la mort de mon frère. Car moi-même j'avais un doute analogue à ce sujet. Remarquant mon trouble immédiat, Kôsuke Kindaichi dit en souriant :

« Eh bien, je vois que vous-même le soupçon vous a effleuré. Mais pourquoi ne pas vous en être ouvert ?
— Pourquoi l'aurais-je dû ? demandai-je, avec un goût âcre au fond de la gorge. Il y avait un médecin qui n'avait rien remarqué d'anormal. Comment moi, simple profane, aurais-je été en droit d'intervenir ?
— En effet, cela vous aurait été difficile. Mais écoutez, monsieur Tatsuya, j'ai un conseil à vous donner : si désormais vous avez le moindre soupçon, il est dans votre intérêt de l'exprimer avec franchise, sans vous préoccuper des autres. Sinon, ça risque de vous mettre dans une position délicate.
— Qu'entendez-vous par là, monsieur Kindaichi ?
— Eh bien, vous êtes d'emblée suspect aux yeux des villageois. Vous êtes revenu au village et il doit donc se passer des choses étranges... Les villageois ont tous cette idée bien ancrée. Bien sûr, cela relève d'une pure superstition, mais ce n'en est que plus effrayant. Il y a là de l'entêtement et aucun argument n'en viendrait à bout. De plus, qu'il s'agisse d'Ushimatsu ou de votre frère, ils ont l'un et l'autre été victimes d'une mort violente dès qu'ils vous ont vu. Il est normal que la superstition des villageois aille s'amplifiant. Il faut vous tenir sur vos gardes. »

Mon cœur, aussitôt saisi d'angoisse, était pris comme dans une chape de plomb. J'avais l'impression d'être prisonnier de fils noirs mais invisibles.

« Excusez-moi, reprit Kôsuké Kindaichi en souriant, ça a dû vous être désagréable de vous entendre dire ces choses étranges par un inconnu. Soyez indulgent pour ma sollicitude un peu envahissante. Revenons-en à vos soupçons concernant la mort de votre frère. Parlez-m'en. Enfin, j'imagine qu'il est difficile pour vous d'exprimer votre opinion, mais décrivez-moi objectivement les circonstances de sa mort. »

S'il ne s'agissait que de cela, la chose en effet m'était aisée. Je lui racontai en détail l'extrême fin de mon frère. Kôsuke Kindaichi intervenait de temps à autre pour raviver mes souvenirs et quand j'ai eu terminé mon récit, il déclara :

« Quand vous comparez cette mort avec celle d'Ushimatsu, qu'en pensez-vous ? Ne jugez-vous pas que les circonstances sont les mêmes ? »

J'acquiesçai sombrement. Kôsuke Kindaichi réfléchit silencieusement pendant quelque temps, puis me fixant dans les yeux, il dit :

« Monsieur Tatsuya, à mon avis, cette affaire n'en restera pas là. Car on dit beaucoup trop de choses dans le village et vous-même vous avez de tels soupçons. Sans doute, bientôt la police va-t-elle s'en mêler. »

Il ne cessait de me scruter.

La suite lui donna raison. Trois jours plus tard, de nombreux policiers firent leur apparition, en provenance de la ville de N. et de la préfecture d'Okayama. On procéda à l'exhumation et à l'autopsie du corps de mon frère. C'est le Dr N. qui s'y employa, médecin légiste de la police départementale, avec l'aide du Dr Shûhei Arai qui, après s'être replié dans le village pendant la guerre, y avait ouvert un cabinet.

Le résultat en fut publié deux jours plus tard. La cause de la mort de mon frère était, sans l'ombre d'un doute, l'empoisonnement. En outre, c'était le même type de poison que celui qui avait été employé pour le meurtre de mon grand-père, Ushimatsu.

Le village aux Huit Tombes commençait ainsi à être enveloppé d'un tourbillon lugubre et invisible.

Chapitre 12

Complexe d'infériorité

J'étais en proie à une angoisse croissante. J'étouffais, mon cœur se serrait... J'avais tant à faire, mais je ne savais pas par quoi commencer et j'étais complètement égaré... Tout au moins, il y avait d'innombrables problèmes sur lesquels je devais réfléchir.

D'abord, à supposer que mon grand-père Ushimatsu et mon frère Hisaya aient été assassinés (cela à vrai dire ne faisait plus aucun doute), quel rapport y avait-il entre mon retour au village et ces meurtres? Avaient-ils eu lieu à la suite ou en vue de mon retour? Auraient-ils pu être évités si on ne m'avait pas retrouvé ou si j'avais refusé de revenir?

Il me fallait réfléchir.

Cet enchaînement de deux meurtres appartenait-il à un tourbillon d'événements dont j'étais le centre? Ou n'y avait-il pas quelque part un autre mobile sans rapport avec moi? Ces deux assassinats auraient-ils été possibles indépendamment de ma découverte et de mon retour?

Il me fallait réfléchir.

De plus, je ne comprenais absolument pas le but recherché par l'assassin. Pour tout le monde, c'était une énigme. Au fond, en quoi la disparition de mon grand-père lui était-elle utile? Était-ce pour m'empêcher de revenir au village qu'il avait supprimé l'émissaire qu'avait été mon grand-père? Mais cela n'aurait jamais suffi à m'en éloigner. Et en effet, je suis bien revenu grâce à Miyako.

Quant à la mort de mon frère, j'étais dans le brouillard. Il serait mort tôt ou tard de mort naturelle. Il était incertain qu'il puisse passer l'été. Le criminel n'a fait que hâter à peine sa fin. Et en affrontant bien des dangers.

Soit dit en passant, dès que l'éventualité d'un empoisonnement fut envisagée, les membres de la famille et l'oncle Kuno ont été soumis à un rude interrogatoire. Et c'est lui qui dut affronter l'épreuve la plus pénible.

Je me souviens encore des derniers instants de mon frère. Il fut saisi d'une violente quinte de toux et réclama ses médicaments aux jumelles Koumé et Kotaké. L'une d'elles (je n'aurais su dire laquelle) avait pris un sachet dans un coffret qui se trouvait à son chevet. Son geste n'indiquait pas le moindre choix de sa part. Elle lui avait donné le premier qui s'était présenté sous sa main.

Or, dès qu'on soupçonna un empoisonnement, la police fit saisir tous les sachets pour les faire analyser. Ils ne présentaient aucune anomalie. Cela signifiait donc que Koumé ou Kotaké avait choisi par hasard dans le nombre l'unique sachet contenant du poison.

L'oncle Kuno lui administrait ce médicament une fois par semaine. C'était un mélange de bicarbonate de soude, de charbon et d'acide carbonique. Il semble que, de nos jours, même les médecins de campagne n'aient plus recours à ce type de prescription. Pourtant, pour mon frère, c'était un excellent placebo. Il ne manquait jamais de le prendre. Dès que sa réserve s'épuisait, il dépêchait quelqu'un pour lui en procurer.

Or, voici le problème. Au départ, l'oncle Kuno préparait le mélange pour une semaine, à chaque fois. Mais, à la fin, comme il en avait eu assez et qu'il savait que cette préparation ne risquait pas de s'altérer, il faisait une provision d'un mois ; bien entendu, s'il avait donné le tout d'un seul coup, cela lui aurait enlevé de sa valeur. C'est pourquoi il préférait le lui passer par portion hebdomadaire. Il y avait donc dans le laboratoire de l'oncle Kuno une pile de sachets qu'il réservait à mon frère pour plus tard. Pour le criminel, cela doublait donc les occasions d'agir : il pouvait substituer le produit aussi bien au chevet de mon frère que dans le laboratoire de l'oncle Kuno. L'enquête n'en devenait que plus compliquée. Car, dans le premier cas, les suspects étaient considérablement limités. Mais dans le second, il en était tout autrement. Mon frère Hisaya était d'un caractère très difficile, comme on le voit souvent chez ce type de malade. Et il ne laissait jamais entrer dans sa chambre que Koumé et Kotaké, ainsi que notre sœur Haruyo. Mis à part, naturellement, l'oncle Kuno qui était son médecin. Si on s'en tenait donc à la première hypothèse, le criminel se trouvait nécessairement parmi ces quatre personnes. Dans l'autre éventualité, les choses se corsaient.

Comme on se trouvait à la campagne, la pharmacie de l'oncle Kuno n'était guère inaccessible. La salle de séjour de l'oncle Kuno était située au fond de son cabinet de consultation : cette disposition obligeait donc les visiteurs à traverser cette pièce. Si par hasard le médecin était en train d'ausculter un patient, il priait les visiteurs de passer par le laboratoire. Il suffisait donc d'être un tant soit peu familier de l'oncle Kuno pour avoir la possibilité d'opérer la substitution.

Le problème n'était pas de savoir qui avait pu avoir cette chance, mais qui pouvait bien connaître l'emplacement de la réserve de médicaments de mon frère. Le médecin lui-même n'en avait pas la moindre idée. Campagne ou pas, l'oncle préférait garder le secret sur sa préparation. Toutefois, comme cela lui demandait beaucoup de travail de faire une centaine de sachets, il mettait à contribution sa famille entière. Les enfants, qui allaient à l'école, y participaient même : ils avaient peut-être parlé et mis ainsi au courant beaucoup de monde. Évidemment, vu les circonstances, personne n'allait clamer qu'il savait tout...

Eh bien, quand on compare le premier et le deuxième crime, on constate que le coupable n'était nullement pressé. Qu'il s'agisse de mon grand-père Ushimatsu ou de mon frère Hisaya, on ignorait quand ils prendraient le comprimé ou le sachet que le criminel avait substitué à leurs remèdes. Le meurtrier était donc rassuré à l'idée que ses victimes pourraient les prendre tôt ou tard. En d'autres termes, il avait choisi, dans les deux cas, la méthode la moins risquée. Que j'aie été témoin des deux crimes tenait au plus grand des hasards...

A la réflexion, il est difficile de penser que j'ai été le centre de ces assassinats. Au fond, je n'étais qu'une misérable chaloupe abandonnée par un malheureux hasard dans un tourbillon. Comme je portais le fardeau de l'horrible forfait de mon père, plus rien ne paraissait fortuit et j'étais inéluctablement reconduit sur le devant de la scène. Une raison de plus de me tenir sur mes gardes.

Dans le village aux Huit Tombes, je ne pouvais plus me reposer que sur Miyako. Mais c'était, elle aussi, une femme et considérée avec suspicion par les villageois, elle ne m'était que d'un faible secours. J'étais, au fond, le seul à pouvoir assurer ma propre défense. Je devais me battre. Mais avec qui et contre qui?

J'ai d'abord pensé à l'inconnu qui m'avait envoyé, l'autre jour, une lettre de menace. Mais pour un amateur comme moi, ce ne devait pas être simple de retrouver ses traces. Qu'en était-il de cet individu qui faisait une enquête sur ma personnalité? D'après l'épouse de mon ami, il avait tout l'air d'un provincial. S'il habitait le village aux Huit Tombes, il ne serait probablement pas compliqué de remettre la main sur lui, car dans cette campagne il suffisait de découcher une seule nuit pour un voyage et le village entier serait au courant...

Je demandai donc à ma sœur Haruyo si un villageois ne s'était pas récemment déplacé. Elle était casanière et sortait rarement, mais elle me répondit que, selon elle, seuls Ushimatsu et Miyako avaient quitté, ces temps derniers, le village. Elle ajouta qu'Oshima, sa bonne, lui apprenait toujours les derniers potins et que donc rien ne pouvait lui échapper même si elle restait cloîtrée. Il y avait si peu d'événements au village.

En m'efforçant de paraître encore plus naturel, je demandai si par hasard Shintarô Satomura n'avait pas voyagé ces jours derniers. Ma sœur en fut assez étonnée, mais répliqua que c'était tout à fait exclu. Elle prétendit qu'elle aurait été la première avertie, car Noriko, la sœur de Shintarô, était de faible constitution et s'épuisait au moindre travail. Ma sœur, à l'insu des jumelles et de notre frère Hisaya, lui envoyait pour cette raison, au moins une fois par jour, Oshima, pour qu'elle l'aide à faire la lessive ou préparer les repas. Par conséquent, Shintarô ne pouvait découcher sans que ma sœur le sût d'Oshima. Elle me demanda ensuite de n'en pas souffler mot à Koumé et à Kotaké.

J'en demeurai assez perplexe. Alors que j'étais convaincu que tous les membres de ma famille vouaient une haine totale à Shintarô, je découvrais cette manifestation secrète de sympathie. Cela prouvait la profonde gentillesse de ma sœur, ce qui me faisait plaisir, mais, en même temps, une sorte d'ombre désagréable recouvrait mes sentiments. Si négatifs étaient mes préjugés à l'encontre de Shintarô.

Dès que j'eus chassé cette ombre sans fondement, je demandai pourquoi, à part elle, tout le monde détestait Shintarô dans la famille. Au départ, elle rétorqua qu'il n'en était rien, mais devant mon insistance, elle concéda :

« C'est lamentable. Tu viens à peine d'arriver et tu le perçois déjà... »

Et après un soupir profond, elle reprit :

« Il n'y a pas à cela de raison précise. Le seul reproche qu'on peut lui faire, c'est que son père, Shûji, était plus équilibré que son frère aîné, mon père. Bref, c'était un homme comme il faut. »

Sur le visage de ma sœur se dessinait une expression de tristesse pénétrante.

« Je suis ulcérée de devoir dire tout cela, car cela ne peut que porter atteinte au souvenir de notre frère et de notre père. Mais puisque tu me demandes de te le raconter... Tatsuya, même de nos jours, à la campagne, rien ne compte comme la famille. C'est l'aîné qui prend la tête de cette famille. A moins qu'il ne soit idiot ou fou, le deuxième ou le troisième ne peuvent jamais le précéder. Pour être né deux ou trois ans plus tard, le cadet ne peut jamais remplacer son frère comme chef de la branche aînée, si doué soit-il. Quand il n'y a pas d'écart majeur entre les capacités des deux frères, aucun problème n'en résulte. S'ils sont aussi incapables l'un que l'autre, l'affaire est réglée. Or, dans le cas de notre père et de l'oncle Shûji, il y avait une trop grande différence. Notre oncle était quelqu'un de bien. Il ne nous aurait jamais fait honte. Pour ce qui est de notre père... C'est là l'origine de toute la rancœur de nos tantes. Autant l'aîné en titre laissait à désirer, autant le deuxième, qui ne pouvait que créer une autre branche ou succéder à une autre famille, était doué. A cette rancœur s'ajoutait le sentiment que plus un enfant est sot, plus il est adorable : nos tantes ont commencé à détester Shûji. Ce sentiment s'est accentué davantage encore, à la génération suivante, celle de Shintarô. »

Haruyo se mit les mains sur les paupières.

« Nous sommes tous des incapables, dans la famille Tajimi. Qu'il s'agisse de mon frère aîné ou de moi, nous ne valons pas grand-chose. Ne dis rien... Je sais ce que tu vas dire. Tu veux me défendre, n'est-ce pas? Mais moi aussi, je suis quasiment infirme. »

Elle sourit tristement.

« En revanche, Shintarô Satomura est admirable. Depuis que la guerre s'est terminée comme on sait, il vit dans le dénuement. Mais pour ce qui est de ses qualités humaines, elles sont sans commune mesure avec celles de notre frère. Et cela suscitait une grande rancœur chez nos tantes. Notre frère le jalousait. Les Tajimi étant un ramassis de faibles et d'incapables, ils sont impressionnés dès qu'apparaît quelqu'un de bien. A plus forte raison, en présence d'un être aussi remarquable que Shintarô, ils prennent peur. Au fond la haine de nos tantes et de notre frère à l'égard de Shintarô s'explique par la jalousie d'un médiocre devant un être supérieur. »

Ma sœur Haruyo, qui avait le cœur faible, haletait rien que pour raconter tout cela. Elle devint livide et ses yeux se cernèrent de noir. Elle me faisait vraiment de la peine. Pourtant, elle s'efforça de sourire pour dire :

« Mais je suis contente de ton retour. Tu es quelqu'un de bien. Tu es même formidable. J'en suis heureuse. »

Un éclair passa dans ses yeux fatigués et, les paupières rougies, elle baissa la tête.

Chapitre 13
Le sanctuaire aux Huit Tombes

Je voulais aller voir le sanctuaire aux Huit Tombes, la source de tous les maux du village... Ce n'est pas en m'y rendant que je pouvais résoudre les problèmes qui se bousculaient devant moi, mais j'estimais qu'il fallait que je le voie une fois du moins. Or, à cause de la mort soudaine de mon frère, la maison était sens dessus dessous. Et quand je pensais à l'incident qui s'était produit le jour de mon arrivée, j'hésitais à sortir sans raison sérieuse.

Or nous étions au huitième jour après la mort de mon frère. Dans l'après-midi avant la cérémonie, Miyako vint donner un coup de main et je lui fis part de mon projet.

« Nous n'avons qu'à y aller ensemble, proposa-t-elle. Quel coup de main pourrais-je donner? Et vous non plus. Le prêtre ne se présentera qu'en fin d'après-midi, nous avons le temps de faire deux pas. »

Citadins tous deux, nous ignorions que pendant le deuil il ne fallait pas se rendre dans un sanctuaire. Mais l'aurions-nous su, nous n'y aurions pas accordé d'importance.

Nous en parlâmes à Haruyo, ma sœur, qui, bien qu'un peu étonnée, acquiesça aussitôt.

« Allez-y donc. Mais rentrez tôt. Les invités ne vont pas tarder.

— Oui, nous reviendrons vite, répliqua Miyako. C'est juste à côté. »

Nous traversâmes le vaste salon et nous sortîmes par la porte de service. Tout de suite après se trouvait une côte au sommet de laquelle était installé un petit réservoir. Heureusement l'endroit était inhabité et nous épargnait tout risque de rencontre. Nous contournâmes le réservoir, derrière lequel se dressait un flanc escarpé de rochers granitiques de deux mètres de haut. Un escalier montait, terminé par une clôture de bois noir. Au pied de l'escalier, on pouvait lire sur une pierre : « Cimetière de la famille Tajimi. » J'avais pu déjà la voir à l'occasion des funérailles de mon frère. A côté de ce cimetière, un sentier étroit et escarpé menait à une butte parsemée de pins rouges chétifs et de petites pierres tombales : c'est dans ce décor que les habitants du village aux Huit Tombes reposaient en paix.

« Au fait, lançai-je, ce Kôsuke Kindaichi est-il toujours là ?

— Oui, répondit-elle avec un éclair dans le regard, il est toujours là.

— Mais qui est-il ? Est-il lié à la police ?

— Justement je ne sais pas. C'est peut-être un détective privé.

— Un détective privé ? fis-je un peu étonné. Il est donc venu enquêter sur cette affaire ?

— Quand même pas. Il est venu avant le meurtre de Hisaya. Du reste, il est peu probable que les Nomura aient engagé un détective pour les Tajimi.

— C'est vrai. Mais comment se fait-il que M. Nomura connaisse un détective privé ?

— Je n'en ai pas la moindre idée... Quoi qu'il en soit, sa présence ici ne doit pas avoir une raison particulière. J'ai entendu dire qu'il était venu enquêter sur une affaire dans la région et que, au retour, il se reposait un peu ici.

— Ah bon, il y a des gens qui confient l'enquête à un type pareil ? »

Cette remarque qui m'avait échappé a fait sourire Miyako.

« Ce n'est pas très gentil. Mais il ne faut pas juger les gens sur leur apparence : on ne sait jamais, c'est peut-être quelqu'un de célèbre et de compétent. »

Miyako voyait juste. Cet homme aux cheveux hirsutes bégayait et ne payait pas de mine. Mais nous allions voir nous-mêmes combien il excellait.

Une fois au sommet de la colline parsemée de petites stèles, nous nous sommes trouvés devant un sentier encaissé ; après avoir franchi ce passage, nous avons entendu s'amplifier le murmure de l'eau qui parvenait à nos oreilles depuis quelque temps. Loin devant nous, un torrent impétueux se précipitait entre les rochers. Le cours d'eau était plutôt large pour ce coin reculé des montagnes. Des roches géantes étaient partout visibles.

« Un jour, si on a le temps, proposa Miyako, on descendra jusqu'à cette rivière. Ça fourmille de grottes. C'est un paysage qu'on trouve difficilement ailleurs. »

Au lieu de descendre jusqu'à la berge, nous reprîmes notre ascension à mi-pente, parallèlement au torrent. Au bout de deux ou trois cents mètres, nous parvînmes enfin au pied de l'escalier de pierre du sanctuaire aux Huit Tombes.

Il y avait une cinquantaine de marches. La montée était si raide qu'on ahanait à la gravir d'une traite. Quand je me retournai pour regarder au-dessous de moi, je fus pris de vertige. Tout en haut, se trouvait un terrain plat de sept cents mètres carrés qui avait été défriché : c'est là que se dressait l'autel du sanctuaire. Rien de particulier à en dire : il avait la structure la plus répandue au Japon.

Nous nous prosternâmes devant cet autel réduit à l'essentiel. Puis nous le contournâmes. Je ne sais pas s'il y avait un prêtre. En tout cas, pas âme qui vive. Derrière l'autel, un escalier d'une dizaine de marches montait vers un autre terrain plat de cent cinquante mètres carrés : c'est là qu'étaient rassemblés les huit tertres. L'un d'entre eux dominait les autres qui l'entouraient. Il devait appartenir à un général et les sept autres à ses lieutenants. Une épitaphe, à côté, expliquait l'origine de l'autel, mais dans une langue archaïque qui me resta obscure.

A l'extrémité est du terrain s'élevait un magnifique cyprès géant.

« C'est ce qui reste des jumeaux, commenta Miyako. L'autre, là-bas, a été foudroyé au printemps... »

Je me tournai alors vers l'ouest quand je sentis mon cœur palpiter. Devant la souche du cyprès, entourée d'une tresse rituelle de paille, j'aperçus la silhouette d'une vieille femme accroupie qui frottait avec ferveur les perles d'un chapelet. Elle était de dos, mais il me suffit d'un coup d'œil pour y reconnaître une nonne. S'agissait-il de la nonne de Koicha ?

« Rentrons, murmurai-je, en tirant discrètement la manche de Miyako.

— Ne craignez rien, dit-elle en secouant la tête. Ce n'est pas la nonne de Koicha. C'est une religieuse de Bankachi. Elle s'appelle Baikô. Elle est très douce, vous n'avez aucun souci à vous faire. »

Bankachi était un lieu-dit où se trouvait l'ermitage de Keishô-in dont elle était la supérieure. Son nom s'écrivait comme celui du célèbre acteur de kabuki, dont elle ignorait probablement jusqu'à l'existence.

La nonne Baikô continua à prier avec une extrême ardeur, puis elle se leva et nous aperçut. Une certaine stupeur se lut dans son regard, mais elle se hâta de nous sourire aimablement. Elle paraissait en effet délicate, sans le moindre rapport avec Myôren, la nonne de Koicha. Son visage rond et pâle avait la douceur de la déesse Kannon. Elle portait sur son crâne poli une capuche marron et une pèlerine noire. Elle devait avoir plus de soixante ans.

Tout en maniant son chapelet, elle s'approcha doucement.
« Quelle ferveur, ma sœur !
— C'est que j'ai bien des soucis... »
Une ombre traversa son regard quand elle le posa sur moi.
« Monsieur est donc de la Maison de l'Est ?...
— Oui, c'est cela. Monsieur Tatsuya. Je vous présente Baikô de l'ermitage de Keishô-in. »
J'inclinai la tête légèrement.
« Ça tombe bien, dit Miyako. J'allais justement me rendre chez vous pour aider le prêtre du temple Maroo-ji.
— Ah bon... C'est gentil à vous.
— Comment va-t-il ? J'ai appris qu'il était malade.
— Vu son âge... C'est pourquoi M. Eisen vient le remplacer aujourd'hui. Je vais donner un coup de main, moi aussi.
— C'est gentil à vous. Allons-y donc ensemble. »
Quand nous fûmes en haut des marches, Baikô se retourna un instant.
« Quelle tristesse, vraiment...
— Pardon ? De quoi parlez-vous ?
— Je pensais au cyprès Kotaké, répondit Baikô en indiquant l'arbre foudroyé.
— Comment ? fis-je. C'est son nom, le cyprès Kotaké ?
— Oui, celui qui est là-bas s'appelle le cyprès Koumé et celui-ci, le cyprès Kotaké. Ce sont des cyprès jumeaux. Juste-

ment Mmes Koumé et Kotaké de la Maison de l'Est, comme elles sont jumelles, tiennent leur nom de ces cyprès. »

La voix de Baikô s'assombrit alors, comme elle poursuivait :

« Ces arbres ont poussé ensemble durant des centaines, des milliers d'années et voilà qu'un seul est frappé par la foudre et disparaît... Je suis terrifiée à l'idée que ce soit un mauvais présage. »

La nonne Baikô était au fond elle aussi une personne du village. Elle ne pouvait pas s'abstraire de la légende des huit tombes. Ce qui ne manqua pas de me refroidir.

Chapitre 14

Un meurtre gratuit

Quand nous parvînmes à la maison, en compagnie de Baikô, le prêtre venait d'arriver et les invités commençaient à se présenter un par un.

En réalité, la famille Tajimi appartenait à une secte zen et relevait du temple Renkô-ji qui se trouvait dans le village. Or mon frère défunt Hisaya avait vénéré depuis sa jeunesse le prêtre Chôei, du temple Maroo-ji, qui, lui, était situé dans le village voisin et qui était de la secte Shingon. De ce fait, les obsèques et les offices qui suivaient étaient assurés par ces deux temples.

Le temple Maroo-ji, se trouvant à la limite des deux villages, était plutôt attaché à celui des Huit Tombes dont de nombreuses familles se trouvaient sous sa coupe. Mais le prêtre Chôei avait déjà quatre-vingts ans et il était souvent alité : la plupart des offices étaient donc assurés par le diacre Eisen qui était arrivé au temple après la guerre. De plus comme le temple Keichô-in dépendait également de Maroo-ji, la nonne Baikô proposait ses services quand il manquait de personnel.

De nos jours, en ville les cérémonies sont considérablement simplifiées, mais on n'en est pas encore là dans les campagnes. Qu'il s'agisse du bonheur ou du malheur, dès qu'il arrive quelque chose dans une famille, c'est toute une fortune qui s'en va. En particulier chez les Tajimi, qui passent pour être les plus riches de la région, il y avait plusieurs dizaines d'invités pour la cérémonie du septième jour après la mort.

Le service débuta vers deux heures, mais comme il était

assuré par deux temples, il était presque cinq heures quand il s'acheva. Le repas commençait alors et ce n'était pas une mince affaire.

Les employés de la maison et les petits paysans mangeaient sans façon dans la salle au sol en terre battue près de la cuisine ; mais la famille et les notabilités du village s'installaient dans les deux grandes pièces dont on avait retiré la cloison. Les invités auraient droit à des tables individuelles où leur seraient servis des repas de fête, mais les deux religieux auraient des plateaux d'honneur.

Tous ces ordres avaient été donnés par Koumé et Kotaké, mais c'est ma sœur Haruyo, dont la santé m'inquiétait pourtant, qui veillait à leur application.

« Est-ce que ça va, Haruyo ? Ne te fatigue pas trop, car tu risques de le payer plus tard...

— Tu es gentil, mais ça va, j'ai l'esprit vif... »

Dans la cuisine attendaient les deux plateaux de fête et une vingtaine de repas de fête. Haruyo avait le visage livide et enflé et le regard éteint.

« Tu as mauvaise mine, enfin ! Tu n'as qu'à te décharger sur Oshima et les autres. Tu pourrais aller te reposer dans la dépendance...

— Ce n'est pas possible. Ce ne sera plus très long... Tatsuya, pourrais-tu demander aux invités de se mettre à table ?

— Ah bon ?... Soit... »

Je m'apprêtais à y aller, quand Noriko vint à ma rencontre.

« grand frère... », dit-elle d'une voix étouffée avant de me jeter un coup d'œil furtif et de baisser la tête.

C'était la première fois qu'elle m'adressait la parole et, du reste, la première fois de ma vie qu'une jeune fille m'appelait « Grand frère ». Je fus saisi d'un haut-le-cœur. Mais en considérant son aspect chétif, comme une fleur de l'ombre, j'eus un rire désabusé : si elle avait été plus juvénile et plus séduisante... Pourtant, elle était aujourd'hui légèrement maquillée.

« Bonjour, Noriko, qu'y a-t-il ? demandai-je.

— La supérieure du temple Keishô-in a quelque chose à te dire...

— Ah bien... merci. Où est-elle ?

— Par ici. »

Elle me conduisit dans la salle adjacente à l'entrée où Baikô était en train de se préparer pour sortir.

« Vous partez déjà ? Nous pensions vous servir le repas.
– Non, je préfère ne pas tarder. Je ne suis plus toute jeune, il est temps que je m'en aille.
– Grand frère, murmura Noriko derrière moi. On fera apporter plus tard le repas de Mme la Supérieure par un garçon. »
J'admirai sa perspicacité féminine.
« Oui, faisons comme ça. Madame la Supérieure, nous vous ferons apporter votre repas...
– Merci. »
La religieuse inclina légèrement son crâne rasé, puis, après avoir regardé autour d'elle, elle s'approcha de moi pour me chuchoter à l'oreille.
« Est-ce que vous pourriez passer me voir, monsieur Tatsuya ? J'ai quelque chose à vous dire. Je sais quelque chose de très important à votre propos. »
Je demeurai interdit. Elle jeta à nouveau un regard circulaire avant de poursuivre :
« D'accord ? Vous viendrez, n'est-ce pas ? Seul, sans aucune compagnie. Tout à l'heure, j'aurais voulu vous en parler au sanctuaire des Huit Tombes, mais vous étiez avec la jeune dame de la Maison de l'Est... Alors n'oubliez pas. Il n'y a que moi et le prêtre du temple Maroo-ji qui soyons au courant... Peut-être à demain... Je vous attends. »
Elle s'écarta de moi, me fixa encore un instant comme si elle voulait me donner un conseil, puis me salua avec affection et sortit.
J'étais interloqué. Je ne pouvais absolument pas saisir le sens de ce que m'avait murmuré la nonne. Je restai sur place, égaré, perplexe. Je finis par me ressaisir et je décidai de la suivre pour lui demander des explications, mais elle avait disparu.
« Que te disait-elle, grand frère ? » interrogea Noriko.
Je me rappelai alors sa présence derrière moi. Dans son regard infantile, il y avait une ombre d'inquiétude.
« Rien de spécial... », répondis-je.
Je sortis un mouchoir de ma poche et essuyai mon front qui ruisselait.
« Je n'y comprends rien du tout », dis-je.
Je retournai au salon où tout le monde avait déjà pris place. En face, le prêtre Kôzen du temple Renkô-ji et l'abbé Eisen du

temple Maroo-ji étaient l'un à côté de l'autre. Je devais m'installer à leur gauche, et près de moi Koumé et Kotaké, puis Haruyo – qui n'était pas encore assise –, Shintarô Satomura; ensuite c'était la place de Noriko, absente; puis venaient l'oncle Kuno, sa femme et leur fils aîné.

De l'autre côté étaient alignés le maire, Sôkichi Nomura, chef de la Maison de l'Ouest, sa femme; ensuite Miyako Mori; le quadragénaire au teint pâle et aux belles moustaches était le Dr Shûhei Arai auquel j'avais été présenté. Il disait venir d'Osaka et s'était réfugié dans le village pendant la guerre; pourtant il avait l'accent de Tōkyō, en articulant parfaitement. Il était d'un contact agréable. Il était donc normal que l'oncle Kuno soit éclipsé par lui. Koumé et Kotaké avaient tenu à sa présence, parce que c'est lui qui avait fait l'autopsie de mon frère. Après le Dr Arai étaient assis, se faisant tout petits, ma grand-mère maternelle et Kenkichi, le mari de ma tante. Les deux derniers m'étaient inconnus : peut-être leur avais-je été présenté, mais je les avais oubliés.

Je contournai le salon, pour me rendre dans la cuisine où je demandai qu'on livre son plateau à la nonne Baikô.

« Comment ça? s'écria Haruyo. La supérieure est déjà repartie? Eh bien, faisons comme tu dis. J'en chargerai quelqu'un. Attends, Tatsuya, ajouta-t-elle en me retenant. Je suis désolée de te mettre à contribution, mais peux-tu apporter un plateau?

– D'accord, lequel?

– Tu vois ces deux plateaux d'honneur? Prends-en un, j'apporterai l'autre... Là-bas, tu n'auras qu'à t'asseoir.

– C'est pour les prêtres, n'est-ce pas? Celui-ci est pour qui?

– Peu importe. Ils sont exactement pareils. »

Haruyo et moi-même nous levâmes, en apportant chacun un plateau.

« Oshima, dit Haruyo, tu serviras les autres dans l'ordre. Je vais m'asseoir...

– Entendu, madame. »

Nous entrâmes de concert dans le salon, ainsi chargés des deux plateaux. Je posai naturellement le mien devant Kôzen, du temple Renkô-ji, m'étant retrouvé face à lui. Ma sœur servit donc Eisen du temple Maroo-ji. Les deux prêtres retroussèrent leurs manches, en baissant discrètement la tête.

Nous regagnâmes nos places, ma sœur et moi. Oshima servit

le reste des invités, aidée par d'autres femmes. Une fois que tous les plateaux furent distribués, on nous donna du saké et le dîner put commencer.

« Eh bien, dis-je, nous ne vous proposons pas grand-chose, mais bon appétit... »

Kôzen et Eisen inclinèrent la tête et prirent chacun la coupe qui se trouvait devant eux.

Le nom de Kôzen évoquait un prêtre émérite, mais, en réalité, c'était un homme qui avait à peine la trentaine, d'une extrême maigreur, avec des lunettes aux verres très épais : c'est l'habit qui faisait le moine, car on aurait plutôt pensé à un étudiant attardé. En revanche, Eisen, du temple Maroo-ji, bien qu'il ne fût qu'abbé, avait largement dépassé la cinquantaine. Il avait les cheveux grisonnants et un air imposant ; il portait également des lunettes de myope, qui plissaient encore plus ses yeux ; chacune de ses joues était barrée d'une ride verticale profonde qui semblait révéler ses tourments passés.

Dans de telles circonstances, la conversation débutait en général par une évocation du défunt, mais étant donné la particularité du décès de mon frère, nous évitâmes d'en parler, préférant nous intéresser plutôt à Kôzen. Comme il était encore célibataire, le maire et Sôkichi Nomura, le chef de la Maison de l'Ouest, ne ménageaient pas leurs efforts pour lui trouver un parti. Le jeune Kôzen, quand on aborda ce sujet, rougit comme une écrevisse. La sueur perla sur son front. C'était si drôle que Miyako se moqua de lui : il semblait prêt à exploser, ce qui fit rire toute l'assistance.

Tant que nous riions, tout allait bien, mais un incident horrible allait se produire... J'en tremble encore, rien qu'à y penser.

Ni Kôzen ni Eisen n'étaient portés sur la boisson. Ils posèrent donc leurs coupes et prirent les baguettes. Beaucoup d'autres invités suivirent leur exemple. Oshima avait donc fort à faire à leur servir le riz.

C'est alors qu'un cri aigu me fit lever les yeux.

« Mais qu'est-ce qui vous arrive ? »

C'était Eisen qui soutenait le buste de Kôzen. Ce dernier avait laissé échapper ses baguettes : il se retenait par une main au sol et se frottait la poitrine de l'autre.

« Ah... j'ai... j'ai mal... de l'... de l'eau... »

Quatre ou cinq personnes se précipitèrent aussitôt dans la cuisine, pendant que les autres se levaient à moitié.

« Monsieur Kôzen, que se passe-t-il ? s'exclama le maire. Courage. »

Il contourna le prêtre et vint regarder son visage de près.

« J'ai... j'ai mal... mon cœur... mon cœur... »

Kôzen griffait le tatami avec ses ongles, saisi d'une violente convulsion, qui ne semblait plus humaine. Il cracha un flot de sang sur son plateau.

Quelqu'un hurla. Tout le monde se leva et certains s'enfuirent hors du salon.

Telle était la scène du troisième meurtre.

Chapitre 15

Allergique au vinaigre

Mon cauchemar était loin de se terminer. Cette agitation complètement folle, cette parodie de meurtre dont je ne pouvais pas saisir le sens... Mais d'autres atroces expériences m'attendaient encore. Toutefois, c'est plus que tout l'agonie de Kôzen qui me glaça d'horreur.

Dès qu'il vit Kôzen cracher le sang, le Dr Arai se leva. Il sembla se raviser cependant.

« Docteur Kuno, pourriez-vous m'aider ?... »

Je vis alors à mon tour l'oncle Kuno et je ne pourrai jamais oublier son expression. Tout en restant à demi assis, il se pencha par-dessus le plateau. Son front ruisselait de sueur. Il avait les yeux exorbités. Il avait sa coupe dans sa main droite posée sur un genou et ne pouvait l'empêcher de trembler. J'entendis alors le coup sec avec lequel sa coupe se brisa dans son poing.

Le Dr Arai semblait lui avoir fait reprendre conscience et il sortit un mouchoir pour s'essuyer le front. C'est alors seulement qu'il se rendit compte que sa main saignait et il noua précipitamment son mouchoir autour de la blessure. Il se leva pour répondre à l'invitation de son confrère. Ses genoux continuaient à trembler.

Le Dr Arai paraissait perplexe en observant le comportement du Dr Kuno. Il se mit à ausculter Kôzen avec célérité.

« Quelqu'un aurait-il la gentillesse d'aller me chercher ma serviette dans l'entrée ? »

Miyako ne tarda pas à s'exécuter. Le Dr Arai fit deux ou trois piqûres. Mais il secoua la tête et dit avec résignation :

« C'est fini. On ne peut plus rien.

— Quelle est la cause du décès, docteur ? demanda le maire d'une voix étouffée.

— Je ne peux pas être précis tant que je n'ai pas fait l'autopsie, mais cela semble être la même cause que pour Hisaya. Docteur Kuno, quelle est votre opinion ? »

Le Dr Kuno avait les yeux écarquillés, comme s'il avait l'esprit ailleurs. Il ne semblait pas entendre ce que lui disait le Dr Arai. Toute l'assistance regardait Kuno d'un air soupçonneux, quand quelqu'un me tapa violemment dans le dos.

« C'est lui, c'est lui ! C'est lui qui l'a empoisonné ! »

Surpris, je me retournai et vis devant moi Eisen du temple Maroo-ji qui pointait un doigt sur moi, avec un visage effrayant.

« C'est toi ! fit-il. C'est toi qui l'as empoisonné. Tu as assassiné ton grand-père, puis ton frère. Et maintenant tu as voulu me tuer, mais par erreur c'est Kôzen que tu as eu ! »

La colère gonflait les veines de son front comme des vers. Ses yeux plissés étaient injectés de sang sous ses lunettes épaisses. Un frisson glacial parcourut l'assistance.

Quelqu'un accourut dans mon dos, puis en me repoussant se dressa face à moi. C'était ma sœur Haruyo.

« Qu'est-ce que vous racontez, vous ? »

Sa voix tremblait de colère.

« Pour quelle raison Tatsuya devrait-il vous empoisonner ? Quel lien y aurait-il entre vous ? »

Eisen fut décontenancé comme s'il était soudain revenu à la réalité. L'instant d'après, en jetant un regard autour de lui, il constata que tout le monde le fixait. Cela ne fit qu'augmenter son désemparement et, au bord du désarroi, il s'essuya le front du revers de sa manche.

« Oh, je vous prie de m'excuser...

— Ah, ça, vous pouvez attendre ! s'écria Haruyo. Dites-nous, pour quelle raison Tatsuya devait-il vous tuer ? Qu'est-ce qui le poussait à vous empoisonner ? »

Tout en s'acharnant sur Eisen, ma sœur haletait. Eisen perdait de plus en plus contenance.

« Ce n'est rien. Le spectacle était si effrayant que, malgré moi, j'ai perdu la tête... Une bêtise m'a échappé. Veuillez oublier ça.

– L'égarement n'excuse pas tout. Il y a des limites à ne pas dépasser. Expliquez-vous. Qu'y a-t-il entre Tatsuya et vous ?
– Ça suffit, maintenant ! intervins-je. Il ne faut pas t'emporter comme ça. Ce n'est pas bon pour ta santé.
– C'est que je suis vraiment excédée... »

Haruyo se cacha le visage sous sa manche et se mit à pleurer, les épaules secouées de sanglots.

Mais au fond, pourquoi Eisen avait-il lancé de tels propos ? Même si l'on admet qu'il ait perdu son sang-froid, il est difficile de penser qu'il se soit exprimé de façon tout à fait irréfléchie. Dès qu'il s'était rendu compte que Kôzen avait été empoisonné, il avait dû soupçonner d'avoir été visé en réalité. Mais pourquoi ?

« Tu as assassiné ton grand-père, puis ton frère. Et maintenant tu as voulu me tuer... »

Pour quelle raison Eisen m'avait-il dit cela ? Pourquoi aurais-je dû prendre pour cibles successives mon grand-père, mon frère et Eisen ? Cela me restait obscur. Tout n'était que mystère.

Quoi qu'il en soit, l'assassinat de Kôzen par empoisonnement souleva un tourbillon de terreur au village des Huit Tombes. Rien de plus normal, car les victimes – que ce soit mon grand-père Ushimatsu ou mon frère Hisaya – appartenaient jusqu'ici toutes à la famille Tajimi. Mais maintenant, il s'agissait d'un étranger, dont le seul lien avec la famille était qu'il s'agissait du prêtre du temple familial. Déjà pour les deux premiers meurtres, il était difficile de comprendre la logique. Mais pour le troisième on était en pleine absurdité. L'assassin était-il un empoisonneur pervers qui se satisfaisait de n'importe quelle victime ?

Le gendarme du village, aussitôt averti, accourut. Dès le soir même, de nombreux policiers de la ville voisine vinrent en renfort, et parmi eux le commissaire Isokawa. C'était un des vieux routiers de la police départementale, mais depuis qu'il était venu enquêter sur la mort étrange de mon frère, il s'était installé dans la ville voisine pour pouvoir se rendre quotidiennement dans le village. De ce fait, il n'y avait rien d'exceptionnel à ce qu'il se précipitât ce soir-là, mais ce qui était étrange, c'était la présence de ce personnage bègue nommé Kôsuke Kindaichi. Ce qui me surprit encore plus, c'est que Kôsuke Kindaichi semblait jouir d'un grand prestige dans le groupe. Le commissaire Isokawa en personne l'entourait de prévenances.

Selon les résultats de l'enquête, le poison qui avait provoqué la mort de Kôzen avait été mélangé à la sauce de la salade. Quant à l'heure du forfait, la vingtaine de plateaux, dont les deux d'honneur, avaient tous été préparés dans la cuisine, durant la récitation du sûtra. Les plateaux avaient donc été laissés dans la cuisine. Pendant ce temps, il y avait eu un va-et-vient incessant de femmes venues aider au service et d'hommes qui allaient chercher de l'eau. N'importe qui avait donc eu la possibilité d'empoisonner le plateau de Kôzen. Un mystère demeurait pourtant : comment l'assassin savait-il que ce plateau précisément reviendrait à Kôzen?

Il n'y avait que deux plateaux d'honneur et il n'était pas difficile d'imaginer qu'ils étaient destinés aux prêtres. Par conséquent, à supposer que le criminel se fût trouvé parmi les invités, il pouvait être sûr qu'il ne risquerait pas de se voir servir le plateau empoisonné. En revanche, le Bouddha lui-même n'aurait pu deviner qui de Kôzen ou d'Eisen hériterait de ce plateau.

C'était par pur hasard que j'avais pris le plateau empoisonné et Haruyo l'autre. C'était également par pur hasard que je m'étais mis à la droite de ma sœur, que nous étions entrés dans le salon sans changer de position et que le plateau empoisonné avait ainsi atterri devant Kôzen. Ni la volonté de ma sœur ni la mienne n'y avaient eu la moindre part. Par conséquent, si j'avais choisi l'autre plateau ou si je m'étais placé à la gauche de ma sœur, naturellement c'est Eisen qui aurait été assassiné.

Cela signifie-t-il que pour le meurtrier cela revenait au même? Comment peut-on imaginer un meurtre aussi absurde?

Tout paraissait insensé. Tout était déréglé. Mais que le criminel ne fût ni insensé ni déréglé, c'était évident, à considérer sa maestria. Si nous trouvions ses crimes fous, n'était-ce pas simplement parce que nous ne parvenions pas à déceler son plan? Les trois meurtres qui s'étaient succédé n'étaient-ils pas seulement trois points sur la circonférence du cercle sanglant que l'assassin s'apprêtait à tracer? Et il est possible que l'on ne comprendrait la finalité de ces assassinats que quand la boucle serait fermée.

Ce soir-là, on tenta une curieuse expérience sur le lieu du

crime, c'est-à-dire dans l'immense salon. Manifestement c'était sur l'instigation de Kôsuke Kindaichi. On nous demanda à tous de nous asseoir comme au repas. Heureusement, le Dr Arai avait pris l'initiative de nous interdire de modifier quoi que ce soit au lieu du crime. Seul le cadavre avait été transporté pour l'autopsie, mais les plateaux étaient restés à leurs places. Nous nous installâmes donc chacun devant le nôtre.

« Regardez bien, ordonna Kôsuke Kindaichi. Le plateau que vous avez devant vous est-il bien celui que vous aviez tout à l'heure ? Vérifiez avec soin. »

Nous nous sommes exécutés. La quantité de nourriture qui restait dans chacune de nos petites assiettes nous servit de critère. Nous avons pu en conclure que rien n'avait été déplacé. Puis, Kôsuke Kindaichi vérifia chaque assiette de salade et prit des notes dans son carnet.

Évidemment, évidemment.

Kôsuke Kindaichi vérifiait qui avait mangé de la salade et qui s'en était abstenu. Il avait dû formuler l'hypothèse suivante : étant donné la distinction entre les plateaux d'honneur et les autres, le criminel n'avait pas craint de se faire servir le plateau empoisonné. Il pouvait cependant s'attendre à un cas de figure : il arrive souvent qu'au moment de remplir les assiettes, on les échange. Et il arrive aussi que pour égaliser les parts, on en vide une pour en remplir une autre. Après que le criminel avait mis le poison, quelqu'un aurait très bien pu changer la destination de l'assiette empoisonnée. Ou même en prendre une pincée pour la faire passer dans une autre assiette. Vu le risque qu'il courrait, le criminel n'avait certainement pas touché à sa salade.

C'est bien plus tard que Kôsuke Kindaichi me révéla les résultats de son enquête : la seule personne qui n'avait pas touché à la salade, c'était Tatsuya Tajimi. Moi-même !

Je déteste le vinaigre.

Chapitre 16

Le voyage d'Eisen

Je suis vanné. Je n'ai plus la force de réfléchir.
Ah, je n'en peux plus!
Il y a une limite à la résistance humaine, après tant d'excitation et de tension. Cette limite franchie, les nerfs craquent. On appelle ça la décompression. C'était mon état.
Il fut décidé que le corps de Kôzen serait autopsié sur place. En attendant, il fut transféré dans une autre salle. Le commissaire Isokawa envoya un télégramme au Dr N., médecin légiste de la police départementale.
Après toutes ces procédures, nous fûmes interrogés les uns après les autres jusqu'à une heure avancée de la soirée. Dans les deux assassinats précédents, on ne pouvait pas savoir ni où ni comment l'empoisonnement avait eu lieu. Mais cette fois-ci, tout était clair. L'assassin se trouvait sous notre toit et il avait habilement profité de la confusion de la cuisine pour mettre le poison. En d'autres termes, celui qui avait tué mon grand-père, mon frère et maintenant Kôzen se trouvait tout près de moi. A cette idée, je ne pus réprimer un frisson.
L'interrogatoire était d'une grande sévérité. Notamment, c'est moi qui ai dû subir les attaques féroces du policier. Les hasards malheureux qui s'étaient succédé avaient troublé l'esprit, pourtant lucide, des policiers et ils commençaient à voir en moi un monstre effrayant. Un empoisonneur obsessionnel qui tuait, sans raison, n'importe qui sur son chemin... Il était difficile d'imaginer un portrait différent et j'y correspondais mieux que quiconque.

J'avais un père si atroce... Le même sang violent qui avait coulé dans ses veines coulait dans les miennes. Au lieu de se consumer dans un incendie flamboyant n'avait-il pas formé de pâles sédimentations qui fondaient la nature d'un empoisonneur obsessionnel ?

Ma naissance est liée à cette tragédie sanglante. Cette étoile noire du destin allait-elle me pousser à commettre ces crimes lugubres ?

Un autre désavantage était mon état d'étranger au village. Pour les villageois, j'avais l'opacité d'un étranger. C'est pourquoi personne ne pouvait me défendre avec une grande conviction. Même Haruyo ne s'était-elle pas dit : « Peut-être ? » Cette idée rendait ma douleur encore plus intolérable.

S'il en était ainsi pour ma sœur, il était normal que le soupçon des policiers se déversât sur moi. Je fus soumis à un interrogatoire serré et sans merci. Tantôt directes, tantôt détournées, leurs questions se succédèrent avec acharnement, ce qui m'épuisa physiquement et psychiquement.

A l'époque d'Edo, il existait une torture qui consistait à priver le prisonnier de sommeil pendant des jours : il sombrait dans un épuisement tel qu'il avouait tout et n'importe quoi.

Certes les policiers ne recoururent pas ce soir-là à cette méthode, mais à force d'excitation et de tension, je me sentais dans l'état d'un tel prisonnier sous la torture. J'étais peut-être un monstre sans le savoir. Et un deuxième moi effrayant se tapissait quelque part. Ce moi commettait ces horreurs à mon insu... Ces sornettes me traversèrent même l'esprit. J'étais sur le point de dire :

« C'est cela... J'en suis l'auteur... C'est mon travail. Maintenant que j'ai tout avoué, ne me tourmentez plus. Laissez-moi tranquille. »

C'est Kôsuke Kindaichi qui me tira de ce mauvais pas.

« Allons, monsieur le commissaire, dit-il, vous ne pouvez pas régler cette affaire en un soir, qui que soit le coupable. Car le motif du crime est incompréhensible. Dans le cas d'Ushimatsu et dans celui de Hisaya, on avait l'impression d'en saisir un. Mais, à bien y réfléchir, il n'y en a pas. Pour ce qui est de Kôzen, le mobile est absolument introuvable. Que cherche le meurtrier ?... Tant qu'on n'a pas mis au clair cette chose, il est inutile de lancer une attaque éclair. »

Kôsuke Kindaichi semblait avoir un ascendant extraordinaire sur le commissaire Isokawa : ses seules paroles me libérèrent des fourches caudines de la police.

« Eh bien », répondit le commissaire Isokawa, avec un rire amer. « C'est une affaire vraiment retorse. L'affaire d'il y a vingt-six ans était d'une atrocité inouïe, mais elle était plutôt simple. Celle-ci, en revanche, est plus modeste, mais elle nous résiste bien plus que l'autre. Décidément, ils nous en feront voir tous les deux, le père et le fils... »

Finalement, deux inspecteurs seulement restèrent pour surveiller le corps de Kôzen pendant que les autres, à onze heures passées, prirent congé. L'autopsie aurait lieu le lendemain dans la maison même, dès l'arrivée du Dr N. Quand les policiers furent partis, les invités, qui avaient été retenus jusque-là, s'en allèrent en catimini, et la grande maison fut abandonnée dans une atmosphère de désolation, comme par le ressac.

Je n'avais pas la moindre énergie. La tristesse m'envahissait. Je m'assis sans force au milieu du salon en désordre et malgré moi je sentis mes larmes couler.

Personne ne m'adressait la parole. J'entendais des bruits de vaisselle dans la cuisine, mais aucune voix. Sans doute Oshima et les femmes venues en renfort bavardaient-elles à propos du drame qui venait de se dérouler, mais elles devaient chuchoter par égard pour moi. Cela voulait dire que chez elles aussi j'avais fait naître des soupçons. Même les bruits de vaisselle avaient l'air timoré...

J'étais seul, si seul.

Personne ne prenait mon parti, personne ne me consolait... Un sentiment de solitude me submergeait quand soudain quelqu'un me prit par les épaules, comme en ayant lu dans mes pensées.

« Mais ce n'est pas vrai. Je serai toujours de ton côté. »

C'était Haruyo.

Ma sœur me caressa doucement les épaules.

« Peu importe ce que disent les autres, continua-t-elle. Je serai toujours avec toi. N'oublie pas. Je te crois. C'est plus que ça : je sais. Je sais que tu n'es pas aussi horrible... »

Jamais la compassion d'autrui ne m'a autant touché. Malgré moi, je me blottis contre elle, comme dans mon enfance.

« Haruyo, dis-moi... Que dois-je faire ? Ai-je mal fait en

venant ici ? Si c'est le cas, je peux rentrer à Kōbe d'un moment à l'autre. Haruyo, dis-moi. Que dois-je faire ? »

Haruyo me caressa doucement le dos.

« Mais enfin, ne te laisse pas aller, ne parle pas de rentrer à Kōbe... Tu es de la famille, il n'y a aucun mal à ce que tu sois là. Il faut que tu restes ici pour toujours...

— Mais Haruyo, si c'est ma présence ici qui a causé cet enchaînement de désastres, je ne resterai pas une seconde de plus. Haruyo, dis-moi. Qui est-ce qui fait tout ça ? Et quel rapport cela a-t-il avec moi ?

— Tatsuya, répondit-elle avec une voix tremblante. Ne pense pas à ces sornettes... comment veux-tu qu'il y ait un lien entre ces horreurs et toi ? Le cas de notre frère est assez clair. Quand aurais-tu eu l'occasion de substituer les sachets ? Alors que tu venais d'arriver ici...

— Mais ce n'est pas ce que pense la police. Ils croient que j'ai un don diabolique pour la magie.

— C'est parce que tout le monde est excité. Quand on se sera calmé, le malentendu qui t'entoure se dissipera. Il ne faut surtout pas être pessimiste ou désespéré, Tatsuya...

— Haruyo ! »

J'allais dire quelque chose, mais ma voix s'étouffait dans ma gorge et pas un son ne sortait de ma bouche. Ma sœur se tut un moment, avant de reprendre.

« A propos, Tatsuya. L'autre jour, tu m'as posé une drôle de question.

— Laquelle ?

— Eh bien, tu m'as demandé si quelqu'un n'avait pas quitté récemment le village pour aller voyager... qu'est-ce que tu entendais par là ? »

Son ton laissait deviner qu'elle avait une idée là-dessus. Je la dévisageai à nouveau. La fatigue avait gonflé son visage, mais une lueur d'intelligence éclairait ses yeux.

Je racontai alors, sans omettre aucun détail, qu'un homme avait fait une enquête sur ma personne à Kōbe. Il n'avait aucun lien avec Me Suwa qui avait été chargé de me retrouver. Et c'était, ajoutai-je, manifestement un homme de la campagne.

Ma sœur écarquilla les yeux et me demanda quand la chose avait eu lieu. Je comptai sur les doigts de ma main et retrouvai la date. Elle en fit autant. Elle dit précipitamment :

« C'est bien ce que je pensais. C'était justement à cette époque-là. »

Elle se rapprocha de moi et ajouta :

« L'autre jour, tu m'as dit " quelqu'un de ce village ". C'est pour ça que je n'y avais pas pensé. Or, quelqu'un, qui n'en fait pas partie, mais a un lien étroit avec le village, est justement parti en voyage à cette époque-là.

– Qui est-ce?

– Eisen du temple Maroo-ji... »

Stupéfait, je la fixai. J'avais l'impression d'avoir reçu un coup sur la tête.

« Haru... Haruyo... c'est vrai, ça ? demandai-je d'une voix tremblante.

– Absolument. Il n'y a aucun doute là-dessus. Tout à l'heure, Eisen t'a dit des choses étranges, n'est-ce pas? Ça m'a mise dans une telle colère que je me suis acharnée contre lui. C'est alors que l'idée m'est revenue soudain qu'Eisen était parti en voyage au début du mois dernier pendant cinq ou six jours... »

Un frisson me parcourut et j'avais la sensation de claquer des dents.

« Haruyo, quel type d'homme est-ce ? A-t-il un lien avec notre famille ?

– Nullement. Il a débarqué au temple Maroo-ji peu de temps après la guerre. On dit qu'il s'occupait de la mission d'un temple de Mandchourie. Il semble qu'il y ait longtemps qu'il connaissait le prêtre Chôei et c'est pour ça qu'il le remplace. Mais je n'ai aucune idée de son origine. »

Si le personnage qui avait fait apparition à Kōbe était bel et bien Eisen, qu'avait-il eu en tête ? Pourquoi s'intéressait-il à moi ?

« Eisen n'est-il pas informé sur ces meurtres? Quand on a entendu les paroles effroyables qu'il a prononcées aujourd'hui...

– Ça ne fait pas le moindre doute, répondit-elle tout net. Sinon, il n'aurait pas proféré d'aussi terribles paroles. Plus tard, il s'est excusé, en disant que la terreur lui avait fait perdre la tête. Certainement, il avait perdu la tête. Mais, même dans ce cas, on ne laisse échapper que des pensées que l'on porte en soi. Tatsuya, tu te rappelles ce qu'il a dit ?

Comment aurais-je pu l'oublier ? J'acquiesçai silencieusement, tout en tremblant à ce terrible souvenir.

« Dans ce qu'il a dit, n'y a-t-il pas quelque chose qui t'ait frappé ? Bien sûr, il est la victime d'un malentendu. Eh bien, justement quelque chose qui pourrait être à l'origine de ce malentendu... »

Naturellement, rien en particulier ne m'avait frappé.

Encore une fois, j'étais abattu en pensant à mon isolement dans ce village, quand Oshima se présenta.

« Monsieur Tatsuya, dit-elle, en se prosternant à l'entrée. Mes maîtresses vous demandent.

– Ah bon, dit Haruyo. Vous n'aurez qu'à les prévenir que nous venons tout de suite... »

Alors que ma sœur s'apprêtait à se lever, Oshima l'en retint.

« Non, cela ne concerne pas Madame... Seulement M. Tatsuya est demandé... »

Nous échangeâmes, ma sœur et moi, un regard perplexe.

Chapitre 17

Le thé empoisonné

Cela faisait déjà une semaine que je logeais dans cette maison, mais je ne m'étais jamais retrouvé seul face à face avec mes grand-tantes. Chaque fois que je les voyais, il y avait Haruyo ou quelqu'un d'autre.

Or, soudain, et de surcroît à une heure tardive de la nuit même où cet atroce forfait avait été commis, elles exprimaient le désir de me voir seul, en aparté, en l'absence de ma sœur. Un certain trouble s'empara de mon esprit.

Pourtant je n'avais aucune raison de refuser. Je me levai et suivis Oshima. Haruyo me regarda m'éloigner avec inquiétude.

Les jumelles Koumé et Kotaké occupaient le coin le plus éloigné de la maison principale d'où partait le corridor de trente mètres : les deux pièces de huit tatamis et de six tatamis. Elles dormaient dans celle de huit tatamis, en disposant leurs deux oreillers côte à côte, en toute intimité.

Lorsque, amené par Oshima, j'entrai dans cette pièce, Koumé et Kotaké buvaient tranquillement du thé sans avoir l'air de vouloir se coucher. Je ne savais toujours pas les distinguer. Dès qu'elles m'aperçurent, un sourire se forma sur leurs bouches en cul de poule.

« Bonsoir, Tatsuya, la journée a dû être rude pour toi. Viens donc t'asseoir ici.

– Tu peux disposer, Oshima. Va te coucher. »

Koumé et Kotaké avaient parlé l'une après l'autre. Je pris place à l'endroit indiqué par l'une d'elles, tandis qu'Oshima se retirait silencieusement, en baissant la tête.

« Mes tantes, que me voulez-vous ? demandai-je, en regardant tour à tour ces étranges jumelles qui ressemblaient à deux petites guenons.

— Mon cher petit, ne te formalise pas comme ça ! Tu es chez toi. Sois plus détendu. N'est-ce pas, Kotaké ?

— Koumé a raison. N'aie pas peur, Tatsuya. Maintenant que Hisaya est mort, tu as le rôle du maître de maison. Tu devrais avoir les nerfs plus solides. »

Les êtres humains, arrivés à un tel âge, sont certainement passés par tous les sentiments possibles et doivent avoir leur glande pinéale ramollie comme une éponge. Toutes les deux étaient si insouciantes qu'on n'aurait jamais dit qu'un drame avait eu lieu dans la journée. Cela ne fit que m'effrayer davantage. J'avais des démangeaisons sous la plante des pieds.

« Eh bien, que me voulez-vous ? insistai-je.

— Ah oui, mais nous n'avons rien en particulier... Simplement, tu dois être fatigué, nous voulions te proposer du thé.

— En effet, tant de malheurs qui se sont succédé, cela a dû mettre tes nerfs à rude épreuve. Allons, nous avons un thé rare. Koumé prépare-lui une tasse.

— Tout de suite. »

Koumé mélangea le thé vert épais dans une tasse avec art et me le servit. Ne pouvant pas percer à jour leurs intentions, je demeurai un moment interloqué et les dévisageai tour à tour.

« Qu'as-tu ? Koumé te l'a préparé avec soin. Goûtes-y donc. »

N'ayant rien à objecter, je pris la tasse et bus une gorgée. Mais j'eus aussitôt un haut-le-cœur et les dévisageai à nouveau.

Un goût étrange et âpre sur ma langue... En les observant, je remarquai qu'elles échangeaient un regard qui semblait chargé de sens... Je frissonnai et je sentis une sueur froide sur tout mon corps.

L'assassin empoisonneur ? Était-ce donc ces deux vieilles femmes pareilles à de petites guenons ?

« Qu'est-ce que tu as, Tatsuya ? Pourquoi fais-tu cette tête ? Allons, bois-le vite.

— Oui...

— Tu es un drôle de garçon. Tu as l'air anxieux. Il n'y a pas de poison. Allons, bois-le d'une seule traite. »

Les assassins sont-ils donc aussi ingénus ? Les deux vieilles avec leur bouche en cul de poule semblaient bien s'amuser.

Mais en même temps elles fixaient d'un air craintif mes mains qui tenaient la tasse de thé.

Une sueur froide humectait mon front. Tout s'assombrissait et mes mains commençaient à trembler.

« Mais, qu'est-ce que tu as? Allez, bois-le d'un coup et va te coucher. Il est déjà tard.

— C'est vrai. Aujourd'hui tu as dû être fatigué. Tu n'as qu'à boire ce thé et un bon sommeil te fera tout oublier. Rien n'est plus agréable que de dormir. »

Je me trouvais au pied du mur. Je ne pouvais plus recracher le thé amer qui se trouvait dans ma bouche. Au fond, à quoi bon le cracher? Car j'en avais déjà avalé une partie.

Les dés sont jetés... Advienne que pourra... une sorte de courage destructeur m'excita et je bus d'une seule traite ce thé étrange. En proie à un sentiment indéfinissable mêlé de peur, de frisson et de désespoir, je tremblais alors de tous mes membres...

« Voilà, il l'a bu.

— C'est un très bon garçon. »

Koumé et Kotaké échangèrent un sourire. Elles avaient l'air de s'amuser comme des petites folles et rentraient leur cou dans les épaules comme des gamines.

Sans cesser de frissonner, je gardai la tête baissée comme si je pouvais voir à travers mon corps. Mon ventre n'allait-il pas être lacéré par une douleur lancinante? Des grumeaux tièdes de sang n'allaient-ils pas me monter à la gorge?... J'étais tout moite et visqueux.

« Parfait, Tatsuya, tu peux disposer.

— Oui, Koumé a raison. Va dormir dans la dépendance. Bonne nuit, mon petit.

— Bien... »

Je les saluai en posant mes mains sur les tatamis et me levai les jambes flageolantes. J'avais le sentiment que tout autour de moi tournoyait. Dans le couloir, Haruyo, anxieuse, m'attendait.

« Que te voulaient nos tantes? me demanda-t-elle.

— Rien de spécial. Elles m'ont offert du thé.

— Du thé?... »

Elle fronça les sourcils d'un air soupçonneux et sembla remarquer seulement alors ma mine.

« Mais enfin, Tatsuya, que t'arrive-t-il? Tu es livide! Tu ruisselles...

– Non, ce n'est rien. Je suis simplement un peu fatigué. Après une bonne nuit de sommeil, il n'y paraîtra plus. Dors bien, Haruyo. »

Je repoussai ses mains qui voulaient me retenir et regagnai la dépendance d'un pas chancelant. Dans ma chambre, Oshima avait déjà déroulé mon futon. Comme ivre d'un mauvais saké, je vacillai et après avoir enfilé mon vêtement de nuit, j'éteignis la lampe et me glissai sous la couette.

Dans mon enfance, j'avais vu une pièce de théâtre où un samouraï est contraint de boire du saké qu'il sait empoisonné. Il s'enferme dans le donjon du château, où, trois ans durant, il vivote en constatant sa déchéance physique. Je me souvins que, malgré mon jeune âge, j'avais éprouvé une terreur et une tristesse indescriptibles.

Or c'est exactement le sentiment que j'avais cette nuit-là. J'essayai de me concentrer, pour guetter la moindre anomalie. Je sombrai dans un état de profond désespoir. Je fermai les yeux dans les ténèbres et diverses scènes lugubres et sanglantes se déroulèrent devant moi.

Pourtant rien d'inquiétant ne se manifestait. Sans même laisser le temps à la douleur de s'annoncer, épuisé par une trop longue tension, je cédai au sommeil.

Je dormis du sommeil du juste. Et quand, au cœur de la nuit, je me réveillai soudain, alerté par le sentiment d'une étrange présence, je fus incapable de deviner l'heure.

Chapitre 18

Curieux pèlerinage

J'ai depuis mon enfance une étrange habitude. Il serait peut-être plus approprié de dire « maladie ».

C'est un phénomène qui se produit quand je suis extrêmement fatigué et quand j'ai abusé de ma résistance nerveuse pour un examen ou une épreuve quelconque : la nuit, je me couche, je commence à somnoler et je me réveille en sursaut. En réalité, je ne me réveille pas complètement. Seule ma conscience est à moitié éveillée, tandis que mes muscles demeurent tout à fait endormis.

L'horreur et la désolation de ce moment-là, seul celui qui en a fait l'expérience peut en mesurer l'étendue. Ma perception est claire. J'ai la vague conscience de ce qui m'entoure et se produit. Pourtant mes muscles sont entièrement paralysés, si bien que je ne peux pas faire un mouvement. Et si j'essaie de parler, ma langue est absolument figée et je ne peux pas articuler une seule syllabe. Je me trouve donc dans un parfait état de catalepsie.

Cette nuit-là, quand je me réveillai soudain, j'étais précisément dans cette situation-là.

Une présence étrange m'accompagnait dans la chambre... Il y avait dans la pièce un autre être humain : je percevais nettement son souffle retenu et l'air qui remuait. Avant même, j'avais distingué à travers mes paupières fermées une lueur curieuse qui éclairait la chambre, alors que j'étais certain d'avoir éteint la lampe. Pourtant, je ne pouvais absolument rien faire avec mon corps. Mes muscles refusaient de me répondre et j'étais en proie à une totale catalepsie.

Cette terreur indéfinissable provoqua une sueur brûlante sur tous mes membres. Je voulus pousser un cri, mais mes lèvres ne se desserraient pas. Je tentais de me redresser, mais j'étais comme englué sous la couette et je ne pouvais pas faire un geste. Même mes paupières paraissaient collées entre elles et ne parvenaient pas à se détacher. Un observateur m'aurait certainement cru dans une espèce de léthargie.

C'est probablement ce qui rassura mon visiteur, qui s'approcha de moi lentement, à quatre pattes. Puis, après quelques hésitations, il atteignit mon chevet et me dévisagea, sa tête au-dessus de la mienne. Plus exactement, j'avais le sentiment qu'il me fixait des yeux.

Pendant quelques instants, l'inconnu resta assis près de moi, sans un mouvement. On aurait dit qu'il me contemplait, en retenant sa respiration. Puis il haleta de plus en plus violemment. Je sentis sur ma peau un souffle tiède. C'est alors qu'un événement bizarre se produisit. Une goutte chaude tomba sur mon visage.

C'était une larme!

J'eus un haut-le-cœur et respirai profondément. Le visiteur, probablement étonné, recula soudain, pour guetter ma réaction. Puis, de nouveau rassuré, il se rapprocha, mais, je ne sais pour quelle raison, il s'écarta à nouveau, avec précipitation. Ensuite, il resta immobile en respirant fortement puis tout à coup se releva.

Mon engourdissement commença à se dissiper. La paralysie de mes paupières, contre laquelle j'avais lutté frénétiquement, céda peu à peu.

J'ouvris les yeux et je fus saisi d'une épouvante qui m'électrisa.

Quelqu'un se tenait devant le « paravent des trois sages ». Je ne le voyais que de dos, mais c'était comme si le prêtre Butsuin représenté sur le paravent en était sorti.

Je me souvins alors de l'histoire que Haruyo m'avait racontée l'autre jour : Heikichi, le bûcheron, avait passé une nuit dans cette chambre et avait constaté, lui aussi, que le personnage du paravent en était sorti...

Pour mieux voir de qui il s'agissait, j'écarquillai les yeux, mais soudain la vague lueur qui éclairait la chambre disparut. Et la silhouette mystérieuse s'évanouit dans les ténèbres, comme aspirée par le paravent.

De toutes mes forces, je tentai de m'opposer à cette maudite catalepsie. J'accélérai ma respiration, unique mouvement qui m'était concédé, et m'employai à me redresser. Cela m'avait parfois réussi dans un pareil cas.

Avant d'être récompensé de mes efforts, je dus à nouveau retenir mon souffle. Quelqu'un s'approchait dans le long corridor.

Des pas feutrés de chat. Le doux bruissement d'un kimono... Le bruit se dirigea vers la véranda. Arrivé devant ma chambre, l'inconnu s'arrêta tout net, de l'autre côté de la porte coulissante, et demeura immobile.

Je refermai les yeux et retins mon souffle. Mon cœur palpitait violemment et une sueur grasse ruisselait sur mon front.

Un instant, un instant encore...

Puis la porte coulissante s'ouvrit doucement : en même temps que paraissait une faible lueur, quelqu'un entra dans ma chambre. Mais il n'était pas seul; ils étaient deux. J'entrouvris mes yeux pour regarder dans cette direction. Je fus alors saisi d'une étrange sensation.

Car les intrus étaient Koumé et Kotaké. L'une des jumelles – je ne savais toujours pas si c'était Koumé ou Kotaké – tenait une lanterne à l'ancienne. La lueur de cette lanterne éclairait vaguement leurs deux silhouettes dans les ténèbres.

Elles étaient toutes les deux vêtues d'une pèlerine noire identique et portaient à un poignet un chapelet de cristal. Et, chose étrange, toutes les deux s'appuyaient sur une canne.

Elles s'approchèrent à pas de loup et se penchèrent sur mon visage qu'elles éclairèrent avec leur lanterne. J'avais refermé les yeux.

« Il dort profondément, murmura l'une d'elles.

— Le médicament a fait son effet, commenta l'autre en riant tout bas.

— Kotaké, regarde donc, il ruisselle de sueur!...

— Il doit être fatigué. Il respire bruyamment.

— Pauvre garçon! Il a tellement subi...

— Mais, ça se présente bien. Il ne se réveillera pas de si tôt.

— En effet. Allons prier. Aujourd'hui, c'est l'anniversaire du défunt, même si ce n'est pas le mois exact...

– Tu as raison, Koumé.
– Bien, Kotaké.
– Dépêchons-nous. »

Armées de leur lanterne, elles passèrent sur la véranda sur la pointe des pieds, après avoir délicatement refermé derrière elles la porte coulissante.

Je sortis alors complètement de ma catalepsie. Je me redressai d'un bond sur ma couche.

Ah, était-ce un rêve?...

Non, ce n'était pas un rêve. Elles étaient en train de contourner la chambre par l'extérieur et se dirigeaient vers les toilettes. Pendant qu'elles marchaient, leurs ombres, formées par la lueur de la lanterne, dansaient sur la paroi de la porte coulissante.

Derrière la chambre de douze tatamis où j'étais couché, se trouvait une autre pièce plus petite, avec un plancher. Elle servait de débarras et il y avait de vieux meubles, comme des malles en osier, des coffres en bois, une armure dans son caisson et même un palanquin qu'autrefois le maître de maison utilisait pour ses déplacements. C'est dans ce débarras que Koumé et Kotaké semblaient être entrées. Et je crus que mon cœur allait s'arrêter.

Comme je l'ai écrit plus haut, à côté de l'alcôve, sur le mur de ma chambre, étaient accrochés les masques du démon et du singe. Dès que les deux vieilles entrèrent dans le débarras, une faible lueur s'échappa des yeux du démon. Cette lumière tremblait comme la flamme d'une bougie, tour à tour vive et faible. Je restai un moment hébété à la contempler lorsque je compris enfin ce qui se passait.

Le mur auquel était accroché le masque du démon était percé d'un petit trou et la lumière de la lanterne que tenait l'une des jumelles filtrait à travers. Cela n'expliquait-il pas l'origine de la lueur mystérieuse qui, tout à l'heure, flottait dans la chambre quand je m'étais réveillé? En d'autres termes, cette lumière ne venait-elle pas d'une lampe allumée dans le débarras, passant à travers les yeux du démon? Si cette lumière avait soudain disparu, n'était-ce pas parce que la personne qui s'était faufilée dans ma chambre s'était enfuie vers le débarras?

Je sentis mon cœur qui battait à tout rompre. Je bondis de mon lit et me précipitai vers l'alcôve. J'entendis alors dans le débarras comme le cliquetis d'un couvercle qu'on refermait. Le brasillement des yeux du démon s'éteignit aussitôt. Il ne semblait y avoir plus personne dans le débarras.

J'étais excité au-delà de tout ce qu'on pouvait imaginer.

Ce n'était pas un poison que les jumelles m'avaient administré, mais un somnifère. Elles ne voulaient pas avoir de témoin en entrant mystérieusement dans le débarras. Qu'allaient-elles y faire en pleine nuit?

J'allumai doucement la lampe. Je me glissai à mon tour discrètement dans le débarras, de l'autre côté de l'alcôve. Il y faisait sombre, mais comme je le prévoyais, un rai de lumière traversait la paroi au niveau de l'alcôve.

« Mes tantes, mes tantes! » appelai-je à voix basse.

Bien sûr, je n'attendais pas de réponse. C'était simplement pour voir. Naturellement je n'eus pas d'écho. Je me résolus donc à allumer la lampe électrique du débarras. Nulle trace des jumelles.

Il n'y avait pas d'autre issue qu'une petite porte en bois de cryptomère, qui conduisait aux toilettes. L'étroite fenêtre du côté nord était grillagée et hermétiquement close par une targette.

Je sentis un regain d'excitation gagner tous mes membres.

Il y avait donc un passage secret qui partait de ce débarras. Cela ne faisait plus aucun doute. Et la présence de cette issue dérobée pouvait expliquer rationnellement le soupçon que Haruyo avait exprimé à propos de cette dépendance et le récit du bûcheron Heikichi, qui se sentait menacé par un intrus.

Évidemment! Heikichi prétendait, lorsqu'il logeait dans la chambre de la dépendance, qu'il se sentait constamment sous surveillance: c'était que l'intrus qui entrait dans le débarras par ce passage secret l'épiait à travers les yeux du démon, avant de pénétrer dans la chambre.

Je m'approchai discrètement du mur par lequel la lumière filtrait. J'enlevai le petit miroir qui était accroché et je découvris un trou circulaire. Je pus voir la totalité de la chambre de douze tatamis à travers ce trou.

Qui avait pu concevoir ce dispositif? J'y réfléchirais plus tard. Ma priorité était de trouver le passage secret. Je jetai un coup d'œil autour de moi dans la pièce.

Il y avait trois commodes à l'ancienne, avec des ferrures

noires, cinq ou six malles en osier et, dans un coin, sur un socle, une armure dans son caisson. Au plafond était suspendu le palanquin. Toutefois ce qui attira le plus mon regard, ce n'était rien de tout cela, mais le grand coffre de bois qui trônait au centre de la pièce. Le cliquetis que j'avais entendu tout à l'heure paraissait provenir de son couvercle. Le cadenas était cassé et pendait, entrouvert.

Je soulevai le couvercle. Le coffre contenait quelques couettes en soie. En les enlevant, j'entendis sous mes pieds des bruits de pas précipités.

Je retins mon souffle. N'étaient-ce pas Koumé et Kotaké qui revenaient?

Je tournai l'interrupteur du débarras en toute hâte et, après être revenu dans la chambre et avoir éteint, je me glissai dans le futon. Presque au même instant, j'entendis le bruit du couvercle du coffre qu'on ouvrait. A travers les yeux du masque du démon, une vague lumière filtra.

C'est peu de temps après que les jumelles, portant la lanterne, entrèrent dans la chambre. Je refermai les yeux aussitôt. Elles se penchèrent sur mon visage qu'elles éclairèrent.

« Je te l'avais bien dit. Tatsuya dort profondément. Comment as-tu pu imaginer que le débarras était éclairé, Kotaké?

– C'est vrai. Désolée... J'étais si surprise tout à l'heure.

– Tu vois bien. Ce soir, tu ne dis que des sornettes. Qui veux-tu qu'il y ait dans ce passage secret? Sinon une âme en paix...

– J'en aurais donné ma main à couper. Quand la lanterne s'est éteinte et que nous étions affolées, quelqu'un est passé à côté de moi, j'en suis certaine...

– Tu recommences! Laissons tomber. Ne réveillons pas Tatsuya. On en parlera tranquillement là-bas. »

Elles regagnèrent la maison principale par le corridor, en s'appuyant sur leurs cannes.

Toute la scène me paraissait irréelle.

Chapitre 19

La quatrième victime

J'étais débordé par tant de problèmes à résoudre et de choses à faire.

Il fallait d'abord trouver l'emplacement de ce passage secret. Il fallait également savoir pourquoi, au cœur de la nuit, Koumé et Kotaké avaient dû emprunter en catimini ce passage. Et enfin il convenait de savoir qui s'en servait pour pénétrer dans ma chambre et dans quel but. Et avec cela, je devais mener toute cette enquête seul et en cachette. Car même Haruyo ignorait l'existence du passage dérobé.

Mais cette nuit-là, j'étais à bout; et sans doute sous l'effet du somnifère administré par Koumé et Kotaké, je n'avais plus la force d'agir ni de réfléchir. Dès que les deux vieilles s'en furent allées vers la maison principale, je m'endormis comme une souche.

Le lendemain, en me réveillant, j'avais la tête lourde. Visiblement le somnifère n'avait pas produit son effet le soir même, mais seulement le lendemain matin. J'avais les idées confuses, les membres mous et tout le corps alangui. En plus, à la perspective que les policiers reviendraient me voir, je broyais du noir.

Mais je ne pouvais pas rester indéfiniment dans cette torpeur. Ce matin-là, je devais faire quelque chose : rendre visite à la nonne Baikô.

Elle semblait posséder un renseignement important sur moi. Je ne savais pas si cela pouvait m'aider à démêler toutes ces affaires, mais c'était alors mon unique espoir.

Une fois la police là, je ne pourrais plus ressortir. Oui, partons tout de suite après le petit déjeuner.

Je me levai, lorsque Haruyo vint dans ma chambre. Ma sœur devait être inquiète de l'étrange invitation que Koumé et Kotaké m'avaient faite la veille. En voyant mon visage, elle sembla rassurée.

« Ah, tu viens de te réveiller ? Comment te sens-tu ?

– Ça va, merci. Je suis désolé de te donner tant de soucis. Je vais bien maintenant.

– Je suis contente. Mais tu n'as pas bonne mine. Ne te laisse pas abattre, d'accord ?

– Merci. Mais je vais m'habituer à tout ça. Ne t'inquiète pas. »

J'avais décidé de ne pas lui raconter, pour le moment, ce qui s'était passé la veille. Il ne fallait pas l'inquiéter outre mesure, alors que sa santé n'était pas brillante.

« Je ne sais pas ce qui arrive aux grand-tantes, mais ce matin elles font la grasse matinée. Allons prendre le petit déjeuner avant elles. »

A table, j'interrogeai Haruyo sur la nonne Baikô. La question semblait l'avoir surprise, elle me demanda pourquoi à son tour. Je lui résumai donc la conversation que j'avais eue la veille avec la nonne Baikô.

« Ah bon, Baikô..., fit Haruyo stupéfaite. Mais qu'est-ce qu'elle va te dire ?

– Je ne sais pas, mais au point où j'en suis, j'aimerais apprendre tout ce qui me concerne. Quand la police viendra, j'aurai du mal à ressortir. Je préfère partir avant.

– Oui, pourquoi pas... Mais c'est bizarre. Qu'est-ce Baikô peut bien savoir ? »

Elle avait du mal à dissimuler dans sa voix une certaine inquiétude. Je lui demandai qui était Baikô.

Elle ne savait pas exactement quand elle s'était faite nonne, mais c'était une fille du village, d'une famille honorable. Elle l'avait toujours connue nonne. Le prêtre du temple Maroo-ji, Chôei, avait placé toute sa confiance en elle et ne tarissait pas d'éloges sur son compte. De ce fait, à la différence de la nonne de Koicha, religieuse par opportunisme, elle était respectée de tout le village.

« Mais que veut-elle te raconter cette Baikô ?... »

Son ton trahissait une sorte d'appréhension et apparemment elle ne voulait pas me laisser partir. Pourtant, discrète en toutes choses, ma sœur n'osa pas m'empêcher de m'en aller... Si seulement elle m'avait retenu de force, je n'aurais pas eu à revivre cette horreur.

Enfin, je quittai les lieux vers neuf heures. La maison des Tajimi était surnommée la Maison de l'Est, à cause de sa situation dans le village. Quant à Bankachi, où se trouvait le temple Keishô-in, ce lieu-dit se situait à l'extrémité ouest du village. Les deux endroits étaient séparés par une distance de deux kilomètres. Comme je voulais ne rencontrer personne, je fis un détour par les collines.

Nous étions le 3 juillet : c'était encore la saison des pluies, mais ce jour-là il faisait un temps exceptionnel et les oiseaux chantaient gaiement dans les branches d'arbres. A mes pieds le village s'étendait en largeur et dans les rizières, où le repiquage venait d'avoir lieu, les jeunes plants de riz frémissaient sous le vent. Partout sur les sentiers, les vaches se prélassaient.

Je marchais déjà depuis une demi-heure. J'apercevais, en contrebas, une grande maison : c'était celle des Nomura, surnommée la Maison de l'Ouest. Elle ne soutenait pas la comparaison avec celle des Tajimi, mais avec son grand entrepôt et son enfilade d'écuries, elle se distinguait des autres bâtisses. C'est dans une annexe de cette habitation que vivait Miyako avec sa vieille bonne du temps de Tōkyō. A partir de là, le chemin redescendait vers le village et contournait la maison des Nomura par-derrière.

Peut-être Miyako allait-elle m'apparaître ?... Plongé dans ces réflexions, je passai derrière la maison, quand j'entendis soudain une voix stridente :

« Hé ! Où vas-tu ? »

Quelqu'un jaillit d'une venelle pour me barrer la route. C'était la nonne de Koicha. Elle me fit sursauter et je sentis mes jambes se paralyser. Elle avait une charge sur le dos, mais dès qu'elle m'aperçut, elle se redressa d'un air triomphant.

« Va-t'en, va-t'en, va-t'en ! Tu ne dois pas faire un seul pas hors de la Maison de l'Est. Partout où tu vas, une pluie de sang se met à tomber. Qui vas-tu assassiner maintenant ? »

En voyant ses dents jaunes et irrégulières qui sortaient de son bec-de-lièvre hideux, je ne pus réprimer un mouvement de colère froide. Je la fixai avec toute la haine dont j'étais capable et j'allais passer outre. Mais, tout en soutenant son lourd fardeau, elle se plantait à droite quand j'allais vers la droite et à gauche quand j'allais à gauche, comme un garnement qui persécute un petit enfant.

« Non, non, tu ne passeras pas! Retourne, retourne, retourne à la Maison de l'Est! Tu feras ta valise et tu quitteras en vitesse le village. »

A cause de la fatigue et du manque de sommeil, je n'étais pas dans mon état psychologique normal. Je ne pus maîtriser mon exaspération. J'écartai instinctivement la nonne d'un coup violent. Ce seul geste suffit à la rejeter contre la murette de la maison des Nomura, devant laquelle elle s'effondra. Son fardeau roula à terre avec un bruit étrange.

Ébahie, la nonne fut prise de tremblements, son bec-de-lièvre frémit et elle éclata soudain en sanglots.

« Assassin!... Au secours!... Cet homme a voulu me tuer! Au secours!... »

A ses cris, cinq ou six jeunes gens, des vachers sans doute, apparurent à la porte de service de la maison des Nomura. En m'apercevant, ils écarquillèrent les yeux. Saisissant une réprobation muette dans leur regard, je me mordis les lèvres.

« Allez-y! Attrapez-le! Vous le livrerez aux gendarmes. Il a voulu me tuer, ce type! J'ai mal, j'ai mal! Il a voulu me tuer. »

Les jeunes vachers m'entourèrent silencieusement. Il aurait suffi que je proteste pour qu'ils me sautent dessus. Une sueur froide ruisselait sous mes aisselles. Je ne me considérais pas comme particulièrement poltron, mais les choses se présentaient mal, face à des personnes avec qui toute discussion était impossible. Rien n'est plus terrible en ce monde que l'ignorance et l'inculture.

Je m'apprêtais à parler, mais ma langue était paralysée et pas un son ne sortait de ma bouche. Ils firent un pas de plus vers moi. La nonne ne cessait de hurler comme un enfant, en proférant tout et n'importe quoi. Je me crus au pied du mur, quand soudain quelqu'un apparut à la porte de la maison des Nomura.

C'était Miyako.

D'un seul coup d'œil, elle avait dû comprendre de quoi il retournait. Elle se précipita devant moi pour me protéger.

« Que se passe-t-il ici ? Que lui voulez-vous ? »

Un des jeunes gens maugréa quelque chose que je ne saisis pas.

Elle non plus n'avait pas compris et elle se tourna vers moi.

« Tatsuya, qu'y a-t-il ? »

Je le lui expliquai succinctement.

« C'est bien ce que j'imaginais, répondit-elle en fronçant les sourcils. Dans ces conditions, c'est la faute de la nonne de Koicha. Vous avez compris, vous autres ? Retournez à vos travaux ! »

Les jeunes se regardèrent et, résignés, regagnèrent la porte de service, le front bas. Certains d'entre eux tirèrent la langue. La nonne de Koicha, en voyant que ses alliés avaient disparu, dut se sentir seule et s'en alla en toute hâte, sans cesser de pleurnicher comme un enfant...

« Quelle peur j'ai eue ! s'écria Miyako avec un sourire rassuré. Je me suis demandé ce que vous aviez bien pu faire. Où allez-vous ? »

Je lui expliquai rapidement ce qu'il en était de Baikô.

« Ça alors, dit-elle en fronçant les sourcils. Que peut-elle bien vouloir vous raconter ? »

Elle réfléchit un instant et ajouta :

« Très bien, alors je vous accompagne jusqu'au temple Keishô-in. Si, si, je vous assure, je vous attendrai dehors... Vous savez, ce genre d'incident peut se reproduire à tout moment. »

Bien sûr, je lui étais reconnaissant de m'accompagner.

Le temple Keishô-in était à une centaine de mètres de la maison des Nomura. Plus qu'à un couvent, il faisait penser à un ermitage. Protégée par une haie sèche se dressait une petite maison simple à toit de chaume. Le vestibule, avec une porte coulissante surélevée, était séparé de cinq mètres du portail ; tout de suite à gauche, on trouvait deux pièces avec la véranda. Les volets étaient ouverts, mais les portes coulissantes, munies de papier neuf, étaient refermées, ce qui donnait une impression de netteté. Dans le jardin impeccablement tenu ne poussait qu'un érable.

Ce qui m'étonna alors, c'est que la lumière était allumée derrière les portes coulissantes. Il faisait beau ce jour-là et la maison n'était pas sombre à ce point. Intrigué, j'ouvris celle du vestibule et m'annonçai, sans obtenir de réponse.

Après deux ou trois tentatives, je m'avançai sur le sol en terre battue du vestibule. L'effroi me cloua sur place, comme si j'avais reçu une douche froide.

La deuxième porte était entrouverte et je pouvais donc voir à partir du vestibule la pièce du fond. C'est là que la nonne Baikô était étendue à plat ventre. De plus, les tatamis étaient maculés de taches noires et, aux pieds de la nonne, le plateau du repas, livré par les Tajimi, était renversé.

Mes genoux flageolaient, ma gorge se desséchait et ma vue se troublait.

« Partout où tu vas, une pluie de sang se met à tomber ! »

La formule que la nonne de Koicha avait proférée me revint à l'esprit comme en un éclair.

C'était bien cela. Là aussi un meurtre avait été commis... Je ressortis et Miyako vint vers moi.

« Qu'avez-vous ? Il est arrivé quelque chose ? Vous êtes livide.

– Baikô est morte. »

C'est tout juste si je pouvais le dire. Elle ouvrit de grands yeux ébahis en me fixant. Elle fit aussitôt volte-face pour courir vers l'intérieur de l'ermitage. Je la suivis.

La nonne Baikô était bel et bien morte. Les traces de sang sur les tatamis conduisaient à penser que la cause de son décès était la même que pour mon grand-père Ushimatsu, mon frère Hisaya et pour Kôzen du temple Renkô-ji. Un caillot noir de sang maculait également les lèvres de Baikô.

Miyako et moi, nous échangeâmes un regard stupéfait. Je m'aperçus alors qu'un morceau de papier était tombé, retourné près du plateau. Je le ramassai machinalement.

C'était une page arrachée d'un agenda. Avec un stylo à plume épaisse, il était écrit :

Cyprès jumeaux { Koumé
Kotaké

Maquignons { Ushimatsu Ikawa
Kichizô Kataoka

Grands propriétaires { Maison de l'Est. Hisaya Tajimi
Maison de l'Ouest. Sôkichi Nomura

Prêtres { Chôei (temple Maroo-ji)
Kôzen (temple Renkô-ji)

Nonnes { Myôren (nonne de Koicha)
Baikô (nonne de Bankachi)

Parmi tous ces noms, ceux de Kotaké, Ushimatsu Ikawa, Hisaya Tajimi, Kôzen et Baikô étaient barrés à l'encre rouge.

Chapitre 20

Un terrible tirage au sort

« Mmmm... mmm... mais! Ça... ça... ça... alors... »
Il bégayait terriblement.
« C'est... c'est... c'est donc ça... ça?... le... le... mo... mobile de tous ces meurtres en chaîne?... »
Je ne sais pas si c'était par perplexité, joie ou excitation qu'il passait sa main dans ses cheveux hirsutes et se grattait la tête. Il s'agissait de Kôsuke Kindaichi, l'étrange petit détective. A force de se gratter le crâne, de fines pellicules tombèrent comme des particules de mica.
« Merde! » s'écria le commissaire Isokawa.
Après quoi, les deux hommes gardèrent un silence glacé en contemplant la feuille d'agenda.
Kôsuke Kindaichi ne cessait pas de se gratter la tête, tout en vacillant nerveusement sur ses jambes. Le commissaire Isokawa écarquillait les yeux en fixant les caractères tracés sur la feuille. La main avec laquelle il la tenait tremblait comme celle d'un alcoolique et sur son front aux veines apparentes coulait une sueur grasse et visqueuse...
En les contemplant, j'éprouvai des sentiments confus, comme sous l'effet d'un vin de mauvaise qualité. Ma tête tournait, ma vue se troublait et j'étais pris de nausée. Une langueur gagnait mes membres et j'avais envie de m'effondrer sans vergogne.
J'étais vraiment prêt à tout plaquer.
Lorsque nous avions découvert le cadavre de Baikô et le papier, j'étais incapable de réagir à ce nouveau choc qui venait après tant de bouleversements. Mais Miyako, toute femme

qu'elle était, se montra plus solide, peut-être parce qu'elle n'était pas directement impliquée. Une fois la surprise passée, elle appela quelqu'un qu'elle dépêcha auprès de la gendarmerie.

Heureusement, le commissaire Isokawa et quelques autres policiers étaient restés cette nuit-là à la gendarmerie. Dès la nouvelle, ils accoururent sur place. Visiblement, ils étaient passés par la Maison de l'Ouest. Kôsuke Kindaichi se trouvait parmi eux.

C'est alors que Miyako, après leur avoir résumé la situation, leur montra la feuille que j'avais ramassée près du corps. Le commissaire et Kôsuke Kindaichi étaient interloqués.

Quoi de plus normal? Que pouvait signifier ce tableau?

Cyprès jumeaux { Koumé
Kotaké

Maquignons { Ushimatsu Ikawa
Kichizô Kataoka

Grands propriétaires { Maison de l'Est. Hisaya Tajimi
Maison de l'Ouest. Sôkichi Nomura

Prêtres { Chôei (temple Maroo-ji)
Kôzen (temple Renkô-ji)

Nonnes { Myôren (nonne de Koicha)
Baikô (nonne de Bankachi)

Parmi tous ces noms, ceux de Kotaké, Ushimatsu Ikawa, Hisaya Tajimi, Kôzen et Baikô étaient barrés à l'encre rouge. A part les cyprès, tous les noms barrés à l'encre rouge étaient ceux de victimes.

L'assassin cherchait-il donc à tuer une des deux personnes qui exerçaient le même métier ou avaient la même fonction, le même statut dans le village? Et pourquoi?

Or ce tableau semblait donner une certaine explication. Le cyprès Kotaké, le premier mot raturé, n'avait pas été abattu par la volonté humaine, mais par la foudre. Toutefois cet incident avait constitué un présage funeste : et c'était là l'origine de l'angoisse qui saisissait depuis quelque temps le village.

Peut-être l'assassin, frénétiquement superstitieux, avait-il pensé que la foudre qui s'était abattue sur le cyprès Kotaké augurait d'un grand malheur pour le village et, afin de calmer la colère de la divinité des Huit Tombes, cherchait-il à offrir huit sacrifices en commençant par le cyprès. Le fait que le cyprès foudroyé fût un des arbres jumeaux lui avait peut-être suggéré de choisir des gens du village qui formaient des couples soit par analogie, soit par opposition et de tuer l'un des deux.

Mais quelle folie ! Y aurait-il un plan de meurtres plus insensé ? Existerait-il un assassinat plus délirant ? Ce raisonnement m'avait empli d'horreur et m'avait plongé dans une profonde hébétude...

« Eh non ! » fit Kôsuke Kindaichi.

Il avait mis beaucoup de temps à se racler la gorge pour s'éclaircir la voix. J'avais pourtant l'impression que ses paroles résonnaient très loin de moi, tant mon esprit était troublé.

« Grâce à ce tableau, poursuivit Kôsuke Kindaichi, j'ai pu dissiper le mystère de l'assassinat de Kôzen. J'étais en train de me creuser la cervelle pour comprendre comment le meurtrier avait pu deviner à qui reviendrait le plateau d'honneur empoisonné. Empoisonner un des plateaux : rien de plus facile. Mais pour qu'il soit servi à Kôzen précisément, il n'avait qu'une chance sur deux d'y parvenir. Bien sûr, à supposer que Tatsuya ne soit pas l'assassin. Tenons-nous en pour l'instant à cette hypothèse. Eh bien, comment le meurtrier pouvait-il se satisfaire d'une telle incertitude ? En suivant ce raisonnement, j'étais contraint d'en arriver à la conclusion suivante : je m'étais dit que peut-être la victime que désirait atteindre l'assassin n'était pas nécessairement Kôzen. Ce pouvait aussi bien être Eisen... C'était totalement absurde. Il n'y a pas de meurtre assez absurde pour choisir indifféremment A ou B comme victime... C'était donc la question qui me torturait l'esprit depuis hier soir. Mais quand je vois ce tableau, je constate que ce devait, en effet, être un meurtre de cette absurdité-là. En effet, le tableau dit clairement que l'assassin a voulu s'en prendre à Kôzen ou à Chôei. Il se trouve que ce dernier, étant souffrant, a été remplacé par son disciple Eisen. L'assassin voulait donc tuer ou Kôzen ou Eisen. C'est Kôzen qui a tiré le mauvais numéro. C'est un meurtre terrible, grotesque et insensé. Mais c'était bien la clé de l'énigme. »

J'y avais pensé moi aussi. J'étais passé par les mêmes doutes et les mêmes raisonnements que Kôsuke Kindaichi. Mais si cette explication s'appliquait à la mort de Kôzen, l'énigme qui enveloppait la série des meurtres demeurait entière. Bien pis : elle s'était faite encore plus opaque.

« Eh bien, oui, soit », acquiesça le commissaire en se raclant la gorge à son tour. « Mais vous voulez dire, monsieur Kindaichi, que le décès d'Ushimatsu Ikawa, celui du maître de la Maison de l'Est et celui de la nonne Baikô que voici s'expliquent aussi par leur malchance au tirage au sort? En d'autres termes, Kichizô aurait pu prendre la place d'Ushimatsu, le maître de la Maison de l'Ouest celle de la Maison de l'Est, la nonne de Koicha celle de Baikô? »

Kôsuke Kindaichi resta un instant silencieux, puis il hocha la tête sombrement.

« Oui, monsieur le commissaire. Vous avez dit juste selon toute vraisemblance. Mais... il se peut que ce ne soit pas le cas.

— C'est-à-dire?

— Vous avez dit juste si ces meurtres sont l'œuvre d'un fou, en proie à toute sorte de superstitions, comme le laisse entendre ce tableau. Pourtant...

— Pourtant quoi?

— Eh bien, eh bien, pour cela la démarche de l'assassin me paraît trop habile. Pour un criminel superstitieux, tous ces meurtres me semblent trop subtils. Je me demande s'il n'y aurait pas un autre mobile...

— Incontestablement, articula le commissaire. C'est-à-dire que, selon vous, l'assassin veut attribuer à la superstition une série de crimes, pour en cacher les véritables mobiles?

— C'est exactement cela. Sinon, même dans ce village aux Huit Tombes, si superstitieux, ces meurtres paraissent exagérés.

— Quel serait alors son véritable mobile? »

Kôsuke Kindaichi réexamina attentivement le tableau avant de secouer la tête.

« Je n'en sais rien. Ce tableau ne suffit pas pour que je conclue. Plutôt... »

C'est alors seulement que Kôsuke Kindaichi se tourna vers nous.

« Madame Mori...

— Oui? » répondit Miyako, sans parvenir à cacher sa tension, mais en s'efforçant tout de même de sourire. « Que me voulez-vous ?

– C'est à propos de l'écriture de cet agenda... Pouvez-vous la regarder à nouveau ? Cette écriture ne vous dit rien ? »

C'était une page arrachée à un petit agenda. D'habitude, dans ce format-là, une page contenait quatre jours. Mais cette feuille-là paraissait privée du tiers supérieur, comme coupée aux ciseaux. Les deux tiers restants portaient les dates du 24 et du 25 avril.

Les dix noms que j'ai cités plus haut commençaient à l'envers, à partir du 25. Mais peut-être dans la partie arrachée du 23 et du 22 avril, d'autres noms maudits suivaient-ils. C'était une écriture soignée au stylo à plume épaisse.

« C'est l'écriture d'un homme, il me semble, dit Miyako.

– Je suis du même avis, répliqua Kôsuke Kindaichi. N'y aurait-il pas quelqu'un dans le village qui aurait cette écriture ?

– C'est-à-dire..., fit-elle, perplexe. En ce qui me concerne... je n'ai aucune idée de la façon dont on écrit ici...

– Et vous, Tatsuya ? »

Je secouai la tête aussitôt.

« Dans ces conditions, je vais interroger d'autres personnes. »

Kôsuke Kindaichi s'apprêtait à rendre la feuille au commissaire.

« Justement, reprit-il, on va vérifier les dates pour voir. Inspecteur, vous avez votre agenda sur vous, n'est-ce pas ? Montrez-le-moi. Quel jour de la semaine était le 25 avril ? »

La réponse du commissaire correspondait bien au jour de la semaine de la feuille arrachée. Cela fit sourire Kôsuke Kindaichi.

« Cela signifie donc que cette feuille a été arrachée à un agenda de cette année. Malheureusement rien n'est écrit au verso. Et pour l'instant nous ne savons pas à qui il appartient. Peu importe, on finira bien par le trouver. Voilà précisément le Dr Kuno qui arrive à point nommé. »

Chapitre 21

La nonne voleuse

Mais enfin pourquoi l'oncle Kuno était-il à ce point affolé ?
Il se fraya un chemin à vélo entre les badauds et abandonna sa bicyclette dans le jardin de l'ermitage. Puis, prenant sa serviette sous un bras, il se dirigea vers nous d'un pas chancelant d'ivrogne. Je le connaissais depuis huit jours à peine, mais il me semblait avoir beaucoup maigri. Il avait les joues creusées et les yeux cernés. Une lueur inquiétante brillait dans son regard.

« Je suis désolé d'être en retard..., grommela-t-il d'une voix presque inaudible. J'ai dû faire une visite dans le village d'à côté...

— C'est au contraire à nous de nous excuser de vous déranger. Un nouveau malheur est arrivé.

— Comme les autres fois ? demanda l'oncle Kuno d'une voix tremblante. Si c'est le cas, vous m'excuserez... J'ai déjà connu un échec... Le Dr Arai n'est pas là ?

— Le Dr Arai a dû se rendre en ville à propos de l'autopsie de Kôzen. De toute façon, le Dr N. viendra, puisqu'on lui avait envoyé un télégramme hier soir pour Kôzen. Nous lui demanderons donc de procéder à l'autopsie de la dernière victime. Mais nous aimerions que vous y jetiez un coup d'œil avant... »

L'oncle Kuno semblait profondément ennuyé.

Comme il l'avait dit lui-même, il avait commis une erreur de diagnostic fatale à mon frère Hisaya, ce qui l'avait mortifié. On comprenait qu'il voulût éviter d'être mêlé une fois encore à ce genre d'affaire. Mais il paraissait exagérément effrayé. Lorsqu'il s'assit au chevet de la nonne Baikô, il tremblait comme un malade atteint de malaria. Son front et ses joues ruisselaient.

« Docteur, demanda Kôsuke Kindaichi, que se passe-t-il? Vous souffrez?

— Euh... non, non... surmenage peut-être, je me sens fatigué.

— Ce n'est pas bien. On dit que les médecins ne savent pas se ménager. Quel est votre diagnostic? »

L'oncle Kuno en eut vite terminé avec son auscultation.

« Aucun doute, déclara-t-il. C'est la même chose que Kôzen et M. Tajimi. Plus tard, j'espère que le Dr N. apportera une confirmation...

— La mort remonte à quand?

— Eh bien..., murmura-t-il en grimaçant. Il y a quatorze ou seize heures. Il est maintenant onze heures. Ça a dû donc se produire entre sept et neuf heures, hier soir. Enfin, là aussi, il faudra que le Dr N. le détermine. Ce n'est pas vraiment ma spécialité. »

Dès qu'il eut rangé ses affaires dans sa serviette, l'oncle Kuno s'apprêta à se lever.

« Eh bien, si vous le permettez...

— Docteur, un instant, s'écria Kôsuke Kindaichi en le retenant. Attendez s'il vous plaît. J'ai quelque chose à vous montrer. Cette écriture ne vous dit rien? »

C'était la page déchirée de l'agenda que Kôsuke Kindaichi lui montrait. Mais je n'oublierai jamais l'expression qu'eut alors l'oncle Kuno.

Sa maigre carcasse fut ébranlée comme par une secousse électrique. Il avait les yeux exorbités et son menton tremblait. Il suait à grosses gouttes.

« Vous reconnaissez donc cette écriture, docteur? »

La question de Kôsuke Kindaichi fit sursauter l'oncle Kuno.

« Non, je ne sais rien ! » répliqua le médecin d'une voix agressive.

Mais il se ressaisit aussitôt :

« C'est cet étrange contenu qui m'a surpris », expliqua-t-il avant de se tourner vers Miyako et vers moi. « Je ne sais pas qui est l'auteur de ces lignes. Mais c'est certainement un fou ou un idiot. Je n'en sais rien. Rien. Rien du tout ! »

Sous le regard inquisiteur de Miyako, il baissa sa voix tremblante, puis lui redonna de la puissance :

« Je n'en sais absolument rien. Je ne suis au courant de rien dans toutes ces histoires. »

Là-dessus, il quitta l'ermitage d'un bond, en laissant le commissaire et Kôsuke Kindaichi stupéfaits. Il repartit à vélo, vacillant comme un ivrogne.

Nous nous regardâmes interloqués, puis le commissaire Isokawa eut un rire étouffé.

« Sa déconvenue de l'autre jour a l'air de l'avoir rendu bien nerveux! Mais personne ne l'accuse de rien. »

Kôsuke Kindaichi garda le silence, absorbé. Puis il se tourna vers le commissaire.

« Mais, inspecteur, l'attitude du Dr Kuno est extrêmement suggestive. Du moins pour moi. »

Il posa les yeux sur la page arrachée de l'agenda.

« Je crois deviner, continua-t-il, au moins un des couples de noms qui étaient écrits sur la partie manquante.

— Qui donc? demanda le commissaire, les sourcils levés. Qui et qui?

— **Les médecins du village** : Dr Tsunemi Kuno et Dr Shûhei Arai. Je pense que ces deux noms constituaient un autre couple. »

Nous nous regardâmes avec stupéfaction. Le beau visage de Miyako perdait tout son éclat ce matin-là et paraissait accablé.

« C'est en tout cas une chance d'être tombé sur cette feuille, poursuivit Kôsuke Kindaichi. Je ne sais pas si l'assassin l'a laissée traîner intentionnellement ou si un tiers l'a mise dans un certain but. Quoi qu'il en soit, cela éclaire un peu les intentions du criminel ou ce qu'on tente de faire passer pour ses intentions. Inspecteur, gardez précieusement cette feuille. Mme Mori et Tatsuya ne connaissent pas cette écriture, parce que ce sont de nouveaux venus. Mais c'est un petit village : il y aura sûrement quelqu'un pour la reconnaître. »

C'est alors que l'enquête, sur ces notes curieuses, fut provisoirement interrompue, et l'intérêt se porta sur les causes du décès de la nonne Baikô. Une fois encore, je fus la cible de la curiosité du commissaire.

Pour savoir comment la nonne Baikô était morte, il suffisait de regarder autour de soi. C'est en mangeant le repas qui lui avait été livré de la part des Tajimi qu'elle avait trouvé la mort par empoisonnement. D'après l'oncle Kuno, Baikô était morte entre sept et neuf heures, la veille, ce qui correspondait exactement à l'heure de la livraison.

« Mais qui s'est occupé de faire livrer le plateau à la nonne Baikô ? »

La question du commissaire me faisait souffrir.

« Oui... c'est-à-dire que c'est moi qui... Comme Baikô devait partir avant le repas, j'ai demandé à ma sœur de lui livrer un plateau. »

Kôsuke Kindaichi me regarda d'un air entendu. Le commissaire grimaça en me dévisageant.

« Vous avez été vraiment très prévenant. En général, les hommes ne pensent pas à ce genre de choses... »

Il faisait un pas en avant dans l'accusation.

« Ce n'est pas moi qui y ai pensé tout de suite. C'est Noriko qui me l'a conseillé.

— Qui est Noriko ?

— C'est la sœur de M. Satomura, de la branche cadette des Tajimi, expliqua Miyako.

— Vous avez donc donné cette idée à votre sœur, n'est-ce pas ? Mais où ?

— Dans la cuisine. A ce moment-là, il y avait beaucoup de monde dans la cuisine. Elle est tout près du salon. Certains invités ont pu m'entendre.

— Et alors qu'est-ce qu'elle a fait, votre sœur ?

— Elle a ordonné à Oshima de s'en occuper et nous avons apporté chacun un plateau d'honneur dans le salon.

— Les invités ne pouvaient donc pas s'approcher du plateau destiné à Baikô ? Puisque le repas devait commencer...

— Eh bien... »

Je réfléchis un instant, avant de répondre :

« Je ne sais pas à quel moment ce plateau a quitté la maison. Mais si c'est après l'incident... Quand Kôzen a craché le sang, la moitié des invités a pris la fuite...

— D'accord, dit le commissaire en faisant claquer sa langue. On enquêtera pour savoir à quel moment le plateau a quitté la maison des Tajimi. En fait, savez-vous qui est sorti du salon à ce moment-là ?

— Eh bien... »

Je n'avais pas de souvenir précis.

« Vous savez, repris-je, j'étais moi-même complètement interloqué. Je me souviens simplement du bruit des pas des invités qui s'agitaient dans le salon.

— Vous-même, vous ne vous êtes pas enfui ?

— Absolument pas. J'en aurais été bien incapable. J'avais les pieds cloués au sol. En plus, j'occupais la place d'honneur. Si je m'étais enfui, tout le monde s'en serait rendu compte.

— De ça, intervint Miyako pour me secourir, je m'en souviens parfaitement. Depuis le début du repas, jusqu'à l'arrivée de la police, Tatsuya n'a pas quitté le salon une seule fois.

— Ah oui, justement », dit Kôsuke Kindaichi, comme s'il s'en souvenait. « Vous aussi, vous étiez présente à ce dîner, madame Mori. Mais vous, vous ne vous rappelez pas qui a quitté le salon à ce moment-là ?

— Eh bien... Les femmes ont dû toutes partir au moins une fois. Et puis il y a des gens qui sont allés chercher de l'eau quand Kôzen s'est mis à cracher le sang... Mais je ne pourrai pas dire en toute certitude qui a quitté le salon et qui est resté.

— D'accord. On va retourner dans la cuisine des Tajimi et on va enquêter. Maintenant, le problème est de savoir ce qui s'est passé ce matin. Dites-moi, Tatsuya. Vous nous avez dit que vous veniez voir la nonne Baikô parce qu'elle avait quelque chose à vous révéler. Avez-vous une idée de ce qu'elle désirait vous apprendre ?

— Pas la moindre », répondis-je sans hésiter.

C'était ma seule réponse possible. Car, moi-même, cette question me torturait. A vrai dire, si l'on voulait percer cette énigme, un moyen restait. Cela aurait été d'aller interroger Chôei, le prêtre du temple Maroo-ji. La nonne Baikô n'avait-elle pas dit : « Il n'y a que moi et le prêtre du temple de Maroo-ji qui soyons au courant »... Mais je ne sais pas pourquoi je n'avais pas envie de le confier au commissaire. Je préférais en parler moi-même à Chôei.

Le commissaire, d'un air soupçonneux, cherchait à lire dans mes pensées.

« C'est tout de même curieux. Tout le monde est tué juste avant un événement important. Qu'est-ce que la nonne Baikô pouvait bien vouloir vous raconter ?... Mais enfin, mon cher Tatsuya, je trouve que vous êtes trop lié à tous ces meurtres. Partout où vous mettez les pieds, quelqu'un est assassiné. »

Je n'avais pas besoin qu'il le souligne : cela me pesait déjà assez.

« En effet, ce sont des hasards malencontreux, dus-je admettre. Tout à l'heure, la nonne de Koicha m'a fait la même remarque.
— La nonne de Koicha ? demanda un autre inspecteur du fond de l'autre pièce. Vous avez rencontré aujourd'hui la nonne de Koicha ?
— Oui, en chemin... Je l'ai croisée au niveau de la porte de service de la Maison de l'Ouest.
— De quelle direction venait-elle ? Sans doute d'ici.
— Il me semble que oui, en effet.
— Qu'y a-t-il, Kawasé, à propos de la nonne de Koicha ? demanda le commissaire Isokawa.
— Eh bien, entre le sol de terre battue de la cuisine et la véranda, on peut voir de nombreuses traces de pas poussiéreuses. Naturellement quelqu'un est monté sans se déchausser. Baikô était très soignée : elle aurait certainement essuyé ces traces si elle les avait remarquées. Ces pas ont donc été marqués après sa mort... »

Grâce à cette remarque de l'inspecteur Kawasé, je compris que quelqu'un, en effet, était passé de la cuisine dans la pièce où nous nous trouvions, pour aller sur la véranda. On pouvait voir entre le plateau et la tête de Baikô des traces de pas blanches et visqueuses. Elles n'étaient pas très visibles sur les tatamis, mais on les distinguait nettement sur le plancher : c'était comme des pas d'enfants, des pieds plats et écartés. Je me rappelai aussitôt les pieds poussiéreux de la nonne de Koi-chan chaussés de sandales.

« Cela voudrait donc dire que la nonne de Koicha a précédé Tatsuya et Mme Mori dans cet ermitage ? Mais alors pourquoi n'a-t-elle pas alerté tout le monde ?
— C'est qu'elle avait quelque chose sur la conscience.
— Comment ça ?
— Vous savez, répondit l'inspecteur Kawasé avec un fin sourire, c'est une espèce de cleptomane. Elle ne vole pas grand-chose, mais dès qu'il n'y a personne en vue, elle a la manie d'emporter tout ce qu'elle trouve sous la main. Elle vole les offrandes dans les temples et le riz propitiatoire sur les tombes. Comme ce ne sont que des vols de ce niveau, les villageois feignent de ne rien voir. Mais il lui arrive de porter un vêtement qu'elle a dérobé effrontément, ce qui n'est pas sans lui causer

des problèmes. Cela faisait de la peine à la nonne Baikô. Elle essayait de venir à son secours. Mais la nonne de Koicha en profitait pour la voler. Il lui aurait pourtant suffi de lui demander directement, Baikô le lui aurait donné. Mais la nonne de Koicha préférait voler. Ce n'est pas l'objet qui l'intéresse, mais le vol lui-même. »

Kôsuke Kindaichi écouta avec intérêt le récit de l'inspecteur Kawasé, avant de demander :

« Y a-t-il un indice d'un vol que la nonne de Koicha ait commis dans cet ermitage aujourd'hui?

– Hé oui. Allez donc voir dans la cuisine. Tout est sens dessus dessous. Elle fouillait même dans le baquet de légumes marinés dans le son. En la voyant morte, cette folle a dû décider que Baikô n'avait plus besoin de tout cela. Quand vous l'avez croisée, monsieur Tatsuya, n'était-elle pas chargée de fardeaux?

– Eh bien..., fis-je en jetant un coup d'œil vers Miyako. C'est vrai, elle portait sur le dos un gros ballot.

– Oui, oui, elle portait un tas d'affaires, surenchérit Miyako.

– Mais... mais... mais, bégaya Kôsuke Kindaichi, vous dites que ça s'est passé juste avant votre arrivée? »

Il gratta bruyamment ses épis hirsutes. Je ne comprenais pas pourquoi cet étrange détective était excité à ce point. Mais il devait s'avérer plus tard que la cleptomanie de la nonne de Koicha et le vol qu'elle avait commis juste avant notre arrivée dans l'ermitage revêtaient une signification essentielle pour la série de meurtres.

Chapitre 22

Aventure dans le passage secret

Ce jour-là même, le commissaire Isokawa et Kôsuke Kindaichi firent quelques progrès dans leur enquête.

D'abord, à propos du plateau du repas qui avait été livré à la nonne Baikô. C'est bien après la mort de Kôzen qu'il avait été apporté par un jeune homme nommé Jinzô qui se chargeait du bois chez nous.

Jinzô raconta que, quand il était entré dans la cuisine pour mettre à exécution l'ordre d'Oshima, il n'avait trouvé qu'un plateau. Le salon était déjà en effervescence, mais Jinzô lui-même était trop saoul pour remarquer quoi que ce soit d'anormal. Il s'en était allé par la porte de service en titubant, avec le plateau. S'il avait alors compris le sens de cette agitation, il en aurait certainement parlé à la nonne Baikô. La nonne aurait eu la puce à l'oreille et aurait peut-être évité de goûter au repas. C'est tout de suite après le départ de Jinzô que les serviteurs apprirent le meurtre de Kôzen, ce qui signifie que l'assassin avait atteint son but de justesse et que la nonne Baikô n'avait pas eu de chance.

Quant aux occasions que le criminel avait eues de mettre le poison dans les plats du plateau, il n'avait eu que l'embarras du choix. Comme je l'ai dit plus haut, dès que Kôzen avait craché le sang, les invités s'étaient levés comme un seul homme et certains avaient pris la fuite. Comme tout le monde était préoccupé par Kôzen, il était alors aisé de disparaître en catimini. De plus, dans la cuisine se trouvaient Oshima et les femmes qui étaient venues aider au service, mais dès qu'elles avaient entendu l'agitation du salon, elles étaient aussitôt accourues. Autrement dit, le plateau avait été abandonné sans surveillance dans la cuisine. En effet, Jinzô racontait que, quand il était entré dans la cuisine, il n'avait trouvé personne.

Bref, le salon et la cuisine étaient tellement sens dessus dessous juste après la mort de Kôzen, que le criminel avait eu tout le loisir de commettre son forfait.

Ce raisonnement ne nous avançait guère, mais on pouvait du moins conclure que la plupart des invités auraient pu mettre le poison.

Il est temps de passer à mon aventure de cette nuit-là.

Ce soir-là, au dîner, ma sœur Haruyo voulut s'entretenir avec moi. Naturellement, elle savait déjà ce qui était arrivé à la nonne Baikô, mais elle semblait être particulièrement intriguée par le fait que c'était Miyako et moi qui avions les premiers découvert son corps. Avec une insistance étonnante de sa part, elle me harcela de questions, par exemple : pourquoi m'étais-je retrouvé en compagnie de Miyako ou si je l'avais invitée à se joindre à moi en route. Elle ajouta :

« Miyako est quelqu'un de très intelligent. Elle est supérieure aux hommes. Mais cette intelligence envahissante m'effraie un peu. Tu vas croire que c'est la jalousie d'une provinciale... et, au fond, tu auras peut-être raison. Il n'empêche qu'elle me fait peur. Par exemple, son histoire avec Shintarô Satomura... »

Elle semblait hésiter, mais prit sur elle de poursuivre :

« On dit qu'elle s'est servie de lui au maximum. Quand Shintarô travaillait à l'état-major et avant que la guerre ne se termine comme on sait, Miyako lui faisait du gringue. Il se laissait prendre au jeu. Depuis la mort de son mari, elle le recevait sans arrêt chez elle. La rumeur de leur mariage s'est répandue jusqu'au fond de notre province. Que s'est-il passé exactement ? Maintenant que la guerre a mal tourné et que Shintarô est en disgrâce, il a perdu tout charme pour elle. Ils ont beau vivre dans le même village, ils ne s'adressent plus la parole. On n'a pas besoin d'avoir été intimes pour garder des liens de sympathie quand on a vécu ensemble à Tōkyō. Mais eux, après avoir été si proches qu'ils étaient à deux doigts de se marier, ils étaient devenus des étrangers l'un pour l'autre. D'un côté, Miyako qui a l'héritage de son mari défunt et qui, intelligente comme elle est, a acheté des quantités de diamants pendant la guerre, au point qu'elle peut affronter n'importe quelle inflation. Par contre Shintarô est comme une âme en peine, sans avenir. Il est peut-être dans l'ordre des choses, après un tel changement, que Miyako se méfie de lui. Mais je trouve que c'est trop calculateur de sa part, tu ne trouves pas ? Par exemple, on dit que les diamants qui sont à l'origine de la fortune de Miyako, c'est Shintarô qui lui a donné des conseils pour leur acquisition... »

Je ne comprenais pas pourquoi ma sœur était devenue aussi volubile. Je saisissais encore moins pourquoi, elle qui était d'habitude un ange, s'était mise à médire sur le compte de Miyako. Je la dévisageai avec étonnement. Elle dut s'en apercevoir car elle ferma la bouche en rougissant. Elle demeura quelques instants comme prise au dépourvu, puis chercha mon regard, semblant quémander ma pitié.

« J'ai dû dire une bêtise. J'ai été médisante... Tu dois m'en vouloir, Tatsuya.

— Non, dis-je, en prenant la voix la plus douce possible pour la réconforter. Je n'ai aucune raison de t'en vouloir pour de simples médisances sur Miyako. »

Elle se ressaisit alors :

« C'est vrai ? Ça me fait plaisir... En tout cas, on dit qu'on ne doit pas juger les gens sur leur apparence et qu'il faut toujours garder ça en mémoire. »

Elle semblait vouloir poursuivre notre entretien, mais je prétextai ma fatigue pour regagner ma chambre. Elle parut attristée.

La fatigue n'était pas, en réalité, mon seul motif. Je voulais découvrir le passage secret de la dépendance ce soir-là.

Les volets de ma chambre étaient déjà fermés, et ma couche préparée. Je la délaissai pour passer dans le débarras contigu. J'ouvris le couvercle du coffre que j'avais remarqué la veille. Comme je l'ai déjà dit, au fond du coffre se trouvaient quelques couettes de soie. En les écartant, ma main rencontra une sorte de levier dur. Je le manipulai dans tous les sens et donnai un coup sec.

Le fond du coffre s'ouvrit soudain. Et j'aperçus alors une fosse toute noire.

Je ne pus m'empêcher de pousser un cri étouffé.

J'avais bien vu. Il y avait bel et bien un passage secret par lequel, de temps à autre, quelqu'un pénétrait dans la dépendance. Et les jumelles Koumé et Kotaké l'empruntaient pour se rendre à un curieux pèlerinage.

Curieux pèlerinage à vrai dire, en pleine nuit. Qui pouvait-on vénérer au fond de ce passage. Mon cœur palpitait fort. Mon front ruisselait.

Je retournai une fois dans ma chambre pour m'assurer que tout était en ordre. J'éteignis ma lampe et revins dans le débarras. Je vis à ma montre qu'il était neuf heures passées.

J'allumai une bougie que j'avais préparée. J'éteignis la lampe du débarras et, à la lueur de la bougie, j'éclairai l'intérieur du passage. Immédiatement sous le coffre, un escalier assez large commençait à descendre. Dès que je m'y fus avancé, j'aperçus, au verso du fond du coffre, un second levier.

Je le manipulai et le fond du coffre se referma avec un cliquetis : je me retrouvai enfermé dans le passage secret. Saisi d'une soudaine angoisse, je secouai à nouveau le levier et le fond du coffre se rouvrit. Rassuré, je le refermai par en dessous et réappuyai sur le levier pour le bloquer. Si jamais quelqu'un ouvrait le coffre, il ne comprendrait pas la présence du passage secret. En tenant la bougie dans une main, je descendis précautionneusement les marches défoncées.

Mais qu'allais-je faire ? Je n'en savais rien moi-même. Pour commencer, j'ignorais quel lien existait entre ce passage secret et ces meurtres en série. Tout au plus, je pouvais deviner qu'il y avait un lien entre ce passage dérobé et le secret de la famille Tajimi. Mais cela valait la peine de m'exposer à un risque. Pour dissiper la nuée de cette énigme, il me fallait percer à jour tous les secrets de cette famille.

L'escalier descendait profondément, mais il n'était pas très raide. Deux vieilles comme Koumé et Kotaké pouvaient sans danger l'emprunter avec l'aide d'une canne.

Tout en bas, commençait une galerie. En éclairant les parois avec la bougie, je m'aperçus que c'était une sorte de grotte à stalactites. Bien sûr, elle n'était pas naturelle, mais elle avait été creusée artificiellement. Toutefois, en raison de sa situation géologique et des infiltrations, elle avait fini par prendre l'apparence d'une grotte à stalactites.

La lueur vacillante de la bougie illuminait sur les parois de la galerie des strates laiteuses. Çà et là, des stalactites presque parfaites pendaient.

En avançant dans ce tunnel extraordinaire, j'avais le cœur qui battait à tout rompre. J'essayai de prendre courage. Je me rendis compte que ce n'était pas un cul-de-sac, car la flamme tremblait sous un courant d'air qui indiquait une ouverture vers l'extérieur.

Depuis combien de temps est-ce que je marchais ? L'obscurité et mon manque d'expérience m'empêchaient de le deviner. Je me trouvai soudain en bas d'un large escalier. Comme l'autre, il était taillé dans le rocher. J'étais, à vrai dire, un peu déçu d'être arrivé aussi vite au bout du tunnel. L'escalier devait bien conduire quelque part à la surface, mais cela me parut bien rapide.

De toute manière, je n'avais pas le choix. Tenant la bougie dans la main droite et m'appuyant à la paroi de l'autre, je mis un pied sur la première marche, quand, soudain, je m'immobilisai avec un haut-le-cœur. Car il me sembla que la paroi contre laquelle je prenais appui cédait sous ma pression. Je l'observai de près à la lueur de la bougie. Elle n'avait rien de particulier : elle était toujours constituée de strates laiteuses.

J'ai alors eu l'idée de donner un coup à la paroi : le rocher était effectivement branlant. J'examinai de nouveau à la lumière de la bougie et constatai qu'une sorte de tissu noir était étendu par terre. Je voulus le ramasser naturellement en ravalant mon souffle. C'était une manche du manteau de Koumé ou de Kotaké. Mais elle était coincée sous le rocher.

L'excitation me fit transpirer de plus belle. C'est ce rocher que Koumé et Kotaké avaient déplacé la veille. Il pouvait donc bouger. Si elles étaient parvenues à l'écarter, pourquoi n'y parviendrais-je pas à mon tour ?

En l'observant attentivement, je ne tardai pas à comprendre le mécanisme. Il était parcouru d'une longue fissure verticale. La flamme de la bougie se raviva, ce qui indiquait que de l'autre côté il devait y avoir le vide. En descendant la bougie le long de la fente, je compris qu'un rocher en forme d'arc permettant à un homme de passer à quatre pattes y était incrusté.

Trois ou quatre stalagmites se dressaient au bas des marches et parmi elles, en réalité, se trouvait un levier métallique. Il va de soi que je l'actionnai aussitôt.

C'était ce que j'avais imaginé. A mesure que je poussais le levier, le rocher en forme d'arc s'enfonçait, laissant une ouverture de la taille d'un homme. De l'autre côté, c'était le noir absolu.

J'inspirai profondément. Puis après m'être assuré que si je relâchais le levier le rocher resterait immobile, je me faufilai dans le trou. De l'autre côté, il y avait un levier analogue, en forme de stalagmite. Je vérifiai que je pourrais l'actionner pour commander l'ouverture du rocher et je commençai à inspecter cette nouvelle galerie. Celle-ci, en revanche, était une grotte naturelle, car les stalactites pendaient de toute la voûte. La galerie était plus étroite que le tunnel précédent et je devais prendre garde de ne pas me cogner.

J'attendrai une meilleure occasion de décrire le décor que, de toute façon, je n'eus pas le temps de contempler.

Pourquoi Koumé et Kotaké s'étaient-elles aventurées dans une grotte aussi dangereuse? Qui pouvait-on vénérer dans ce souterrain? J'avais l'esprit troublé de mille soupçons.

En tout cas, je tombai, un peu plus loin, sur une fourche. Que faire? Lequel des chemins avaient-elles choisi? Des flaques parsemaient le sol, mais pas la moindre trace de pas.

J'optai arbitrairement pour la droite. Au bout d'un moment, je vis que la flamme de ma bougie se mettait à vaciller violemment. J'entendis au même instant un bruit de cascade. La sortie devait être proche.

Je hâtai le pas imperceptiblement. Un trou béant s'ouvrit devant moi : il y avait une petite cascade sur une dénivellation de deux mètres. Le vent souffla alors la flamme de la bougie.

De toute évidence, je m'étais trompé de chemin. Certainement, Koumé et Kotaké avaient dû aller à gauche, car si elles avaient dû traverser cette cascade, elles auraient été trempées jusqu'aux os.

J'hésitai à rebrousser chemin pour explorer la galerie de gauche. Comme il se faisait tard, je préférai attendre le lendemain soir. J'avais plutôt envie de savoir où débouchait cette cascade.

Je décidai de traverser le rideau d'eau pour sortir du souterrain.

Quand je sautai, quelqu'un poussa alors un cri en s'écartant vivement de moi. C'était une voix de femme.

Dans ma surprise, je reculai de deux ou trois pas pour distinguer l'inconnue, qui, de son côté, essayait de me reconnaître à la lumière des étoiles.

« Ah, ce n'est que toi, Tatsuya ! » s'écria-t-elle.

Elle se blottit contre moi. C'était Noriko.

Chapitre 23

Un amour de Noriko

« Ah, c'est toi, Noriko ? Tu m'as surpris. »
J'étais rassuré que ce fût elle. Avec son ingénuité, je me sentais capable de me sortir de cet embarras. Elle étouffa un rire.
« C'est toi qui m'as surprise. Tu surgis dans un tel lieu ! Ce ne sont pas des choses à faire ! »
Elle chercha à voir ce qui se trouvait derrière la cascade.
« Mais pourquoi te cachais-tu là-dessous ? Qu'est-ce qu'il y a dans ce trou ? »
Apparemment Noriko n'imaginait pas que je sois arrivé parderrière. Elle semblait croire que je m'étais glissé dans cette cavité par simple curiosité. Naturellement cela m'arrangeait et j'abondai dans ce sens.
« Je voulais jeter un coup d'œil. Mais il n'y a rien. C'est juste une cavité humide.
– Ah bon. »
Noriko cessa de scruter l'antre. Puis, les yeux brillants de curiosité, elle me dévisagea.
« Pourquoi es-tu venu ici à cette heure-ci ? Tu avais quelque chose de particulier à faire ici ?
– Non, rien de spécial. J'étais simplement trop énervé pour dormir. Et je me suis dit que ce serait agréable de respirer la fraîcheur du soir. Je suis venu faire un petit tour.
– Ah bon, fit-elle d'un air assez déçu, en baissant la tête, mais en retrouvant aussitôt sa gaieté. Eh bien, peu importe. Je suis contente de te voir. »
Je ne comprenais pas où elle voulait en venir. Un peu

déconcerté, j'observais son profil à la vague lueur de la nuit étoilée.

« Que veux-tu dire, Noriko ?
— Mais rien enfin. Tu ne veux pas venir chez moi ? En ce moment, il n'y a personne et je me sens très seule...
— Shintarô n'est pas là ?
— Non.
— Il est allé quelque part ?
— Eh bien... je n'en sais rien. Depuis quelque temps, tous les soirs, à cette heure-ci, il disparaît. Je lui demande chaque fois où il va, mais il ne me répond pas.
— Dis-moi, Noriko...
— Quoi ?
— Et toi-même, pourquoi es-tu venue jusqu'ici ?
— Moi ? »

Elle écarquilla ses grands yeux, me fixa, puis baissa la tête, en donnant des coups au sol avec son pied droit.

« Je n'en pouvais plus de solitude. A force de tout rabâcher dans ma tête, je me suis sentie soudain très triste... Je ne pouvais plus rester seule à la maison. Alors je n'ai fait ni une ni deux, je suis sortie à l'aventure.
— Où habites-tu ?
— Par là-bas. Tu vois, tout en bas. »

Nous étions sur un sentier large de moins d'un mètre, qui descendait à pic sur le flanc d'une colline. Le précipice derrière nous et la côte devant nous étaient recouverts d'une bambouseraie. A travers les bambous, on apercevait, tout en bas, sur le côté, une petite maison dont on distinguait à peine le toit de chaume et le haut des portes coulissantes éclairées par une lumière blême.

« Viens donc chez moi. La solitude m'est insupportable. »

Elle saisit mes doigts et ne les lâcha plus. J'étais terriblement gêné. Malgré son insistance, je n'avais aucune envie de la suivre, mais je ne pouvais pas non plus m'engouffrer à nouveau dans la grotte. De toute manière, il fallait bien que je l'éloigne de cet endroit.

« Ça m'ennuie d'aller chez toi, répondis-je. On ferait mieux de se reposer ailleurs.
— Tiens donc, pourquoi est-ce que ça t'ennuie ?
— C'est que si jamais ton frère, Shintarô, revenait...

– Mais pourquoi ? »

Elle me fixa de nouveau en écarquillant ses yeux ingénus. Elle semblait se soucier comme d'une guigne du qu'en-dira-t-on. Ou plutôt, elle n'en avait jamais soupçonné l'existence. Noriko était la candeur même, comme un bébé qui vient de naître.

Elle n'insista pas outre mesure, et après avoir marché sur le sentier, à travers la bambouseraie, nous tombâmes sur un pré qui s'étendait sur une pente douce. Nous décidâmes de nous y installer. Les herbes étaient humides de rosée nocturne. Mais Noriko, sans y prêter attention, s'assit la première. Je l'imitai.

L'endroit où nous nous trouvions était au bord d'un ravin qui formait une sorte de pli embrassant le village aux Huit Tombes. Dans cette cavité, des rizières en espaliers s'étageaient avec çà et là de petites chaumières paysannes. Leurs habitants semblaient avoir l'habitude de dormir la fenêtre ouverte et les lampes allumées. Dans chaque maison, les portes coulissantes étaient baignées d'une lumière dont les reflets se multipliaient magnifiquement sur les rizières où le repiquage venait tout juste de s'achever. Le ciel était moucheté d'étoiles et la Voie lactée formait un panache blême.

Noriko contempla un moment, fascinée, le ciel constellé, puis elle se tourna vers moi :

« Tu sais, murmura-t-elle.

– Quoi ?

– Tout à l'heure, je pensais à toi. »

Je la considérai avec étonnement. Elle ne semblait pas particulièrement embarrassée et elle continua avec la même innocence :

« Tu sais, je n'en pouvais vraiment plus de cette solitude. J'avais l'impression d'être seule au monde. Et mes larmes ont commencé à couler toutes seules. Ces pleurs m'étaient intolérables. Quand j'y pense maintenant, c'est stupide. Mais c'était plus fort que moi... Alors, j'ai pensé soudain à toi. C'est vrai, par exemple, la première fois où je t'ai rencontré... Alors brusquement une tristesse m'a envahie... J'ai eu un serrement de cœur... Ça n'a fait que redoubler mes larmes. J'étais à bout. Comme je te l'ai dit, j'ai bondi hors de chez moi. J'ai marché devant moi comme une folle et c'est comme ça que je me suis retrouvée nez à nez devant toi... Ça m'a stupéfiée. Mon cœur battait si fort! Et en même temps, j'étais si heureuse... Tu comprends? Je suis sûre que le ciel a exaucé mes vœux. »

Le récit de Noriko me bouleversa. Je ruisselais et frissonnais en même temps.

Qu'était-ce sinon une déclaration? M'aimait-elle vraiment?

C'était si soudain que je restai sans réponse. Je demeurai ébahi à la regarder. Elle ne semblait pourtant nullement gênée : elle avait l'innocence d'un personnage de Grimm ou d'Andersen. Rien de provocant en elle : elle était simplement avenante et sans arrière-pensée.

Mais que pouvais-je rétorquer? Je n'éprouvais pas l'ombre d'un sentiment à son égard. L'amour ne se déclare qu'au terme d'une compréhension mutuelle, alors que je la connaissais à peine.

Je ne voyais guère comment échapper à ce traquenard. Il était contraire à ma nature de la consoler par des banalités. C'était pour moi un crime impardonnable de trahir une jeune fille aussi candide. Je n'avais pas d'autre possibilité que de garder le silence. Mais Noriko non plus ne semblait pas s'attendre à une réponse de ma part. Elle paraissait simplement satisfaite de s'être exprimée. Peut-être s'imaginait-elle aimée en retour? Cette éventualité m'angoissa davantage encore.

Il fallait absolument que j'écarte ce sujet terrible.

« Noriko, dis-je enfin.
— Quoi?
— Avant l'évacuation, tu habitais avec ton frère à Tōkyō, n'est-ce pas?
— En effet, mais pourquoi?
— Miyako venait-elle souvent chez vous, à Tōkyō?
— Miyako? Eh bien, parfois. En général, c'était plutôt Shintarô qui allait chez elle.
— Il paraît que ton frère et elle devaient se marier.
— Oui, c'est ce qu'on dit. Ils en avaient peut-être l'intention. Si la guerre s'était terminée autrement...
— Miyako vous rend-elle encore visite?
— Non, plus du tout... Peut-être deux ou trois fois au début... Mon frère la fuit.
— Pourquoi Shintarô devrait-il la fuir?
— Je n'en sais rien. Peut-être parce qu'elle est riche maintenant et lui pauvre. Mine de rien, il est très orgueilleux. Il ne supporte pas qu'on s'apitoie sur lui. »

Elle n'avait pas hésité une seconde. Sans doute ne se demandait-elle même pas pourquoi je lui posais toutes ces questions. Je m'en voulais un peu, mais je désirais tout de même percer le mystère jusqu'au bout.

« Si Shintarô était d'accord, est-ce qu'elle serait prête, elle, à l'épouser?

– Eh bien... », fit-elle, d'un air perplexe.

Elle avait penché la tête et je constatai que son cou était étonnamment long. Il n'était pas mal dessiné. Il possédait même une certaine sensualité.

« Je ne comprends rien, poursuivit-elle. Je suis trop bête pour lire dans le cœur des autres. Miyako, surtout, a un caractère tellement insaisissable. »

Je scrutai son visage non sans étonnement. Dans la même journée, je m'étais rendu compte que ma sœur Haruyo non plus n'éprouvait pas une grande sympathie à l'égard de Miyako. C'était à présent le cas de Noriko. « On ne doit pas juger les gens sur leur apparence. » C'est ce que Haruyo avait dit à propos de Miyako. C'était maintenant le tour de Noriko de dire la même chose. Dans le cas de ma sœur, il y avait certainement une part de jalousie. Mais je doutais que Noriko, dans sa naïveté, fût animée de tels sentiments. Cela signifiait-il donc qu'une telle ombre planait sur Miyako aux yeux des autres femmes? Pourtant, pour moi, elle était si vive et si indépendante...

Chapitre 24

Le visage de Shintarô

Combien de temps sommes-nous restés assis dans cet endroit ? Malheureusement j'avais oublié ma montre. Je n'avais pas la moindre idée de l'heure qu'il était, mais nous sommes demeurés longtemps. Car elle ne me lâchait plus. Nous n'avions pas beaucoup de sujets de conversation, mais elle semblait satisfaite rien qu'à se tenir près de moi et à raconter ses souvenirs les uns après les autres. C'était une suite d'histoires aussi naïves et inoffensives que des contes de fées. Mais en les écoutant, je constatai que mes nerfs, qui avaient pourtant été mis à l'épreuve, se détendaient étrangement.

Depuis mon arrivée au village aux Huit Tombes, c'était la première fois que cela m'arrivait. Jusque-là, j'étais sur des charbons ardents quand j'épiais mes interlocuteurs et c'était un moment de détente inespérée. Malgré moi, je me laissais bercer par le monologue de Noriko, quand j'entendis sonner doucement le carillon d'une pendule : les douze coups de minuit retentissaient.

Un peu surpris, je me relevai aussitôt.

« Déjà minuit ! Il faut absolument que je rentre !

– Ah bon ? »

A cause de l'heure, elle n'insista pas, mais non sans regret.

« Mon frère ne sera pas encore de retour.

– Mais enfin où va Shintarô comme ça tous les soirs ?...

– Je n'en sais rien. Autrefois, il aimait jouer au go. Et il veillait tard dans la soirée. Mais depuis que nous sommes revenus à la campagne, comme il ne connaît pas grand monde ici, il n'a pas de partenaire au jeu. »

Noriko évoquait les sorties nocturnes de son frère sans la moindre retenue et ne paraissait pas inquiète outre mesure. Pourtant, cela m'ébranla. Où pouvait-il bien se fourrer ainsi, tous les soirs?

« D'habitude, il revient à quelle heure?

— Eh bien... je n'en sais trop rien. Parce qu'il revient toujours quand je dors déjà.

— Mais toi-même, à quelle heure te couches-tu d'habitude?

— D'habitude, entre neuf et dix. Mais ce soir, c'est spécial. J'ai bien fait de rester debout. Ainsi, j'ai pu te rencontrer. Dis-moi, Tatsuya, tu reviendras demain soir? »

Elle avait l'air de penser que c'était la chose la plus naturelle du monde. Pourtant, elle était si ingénue que je ne pouvais pas refuser.

« Eh bien pourquoi pas? Mais pas s'il pleut.

— Tant pis s'il pleut...

— En échange, promets-moi quelque chose, Noriko. Pas un mot à Shintarô sur notre rencontre.

— Pourquoi diable? »

Elle roula des yeux stupéfaits.

« Parce que, dis-je. Pas uniquement pour ce soir. Pour demain aussi. Sinon, je ne reviens plus. »

Cette menace fit son effet.

« D'accord. Je n'en parlerai à personne. En échange, toi, tu viendras tous les soirs? »

Les femmes sont des diplomates-nées. Elle remportait la manche. Avec un sourire crispé, je ne pus qu'acquiescer:

« Eh bien, je viendrai.

— C'est juré?

— C'est juré. Il faut que tu rentres avant le retour de Shintarô, Norichan [1]. »

Ce diminutif m'avait échappé.

« D'accord, fit-elle docilement. Au revoir.

— Au revoir. »

Elle fit cinq ou six pas, et se retourna pour répéter:

« Au revoir.

— Bien, au revoir. »

---

1. Chan est un diminutif affectueux employé surtout avec les enfants.

Elle se remit à descendre mais en continuant à regarder vers le haut et cria soudain.

« Qu'y a-t-il, Norichan ? » demandai-je avec un haut-le-cœur, en me tournant également vers le sommet de la colline.

Une cinquantaine de mètres plus haut, là où le ravin se refermait comme un sac, une petite maison était isolée du hameau. La lumière brillait à travers les portes coulissantes fermées. A l'instant où je me retournai, je vis une ombre noire passer furtivement le long de ces portes coulissantes. Comme cela ne dura qu'un instant, je n'en étais pas vraiment sûr, mais je crus voir un homme en costume occidental et coiffé d'une casquette. Or, sans qu'on eût le temps de dire ouf, la lumière s'éteignit et les portes coulissantes plongèrent dans l'obscurité.

Noriko poussa un cri de stupéfaction et courut vers moi.

« Que s'est-il passé, Tatsuya ? me demanda-t-elle.

— Quoi donc, Norichan ?

— Cette ombre, là-bas. Tu l'as vue, toi aussi, on aurait dit un homme avec une casquette.

— Oui, mais alors ?

— C'était étrange dans un couvent, non ? »

Je me retournai à nouveau avec un mauvais pressentiment vers le couvent plongé dans un silence ténébreux, sous le ciel étoilé.

« Norichan, c'est donc par ici Koicha ?

— Oui, c'est ça. C'est le couvent de Myôren. Il est tout de même curieux qu'il y ait un homme chez elle. Pourquoi la lumière s'est-elle brusquement éteinte ?

— Il ne fallait pas ?

— Myôren dort toujours la lumière allumée. Elle dit qu'elle n'arrive pas à dormir autrement. »

Je sentais le trouble me gagner.

« Mais la nonne de Koicha n'a-t-elle pas été convoquée par la police aujourd'hui ?

— Oui, mais elle est rentrée en se vantant de ne pas avoir ouvert la bouche. Il ne faut jamais la mettre en colère. Si on la provoque, elle ne dit rien de ce qu'elle sait. Mais que se passe-t-il donc ? Pourquoi a-t-elle éteint la lumière ?... Et qui était cet homme ? »

Je m'aperçus qu'une idée grivoise qui me traversait l'esprit me faisait rougir. On dit que tous les goûts sont dans la nature.

La nonne était laide et avait un bec-de-lièvre, mais elle pouvait avoir des soupirants. Je n'aurais pas pu exprimer ces pensées devant Noriko.

« Ce n'est rien. Elle a simplement de la visite.

— C'est quand même bizarre. Pourquoi éteindrait-elle si elle avait de la visite ?...

— N'y pense plus. Il faut rentrer maintenant. Si tu traînes encore, il va être une heure.

— Bien. Bonne nuit alors.

— Bonne nuit. »

Noriko dévala la pente tout droit, en se retournant à plusieurs reprises. J'attendis qu'elle eût disparue complètement pour m'engager dans le sentier qui traversait la bambouseraie. C'est alors que je sursautai en entendant des pas précipités.

Quelqu'un descendait vers moi.

Je jetai un coup d'œil à la dérobée. Mais le sentier était trop sinueux pour me laisser apercevoir l'inconnu. Il descendait certainement vers moi. De plus, il marchait précautionneusement, comme s'il se méfiait d'éventuels témoins... Je me tapis aussitôt dans le sous-bois de la bambouseraie. Je pouvais ainsi observer sans être vu.

Les pas s'approchaient peu à peu, mais ne cessaient de ralentir. Il était donc sur le qui-vive. Mon cœur battait à tout rompre. J'avais la bouche sèche et la gorge nouée.

Les pas étaient maintenant tout proches. L'ombre s'allongeait sur le chemin, bientôt suivie par la personne elle-même. Je crus que mon cœur allait flancher.

C'était Shintarô. Il portait une casquette et un bleu de travail. Une serviette pendait à sa taille et des jambières étaient fixées à ses mollets au-dessus de ses chaussettes. En outre, il était armé d'une pioche. Tout cet attirail aurait suffi à stupéfier n'importe qui, mais que dire, alors, de son visage ?...

Ses yeux écarquillés paraissaient sur le point de jaillir hors de ses orbites. Ils brillaient d'une étrange ardeur. Il avait les lèvres tordues et tremblantes. Des gouttes de sueur perlaient sur son front et son nez.

En présence des autres, on exprime rarement ce qu'on a dans le ventre, mais quand on croit se dérober aux regards, ça nous échappe malgré nous. Shintarô ne faisait pas exception. L'impression qu'il me fit alors était à la fois désespérément lugubre et agressive.

J'étais tellement terrorisé que mon cœur se glaçait et se figeait. Pour un peu, j'aurais hurlé. Mais il m'aurait peut-être alors frappé avec sa pioche.

Je me retins tant bien que mal et Shintarô ne remarqua donc pas ma présence. Il passa devant moi à pas de loup, avant de disparaître complètement au-delà de la bambouseraie.

C'est bien plus tard que je sortis de ma cachette. J'étais ruisselant de sueur. Mes genoux flageolaient. J'étais saisi d'un vertige.

J'attendis encore que mes nerfs se calment. Puis je retournai dans la grotte, derrière la cascade. Je regagnai ma chambre par le souterrain, sain et sauf. Inutile de préciser que, ce soir-là, je ne trouvai pas facilement le sommeil.

Chapitre 25

La fugue de l'oncle Kuno

Le lendemain matin, naturellement je fis la grasse matinée. Au réveil, un rayon de lumière filtrait par l'interstice des volets. Ma montre, que j'avais posée à mon chevet, indiquait neuf heures.

Je me levai en sursaut, repliai le futon et ouvris les volets. En entendant ce bruit, Haruyo vint à pas pressés.

« Bonjour, dis-je. J'ai fait la grasse matinée... »

Sans me répondre, ma sœur fixait mon visage. Je la regardai à mon tour, intrigué. Elle semblait tendue et son regard était quelque peu inquisiteur.

« Bonjour, répondit-elle enfin d'une voix rauque. J'ai quelque chose à te dire, Tatsuya. »

Elle n'avait pas ce ton cérémonieux d'habitude.

Je compris qu'il s'était passé quelque chose. Elle avait l'air si méfiant qu'une angoisse insidieuse me pénétra.

« Eh bien, qu'y a-t-il? demandai-je non sans appréhension.

– Tu sais, murmura-t-elle sans cesser de me fixer, il y a eu un autre meurtre cette nuit. Myôren – la nonne de Koicha – a été assassinée. »

Elle étouffait ces mots par discrétion, mais sa voix résonnait dans mes tympans. Mes membres tremblaient malgré moi. Je la regardai éberlué. Elle recula de deux ou trois pas, comme si elle avait peur, mais en me fixant obstinément.

« Les policiers sont venus ici ce matin à la première heure. Ils m'ont demandé si tu n'étais pas sorti cette nuit. Bien sûr, j'ai répondu que tu étais allé te coucher tôt dans la dépendance et que tu n'en étais plus ressorti... Dis-moi, Tatsuya, j'espère que tu es vraiment resté ici.

— Mais bien sûr, je ne suis allé nulle part. J'étais si fatigué. Je me suis couché tôt... »

Haruyo ne cessait de me regarder avec ses yeux grands ouverts et apeurés. Puis, à vue d'œil, sa mine devint blême et ses lèvres tremblantes.

Que se passait-il? De quoi avait-elle peur? Soudain une idée me traversa l'esprit. Cette nuit n'était-elle pas venue ici, alors que je m'aventurais dans la grotte? Elle ne m'avait pas trouvé et puis ce matin elle avait appris que la nonne de Koicha avait été assassinée : peut-être un soupçon l'effleurait-elle? De toute façon, je venais de lui mentir. Cela ne faisait qu'aiguiser les soupçons d'Haruyo.

Quelle histoire tout de même! Il fallait que ce fût la première fois où j'étais sortie de ma chambre et de la dépendance pour qu'un meurtre fût commis... Et avec ça, j'étais tout près du couvent de Koicha...

Haruyo était de mon côté. De ce fait, si je m'étais confié à elle sur les événements de la veille, elle m'aurait certainement compris. Mais que s'ensuivrait-il? Elle était trop honnête pour mentir. Le voudrait-elle que son expression la trahirait aussitôt. Elle finirait donc par dire la vérité. Il m'en coûtait de la faire souffrir, mais pour l'instant je préférais garder le secret. En tout cas, je voulais que personne ne connût l'existence de ce passage souterrain.

— Haruyo, dis-je enfin, la nonne de Koicha est morte elle aussi empoisonnée?

— Non, répondit-elle d'une voix tremblante. Cette fois-ci, ce n'est pas du poison. On dit qu'elle a été étranglée à l'aide d'une serviette.

— Quand est-ce que l'assassinat a eu lieu, à peu près?

— Autour de minuit, paraît-il. »

Une vague d'angoisse trouble remonta encore du fond de mes entrailles. C'était bel et bien l'assassin que nous avions aperçu, avec Noriko, la veille. La nonne de Koicha avait été étranglée à ce moment-là. Je n'étais donc pas loin du lieu du crime.

Soudain, je fus en proie à un choc violent. L'ombre qui se projetait sur les portes coulissantes n'était-elle pas celle d'un homme avec une casquette? Shintarô lui aussi portait une casquette, quand je l'ai vu descendre la colline un peu plus tard.

L'esprit humain suit une logique très curieuse. Depuis la veille, j'étais tourmenté à cause du bizarre comportement de Shintarô. Et le visage terriblement agressif de celui-ci... J'en avais même rêvé. Mais j'imaginais simplement que Shintarô faisait tous les soirs des virées nocturnes pour des raisons inavouables. Jusque-là je n'avais pas encore fait le lien entre l'ombre qui se dessinait sur les portes coulissantes du couvent et Shintarô. Pourquoi? Peut-être à cause de la pioche dont il était armé. Une pioche et un couvent... c'était vraiment trop éloigné. N'était-ce pas la raison pour laquelle j'avais dissocié dans mon esprit l'ombre et Shintarô?

« A quoi penses-tu, Tatsuya?
— A rien de particulier.
— Tatsuya, insista-t-elle, avec une voix soudain devenue plus douce. Si tu as quelque chose à dire, tu pourras tout me dire. Je suis ton alliée. Si le monde entier te soupçonne, je garderai ta confiance en moi. Ça, il faut que tu te le mettes une fois pour toutes dans la tête.
— Merci, Haruyo. »

J'avais un serrement de cœur devant une telle gentillesse. J'avais décidé de conserver le secret à propos de la soirée précédente. Mais je ne pouvais m'empêcher de penser que d'un moment à l'autre ce serait découvert. Les soupçons pèseraient plus fort encore sur moi. M'accorderait-elle toujours sa confiance?

Nous avons quitté la dépendance et nous nous sommes assis à table pour prendre notre petit déjeuner. Koumé et Kotaké avaient déjà terminé le leur et s'étaient retirées dans leur chambre. Ma sœur, elle, m'avait attendu pour manger. Peut-être n'avait-elle pas faim ce matin-là?

Elle me servit et je mangeai en silence. Soudain, comme si l'idée ne lui traversait l'esprit qu'en cet instant, elle me dit :

« A propos, il est arrivé une autre chose bizarre ce matin. » Elle posa sur ses genoux ses baguettes et me dévisagea.

« Comment ça " une autre chose bizarre "?
— L'oncle Kuno a disparu.
— L'oncle Kuno! répétai-je stupéfait en la regardant.
— Oui. Tu te rappelles, Tatsuya, hier, il paraît qu'une feuille de papier se trouvait à côté du corps de Baikô.
— Ah oui, cette espèce de plan de meurtres...

— C'est ça. On a découvert que c'est l'oncle Kuno qui l'a écrit.

— Ne me dis pas ça!

— Je ne connais pas les détails, mais c'est le résultat de l'enquête de la police. Alors, ce matin, à la première heure, la police est allée chez lui, mais il n'était plus là. Sa famille ne savait pas non plus quand il était parti. Ils ont passé la maison au peigne fin, et ils ont découvert sous sa couche une note. Il y avait écrit quelque chose comme : " Je vais rester caché un moment. Mais je suis absolument innocent. Ne vous inquiétez pas. " »

Mon cœur se troubla. Il y avait un moment que je soupçonnais l'oncle Kuno. Mais maintenant qu'il jetait le masque, j'étais pris au dépourvu.

« A quel moment l'oncle avait-il pu partir? demandai-je.

— On n'en sait rien. Hier soir, il s'est couché tôt, paraît-il, en disant qu'il ne se sentait pas bien. Depuis, la tante ne l'avait plus revu. Quand les policiers sont venus ce matin, elle le croyait dans sa chambre. Elle est donc allée le réveiller, et a trouvé le lit vide. Ça a fait tout un remue-ménage.

— Semblait-il avoir passé la nuit dans son lit?

— Justement pas. Ça laisse supposer que l'oncle Kuno a quitté la maison dès qu'il a regagné sa chambre, hier soir. Au fait, il paraît qu'il est parti avec toutes ses économies.

— A quelle heure est-il allé dans sa chambre?

— Vers neuf heures et demie. »

Donc il avait eu largement le temps d'aller étrangler la nonne de Koicha.

« Écoute, Haruyo, dis-je, en cessant de manger et en me penchant vers elle. Tu crois l'oncle Kuno capable de ces meurtres en série?

— Quand même pas! répondit-elle avec un soupir. Il a toujours aimé les romans policiers, remarque...

— Les romans policiers?

— Parfaitement. La tante ne cesse de s'en plaindre. A son âge, se passionner pour cette littérature, vraiment, ça ne se fait pas... Moi, je n'en ai jamais lu. Il y a beaucoup de meurtres dans ces livres, non? Bien sûr, ça ne veut pas dire qu'il les mette en application. »

J'étais en plein brouillard.

Or, au cours de l'après-midi, Kôsuke Kindaichi fit une apparition inopinée. L'idée qu'il m'interroge à nouveau m'effraya, mais il était tout sourire.

« Ne soyez pas sur vos gardes, allons! Je venais bavarder avec vous simplement.

— Ah bon? »

Ça ne me rassurait pas pour autant et fort heureusement Haruyo vint à mon secours en lui demandant :

« On a fini par retrouver l'oncle Kuno?

— Non, je ne pense pas. L'inspecteur est parti en ville, toutes affaires cessantes. Mais je ne sais pas ce que ça a donné. »

Kôsuke Kindaichi avait l'air d'y être complètement indifférent.

« Monsieur Kindaichi, dis-je, cette feuille de papier qu'on a trouvée près du corps de Baikô, hier, est-ce vraiment sûr que ça ait été écrit par l'oncle Kuno?

— Il n'y a pas l'ombre d'un doute. C'est une page de l'agenda de poche que sa banque a distribué à ses clients, en cadeau de fin d'année. Il n'y a que trois familles qui en ont reçu un : les Nomura, les Kuno et la vôtre. On a fait l'expertise de l'écriture : on a abouti à la certitude qu'il s'agit de celle du Dr Kuno.

— C'est la raison de sa fugue?

— Évidemment.

— C'est donc lui l'assassin?

— Eh bien... On dit que la fuite est une forme d'aveu. On pourrait donc raisonner ainsi. Mais il y a là une contradiction.

— Contradiction?

— C'est à propos de l'assassinat de la nonne de Koicha. »

Je frémis, mais Kôsuke Kindaichi ne semblait pas avoir d'arrière-pensée.

« Vous êtes au courant de l'affaire, n'est-ce pas? reprit-il. C'est très instructif, mais mettons cela de côté. Eh bien, la nonne de Koicha a été tuée vers minuit. Ça ne fait aucun doute pour diverses raisons. Or, hier soir, on a vu le docteur Kuno prendre le train de 22 h 50 à destination de la ville.

— Cela veut-il dire, demandai-je ébahi, qu'au moins pour cet assassinat l'oncle Kuno a un alibi parfait?

— Vous avez tout compris. Supposons par exemple que le Dr Kuno soit descendu à la gare suivante. Or, il n'y a plus de train pour revenir. Il aurait toujours pu marcher, mais jamais il n'aurait pu être ici avant minuit. Donc, en ce qui concerne l'assassinat d'hier, le Dr Kuno est hors de cause. Cela l'innocente également pour les meurtres précédents.

— Mais alors pourquoi s'est-il enfui ?

— Eh bien, répondit Kôsuke Kindaichi avec un léger ricanement. Quand on a écrit une telle idiotie dans le carnet, on ne peut plus rester dans le village. Ça vaut le coup de faire une fugue.

— Peut-être le meurtre d'hier soir n'a-t-il aucun rapport avec les autres, n'est-ce pas ? Car d'après la feuille qu'on a ramassée hier, l'assassin ne projetait-il pas de tuer une seule des personnes de chaque couple qu'il avait formé ? Or, Baikô était déjà tuée. N'est-il pas étrange que la nonne de Koicha soit également tuée ? »

C'était un problème qui me tracassait depuis ce matin. En m'entendant l'évoquer, Kôsuke Kindaichi se mit à se gratter la tête.

« Ah, dit-il, vous aussi, vous l'avez remarqué. C'est ça, vous avez raison. Mais ce meurtre est bien la suite des autres. Simplement, l'assassin ne l'avait pas prévu dans son projet initial. Brusquement quelque chose est arrivé qui faisait que la nonne de Koicha ne devait pas rester en vie : d'où ce nouveau meurtre. Mais quelle est cette soudaine raison ? Eh bien, c'est que l'assassin avait fait une bourde. Oui, c'est bien ça. Au moment de l'assassinat de la nonne Baikô il a fait sa première bourde. Vous comprenez ça, Tatsuya ? Vous êtes bien placé pour le comprendre. Enfin, il est peut-être normal que vous ne compreniez pas. »

Kôsuke Kindaichi me scruta en soupirant et fila sans un mot.

Mais qu'est-ce qui l'avait amené ?

Chapitre 26

Un homme d'autrefois

Ce soir-là, je m'aventurai de nouveau dans la grotte par le passage secret.
C'était de ma part très risqué après le crime de la veille. Je craignais, en outre, que Haruyo ne fût au courant de mon expédition. Mais je ne pouvais résister à l'envie d'y aller. Et puis j'avais fait cette promesse à Noriko et il fallait absolument que je la persuade de se taire sur les événements de la veille.
Je repris donc le même chemin. Mais j'avais tant hésité, qu'il était bien plus tard. Une bougie à la main, je descendis l'escalier taillé dans la pierre et je m'avançai dans le tunnel sombre. J'étais fort heureusement déjà familiarisé avec le lieu et mon angoisse était moindre. Je traversai sans incident le passage dérobé et je parvins à la fourche. Je fus alors cloué sur place.
Sur le chemin de droite qui menait au couvent de Koicha, je vis fuser des étincelles. Je soufflai aussitôt ma chandelle et me tins pétrifié dans le noir.
Ce chemin, juste après la fourche, formait une courbe serrée et c'est de là que venaient les étincelles. Elles léchaient la paroi de la grotte au niveau du tournant et disparaissaient. Au bout de deux ou trois fois, je compris que quelqu'un était en train de craquer une allumette.
Je frissonnai d'horreur et mon cœur se remit à battre à tout rompre. Je ruisselais de la tête aux pieds.
Il y avait quelqu'un dans le souterrain! Je me rappelai ce qui s'était produit la veille : un intrus était entré dans ma chambre

et avait effrayé Koumé et Kotaké dans la galerie... N'était-ce pas le même ?

De nouveau un éclair jaillit. Cette fois-ci, la lueur ne disparut plus : la flamme changea de couleur. Je comprenais : la mèche d'une bougie s'était enflammée. La lumière vacilla un instant sur les parois et finit par se stabiliser. Manifestement, l'intrus portait une lanterne. Le faisceau lumineux s'approchait de moi.

Je me glissai vite dans le chemin de gauche. Mon cœur continuait de palpiter. Mais je me dis que c'était peut-être une occasion inespérée de cerner l'identité du suspect qui s'introduisait constamment dans la dépendance par effraction.

La lumière de la lanterne, tout en chancelant, s'approchait du tournant. Je me plaquai contre la paroi de la galerie, en attendant que l'inconnu s'approche.

Le tournant était maintenant franchi et je voyais à présent une lumière jaune en face de moi. Le bruit des pas se faisait de plus en plus proche. En retenant mon souffle, je m'apprêtais à découvrir l'intrus au niveau de la fourche. Enfin, sa silhouette se découpa devant moi. Je fus alors stupéfait, comme si j'étais pris au piège.

« Noriko ? »

C'était bel et bien elle. Elle sursauta en entendant mon appel, mais dès qu'elle me reconnut à la lumière de sa lanterne, elle répondit :

« Ah, Tatsuya ! »

Elle se blottit contre moi en souriant.

« Norichan, que fais-tu ici ? » lui demandai-je.

Je n'en revenais pas. Je la dévisageai sans en croire mes yeux. Mais elle ne paraissait pas plus bouleversée que cela.

« Je venais à ta rencontre. Il y a une éternité que je t'attends.

— Tu connaissais donc l'existence de ce passage secret ? demandai-je, malgré moi, sur un ton inquisiteur.

— Pas du tout. Tu sais, je t'attendais au même endroit qu'hier soir. Je t'ai attendue pendant un siècle. Mais tu ne venais toujours pas. Alors, je me suis dit que tu étais peut-être caché dans le trou. Je suis donc entrée et j'ai constaté qu'il était très profond. J'ai pensé que tu étais au fond. Je suis allée prendre une lanterne à la maison. »

Son audace me stupéfiait.

« Mais tu n'as pas eu peur de te lancer à l'aventure, comme ça, Norichan ?

— Bien sûr que si. Mais je pensais que je te verrais. Ça m'empêchait d'avoir peur. Je suis contente d'être venue. Puisque tu es là. »

Elle était intégralement ingénue. Et j'étais en même temps peiné de savoir que ses sentiments à mon égard étaient aussi profonds. Je dus, en tout cas, en finir le plus vite possible avec ce qui m'amenait.

« Norichan...
— Qu'y a-t-il?
— J'espère que tu n'as parlé à personne de ce qui s'est passé hier soir.
— Je n'en ai parlé à personne.
— Tu ne diras pas non plus que nous nous sommes revus ce soir, n'est-ce pas?
— Non, à personne.
— Même pas à Shintarô.
— D'accord.
— Comment va Shintarô?
— Il a gardé le lit toute la journée à cause d'une migraine. Il est bizarre. En plus, il dit comme toi.
— Comment ça?
— Il dit qu'il ne faut répéter à personne qu'il est sorti tard hier soir. C'est étrange, tout de même. Pourquoi les hommes aiment-ils tous mentir? »

Mon cœur palpitait.

« Norichan, sais-tu que la nonne de Koicha a été assassinée?
— Oui, je sais. J'ai été étonnée de l'apprendre, ce matin. Dis-moi, Tatsuya, n'est-ce pas l'homme dont on voyait l'ombre sur les portes coulissantes l'assassin de Myôren?
— Que dit Shintarô à ce propos?
— Mon frère? Rien... Et pourquoi? »

Elle me regarda avec perplexité.

C'est alors que j'entendis derrière moi un cri, puis quelqu'un courut à toutes jambes vers le fond de la grotte. Noriko et moi étions figés de terreur. L'instant d'après, je lui pris des mains la lanterne et partis à la poursuite de l'inconnu.

« Tatsuya!
— Attends-moi ici, Norichan!
— Non, je te suis! »

La galerie de gauche formait une courbe serrée juste après la fourche. C'est sans doute à cause de cela que le fuyard n'avait pas dû s'apercevoir de notre présence jusqu'au moment où il était parvenu au virage.

Guidés par le bruit des pas, nous nous avançâmes dans la grotte, mais ce chemin était sinueux comme des entrailles de mouton. Le bruit des pas de l'autre et la faible réflexion de la lampe qu'il portait n'étaient pas des repères suffisants. Il nous était impossible de le rattraper.

Jusqu'où nous sommes-nous avancés? Nous n'entendions plus le bruit de pas et nous ne voyions plus la lueur. Nous nous sommes immobilisés dans la galerie, bredouilles.

« C'est manqué, dit-elle.
— Oui, nous l'avons laissé filer.
— Mais qui est-ce enfin?
— Je n'en sais pas plus que toi.
— Cette grotte est très profonde.
— Oui, il y a sûrement une issue.
— Veux-tu que nous allions un peu plus loin?
— Tu en as le courage, Norichan?
— Oui, puisque je suis avec toi.
— Alors, allons-y. »

Nous avions renoncé à rattraper l'inconnu, mais j'avais un autre but en tête. C'était, du reste, mon premier objectif. Il me fallait connaître ce soir le saint que vénéraient Koumé et Kotaké.

Éclairés par la lanterne, nous avancions lentement depuis cinq minutes, quand la galerie s'élargit. Intrigué, je relevai la lanterne pour regarder autour de moi. Noriko s'agrippa soudain à moi, en poussant un cri.

« Qu'y a-t-il, Norichan?
— Mais, Tatsuya, il y a quelqu'un là-bas...
— Quelqu'un? »

Étonné, je pointai la lanterne dans la direction indiquée par Noriko. Je fus alors glacé de terreur.

Une partie de la paroi était creusée, à un mètre du sol, comme un autel. Sur un sépulcre de pierre, un samouraï en armure était assis avec majesté. Je pensai tout d'abord que c'était une armure décorative. Loin de là : sous la visière profonde, il y avait à coup sûr quelqu'un dont je ne parvenais pas à distinguer le visage. Et, sans bouger, cet homme nous fixait...

Chapitre 27

Dans l'armure

Je restai un moment bouche bée. De peur, mon cœur battait jusque dans ma gorge : j'avais beau essayer de parler, j'avais la langue paralysée, aucun mot ne sortait de ma bouche. J'avoue honteusement que mes genoux tremblaient et que tout mon corps se raidissait comme un fil de fer.

Pourtant personne n'aurait pu rire de ma lâcheté. N'importe qui aurait été pétrifié à la vue d'un être aussi étrange au fond d'une grotte obscure. Qu'il était effrayant avec son mutisme et son immobilité! Il se contentait de nous fixer à travers la visière de son armure.

« Qui est là ? » demandai-je, en éclaircissant ma voix.

Mais l'homme ne me répondit pas. Il ne bougea même pas. Une indifférence curieusement sereine – comme abstraite des rythmes de ce monde – enveloppait son corps.

Nous avons échangé un regard, Noriko et moi.

« Tatsuya, me murmura-t-elle dans l'oreille. Peut-être est-ce une poupée? Ou une statue en bois. »

L'idée m'avait bien effleuré, mais je n'en étais pas convaincu. La ligne du corps n'avait pas la dureté d'une statue de bois; elle avait quelque chose d'humain. En tout cas, il n'était pas vivant. J'en fus un peu rassuré.

« Norichan, tu vas rester ici. Moi, je veux en avoir le cœur net.

– Tu es sûr, Tatsuya?

– Oui, ne crains rien. »

Je quittai Noriko et montai dans le renfoncement, la lanterne à la main. Un frisson parcourut ma colonne vertébrale, à l'idée que le samouraï allonge le bras pour me saisir. Il restait imperturbable, toujours majestueusement assis sur le sépulcre de pierre. Je rapprochai ma lanterne.

Mêlés à l'odeur de cire brûlée, des relents de moisissure et de pourriture moite me piquaient les narines. Cela venait de l'armure. Quoique complètement ignorant en matière d'antiquité, j'avais l'impression que l'armure et le casque étaient ceux d'un samouraï de haut rang. En tout cas, la parure était très ancienne, avec des ficelles effilochées et le plastron et le tablier à moitié pourris.

En avançant la lanterne, je tentai de voir ce qu'il y avait sous la visière. Mes membres furent saisis d'une indescriptible horreur.

Ce n'était ni une poupée ni une statue de bois, mais bien un homme. Naturellement, il ne vivait pas. Combien ce mort pouvait être effrayant! Il avait un teint douteux, ni gris, ni ocre, ni brun. La peau était lisse : elle semblait polie. On aurait dit du savon.

J'aurais donné entre trente et quarante ans au mort. Il avait le nez plat et des pommettes saillantes, ce qui était une caractéristique physique des gens de la région. Il avait les yeux rapprochés, le front étroit, le menton pointu, ce qui lui donnait un air patibulaire. Il avait les yeux ouverts, mais privés d'éclat. Il ressemblait à une sculpture de glaise.

Il était si terrifiant que je sentais une sueur froide et visqueuse ruisseler sur mon corps. Je claquai des dents et je fus pris de nausée. Mais n'avais-je pas vu ce visage quelque part? Le front étroit, le menton pointu, les yeux rapprochés... Oui, j'avais vu ce visage quelque part.

Mais qui était-ce? Où l'avais-je vu? Inquiète, Noriko me rejoignit sans me laisser le temps de trouver la réponse.

« Tatsuya, Tatsuya, qu'y a-t-il? Tu as pu voir sous le casque? »

Cette voix me ramena à la réalité.

« Ne t'approche pas, Norichan! Reste à l'écart!
— Mais enfin, Tatsuya...
— Je redescends. »

Dès que je fus redescendu du renfoncement, Noriko me pressa de questions :

« Que se passe-t-il, Tatsuya ? Tu ruisselles !...
— Ça va, ça va. »

J'avais l'esprit ailleurs. Qui était ce mort ? Devant le sépulcre de pierre, des vases et des brûle-parfum étaient disposés : c'était sûrement là que Koumé et Kotaké venaient se recueillir. Il devait donc s'agir de quelqu'un en relation avec les jumelles. Mais quel type de relation ?

« Tatsuya », reprit Noriko en se blottissant contre moi, ses yeux pleins d'angoisse tournés vers les miens. « Tu as vraiment vu quelque chose sous le casque ? Ce n'était pas une poupée ?

— Non, peut-être pourras-tu me répondre. Y a-t-il un homme entre trente et quarante ans qui soit mort récemment dans le village ?

— Pourquoi me poses-tu cette question ? s'étonna-t-elle. Tu le sais aussi bien que moi ! Il n'y a que Kôzen qui ait cet âge parmi les récentes victimes, et ton frère Hisaya.

— Mon frère Hisaya ? »

C'était comme une secousse électrique. Une idée étincela dans ma tête.

Le mort n'avait-il pas les traits de mon frère Hisaya ? Ces yeux rapprochés, ce front étroit, ce menton pointu, cette mine patibulaire...

Pourtant, pourtant... Était-ce possible ? Mon frère Hisaya avait assurément été mis en bière et enterré dans la tombe des Tajimi. Il est vrai qu'il avait été exhumé pour l'autopsie. Mais dès que l'examen avait été terminé, il avait été remis en bière et inhumé de nouveau. N'était-ce pas moi qui avais jeté la première poignée de terre sur son cercueil ? J'avais vu, de mes propres yeux, que ce cercueil avait été entièrement enseveli. On n'avait pas encore posé la pierre tombale, mais mon frère reposait sans aucun doute sous cette terre.

Cependant, ce mort ressemblait à mon frère. Dans la famille Tajimi, je n'avais appris aucun autre décès récent. Était-ce donc bien mon frère ? Quelqu'un avait-il déterré la dépouille de mon frère et l'avait-il installée là ? C'était tout de même bizarre. Il y avait dix jours que mon frère était mort et il n'y avait aucun indice de décomposition.

Dans une profonde perplexité, je restai figé sur place, quand je fus interpellé par une voix féminine qui venait par-derrière :

« Qui est-ce ?... Qui est là ? »

Noriko et moi, nous avons sursauté et nous nous sommes retournés. Quelqu'un était là, portant une lanterne.

« Qui est-ce?... Qui est là? »

La lumière de la lanterne se rapprocha. Noriko, apeurée, s'agrippa à moi.

« Qui est-ce?... Qui est là? »

En lançant son appel pour la troisième fois, l'inconnue leva bien haut la lanterne. Dans cette grotte, la voix se réverbérait sur toutes les parois, si bien que le timbre se perdait complètement. Mais c'est alors que je compris qui c'était.

« Mais c'est toi, Haruyo! C'est moi. Tatsuya.

– Ah, Tatsuya! C'est bien ce que je pensais. Mais qui est avec toi?

– Noriko. Noriko de la branche cadette.

– Tiens, Noriko? » fit Haruyo, la voix brisée par la surprise. Elle s'approcha aussitôt d'elle.

« En effet, c'est bien toi, Noriko », reprit-elle.

Haruyo nous regarda tour à tour d'un air soupçonneux, puis demanda, en jetant un coup d'œil alentour :

« Mais enfin qu'est-ce que vous faites ici?

– Je t'expliquerai plus tard. Mais toi-même?

– Moi...

– Il y a longtemps que tu connais l'existence de cette grotte?

– Pas du tout. C'est la première fois. C'est terrible par ici... », dit Haruyo en regardant autour d'elle avec un frisson. « Mais j'en avais entendu parler. Quand j'étais petite, on m'a dit qu'il y avait un passage secret qui partait de la maison. Mais Koumé et Kotaké prétendaient qu'on l'avait muré depuis longtemps...

– C'est donc aujourd'hui que tu l'as découvert? »

Elle acquiesça imperceptiblement.

« Par où es-tu entrée ici? »

Mon ton inquisiteur la fit hésiter, mais elle me regarda dans les yeux.

« Écoute Tatsuya, dit-elle d'un ton plus grave. Hier soir, je suis allée à la dépendance pour te parler. Et je ne t'ai pas trouvé. Pourtant tout était fermé de l'intérieur. C'était à n'y rien comprendre! J'ai attendu une éternité. Mais tu ne te manifestais toujours pas. J'ai fini par renoncer et je suis retournée à la maison principale. Or ce matin tu étais dans la dépendance.

Là, je nageais dans le brouillard! Mais comme tu ne me disais rien, je n'ai pas osé t'interroger. J'étais vraiment inquiète et ce soir encore je suis revenue dans la dépendance. Et de nouveau tu n'étais pas là. Tout était fermé de l'intérieur comme hier. Je me suis souvenue alors de ce passage secret dont on m'avait parlé quand j'étais petite. Je me suis dit : il y a sûrement un passage secret dans cette dépendance... Je me suis mise à sa recherche. Et j'ai remarqué ça coincé sous le couvercle du coffre du débarras. »

Elle sortit un mouchoir de sa poche.

« Il est bien à toi, n'est-ce pas, Tatsuya? J'ai soulevé le couvercle et j'ai aperçu des gouttes de cire sur la couette. A force de manipulations, j'ai fait céder le fond du coffre à grand fracas. Et me voici... »

Haruyo nous transperça de son regard et poursuivit :

« Mais toi-même, Tatsuya, comment as-tu découvert ce passage? Qui te l'a montré? »

Je n'avais plus aucune raison de le cacher à ma sœur, mais je n'osais pas le révéler à Noriko.

« Je t'en parlerai à la maison, répondis-je à Haruyo. Mais j'ai d'abord quelque chose à te demander. Qui est l'homme là-bas? »

J'indiquai le renfoncement avec la lanterne. Ce n'est qu'à ce moment-là que Haruyo remarqua la chose. Elle poussa un cri et se figea sur place. Mais aussitôt après, elle se ressaisit et fit deux ou trois pas en avant.

« C'est curieux, murmura-t-elle en haletant. Qui est-ce qui a pu l'apporter ici?

— Mais alors, Haruyo, tu connaissais cette armure?

— Oui... Je l'ai vue une fois, il y a très longtemps. Tu sais bien, Tatsuya. Il y a une espèce de petite chapelle derrière la dépendance, n'est-ce pas? Tu m'as demandé, l'autre jour, si c'était un temple bouddhiste. C'est, en fait, un sanctuaire shintoïste. Officiellement, il est consacré à la divinité des moissons, mais en réalité... »

Elle hésita un instant et reprit :

« ... tu en as sûrement déjà entendu parler. Un général d'Amako a été tué par les gens du village. C'est à lui qu'il est consacré. Cette armure appartenait à ce général et c'était une relique. Tu vois, là-bas, le sépulcre de pierre. L'armure s'y trouvait, à l'intérieur du sanctuaire qui lui était consacré. Or, il y a une quinzaine d'années, tout a disparu un beau jour. On a pensé que c'était l'œuvre d'un voleur, mais d'un voleur vraiment peu commun. C'est tout de même curieux. Qui peut avoir eu l'idée de le déposer ici ? »

Nous comprenions du moins la provenance de l'armure. Mais qu'en était-il de l'homme lui-même.

« J'ai bien compris d'où venait l'armure, Haruyo. Mais regarde plutôt sous le casque. Il y a quelqu'un dans l'armure, n'est-ce pas ? Qui est-ce ? »

Elle se tourna vers moi dans un sursaut mécanique. Elle esquissa un sourire effrayé.

« Arrête de dire n'importe quoi. Ne me fais pas peur, Tatsuya. J'ai un cœur faible...

— Mais c'est vrai, Haruyo. Regarde bien. Il y a quelqu'un. Je viens de monter dans le renfoncement. Je l'ai vu de mes yeux. »

Haruyo leva des yeux épouvantés vers le renfoncement. Le cadavre armé jetait vers nous un regard lugubre. Haruyo inspira bruyamment. Puis elle brandit la lanterne en l'air et s'approcha de la niche, comme aspirée.

Noriko et moi avions les mains moites en observant le comportement insolite de ma sœur.

Comme agrippée aux parois du renfoncement, elle regardait ce qu'il y avait sous le casque. Elle fut alors prise d'un violent tremblement. Puis elle glissa un regard de côté vers moi.

« Tatsuya, je t'en prie, est-ce que tu peux me hisser dans la niche ? »

Le front livide de Haruyo était couvert de sueur. Je l'aidai aussitôt à monter dans le renfoncement. Elle examina le visage sous le casque, avec un regard où se lisaient la peur et la curiosité. Sa respiration s'accéléra. Elle connaissait sûrement ce mort.

J'observai ma sœur en retenant mon souffle, quand Noriko me tira par la manche.

« Quoi, Norichan ?

— Il y a quelque chose d'écrit, là-haut. »

Elle me montrait un endroit à une quinzaine de centimètres au-dessus du socle où se trouvait Haruyo. En effet, la pierre était gravée horizontalement. Je rapprochai la lanterne pour pouvoir lire et retins ma respiration malgré moi.

« Siège du Singe. »

C'est ce que je pus lire. « Siège du Singe »... il me semble que j'avais entendu prononcer cette formule. Oui, c'était le soir de mon arrivée chez les Tajimi. Haruyo m'avait parlé d'un intrus bizarre qui venait dans la dépendance. Elle avait alors raconté que cet intrus avait laissé tomber une sorte de carte, sur laquelle était inscrit ce nom de lieu. Or j'avais un plan semblable. Cela voulait donc dire que la carte était celle du labyrinthe souterrain.

J'étais complètement désorienté par cette nouvelle énigme. J'entendis soudain ma sœur crier au-dessus de ma tête. Je me retournai et vis Haruyo chanceler.

« Attention! » m'écriai-je.

J'écartai mes bras et Haruyo s'écroula brusquement.

« Ah, Tatsuya, Tatsuya, que se passe-t-il? Est-ce que j'ai perdu la tête ou est-ce que je rêve?

— Ressaisis-toi, Haruyo. Qu'est-ce qui te prend? Tu connais cet homme? Mais enfin, qui est-ce?

— Père!

— Quoi?

— Notre père qui s'est enfui dans les montagnes il y a vingt-six ans et qu'on n'avait jamais revu depuis... »

Elle s'agrippa à moi et se mit à pleurer comme une folle. J'étais aussi secoué que si l'on m'avait traversé le crâne avec un pieu chauffé à blanc... Noriko, ébahie, restait clouée sur place.

Chapitre 28

Trois pièces d'or

Pour une cardiaque comme Haruyo, cette effrayante découverte était un terrible choc. Après avoir supplié Noriko de garder le silence, nous nous sommes séparés d'elle à la fourche. Puis nous avons regagné la dépendance en passant par le fond du coffre. En pleine lumière, Haruyo avait vraiment mauvaise mine.

« Ressaisis-toi, Haruyo. Tu as le visage complètement décomposé. Tu devrais te reposer un peu...

— Merci. C'est lâche d'avoir le cœur faible. Mais j'ai été si surprise...

— Mais es-tu sûre d'avoir reconnu Père ?

— Pas le moindre doute. Je n'en croyais pas mes yeux et je l'ai vérifié plusieurs fois... J'avais huit ans quand Père s'est enfui dans les montagnes. Mais je me souviens toujours parfaitement de ses traits. Quand je ferme les yeux, je me représente exactement son image... »

Ses yeux brillaient de larmes. Malgré l'horreur qu'il avait déclenchée, il restait pour elle son cher père. Je me sentais un peu ému.

« Mais c'est tout de même curieux, Haruyo. Père avait trente-six ans quand il s'est caché dans les montagnes. Et ça semble être l'âge du mort.

— En effet. Je pense que Père est mort peu de temps après sa fuite, perdu dans cette grotte. C'est normal qu'on n'ait pas retrouvé sa trace.

— Mais enfin plus de vingt-six années se sont écoulées depuis. Comme a-t-il pu demeurer tel quel, sans se décomposer ?
— Je ne sais pas. Je suis trop ignorante pour comprendre ces choses. Mais tu sais, Tatsuya, en ce monde il y a tant de mystères inexplicables. On parle de momies...
— Cela se peut. Mais ce n'était pas une momie. Il est vrai que je n'en ai jamais vu de près.
— Raconte-moi plutôt, demanda Haruyo en s'approchant de moi, comment tu as appris l'existence de ce passage secret. Depuis quand le connais-tu ? »
Je lui racontai alors succinctement ce qui m'était arrivé l'avant-veille, ce qui la stupéfia.
« Comment ! s'écria-t-elle, mais alors ce sont les grand-tantes...
— Oui, elles-mêmes. D'après ce qu'elles racontaient alors, elles doivent faire ce pèlerinage une fois par mois, le jour de sa mort.
— Ça veut dire qu'elles savent depuis longtemps que le corps de Père se trouve là-bas, n'est-ce pas ?
— Sans doute. Du reste, ne serait-ce pas elles les auteurs de cette mise en scène ? »
La mine de Haruyo s'allongea. Elle resta un moment pensive, engoncée dans le col de son kimono. Puis soudain elle releva la tête, comme si une idée l'avait effleurée. Une grimace déforma son visage et ses yeux s'enflammèrent.
« Haruyo, qu'y a-t-il ? As-tu une idée ?
— J'ai peur, Tatsuya. J'ai peur... Mais c'est sûrement ça. J'en suis sûre.
— Haruyo, qu'y a-t-il ? De quoi parles-tu ?
— Écoute Tatsuya, fit-elle d'une voix nerveuse. Ça fait très longtemps que je souffre à cette seule pensée. Et, avec ça, tous ces temps derniers... il y a eu tant de victimes de ce poison... depuis, cette pensée ne cesse de me tourmenter... »
Elle fut prise d'un soudain tremblement.
« Tatsuya, reprit-elle, je peux te parler à toi. Mais surtout ne le répète jamais. »
Après ces préliminaires, voici le récit que j'entendis. Cela faisait vingt-six ans, à savoir juste après le massacre. Haruyo avait huit ans et depuis qu'elle avait assisté à la tuerie où sa mère avait trouvé la mort, elle était en proie à de terribles angoisses.

Toutes les nuits, vers minuit, elle avait des crises de larmes. C'est à minuit que le massacre avait eu lieu. Nos grand-tantes Koumé et Kotaké la prenaient en pitié et avaient décidé de dormir avec elle.

« C'est cela, m'expliqua-t-elle. Je dormais entre elles deux. Mais, de temps à autre, elles disparaissaient au cours de la nuit. Or, une fois, j'ai fait une scène incroyable en les cherchant dans toute la maison. Dès lors, elles ont cessé de disparaître ensemble. Mais, par roulement, il y en avait toujours une qui s'éclipsait chaque nuit. Je demandais à celle qui restait ce qui se passait. Sa réponse était toujours la même : l'autre était allée aux toilettes et reviendrait bientôt. J'étais trop petite pour m'en inquiéter exagérément et je me rendormais. Or, une nuit, je les ai entendues tenir des propos épouvantables. »

Cette nuit-là, Haruyo dormait entre Koumé et Kotaké lorsqu'elle fut réveillée par des chuchotis qu'échangeaient les deux vieilles par-dessus sa tête. Elle comprit que ses grand-tantes craignaient les oreilles indiscrètes. Elle feignit d'être endormie et entendait sans entendre. D'abord, le mot « poison » attira son attention. Puis des bribes de phrases comme « ça ne peut plus durer comme ça », « s'il est pris, il n'échappera pas à la peine de mort », « à ce train-là, il ne va pas mourir de si tôt », « s'il se déchaîne de nouveau, ce sera le désastre ». Après avoir surpris ces confidences entrecoupées, elle entendit cette phrase : « Au fond, si nous lui mettions du poison dans son repas ? » L'enfant était terrifiée.

« Les événements qui se gravent en vous dans votre enfance, vous ne les oubliez jamais ! Aujourd'hui encore, quand je me rappelle cette conversation entre mes tantes, je suis prise d'une terreur inimaginable. »

Haruyo frissonna une fois encore et essuya délicatement ses larmes du revers de sa manche. Je partageais complètement son épouvante. Un sang glacé coulait dans mes jambes.

« Autrement dit, nos grand-tantes auraient protégé notre père dans le souterrain pendant une certaine période, après le massacre ?

— Maintenant que j'y pense, ça ne peut être que cela. Elles lui apportaient certainement ses repas.

— Et elles auraient fini par l'empoisonner...

— Tatsuya, même si c'est le cas, il ne faut pas le leur reprocher. Elles n'auraient agi que dans l'intérêt de la famille et de notre père. Il était leur préféré. Elles l'aimaient comme la prunelle de leurs yeux. Mais l'empoisonner ! Combien ça a dû leur coûter ! »

Quel funeste destin avait frappé cette famille ! J'en tressaillais.

L'hypothèse de ma sœur était sans doute fondée. Koumé et Kotaké avaient dû mener discrètement notre père à la mort dans l'intérêt de la famille et, surtout, en pensant au sort qui lui serait réservé en cas de capture. De ce point de vue, c'était faire preuve de pitié à son égard. Pourtant, je ne pouvais m'empêcher d'avoir une sombre pensée.

« J'ai compris, Haruyo, d'accord, je n'en parlerai à personne. Je contraindrai aussi Noriko à se taire. Tu vas oublier maintenant toute cette histoire.

– Très bien. De toute façon, c'est si vieux... Simplement, ce qui m'inquiète, c'est que je me demande si tous les empoisonnements de ces derniers temps ne sont pas liés à cela.

– Haruyo, dis-je en la dévisageant, tu laisserais entendre que Koumé et Kotaké...

– Non, non, ce n'est pas possible. Mais quand on pense à la mort de notre frère Hisaya... »

Les jumelles avaient bien tué le père : pourquoi n'auraient-elles pas tué le fils ? Ce soupçon de Haruyo était après tout fondé. Et, du reste, les vieilles femmes, quand elles sont aussi âgées, ont quelque chose d'inhumain où le bon sens n'a plus de part. C'est ce que redoutait ma sœur.

« C'est absurde, Haruyo ! Tu as trop réfléchi ! Parlons plutôt du passage secret : pourquoi y en a-t-il un dans la maison ?

– Eh bien... je n'en sais trop rien, mais on raconte que, parmi nos ancêtres, se trouvait une très jolie femme qui était au service du château du seigneur. Elle a fini par être remarquée par son maître. A la suite d'obscures circonstances, elle a dû se retirer du château. Mais le seigneur ne pouvait l'oublier et, de temps à autre, elle venait en cachette dans cette maison. C'est pour ça qu'on a construit cette dépendance. Je pense que ce passage a été conçu en même temps, en prévision d'une urgence. Mais, Tatsuya...

– Oui ?

– Tu ne devrais pas continuer à y rôder. Je ne veux pas qu'un malheur t'arrive.

— Oui, je vais arrêter. »

Je lui donnai une réponse nette, mais je n'avais nullement l'intention de le faire.

Une question chassait l'autre. L'énigme du curieux pèlerinage de Koumé et Kotaké était résolue : mais demeurait le mystère de ce cadavre maintenu intact et celui du « Siège du Singe ». Du reste, pourquoi la carte d'un labyrinthe souterrain se trouvait-elle dans mon talisman ? Ma mère, avant de mourir, m'avait dit qu'il me porterait bonheur. Mais comment ce plan bizarre et des poèmes pourraient-ils avoir un tel effet ?

Ce soir-là, j'avais perdu l'occasion d'interroger ma sœur sur ce plan. De plus, dès lors, une fièvre carabinée l'obligea à garder le lit. Je dus renoncer à lui poser la question pendant quelque temps.

La fièvre de Haruyo avait naturellement pour cause son choc dans le souterrain. D'ailleurs, de temps à autre, elle délirait en parlant de l'armure et de notre père. Je craignais qu'à cause de ce délire le secret de la grotte ne fût divulgué. C'était elle que je préférais dans notre famille. Autant de raisons qui firent que je pris soin d'elle, jour et nuit, en restant à son chevet. De son côté, Haruyo dépêchait Oshima à ma recherche si je m'absentais trop longtemps. Elle ne me lâchait plus.

Koumé et Kotaké, elles aussi, s'en inquiétaient et venaient de temps à autre à son chevet. En apprenant la nouvelle, Shintarô et Noriko se présentèrent eux aussi. A cette occasion, je dis à Noriko que, vu les circonstances, je ne pourrais pas aller la voir pendant quelque temps. Elle se fit à mes raisons, puis elle me promit de garder un silence absolu et me demanda de rassurer Haruyo à ce propos. Ce fut ensuite le tour de Miyako et de Mme Kuno. Cette dernière, le visage livide, sans force, se plaignit de ne pas avoir de nouvelles de son mari.

A chacune de ces visites, j'étais angoissé par le délire de Haruyo. Ne fût-ce que pour y remédier, je préférais ne pas quitter son chevet. Pendant une semaine, je fus ainsi accaparé par sa maladie et en oubliai complètement l'affaire. D'ailleurs, pour l'instant, il n'y avait rien de nouveau. Kôsuke Kindaichi ne se montrait plus.

Dix jours s'étaient ainsi vite écoulés. La fièvre de Haruyo avait considérablement baissé et son délire était terminé. A un moment, le Dr Arai s'était laissé aller à dire : « Si la fièvre se maintient, vu sa faiblesse cardiaque... », mais à présent il nous assurait de son prompt rétablissement. Je me sentis enfin rasséréné, tandis que Haruyo me remercia en ces termes :

« Je m'excuse de t'avoir causé tant de tracas. J'ai dû t'épuiser. Maintenant je vais bien. Dès ce soir, tu pourras dormir dans la dépendance. »

Je rejoignis la dépendance où je n'étais pas allé depuis maintenant longtemps. J'avais beau être fatigué, je n'avais pas envie de me coucher tout de suite. A présent que ça m'était possible, je me glissai de nouveau dans le souterrain.

Depuis quelque temps, je tentais de résoudre le mystère du cadavre intact. Il y avait heureusement une encyclopédie chez les Tajimi. En écumant les différents volumes, j'avais fini par acquérir une conviction. C'est pour vérifier les faits que je m'étais, une fois encore, aventuré dans le souterrain.

Par chance, cette nuit-là j'atteignis l'autel, sain et sauf, sans avoir rencontré personne ni reçu aucune menace. Je me hissai dans le renfoncement pour examiner de nouveau le cadavre, ce qui fortifia ma certitude.

Le mort était transformé en cire. D'après l'encyclopédie, quand un corps est enterré dans un sol humide, la graisse se décompose en produisant de l'acide gras. Cet acide, mêlé au calcium et au magnésium contenus dans l'eau, se transmue en calcium d'acide gras et en magnésium gras insolubles. En d'autres termes, le cadavre avait été métamorphosé en savon, en gardant sa forme originale. C'est ce qu'on appelle l'incération. Bien entendu, cela ne se produit pas avec tous les corps. Cela arrive surtout avec des sujets très gras. Il faut, par ailleurs, que le lieu d'inhumation contienne de l'eau riche en calcium et en magnésium.

Probablement la constitution de mon père et le lieu où il fut enterré remplissaient exactement ces conditions. Ainsi, bien des années après sa mort, l'incération lui avait permis de conserver sa forme intacte. Combien ce phénomène avait dû surprendre et effrayer Koumé et Kotaké ! Devant le cadavre de mon père, qui ne se décomposait pas, mes grand-tantes avaient dû éprouver le sentiment d'une menace mystérieuse. Cet homme qui avait commis un crime exceptionnel avait été l'objet d'un tel miracle une fois mort ! La terreur de mes grand-tantes avait dû être inimaginable. Si elles l'avaient revêtu d'une armure et le vénéraient sur un autel, c'est qu'elles le considéraient tout simplement comme un dieu.

Je fus satisfait de ma vérification, mais ma curiosité n'était pas encore assouvie. Je déplaçai discrètement le corps de mon père et soulevai le couvercle du tombeau en pierre. Quand j'y pense après coup, je dois dire que ce geste eut une influence considérable sur le cours de mon destin.

Dans le sépulcre, se trouvaient un vieux fusil et un sabre japonais. Il y avait également trois lampes de poche cassées. N'étaient-ce pas des souvenirs de cette nuit effrayante qui était demeurée une source de cauchemars pour les habitants du village aux Huit Tombes? Cela me fit frémir. Je m'apprêtais à refermer le couvercle quand quelque chose attira mon attention. Je pointai le faisceau de ma lanterne ce qui fit scintiller l'objet. Je le ramassai au fond du tombeau.

C'était un objet métallique de forme ovale de quinze centimètres sur dix. Il pesait dans ma paume. Sur une face, il y avait des veinules, comme sur le bois, et l'autre était râpeuse. Je le fixai pendant un moment et je tressaillis soudain.

N'était-ce pas une pièce d'or?

Je m'aperçus que je grinçai des dents et que je tremblais de tous mes membres. Du bout des doigts, je touchai le fond du cercueil.

Il y avait trois pièces d'or.

Chapitre 29

Le deuxième thé empoisonné

Cette nuit-là, en regagnant la dépendance, j'avais l'impression d'avoir un accès de fièvre tropicale. Dès mon arrivée, je bus abondamment de l'eau, au goulot. Ma gorge était complètement desséchée à cause de l'excitation.

Maintenant je comprenais l'attention de ma mère à mon égard. Je savais désormais pourquoi elle avait glissé dans mon talisman ce plan et pourquoi elle m'avait dit de le garder précieusement. J'avais appris que les légendes et les transmissions orales qui subsistaient en province n'étaient pas à négliger.

Or ne disait-on pas que les huit samouraïs qui avaient échappé au massacre du clan Amako pour finir par être assassinés par les ancêtres du village aux Huit Tombes, il y a près de quatre siècles, avaient apporté à cheval trois mille pièces d'or ? Les ancêtres du village aux Huit Tombes avaient eu plusieurs raisons d'exterminer les fuyards dans une attaque-surprise. On dit qu'un des mobiles était l'attrait de l'or. Pourtant ce trésor n'avait jamais été retrouvé.

Justement, n'était-il pas encore caché dans le labyrinthe souterrain ? Mon père, qui s'était tapi sous terre après s'être enfui dans les montagnes, il y a vingt-six ans, avait dû tomber par hasard sur la cachette, à force d'errer dans ce dédale. Quand Koumé et Kotaké l'avait empoisonné, il avait probablement tout juste eu le temps de ramasser simplement ces trois pièces d'or. Les jumelles, dans leur ignorance, n'avaient même pas pris la peine de se demander pourquoi mon père était en possession de cette richesse. Elles avaient préféré tout enfermer dans le tombeau de pierre avec le reste des objets ayant appartenu à mon père.

Oui, c'est certain, il ne pouvait en être autrement. Quelle autre explication cohérente donner à la présence de ces trois pièces d'or? Ce n'est qu'à la fin du XVIe siècle que l'on commença à frapper des pièces de monnaie strictement égales en valeur et en poids. Auparavant, on se contentait d'aplatir au marteau des morceaux d'or pesés au préalable et découpés. Ils ne portaient ni inscription ni sceau. Les pièces d'or que j'avais aperçues n'appartenaient-elles pas à cette catégorie? Le clan Amako avait été décimé en 1567. Les seigneurs de province se divisaient alors le pays et il régnait la plus grande anarchie dans l'usage de la monnaie.

Les huit fuyards avaient donc chargé sur leurs chevaux quelques pièces d'or, en attendant le jour de la reconquête. Trois mille était sans doute un chiffre exagéré. La postérité, en racontant de génération en génération les événements, s'était fixée sur ce montant par commodité. Mais c'était sans importance.

Du moment qu'aucun doute ne subsistait sur le fait que les samouraïs avaient subtilisé quelques pièces et les avaient cachées dans un endroit où elles se trouvaient encore, la quantité exacte importait peu. En tout cas, la véracité n'était-elle pas prouvée par la présence des trois pièces d'or dans cette tombe?

Je frémis d'excitation et de terreur. J'ôtai de mon cou le vieux talisman que je portais toujours sur moi. D'une main tremblante, j'en sortis la carte dessinée sur du papier japonais. C'était le plan d'un labyrinthe compliqué tracé au pinceau : en trois endroits, les noms de lieu étaient précisés. Ils étaient curieux : la « Mâchoire du Dragon », la « Tanière du Renard », l' « Abîme du Feu Follet ». On pouvait lire trois poèmes :

Celui qui s'aventure sur le Mont du Trésor du Bouddha sacré
S'expose à la terreur de la Mâchoire du Dragon.

Ne t'égare pas dans les cent huit Tanières du Renard :
Elles sont plus sombres encore que les ténèbres de la nuit.

Ne puise pas l'eau pure de l'Abîme du Feu Follet
Même si la soif consume ton corps.

Désormais le doute n'était plus permis. Jusque-là, j'avais survolé ces poèmes sans y prêter la moindre attention, mais maintenant, à les relire, il était devenu évident qu'ils s'avéraient être un itinéraire et un conseil pour parvenir au trésor caché. Il y avait probablement sur le chemin des obstacles indiqués sous ces noms de « Mâchoire du Dragon », « Tanière du Renard », « Abîme du Feu Follet » et où l'on risquait de perdre sa vie si on s'y égarait.

Je ne savais pas comment ma mère était entrée en possession de cette carte. Et j'ignorais qui avait écrit ces poèmes ni de quand ils dataient. Mais cela m'importait peu. Il me suffisait de savoir que c'était un guide pour retrouver la cachette du trésor des trois mille pièces d'or.

Dans ma surexcitation, je me mis à examiner le plan, mais peu à peu un découragement me gagna. Le plan était loin d'être parfait. Par-ci par-là, le tracé était estompé sinon effacé. Probablement, l'auteur même de cette carte n'avait pas suffisamment exploré certains endroits. Le plus ennuyeux était surtout que je ne savais pas comment parvenir aux endroits désignés par cette carte. Rien, dans la galerie souterraine que je connaissais, ne correspondait aux indications. C'est alors que je compris l'importance de la carte que possédait ma sœur. Elle disait que dans la sienne était représenté un lieu dénommé le « Siège du Singe ». Et, là, je savais comment y aller. Oui, c'était bien ça. La carte de Haruyo et la mienne ne formaient-elles pas un ensemble qu'il fallait réunir? La sienne représentait le début et la mienne la suite. Comment expliquer, dans ces conditions, que sur la mienne n'était pas indiqué l'emplacement du trésor? Y aurait-il une troisième carte?

Cette nuit-là, je ne parvins pas à bien dormir. Ce n'était pas une question de cupidité. Et puis même si j'avais trouvé quelques pièces d'or, rien ne disait que, légalement, je pouvais les conserver. Pourtant mon excitation et la fièvre qu'elle avait causée s'expliquaient par une sorte d'élan romantique. Le trésor caché est un stéréotype de la nostalgie éternelle. Ne lit-on pas encore avec passion *L'Ile au trésor* et *Les Mines du roi Salomon*? Naturellement, ce qui intéresse le lecteur, ce sont les aventures qui précèdent la découverte. Mais en même temps, si le trésor n'était pas atteint, quel ennui!

Le lendemain, je brûlais d'envie d'interroger Haruyo sur la

carte, mais je n'osai pas le faire. C'est probablement parce qu'une ambition me tourmentait : si ce plan n'indiquait pas l'emplacement du trésor, mais seulement la structure du labyrinthe, j'aurais eu moins de difficultés à demander à le consulter. Mais cela aurait impliqué que je profite de son ignorance pour lui subtiliser quelque chose d'important. J'avais trop mauvaise conscience pour m'y hasarder. Je n'avais, par ailleurs, aucune envie de me confier à elle. La chasse au trésor est une activité solitaire. C'est le secret qui lui donne son sel. Finalement, je laissai passer l'occasion de lui en parler ce jour-là.

Or c'est précisément ce même jour que Kôsuke Kindaichi revint après son absence prolongée. Après m'avoir dit combien il était désolé de savoir Haruyo malade, il me révéla une chose curieuse :

« Aujourd'hui, dit-il, je suis venu faire une mise au point. Vous vous rappelez ce que je vous ai dit l'autre jour ? La nonne de Koicha a été assassinée autour de minuit, or, le Dr Kuno aurait pris le train qui passait à 10 h 50, ce qui lui garantissait un alibi en béton... Eh bien, je m'étais fourvoyé.

— Fourvoyé ?

— L'homme qui a pris ce soir-là le train de 10 h 50 n'était pas le Dr Kuno, mais quelqu'un d'autre. C'est une erreur de l'employé de la gare. Souvent, ce type d'erreur complique les enquêtes. »

Kôsuke Kindaichi passa la main dans ses cheveux en épis et se gratta la tête.

« Eh bien, reprit-il, si le Dr Kuno n'a pas pris le train de 10 h 50 ce soir-là, quelles conséquences ? C'est le dernier train de nuit. Et la police a commencé son travail avant le premier train du lendemain matin. Une chose est donc certaine : où qu'il se soit enfui, il n'a pas pris le train.

— Mais alors, dis-je en fronçant les sourcils, où pouvait-il aller autrement ? Ça fait déjà dix jours...

— Cela me conduit à supposer qu'il s'est probablement enfui dans les montagnes. Il y a vingt-six ans, lors du massacre, l'assassin s'est enfui dans les montagnes, n'est-ce pas ? Et depuis, il a disparu dans la nature. Il en est de même pour cette fois-ci... »

Kôsuke Kindaichi dut alors remarquer l'altération de mon expression.

« Tiens, qu'est-ce que vous avez ? fit-il. Vous avez mauvaise mine. Ah, c'est vrai... Excusez-moi. J'avais oublié que c'était un tabou pour vous, cette vieille histoire. »

Kôsuke Kindaichi se retira, insouciant. Je ne savais pas du reste pour quelle raison il était venu.

Ce soir-là Koumé et Kotaké m'invitèrent de nouveau à prendre du thé.

« Mon petit, tu as été adorable avec ta sœur. Grâce à toi, elle reprend des forces. On te doit beaucoup.

– C'est juste. Koumé a raison. Sans toi, ç'aurait été terrible. On ne peut pas exiger ce genre de dévouement des domestiques. »

Les jumelles Koumé et Kotaké, recroquevillées comme de petites guenons, marmonnaient entre leurs dents. Un peu crispé, je me contentais de hocher la tête.

« Allons donc, dit Koumé en riant, ne fais pas le timide. Sois détendu. Si tu continues à te montrer aussi formel, ça va être contagieux. Mais, ce soir, nous voulions te remercier de la peine que tu as prise. Kotaké se propose de t'offrir du thé. »

Ces paroles me firent tressauter et je dévisageai mes grand-tantes l'une après l'autre. Mais elles ne se laissaient pas démonter.

« Bien sûr, ça ne doit pas te ravir d'être servi par des vieilles décaties comme nous! Mais enfin ne dit-on pas : peu importe le flacon pourvu qu'on ait l'ivresse?... Tu vas bien nous accompagner? »

Kotaké mélangea le thé vert épais avec art, puis, brusquement, elle reprit :

« Au fait, Tatsuya, à propos de la maladie de Haruyo, que s'est-il passé?

– Qu'est-ce que vous voulez dire?

– Eh bien, fit Koumé, en s'approchant, cette enfant n'a jamais été bien solide. Elle se traîne tout le temps. Mais on peut dire que sa volonté la maintient. Elle n'est jamais tombée gravement malade. Qu'est-ce qui lui a donné autant de fièvre?

– C'est juste, intervint l'autre. Le Dr Arai nous a demandé si elle n'avait pas eu, ces temps derniers, une inquiétude, un choc, une contrariété. Nous n'en savons rien, mais qu'en penses-tu? Il s'est passé quelque chose, selon toi?

– Oh, je ne crois pas, je ne vois pas. Depuis les obsèques de Hisaya, les soucis se sont tellement accumulés. Ça s'est traduit par cette maladie.

— Ça se peut. Mais il y a certainement eu autre chose. N'est-ce pas ton avis, Kotaké?

— En effet. Dans son délire, elle disait des choses très bizarres vraiment. Elle parlait d'un tunnel, d'une armure... Elle disait même : Père, Père... Dis-moi, Tatsuya, qu'est-ce que ça peut être? »

Kotaké cessa de mélanger le thé et me fixa. Koumé aussi me scruta de ses yeux dévastés. Je sentais la sueur couler sous mes bras.

Si Koumé et Kotaké m'avaient invité, c'est qu'elles voulaient une explication sur le délire de ma sœur. En réalité, elles devaient déjà être au courant. C'est justement ce qui les inquiétait : elles voulaient me sonder sur ce que je savais. Je restai muet et Koumé arbora un fin sourire.

« Tatsuya est Tatsuya. Haruyo est Haruyo. Comment veut-on que Tatsuya comprenne le sens du délire de Haruyo. N'ai-je pas raison, Tatsuya? Vas-y, Kotaké. Sers donc ton thé à Tatsuya.

— Entendu. Oubliez ce que je viens de dire... Voilà, mon petit, j'espère que tu apprécieras ce thé. »

Je les regardai en silence, tour à tour. Elles affectaient une totale innocence en m'observant devant ma tasse. J'étais en proie à une terreur indescriptible.

Je me rappelai l'histoire que Haruyo m'avait racontée. Les jumelles Koumé et Kotaké n'avaient-elles pas, vingt-six ans auparavant, avec le même air d'innocence, proposé le poison à notre père? Je ne pouvais m'empêcher de penser que ces deux vieilles fripées étaient des monstres grotesques, inhumains.

« Qu'y a-t-il, Tatsuya? Kotaké a eu la gentillesse de te préparer du thé. Bois-le donc avant qu'il ne refroidisse. »

J'étais acculé. Je pris la tasse, mais d'une main tremblante. Mes dents claquaient sur le rebord. Je fermai les yeux et, priant le ciel, je bus d'une traite. Le thé avait le même goût, amer et piquant, que l'autre soir.

« Il a bu! Il a bu! C'est bien, Tatsuya. Maintenant tu peux aller dormir. »

Lorsqu'elles se regardèrent, j'eus l'impression que leur sourire formait une plaie jusqu'aux oreilles. Puis je chancelai en me relevant.

Chapitre 30

Un monstre dans la grotte

C'était le deuxième thé qu'elles m'offraient : j'étais moins effrayé que la première fois. Je savais parfaitement quelles étaient leurs intentions.

Sans doute, le délire de Haruyo avait-il éveillé leurs soupçons à propos du passage souterrain. A cause de leur grand âge, elles paraissaient séniles, mais en réalité elles ne manquaient pas de ressources. Il est certain qu'elles comptaient se glisser dans la grotte pour savoir jusqu'où Haruyo avait percé leur secret. Pour éviter que je me réveille, elles avaient usé d'un somnifère.

Eh bien, puisque vous le souhaitez, je dormirai volontiers. Après tant de soucis et d'excitation, je suis épuisé. Ça me fera le plus grand bien de sombrer dans un sommeil de plomb. Mes chères Koumé et Kotaké, allez vérifier le souterrain à votre guise !

Une fois retiré dans la dépendance, j'éteignis la lampe et je me glissai sous la couette préparée par Oshima. Mais j'étais si crispé que le somnifère ne produisait guère d'effet. Je tendais l'oreille, dans l'attente – involontaire, il est vrai – de Koumé et Kotaké, et tout cela dissipait l'effet du barbiturique.

Il y avait certainement une bonne heure que je m'agitais. J'entendis alors des pas discrets venir du long couloir. Comme toujours munies de leur lanterne, Koumé et Kotaké apparurent dans ma chambre. Je feignis aussitôt d'être profondément endormi.

Koumé et Kotaké examinèrent mon visage à la lumière de leur lanterne.

« Je te l'avais bien dit. Il est profondément endormi. Tu es trop soucieuse, Kotaké.

— C'est vrai. Mais tout à l'heure, quand il a bu le thé, il a grimacé et j'ai eu peur qu'il ne s'en soit aperçu... Enfin, je suis rassurée.

— Évidemment. Il ne se réveillera pas avant notre retour.

— N'attendons pas davantage.

— Très bien. »

Koumé et Kotaké sortirent doucement de la chambre et, comme l'autre fois, leurs ombres se découpèrent sur les portes coulissantes du couloir tandis que les jumelles s'avançaient vers le débarras. Puis j'entendis le bruit du couvercle du coffre qu'elles ouvraient et refermaient. Après quoi le silence de la nuit revint, sans plus aucune présence humaine.

Et maintenant ? me demandai-je dans un souffle. Dois-je patienter jusqu'à leur retour ou les suivre ? Après une hésitation, je me résignai à les attendre. Je savais, de toute façon, où elles allaient. Les deux vieilles iraient jusqu'au « Siège du Singe » pour s'assurer du sort du Bouddha de cire... Il était inutile de partir à leur suite.

Cette décision prise, j'attendis leur retour. Mais, maintenant que j'y pense, cette pusillanimité allait porter malheur à Koumé et à Kotaké. Si seulement je m'étais résolu à les prendre en filature, un drame n'aurait pas eu lieu.

Après leur départ, ma tension baissa d'un cran. Le somnifère reprit son effet : une torpeur engourdissait mes membres et, au bout d'un moment, je me mis à somnoler. De ce fait, je ne sais pas exactement quand le drame éclata dans le souterrain.

Je fus réveillé violemment par une des jumelles. Je n'aurais pas pu dire laquelle c'était. Mais son expression affolée m'arracha au sommeil d'un seul coup.

« Qu'a-t-il, ma tante ? »

Je me redressai en sursaut et je scrutai son visage que la terreur déformait. Avant de me réveiller, elle avait allumé la lampe : nous étions en pleine lumière. Elle prenait un air simiesque en tentant vainement d'articuler. Aucun son ne sortait de sa bouche. Je constatai que son kimono était couvert de boue et qu'il était déchiré par endroits.

De toute évidence, un accident s'était produit. C'était comme un coup reçu en plein ventre.

« Ma tante, qu'y a-t-il ? Où est votre sœur ?
- Oh... Koumé... Koumé...
- Eh bien ?
- Elle a été enlevée. Oh... Tatsuya... Le Bouddha est ressuscité... C'est effrayant... Le Bouddha s'est mis à bouger. Écoute, Tatsuya, vas-y vite ! Va sauver Koumé. Sinon, elle sera entraînée jusqu'au fond de la grotte et assassinée. Vas-y, dépêche-toi, Tatsuya ! Va sauver Koumé. »

Je la regardai, épouvanté. Je posai les mains sur ses épaules. Elle pleurait comme un enfant. Je la secouai violemment.

« Ma tante, ma tante, qu'y a-t-il ? Je ne comprends rien à ce que vous me dites. Parlez-moi plus calmement. »

Loin de se calmer, elle s'excita encore plus. Il était impossible de lui faire entendre raison. Souvent quand les vieilles femmes s'excitent, elles perdent tout discernement comme un enfant de six ans. Elle sanglotait et hurlait. Elle se mit à débiter des phrases incompréhensibles à toute vitesse. J'avais du mal à démêler le moindre sens. Finalement, je finis pas saisir à peu près ce qu'elle voulait dire.

Koumé et Kotaké s'étaient bien rendues jusqu'au « Siège du Singe » en empruntant le passage souterrain. Elles s'apprêtaient à s'assurer du sort du cadavre de cire qui les inquiétait. Et c'est alors que se produisit quelque chose d'étrange. Selon Kotaké, le samouraï armé dans son renfoncement avait bougé et semblait prêt à se jeter sur elles deux.

Naturellement, il était impossible que ce cadavre ressuscite. C'était sûrement une illusion d'optique de la part de Kotaké. Mais il est certain que quelqu'un s'était caché là. Peut-être l'inconnu rôdait-il du côté du « Siège du Singe » quand Koumé et Kotaké étaient venues à sa rencontre. Pris de court, il avait dû se réfugier précipitamment sur l'autel et se tapir derrière le samouraï dans son armure. Peut-être, à la faible lueur de la lanterne, ses gestes donnaient-ils l'impression que c'était le samouraï qui bougeait.

Jusque-là, il n'y avait rien d'extraordinaire. D'ailleurs, moi-même, je savais qu'il y avait un être qui faisait des apparitions dans cette grotte. Quant à savoir si cet homme s'était bel et bien précipité sur Koumé et Kotaké, c'était une autre histoire. Il était encore plus sidérant d'imaginer qu'il ait pu enlever Koumé.

« Ma tante, ma tante ! demandai-je en me préparant rapidement. Est-il vrai que quelqu'un ait entraîné Koumé vers le fond de la grotte ?

— C'est vrai. Tu crois que je te mens ? J'ai toujours dans l'oreille la voix suppliante de Koumé qui appelle au secours. Je t'en prie, Tatsuya, va la sauver !

— Comment était l'homme ?

— Comment veux-tu que je le sache ? Dès que le Bouddha s'est précipité sur nous, la lanterne est tombée et nous avons été plongée dans l'obscurité intégrale. »

Kotaké se remit à sangloter comme un enfant. C'est alors que Haruyo, entendant tout ce remue-ménage, accourut de la maison principale. Elle blêmit en voyant ce qui se passait.

« Eh bien, qu'y a-t-il, Tatsuya, ma tante... ? Qu'est-il arrivé ?

— Oh... Haruyo, Haruyo ! » s'écria Kotaké, en la voyant.

Elle se remit à sangloter. Je résumai la situation à ma sœur.

« Je vais faire un tour jusqu'au " Siège du Singe ", annonçai-je. Y a-t-il une lanterne que je puisse emporter ?

— Tatsuya, je t'accompagne.

— Non, Haruyo, reste plutôt ici. Tu n'es pas complètement rétablie, il ne faut pas que tu fasses d'excès.

— Mais...

— Non, il ne faut pas. Tu ne peux pas laisser Kotaké seule. Je te demande de t'occuper d'elle. Vite, une lanterne... »

Elle se résigna à aller dans la maison principale et en revint avec une lanterne allumée.

« Tu es sûr de pouvoir y aller seul, Tatsuya ?

— Ne crains rien. Je vais tâcher de revenir vite.

— Alors fais bien attention. »

Je laissai Haruyo dépitée avec Kotaké et, muni de la lanterne, me glissai par le passage du coffre dans le souterrain.

L'endroit m'était devenu assez familier pour que je ne m'égare plus. Après m'être faufilé derrière le rocher, je pris la bifurcation de gauche pour rejoindre le « Siège du Singe ».

Or, j'étais sur le point d'arriver au « Siège du Singe » quand soudain je dus m'immobiliser et cacher ma lanterne dans mon dos. Car je venais d'apercevoir une vague lueur en provenance du « Siège du Singe ».

Il y avait quelqu'un ! Mon front ruisselait et mon cœur battait à tout rompre. J'avais la bouche totalement desséchée.

Tout en préparant des allumettes en cas de besoin, j'éteignis la lanterne.

Heureusement, l'autre n'avait pas remarqué ma lumière. La lueur continuait à scintiller sur la paroi, au niveau du tournant. Veillant à ne pas faire de bruit en marchant, je me faufilai à tâtons jusqu'au virage.

J'étais alors bien placé pour observer le « Siège du Singe ». J'aperçus en effet quelqu'un qui, muni d'une lanterne, regardait lui aussi le « Siège du Singe ».

En me plaquant contre la paroi, je fis quatre ou cinq pas, de côté, comme un crabe, pour me rapprocher de l'inconnu. J'étais tout près de lui, quand un cri de surprise m'échappa.

« Norichan !

— Qui est là ? »

C'était bien Noriko. Elle se tourna comme un ressort et, brandissant la lanterne, elle chercha dans les ténèbres.

« Tatsuya ! C'est toi ! Où es-tu ? »

Je sortis du noir et la pris par les épaules. J'étais violemment ému et je sentais mes membres brûlants.

« Norichan, qu'es-tu venue faire ici ?

— Je suis venue te chercher », dit-elle en se blottissant contre moi, comme pour se faire câliner. « Je m'étais dit que je pourrais te rencontrer. Et je t'ai attendu hier soir et avant-hier soir. Si tu savais combien tu m'as manqué. »

Quelle passion la consumait ! Dans le simple espoir de me voir, elle ne comptait pour rien cette obscurité, cette grotte sans fond... Son innocence me fendait le cœur.

« Vraiment ? Je suis désolé. J'ai été si occupé que je n'ai pas pu m'échapper.

— Je comprends. Ta sœur est malade. Je ne peux pas exiger trop. De toute façon, au moins, j'ai pu te voir ce soir. Rien ne saurait me faire plus plaisir. »

J'étais si attendri que je la serrai contre moi de toutes mes forces. Ravie, elle s'abandonna à mon étreinte. Nos cœurs battirent à l'unisson.

Je caressai pendant quelques instants sa chevelure, mais je me ressaisis : ce n'était vraiment pas le moment.

« Norichan, lui demandai-je, en retirant discrètement mes mains de ses épaules.

— Qu'y a-t-il ?

– Quand es-tu venue ici ? Il ne s'est produit rien de particulier en ta présence ? »

Ma question avait dû la ramener sur terre. Car soudain une étincelle de terreur traversa son regard.

« Oui, j'allais oublier. Il s'est passé quelque chose de bizarre. C'est quand je suis arrivée à la fourche, là-bas. J'ai entendu un cri terrible qui provenait de l'endroit où nous sommes. Je suis restée clouée sur place, dans ma surprise. Quelqu'un est passé à toute vitesse tout près de moi. Il était petit comme un singe... Il courait vers chez nous en trébuchant à tout instant. »

Ce devait être Kotaké.

« Et alors ? demandai-je, intrigué. Qu'as-tu fait, Norichan ?
– Rien du tout. Je suis restée figée. Et à nouveau, provenant de l'endroit où nous sommes, j'ai entendu deux ou trois cris épouvantables. Je croyais avoir entendu un appel au secours et je suis tout de même venue discrètement ici. »

J'étais une fois encore admiratif devant son intrépidité.

« Et puis, que s'est-il passé après ces cris ? demandai-je.
– A mesure que je m'approchais, les cris s'éloignaient. A la fin, ils devinrent inaudibles. Sans doute, ça s'est perdu au fond de la grotte. »

C'était certainement Koumé qui protestait à grands cris alors qu'on l'entraînait au fond de cette grotte noire et insondable. J'étais en proie à une telle terreur que je sentais que j'avais perdu tout contrôle de mes mouvements.

Chapitre 31

Disparition de l'or

Je rallumai la lanterne et me mis à examiner avec Noriko les parages du « Siège du Singe ».

En effet, sur le sol humide des traces de pas étaient visibles. Elles se poursuivaient assez loin jusqu'au fond de la grotte. Naturellement, c'étaient celles de Koumé et de son ravisseur.

La malheureuse Koumé avait dû être comme un moineau dans les serres d'un aigle ou un levreau dans la gueule d'un fauve. J'étais glacé en me la représentant en train de se débattre avec des hurlements désespérés contre le démon cruel qui l'enlevait.

« Es-tu sûre que les cris s'éloignaient vers le fond de la grotte, Norichan?

— Absolument. C'était une voix éplorée. Je crois que je ne l'oublierai jamais, Tatsuya. »

Noriko frissonnait à ce souvenir. Je tendis la lanterne, pour éclairer le fond. Nous ne nous étions jamais aventurés plus loin, mais il était évident que le dédale infini, inextricable, s'étendait bien au-delà.

« Veux-tu que nous allions plus loin? me proposa Noriko.

— Tu en aurais le courage?

— Oui, avec toi. »

Noriko me sourit de toutes ses dents.

Elle était frêle, comme un enfant prématuré. Mais son corps menu abritait une âme volontaire et merveilleusement optimiste. Peut-être tout provenait-il de la confiance qu'elle avait placée en moi. Elle ne craindrait aucun danger tant qu'elle sentirait près d'elle son bien-aimé. Ou plutôt elle s'était convaincue que tout danger disparaîtrait alors. Elle était aussi ingénue et simple qu'un bébé qui vient de naître.

« Bien, on va y aller, mais je voudrais d'abord jeter un coup d'œil sur le " Siège du Singe ". »

J'étais toujours intrigué par la phrase de Kotaké. Elle avait dit : « Le Bouddha est ressuscité et s'est mis à bouger. » Je devais m'assurer de ce qu'il en était. Je m'avançai vers le « Siège du Singe » et j'orientai le faisceau lumineux vers le haut pour éclairer le renfoncement. C'était bien ce que je pensais.

Le samouraï effrayant dans son armure était toujours assis sur le tombeau de pierre et posait sur nous son regard fixe et cireux à travers la visière du casque. Simplement, sa position paraissait légèrement altérée depuis la fois précédente. Cela impliquait peut-être que quelqu'un eût déplacé le cadavre et soulevé le couvercle du tombeau.

Soudain une idée me traversa l'esprit. Le tombeau devait normalement contenir les trois pièces d'or. Quand je les avais découvertes, je les avais remises en place. Étaient-elles encore là ?

« Norichan, attends un moment... Je vais monter dans le renfoncement. »

Je me hissai sur l'autel et repoussai le samouraï. Je soulevai le couvercle. Quand je vis l'intérieur, je sentis la sueur inonder tout mon corps : les pièces avaient disparu !

Quelqu'un les avait donc volées... J'étais à la fois dépité et enragé contre moi-même. Pourquoi ne les avais-je pas emportées moi-même ? Qu'est-ce qui m'avait poussé à les laisser sur place ? Après un rapide calcul, je pouvais évaluer la somme qu'elles représentaient.

Ce n'était pas seulement leur perte qui m'exaspérait. Ces trois pièces étaient, en fait, la preuve la plus solide de l'existence d'un trésor considérable, caché quelque part dans la grotte. La personne qui avait pris possession de cet or ne s'en était-elle pas aperçue elle aussi ? Dans ce cas, elle se mettrait sûrement à la recherche du trésor. Ce qui signifiait que j'avais alors un rival redoutable dans ma chasse au trésor. Pourquoi n'avais-je pas caché dans un endroit sûr ces pièces d'or...

« Tatsuya, qu'y a-t-il ? Que vois-tu à l'intérieur ? »

La voix de Noriko me ramena à la réalité.

« Non, non, il n'y a rien. »

J'essuyai les gouttes de sueur sur mon front. Je refermai le couvercle et replaçai le samouraï tel que je l'avais trouvé. Puis je redescendis d'un bond près de Noriko.

« Dis-moi ce qui se passe, Tatsuya ! Tu es livide. »

Elle avait certainement raison parce que j'étais terriblement déçu.

« Non, je n'ai rien, répondis-je, en me forçant à paraître naturel. L'agresseur était caché derrière le samouraï. Koumé et Kotaké sont arrivées ici sans se douter de rien. Pendant qu'elles se recueillaient devant l'autel, l'agresseur s'est précipité sur elles et a enlevé Koumé en fuyant au fond de la grotte.

– Quelle horreur ! s'écria Noriko, en ouvrant de grands yeux. Mais alors, c'est le cri de Koumé que j'ai entendu tout à l'heure.

– Exactement. Et la personne qui s'enfuyait près de toi, c'était Kotaké.

– Ce n'est pas possible, lança Noriko, de plus en plus ébahie. Mais enfin, pourquoi sont-elles venues dans un endroit pareil ?

– Les raisons ne manquent pas...

– Qui est le ravisseur selon toi ? Qu'espère-t-il ? »

C'était justement là tout le fond de mes craintes.

En ce moment, dans le village aux Huit Tombes, quelqu'un était en train de réaliser un plan insensé, incompréhensible. Il s'agissait de tuer systématiquement l'une des deux personnes de chaque couple constitué dans le village. Koumé et Kotaké formaient, précisément, le couple le plus représentatif. Pis encore : si le criminel avait conçu un projet aussi fou, c'est qu'à l'origine l'un des cyprès jumeaux avait été foudroyé. Il était prévisible que l'une des jumelles Koumé et Kotaké, qui tenaient leur nom de ces cyprès jumeaux, serait, un jour ou l'autre, une victime toute désignée.

J'en avais la chair de poule. J'étais horrifié à l'idée de cette pauvre vieille, menue comme une petite guenon, sans la moindre force, dans les griffes d'un meurtrier. Quel que soit l'assassin, sa tâche serait plus aisée que de déchirer un linge en lambeaux.

« Allons-y, Tatsuya ! Si c'est bien Koumé qui a été enlevée, on ne peut pas l'abandonner. Il faut aller tout de suite à son secours. »

Les femmes sont-elles donc toutes aussi courageuses, quand une nécessité se présente ? Noriko était plus intrépide que moi. C'est sur son insistance que je me rangeai à son avis.

« D'accord, dis-je. Partons à sa recherche. »

J'avais beau le vouloir, nous étions complètement démunis. Car, à l'endroit où nous nous trouvions, le chemin se subdivisait en trois galeries. Laquelle choisir ? Nous avons examiné les traces par terre, mais celles de Koumé disparaissaient précisément ici. Probablement le ravisseur la portait-il dans ses bras ou sur son dos pour s'enfuir au fond de la grotte. Vieille et menue comme elle était, cela n'exigeait pas un grand effort.

« On est en plein brouillard !
— Oui, comment s'y reconnaître ?
— On tente quand même le coup, Tatsuya ? »

Décidément, elle était pleine d'énergie, mais je me sentais moins aventureux.

« C'est impossible. On ne sait pas ce qui nous attend au fond de la grotte.
— Tu as raison. »

Nous hésitions, en nous regardant mutuellement, quand, soudain, nous entendîmes les pas précipités de quelqu'un qui venait vers nous. Nous nous sommes retournés avec un sursaut. Nous aperçumes une lumière en tournant.

« C'est toi, Tatsuya ? »

C'était la voix de Haruyo. Quel soulagement !

« Mais que viens-tu faire ici, Haruyo ? C'est risqué dans ton état...
— J'étais si inquiète... J'avais quelque chose à te donner...
— Quoi donc ?
— Ceci. »

Elle se précipita vers moi et s'aperçut seulement alors de la présence de Noriko.

« Noriko ! s'écria-t-elle. Tu étais là toi aussi ?
— Oui, nous nous sommes rencontrés par hasard, expliquai-je. Que veux-tu me donner, Haruyo ? »

Il aurait été trop long de lui expliquer la raison de la présence de Noriko. J'essayai d'éluder la question et j'incitai ma sœur à parler.

« Je t'en ai dit un mot, l'autre jour, commença-t-elle. Cette espèce de plan que j'avais trouvé dans la dépendance... Je m'en suis aperçue tout à l'heure, sur cette carte il y a des noms de lieux comme le « Siège du Singe », n'est-ce pas ? Je me suis alors dit qu'il s'agissait peut-être du plan du souterrain. Et je suis venue aussitôt te le donner. »

Mon cœur se mit à palpiter. Je brûlais d'envie d'obtenir cette carte, mais je craignais tant d'abuser de sa confiance que je n'avais jamais osé la lui réclamer franchement. Or, voilà que c'était elle-même qui me l'offrait. J'étais comblé. Mais je tentais de cacher le plus possible mes sentiments.

« Merci, dis-je platement. Koumé a été enlevée et entraînée au fond de la grotte. Nous étions en train d'hésiter devant le chemin à suivre.

— Je pense que c'est celui du milieu, répondit Haruyo. Tu n'as qu'à regarder le plan. Les deux autres sont des culs-de-sac. »

J'examinai la carte à la lumière de la lanterne. En effet, sur les trois chemins qui partaient de notre emplacement, celui de droite et celui de gauche étaient sans issue au bout de quelques dizaines de mètres. Seul celui du centre continuait très loin, avec des sinuosités.

J'aurais bien aimé observer plus longuement le plan, mais ce n'était pas le moment.

« Eh bien, je vais partir en éclaireur. Merci, Haruyo, tu peux rentrer.

— Oui, mais... Et Noriko ?

— Elle dit qu'elle veut m'accompagner.

— Si elle vient, moi aussi. »

Sa voix trahissait sa nervosité. Je dévisageai ma sœur : elle paraissait étrangement tendue.

« Que vas-tu faire pour Kotaké ?

— Je lui ai donné un somnifère. Elle dort profondément. Quoi qu'il en soit, je vous accompagne. »

Elle semblait en colère. Elle partit en tête d'un pas vaillant. Ce comportement inhabituel chez elle nous surprit. J'échangeai un regard rapide avec Noriko.

Mais pourquoi manifestait-elle cette mauvaise humeur soudaine ? Qu'allions-nous trouver au fond de la grotte ?

Chapitre 32
L'intrépidité de Haruyo

La galerie dans laquelle nous nous aventurions à la suite de Haruyo présentait en effet tous les caractères d'une grotte naturelle. Des stalactites pendaient du plafond comme des bâtons de glace. Les parois, aux teintes douteuses, étaient recouvertes de sculptures naturelles et d'arabesques. C'était, certes, un paysage pittoresque, mais ça n'avait pas la beauté romantique qu'on peut imaginer.

Des filets d'humidité couraient le long du sol, au plafond, sur les parois, et nous sursautions chaque fois que des gouttes tombaient dans notre nuque. L'air était moite, pesant, opaque. C'était extrêmement désagréable sur la peau.

Nous marchions à l'aveuglette dans cette grotte sans fond avec un sentiment d'angoisse infinie. Notre lanterne éclairait seulement dans un rayon de deux ou trois mètres et le reste, au-delà, était plongé dans une obscurité menaçante. Je commençai à suffoquer et, à plusieurs reprises, j'eus envie de rebrousser chemin.

Dans un cas pareil, les femmes se montrent-elles plus courageuses que les hommes? Alors que j'étais hésitant, Haruyo et Noriko continuaient leur marche résolue et silencieuse dans la grotte obscure. Haruyo se trouvait à quelques pas devant moi. Noriko marchait à mon niveau. Nous ne parlions pas.

La grotte semblait se diviser en de multiples ramifications de galeries. Si bien que nous tombions souvent sur des bifurcations. A chaque fourche, Haruyo consultait le plan à la lumière de la lanterne, avant de se remettre en route, d'un pas décidé, sans nous demander notre avis...

Comme j'ai eu plusieurs occasions de le dire, depuis mon arrivée à mon village, ma survie n'a tenu qu'à la confiance que je plaçais dans ma sœur. Jamais jusque-là elle ne s'était montrée désagréable à mon égard. Son calme naturel et son caractère doux me protégeaient.

Que lui était-il arrivé ce soir-là? Pourquoi se montrait-elle aussi sèche? Qu'avais-je fait de mal? Dans mon attitude, quelque chose lui avait-il donc déplu?

Nous avions rencontré une énième fourche. Comme toujours, Haruyo avait consulté sa carte et, sans se retourner vers nous, s'était avancée résolument dans la grotte obscure.

C'était la goutte d'eau qui faisait déborder le vase. Je la rejoignis et la retins en lui mettant une main sur l'épaule.

« Attends donc, Haruyo! Pourquoi t'es-tu mise en colère? Pourquoi ne nous adresses-tu pas la parole? »

Son visage, à la lumière de la lanterne, était blême et cireux. Sur son front ruisselaient des gouttes de sueur froide.

« Moi? Moi? demanda-t-elle, haletante et désolée. Je ne suis pas du tout en colère.

— Mais si, tu es en colère. Tu m'en veux. Excuse-moi si j'ai mal agi. Dis-moi ce qui ne va pas. Je te promets que je t'obéirai. En échange, tu retrouveras ta bonne humeur... Tu sais, si tu te montres aussi froide, Haruyo, je ne saurai plus que faire. »

Elle me fixa sans un mot, puis son visage se décomposa et grimaça comme celui d'un enfant qui éclate en sanglots.

« Tatsuya! protesta-t-elle, en se blottissant contre moi et en pleurant soudain.

— Qu'y a-t-il, Haruyo? »

J'étais stupéfait, tout comme Noriko qui ouvrait de grands yeux.

Les pleurs de Haruyo redoublèrent de violence.

« Pardonne-moi, Tatsuya... Jamais je ne me serais montrée froide à ton égard... Non, c'est ma faute. Tu n'as rien à te reprocher. Tout est de ma faute. Pardonne-moi. »

Haruyo se serrait contre moi, le visage appuyé sur ma poitrine. Elle ne cessait de pleurer. Je sentais ses larmes sur ma peau brûlante, à travers mon pyjama.

J'étais complètement désemparé. Comment interpréter cette

soudaine intrépidité chez ma sœur? Je ne savais pas comment la consoler, malgré mon désir de le faire. Je ne pouvais qu'attendre que l'orage se termine. Noriko elle aussi paraissait perdue. Mais elle ne trouvait pas les mots, elle non plus, et se contentait d'observer Haruyo avec inquiétude.

Haruyo finit après un long moment par se calmer et j'en profitai pour lui caresser les épaules.

« Tu dois être fatiguée, Haruyo. C'est pour ça que tu es sensible à la moindre contrariété. Allons, nous n'avons qu'à rentrer. Reposons-nous tranquillement.

— Je suis désolée », dit-elle.

Elle se détacha enfin de moi et, tout en essuyant ses larmes, elle me regarda d'un air à la fois honteux et ébloui.

« Je dois avoir perdu la tête ce soir, reprit-elle. Je me suis mise en colère pour un rien. Et voilà que j'ai éclaté en sanglots... Noriko, ça a dû vraiment t'étonner.

— Non, j'ai plutôt été inquiète. Haruyo, tu dois te sentir mal. C'est peut-être un problème strictement physique?

— Oui, c'est sûrement ça, intervins-je. C'est le surmenage. Il faut dire que tu sors à peine du lit. Ce ne doit pas être très bon pour la santé de traîner dans ce genre d'endroit. Rentrons à présent, Haruyo.

— Merci, mais je ne peux pas rentrer maintenant, avant qu'on ait des nouvelles de Koumé... »

Évidemment. Il n'était pas question d'abandonner cette petite vieille, fragile comme un moineau. Mais en même temps, il m'en coûtait de demander à ma sœur de rentrer toute seule...

« Eh bien, fis-je, nous n'avons qu'à nous reposer ici, dans un coin. Comme ça, tu reprendras des forces.

— Pourquoi pas? D'accord, dit-elle sans protester davantage.

— Noriko, tu ne peux pas trouver un endroit où nous pourrions nous reposer?

— Je vais chercher. »

Armée de la lanterne, Noriko inspecta les alentours et s'écria enfin :

« Parfait, voilà un endroit. Le sol n'est pas humide ici... Haruyo, viens donc par ici. »

Noriko avait trouvé une sorte de cavité dans la paroi. Au sol, un bloc de stalagmites formait un siège idéal. Il y avait comme un oreiller de porcelaine. Nous nous sommes assis tous les trois les uns contre les autres. Mais Haruyo paraissait vraiment épuisée et elle avait triste mine. Elle semblait avoir de la peine à respirer.

« Tu te sens bien, Haruyo ? Tu ne fais pas trop d'efforts ?
– Ça va. Après un petit repos, il n'y paraîtra plus. »

Elle se massait les tempes, tout en regardant autour de nous ce que la lanterne éclairait.

« Ah, c'est sûrement ici ce qu'on appelle le " Nez du Tengu ".
– Pourquoi ?
– Regarde là-bas. Il y a un rocher saillant comme un nez de Tengu », dit-elle en orientant la lumière vers la paroi opposée.

La galerie s'élargissait à ce niveau-là et, à partir d'une cavité dans la paroi opposée, une proéminence épaisse jaillissait, en effet, comme un nez de Tengu. En outre, les stalactites formaient comme une déchirure sur un masque de Tengu.

« C'est vrai, admis-je. On dirait une tête de Tengu sur ce mur.
– On est donc certainement arrivés au " Nez du Tengu ". Regarde donc ce qui est marqué sur cette carte. »

Haruyo sortit la carte du labyrinthe souterrain, tracée au pinceau. Trois noms de lieux y étaient inscrits : « Siège du Singe », « Nez du Tengu » et « Carrefour de l'Écho ». Comme sur ma carte, il y avait trois poèmes :

Sur la route jonchée de feuilles de chanvre
La borne de la première lieue est le « Siège du Singe ».

Repose-toi au « Nez du Tengu » qui vole dans le ciel
Et prête l'oreille au « Carrefour de l'Écho ».

Fais attention, une fois arrivé au « Carrefour de l'Écho »
Car c'est la fourche qui sépare les démons et les bouddhas.

« Très bien, dis-je. Le " Siège du Singe " est donc le premier repère de ce labyrinthe.
– C'est certain, répondit Haruyo. Et le " Nez du Tengu " est le deuxième repère. Probablement, près d'ici, y a-t-il un endroit nommé le " Carrefour de l'Écho ".
– Mais, intervint Noriko, qu'est-ce que ça veut dire : Prête l'oreille au " Carrefour de l'Écho " ?

— Eh bien, je n'en sais rien, mais puisqu'il est écrit : Repose-toi au " Nez du Tengu " et prête l'oreille au " Carrefour de l'Écho ", il suffit certainement qu'on écoute attentivement ici. On finira bien par entendre quelque chose. »

C'est alors que Haruyo leva la main pour nous faire taire.

« Attendez... Qu'est-ce que c'est, ce bruit ? »

Nous retînmes notre souffle, Noriko et moi, devant l'expression de Haruyo.

« Tu entends quelque chose, Haruyo ?

— Oui, j'ai cru entendre une voix bizarre... Ah ! »

Instinctivement, elle mit une main sur sa bouche. J'entendis à mon tour distinctement. Une sorte de hurlement suraigu retentissait au fond de la grotte. Au bout d'un moment, ce même cri fut répercuté avec un tremblement dans notre direction. Des bruits de pas précipités résonnaient. C'était un tel vacarme que l'on aurait dit toute une armée passant à l'assaut.

« Quelqu'un s'approche, s'écria Noriko.

— Éteignez vos lanternes », leur ordonnai-je.

Nous nous sommes tapis dans un coin obscur de la grotte.

La réverbération des pas s'atténua. Mais il était certain que quelqu'un venait dans notre direction, car des échos de pas se faisaient entendre à intervalles réguliers.

J'avais compris ! Ces cris et ces pas n'appartenaient pas à plusieurs personnes.

Comme l'indiquait clairement ce nom de lieu, il devait exister un phénomène d'échos complexes dans ce labyrinthe. Il suffisait sans doute d'émettre un son une seule fois pour qu'il se répercute de paroi en paroi et ainsi se redouble à l'infini, pour être audible de très loin.

Il n'y avait donc certainement qu'un homme qui s'approchait de nous. S'il y avait eu deux personnes, on aurait entendu leur conversation.

Il avait fait un faux pas. Le même son se répercuta dans l'air moite, devenant de plus en plus indistinct en s'éloignant.

« C'est l'écho, n'est-ce pas ? demanda Noriko qui comprenait seulement.

— Oui, c'est l'écho.

— Chut, taisez-vous... Il est tout près de nous. »

Il avait dû dépasser le « Carrefour de l'Écho », car on n'entendait plus que les pas isolés, feutrés et réguliers, qui s'approchaient de nous. Nous retenions notre souffle, lorsque nous vîmes apparaître un faisceau de lumière tremblante, au loin. L'inconnu devait être muni d'une lampe électrique. Nous nous sommes serrés dans la cavité de la paroi.

Le faisceau de la lampe de poche s'approchait de nous sans cesser de trembler. Vingt pas... quinze pas... dix pas... cinq pas... Ah... enfin, il était devant nous.

Heureusement, il ne remarqua pas notre présence, parce que nous nous trouvions dans une anfractuosité. Mais nous le reconnûmes à son passage.

C'était Eisen du temple Maroo-ji, vêtu de gris.

Chapitre 33

L'Abîme du Feu Follet

Cette nuit-là, nous avons dû rebrousser chemin sans avoir retrouvé la trace de Koumé.

Le labyrinthe souterrain était trop ramifié et profond, bref il était infini. De plus, l'état de Haruyo n'avait cessé de se dégrader. Il était donc hors de question de prolonger l'aventure.

Si Haruyo s'était sentie plus mal, c'était bien à cause d'Eisen. Dans son état actuel, il fallait éviter à tout prix la surexcitation. Du reste, la brusque apparition d'Eisen n'avait pas été pour elle seule un choc, mais pour nous tous aussi.

Quel visage il avait ! Avec ses yeux exorbités, ses narines qui palpitaient, sa mâchoire serrée... Que signifiait cette expression féroce ? Quand j'ai vu passer cette face à quelques centimètres de moi, j'ai eu le sentiment terrifié qu'une lame glacée menaçait mon cœur. Aussitôt après, je me suis rappelé avoir déjà aperçu une expression semblable. Mais où ?

Je n'eus pas besoin de réfléchir longtemps pour trouver la réponse. C'était le soir de l'assassinat de la nonne de Koicha. Le visage de Shintarô, quand il dévalait la pente, à pas de loup, armé d'une pioche. Cette expression terrifiante qu'il avait alors et la férocité d'Eisen n'avaient-elles pas quelque chose en commun ? Shintarô, cette nuit-là, avait eu un certain rapport avec le meurtre de la nonne de Koicha. Qu'en était-il donc d'Eisen ? Qu'avait-il fait et qu'avait-il vu au fond de la grotte ?

Quoi qu'il en soit, cette rencontre inattendue avait totalement assommé Haruyo. En attendant que la silhouette d'Eisen ait disparu et que l'on n'entende plus ses pas, nous avons allumé nos lanternes. Mais Haruyo avait une mine terrible. Elle était livide, comme si elle avait perdu jusqu'à sa dernière goutte de sang. Son front était inondé de sueur froide. Elle avait une respiration difficile et paraissait sur le point de s'évanouir.

Nous échangeâmes quelques propos sur le comportement curieux d'Eisen, mais Haruyo paraissait indisposée qu'on aborde ce sujet. Elle baissait la tête et joignait les mains sur son cœur. Elle était en nage.

« Il faut rentrer, Tatsuya! s'écria Noriko, à bout. Si l'on traîne encore, Haruyo va s'écrouler. Remettons à demain notre exploration de la grotte. »

Haruyo n'insista pas davantage. Nous la soutînmes jusqu'à la première fourche, où Noriko se sépara de nous. Je regagnai la dépendance seul avec ma sœur.

Je ne fermai pas l'œil de la nuit. Haruyo m'inquiétait, et Koumé encore plus. Je n'avais pas l'intention de retourner dans le labyrinthe sur-le-champ, mais pouvais-je tout abandonner ainsi? J'avais de toute façon l'intention de retourner dès le lendemain dans la grotte. Mais qu'allais-je découvrir là-bas? Si c'était le corps déjà refroidi de Koumé...

Tout serait alors dévoilé. Aussi bien le secret de la grotte que l'ancienne faute de Koumé et de Kotaké... Quelles conséquences cela pourrait-il avoir sur ma vie, si jamais le secret de la grotte était révélé? J'étais censé avoir passé sagement mes nuits à dormir dans la dépendance. Que penseraient de moi les gens du village et le commissaire en apprenant que j'avais eu la possibilité d'aller où je voulais, grâce à ce passage secret? Dire que sans ajouter cela j'étais déjà dans le collimateur.

Pour échapper à ces pensées funestes, je concentrai mon attention sur Eisen. Quel était son lien avec tous ces meurtres? Je me suis alors souvenu que, l'autre jour, il m'avait invectivé de façon inopinée. Je pensai également à sa mystérieuse escapade. Elle s'était déroulée au moment même où quelqu'un d'étrange avait enquêté à Kōbe sur mon identité. Que me voulait Eisen?

Je me redressai en sursaut sur ma couche. Mon regard fut attiré par le paravent des trois sages, déployé à mon chevet. Le prêtre Butsuin peint sur un panneau... Le bûcheron Heikichi qui avait un soir dormi dans cette dépendance avait prétendu avoir vu le prêtre sortir du tableau. L'autre nuit, j'avais été à mon tour l'objet de la même hallucination. N'était-ce pas Eisen ?

Je me souvins de l'habit gris dont il était vêtu. S'il s'était glissé dans cette tenue, on aurait pu aisément le prendre pour un personnage du paravent. Et si, du reste, quelqu'un pouvait entrer par effraction dans cette tenue, ce ne pouvait être que lui. Oui, c'était bien Eisen du temple Maroo-ji qui, de temps à autre, se faufilait dans la dépendance, en provenance du labyrinthe. Je récapitulai alors tous les événements. Je m'aperçus que tous semblaient obéir à une sorte de fatalité bouddhique. Et qu'était Eisen sinon un bonze ?

Était-ce vraiment lui, l'assassin ? Rien de plus sûr.

Je tremblai de terreur et d'excitation.

Pendant le reste de la nuit, je fus tourmenté par ces réflexions, tout en espérant la réapparition de Koumé. Mais quand l'aube pointa, ma grand-tante ne s'était toujours pas manifestée. J'étais trop troublé pour réagir correctement. Je voulus demander conseil auprès de Haruyo, mais, en entrant dans sa chambre, je compris qu'elle n'était plus en mesure de m'aider.

Elle était blême, abattue, somnolente. Près d'elle, Kotaké dormait profondément, ronflant comme un homme sous l'effet d'un somnifère.

« Fais comme bon te semble, Tatsuya. Moi, je ne suis plus capable de penser. »

Elle entrouvrait à peine les yeux pour parler, avant de les refermer avec langueur.

« D'accord. Eh bien, je vais de ce pas à la gendarmerie. »

Au mot de « gendarmerie », elle rouvrit soudain les yeux, mais acquiesça avec tristesse :

« Bien. Il vaut peut-être mieux. Il le faut même. Je suis désolée pour Koumé... »

Elle se tourna vers Kotaké endormie. Comme de la rosée, des larmes embuèrent ses yeux.

« J'y vais, Haruyo. Peut-être qu'il vont envoyer toute une armée de policiers. Essaie de préparer Kotaké.

– Ne crains rien. Merci beaucoup. »

A la gendarmerie, le commissaire Isokawa avait à peine émergé de son sommeil. Mais mon récit eut l'effet d'une bombe. Il écarquilla des yeux incrédules. Il voulut tout d'abord me soumettre à un interrogatoire. Mais il se ravisa et dépêcha un subordonné pour aller chercher Kôsuke Kindaichi. Ce dernier arriva séance tenante de la Maison de l'Ouest. Sans doute à son réveil. Miyako l'accompagnait.

Combien la présence de Miyako était encourageante! Car je m'apprêtais à me soumettre à un interrogatoire où je n'avais que des ennemis. Chacune de mes paroles éveillerait le soupçon du commissaire Isokawa et de Kôsuke Kindaichi. Qu'il était pénible et douloureux d'être la cible de tels regards inquisiteurs! Certes je m'étais préparé à cette épreuve, mais c'était tout de même rassurant de savoir un allié à mes côtés.

Le commissaire Isokawa me fit répéter mon récit en présence de Kôsuke Kindaichi. De temps en temps, le commissaire me coupait pour que je donne des précisions sur des détails qui, la première fois, lui avaient échappé.

Kôsuke Kindaichi se montra de plus en plus surexcité : il se grattait la tête de plus belle. Quand j'en eus terminé, il se calma complètement, comme un sourd-muet, et me fixa. Il ne reprit la parole qu'après un long moment.

« Mon cher Tatsuya, dit-il avec un soupir. La dernière fois que je vous ai vu, je vous avais pourtant bien averti. A la première incongruité, au moindre soupçon, il fallait nous prévenir... Je vous avais dit que, dans la situation délicate où vous vous trouviez déjà, vous iriez de mal en pis.

— Excusez-moi, répondis-je docilement en baissant la tête. J'étais piqué par la curiosité et je pensais que si je pouvais résoudre une question par moi-même, il était inutile de faire appel à autrui...

— Vous avez risqué gros. C'est ce type de témérité qui peut causer votre perte. Au fait, inspecteur, par quoi allez-vous commencer?

— Par quoi? Commençons en tout cas par la grotte, puisque Mme Koumé a été enlevée, nous ne pouvons pas l'abandonner.

— Et Eisen?

— Hmm... Il faudra l'interroger également. Monsieur Tatsuya... êtes-vous sûr de l'avoir vu dans la grotte? J'espère que vous ne dites pas cela pour l'impliquer...

— Loin de là. Je ne suis pas le seul à l'avoir reconnu. Haruyo et Norichan étaient avec moi... »

Je me mordis les lèvres en m'interrompant. Effectivement le commissaire, Kôsuke Kindaichi et Miyako Mori elle-même me dévisagèrent en me lançant un regard lourd de soupçons.

« Norichan ? demanda le commissaire avec un sourire ironique. Qui est cette Norichan ?

– Eh bien... c'est... Noriko, la sœur de Shintarô Satomura.

– Ça, je sais. Mais vous ne nous en aviez jamais parlé. Vous avez fait comme si, dans la grotte, vous étiez seul avec Haruyo.

– Eh bien..., fis-je embarrassé. Comme c'est une jeune fille, je ne voulais pas l'impliquer...

– Enfin, répondit le commissaire de nouveau avec un sourire ironique, ça ne fait rien. On ne sait jamais dans quelle mesure vous racontez la vérité. Un jour ou l'autre, vous serez bien forcé de tout cracher. Cela dit, maintenant qu'on vous sait libre de sortir à votre guise grâce à ce passage secret, il faudra revoir vos alibis, notamment celui qui concerne le meurtre de la nonne de Koicha. On verra ça plus tard. Maintenant commençons la recherche de Koumé. »

Le commissaire Isokawa prit les dispositions nécessaires et chargea un subordonné d'amener Eisen. Puis nous nous dirigeâmes vers la Maison de l'Est. Naturellement Kôsuke Kindaichi était avec nous, mais Miyako nous accompagna elle aussi.

Sur le chemin, Miyako serra ma main dans la sienne.

« Ne vous inquiétez pas, Tatsuya. Peu importe ce que disent les gens, j'ai confiance en vous. Ne vous laissez jamais intimider par ce que vont dire les policiers et les villageois.

– Merci. C'est ce que je comptais faire...

– Très bien. Courage ! Au fait, j'ai entendu dire que Haruyo est de nouveau malade.

– Oui, le choc qu'elle a eu cette nuit l'a terrassée. Si, avec ça, les gens de la police s'amusent à la soumettre à un interrogatoire, qu'est-ce qui va se passer ? C'est ce qui m'inquiète par-dessus tout...

– N'ayez pas peur. Je vais demander au commissaire de repousser l'interrogatoire. Je suis vraiment désolée pour Haruyo... Elle n'avait pas besoin de ça : elle a un cœur si faible. »

La présence de Miyako était un véritable réconfort pour moi. Haruyo était jusque-là l'unique personne sur laquelle je pouvais compter, mais maintenant qu'elle était tombée malade, non seulement je ne pouvais plus espérer son aide, mais c'était à mon tour de prendre soin d'elle. De ce fait, la présence de ce nouvel allié diligent et intelligent était vraiment précieuse.

« Merci pour tout », dis-je.

Notre cortège arriva à la Maison de l'Est, chez les Tajimi. Les employés de la maison devaient déjà se douter de la disparition de Koumé : ils s'étaient rassemblés et discutaient avec animation. En voyant arriver la police en masse, ils échangèrent des regards stupéfaits.

Heureusement le commissaire remit à plus tard l'interrogatoire de Haruyo, préférant entrer tout de suite dans la grotte. Je demandai à Miyako de s'occuper du reste et je guidai le commissaire Isokawa, Kôsuke Kindaichi et deux autres inspecteurs vers la dépendance. Nous n'avons pas tardé à pénétrer dans le souterrain, en passant par le fond du coffre.

Kôsuke Kindaichi scruta, non sans curiosité, le mécanisme du coffre et le passage secret, mais il ne fit aucun commentaire. Je pris la tête du cortège, muni de la lampe de poche que m'avait prêtée le commissaire Isokawa. Avec ses trois acolytes, il me suivit en silence.

Nous nous faufilâmes derrière le rocher et parvînmes à la première fourche. Je m'apprêtai à me diriger vers le « Siège du Singe », mais le commissaire Isokawa me retint.

« Où mène l'autre galerie ? » me demanda-t-il.

Cette question était pour moi la plus douloureuse. Mais je ne pouvais plus m'esquiver.

« Elle mène à Koicha, répondis-je.

— Comment, Koicha ? s'écria-t-il, avec une expression soupçonneuse. Vous avez déjà emprunté ce chemin ?

— Oui, une seule fois...

— Quand ?

— Le soir où Myôren a été tuée...

— Mais enfin... ! commença le commissaire d'une voix exaspérée, aussitôt interrompu par Kôsuke Kindaichi.

— Allons, inspecteur, on verra ça plus tard. Pour aujourd'hui, on va explorer le fond le plus vite possible. »

Nous avons donc continué à nous enfoncer dans la grotte.

Parvenus au « Siège du Singe », j'éclairai avec ma lampe le cadavre cireux et expliquai succinctement le phénomène. Le commissaire Isokawa, Kôsuke Kindaichi et les deux autres furent bouleversés par cette vision et l'explication bizarre que j'en donnai. Là aussi, Kôsuke Kindaichi proposa de laisser cela de côté et de poursuivre notre exploration sans plus tarder.

Nous sommes enfin parvenus au « Nez du Tengu ». Je racontai également ce qui nous était arrivé, la veille. Maintenant, le moment était venu de nous aventurer vers le « Carrefour de l'Écho ».

Jusqu'au « Nez du Tengu », le décor m'était familier, mais au-delà c'était l'inconnu. J'avançai pas à pas, en regardant où je mettais les pieds. Nous nous sommes aperçus rapidement que nous avions atteint le « Carrefour de l'Écho », car nos pas, notre toux, le moindre bruit résonnaient avec une extraordinaire répercussion. Je me dis que, si on poussait un cri, cela aurait un effet stupéfiant. Mais j'ignorais tout. Un drame allait se produire ici, au « Carrefour de l'Écho ».

Or, peu de temps après, je me figeai sur place, en poussant un hurlement.

« Que... Qu'y a-t-il ? demanda Kôsuke Kindaichi, en accourant. Qu'a... qu'avez-vous ?

— Monsieur Kindaichi... re... regardez... »

J'éteignis aussitôt ma lampe.

Que se passait-il ? Bien au-dessous de nous, nous pouvions voir quelque chose qui scintillait. Kôsuke Kindaichi, Isokawa et les deux autres inspecteurs m'imitèrent et éteignirent leurs lampes en hâte.

Au fond des ténèbres opaques, on apercevait des sortes de faibles lucioles partout alentour.

« Qu'est-ce que c'est ?

— Qu'est-ce que ça peut bien être ? »

Pendant un moment, nous retînmes notre souffle en scrutant ces lueurs blêmes. Puis nous rallumâmes nos lampes pour regarder autour de nous. Nous comprîmes alors que nous étions au bord d'un précipice souterrain. Surpris, je tentai d'examiner le fond : il y avait une eau noirâtre qui paraissait croupir, visqueuse, stagnante.

L' « Abîme du Feu Follet » !

Oui, c'était sûrement l' « Abîme du Feu Follet ».

Ne puise pas l'eau pure de l'Abîme du Feu Follet
Même si la soif consume ton corps.

Sans le savoir, j'avais déjà dépassé les limites du plan de ma sœur et j'avais rejoint la carte que je possédais. Dans ces conditions, la « Tanière du Renard » et la « Mâchoire du Dragon » n'étaient-elles pas proches?
Mais...
C'est alors que...
Kôsuke Kindaichi, qui observait comme moi l'« Abîme du Feu Follet » avec sa lampe de poche, s'écria :
« Il y a un corps qui flotte là-bas. »
Il bondit et tenta de mieux voir autour de nous.
« Il y a un chemin qui descend par ici! » s'exclama-t-il.
Lui-même nous devança. Naturellement, nous lui emboîtâmes le pas.
J'avais les genoux tremblants. Je m'aperçus alors que les étincelles que nous prenions pour un feu follet étaient produites par une sorte de mousse qui recouvrait les parois du précipice.
Une mousse phosphorescente... C'était probablement quelque chose de ce genre.
Nous sommes tout de suite parvenus au bord de l'eau. Dans l'obscurité, ce lac nous avait paru très éloigné de nous, mais en réalité la surface n'était qu'à six mètres du sommet du précipice.
Kôsuke Kindaichi, qui était le premier, examina la surface noirâtre à l'aide de sa lampe électrique.
« Là-bas, le cadavre flotte là-bas... »
Nous orientâmes nos lampes tous ensemble dans la même direction. Dans le foyer lumineux que formaient les quatre faisceaux, nous reconnûmes le petit corps de singe qui flottait sur le dos.
Ce ne pouvait être que Koumé, l'une des jumelles.

Chapitre 34

Une crise latente

Il va sans dire que, à la suite de la découverte du corps de Koumé, ma situation devint plus difficile. Je ne pouvais avoir aucun mobile pour la tuer, mais ce raisonnement n'était valable que pour moi; tout le village pensait autrement.

Du reste, peu importait le mobile. Depuis l'assassinat de mon grand-père Ushimatsu, quel mobile pouvait-on imaginer? Meurtre sans mobile, meurtre sans signification, meurtre sans cohérence... c'était l'œuvre d'un fou ou d'un idiot. Mais puisqu'il s'agissait d'un fou ou d'un idiot, il était inévitable que les villageois portent leurs soupçons sur moi. Car en moi coulait le sang d'un criminel féroce qui avait tué trente-deux victimes.

J'aurais sûrement été arrêté et emprisonné – et on aurait fait de moi l'auteur des meurtres –, si un suspect important n'avait pas fait apparition.

Un suspect plus plausible que moi...

Quand nous eûmes remonté le cadavre en haut du précipice, les deux inspecteurs allèrent chercher l'un le Dr Arai et l'autre un matériel d'éclairage. Ainsi l'« Abîme du Feu Follet » fut illuminé comme il ne l'avait jamais été et nous pûmes procéder à l'autopsie et à un état des lieux.

Je me souviens encore de cette scène. L'« Abîme du Feu Follet » était beaucoup plus vaste que je ne l'avais imaginé. Nous étions au bout d'un lac et sur notre gauche une paroi rocheuse montait jusqu'à huit mètres. Il y avait, au milieu de la paroi, un petit chemin qui permettait de rejoindre l'autre rive à trente mètres de là.

Le lac s'étendait vers la droite. Kôsuke Kindaichi partit dans cette direction, armé de sa lampe. Il revint au bout d'un moment et nous dit que la voûte s'abaissait de plus en plus et qu'à trois cents mètres elle rejoignait pratiquement la surface. L'eau du lac s'infiltrait alors dans le souterrain. Bref, c'était comme si on avait mis une cloison au milieu d'un bol renversé. Nous étions à l'endroit où la voûte était la plus élevée.

L'autopsie à laquelle procéda le Dr Arai ne dura pas longtemps. Koumé avait été étranglée puis précipitée dans l' « Abîme du Feu Follet ». Vieille et ratatinée comme elle était, le criminel avait pu la liquider aussi aisément qu'il aurait tordu le poignet d'un nourrisson.

De leur côté le commissaire Isokawa et ses deux collègues examinèrent les lieux. L'un d'eux trouva une pièce à conviction.

« Commissaire, dit-il, j'ai trouvé ça en bas du précipice... »

C'était un béret gris à gros carreaux. Dès le premier coup d'œil, je poussai un cri. Le commissaire Isokawa se tourna alors.

« Vous reconnaissez ce béret?
— Eh bien... »

Comme j'hésitais, Kôsuke Kindaichi arriva et prit le béret des mains du commissaire pour l'examiner.

« C'est le béret du Dr Kuno, dit-il. N'est-ce pas Tatsuya?
— Oui, c'est bien ce que j'étais en train de me demander...
— C'est sûr, cela ne fait pas l'ombre d'un doute. Dr Arai, ça ne vous dit rien? »

Le Dr Arai n'osait pas s'avancer. Mais son expression parlait pour lui. Nous échangeâmes un regard involontaire.

« Cela signifie donc que le Dr Kuno est caché quelque part dans ce souterrain? demanda le commissaire Isokawa.
— C'est certain, répliqua Kôsuke Kindaichi. C'est pour ça, commissaire, que je n'ai cessé de répéter qu'il fallait passer tout de suite la grotte au peigne fin. Tiens, regardez, il y a quelque chose ici. »

Kôsuke Kindaichi avait vu quelque chose sur la doublure du béret. C'était un bout de papier. En l'éclairant avec sa lampe de mineur, il siffrota.

« Qu'y a-t-il, monsieur Kindaichi. Vous avez trouvé quelque chose?
— Regardez vous-même, commissaire. C'est la suite du

tableau de l'autre jour... Vous savez ce que Tatsuya a trouvé près du corps de la nonne Baikô... »

C'était bien un fragment de l'agenda, coupé sur une longueur de quinze centimètres : même papier, même écriture au stylo.

Jumelles { Kotaké
Koumé

Le nom de Kotaké était barré à l'encre rouge.

« Hmm..., soupira le commissaire. Monsieur Kindaichi, cela me semble bien être l'écriture du Dr Kuno.

— Ça ne fait pas de doute.

— Mais alors que se passe-t-il ? Puisque Tatsuya dit que le coprs est celui de Koumé. Or c'est le nom de Kotaké qui a été barré.

— C'est en effet la question que je me suis tout d'abord posée. Koumé et Kotaké se ressemblaient à s'y méprendre. Est-ce que l'assassin a voulu tuer Kotaké et s'est trompé sur l'identité de sa victime ? Ou bien a-t-il tué l'une des jumelles, en la prenant après coup pour Kotaké ? Pour le meurtrier, ce n'était pas un problème. L'une ou l'autre faisaient indifféremment l'affaire. Le tout était d'assassiner l'une des deux.

— En effet, mais alors, monsieur Kindaichi, vous pensez que le Dr Kuno se cache quelque part dans cette grotte ?

— C'est cela. Donc, commissaire, il faut absolument procéder à une vraie chasse à l'homme dans la grotte.

— Hmm... si vous insistez, on peut le faire. Mais vous savez, la grotte est gigantesque. Et puis est-on certain qu'il soit vraiment là ?

— Je vous le garantis, commissaire. Le Dr Kuno est sûrement ici. Il ne peut pas être ailleurs. »

Il était empreint d'une telle assurance, que je le dévisageai malgré moi.

Nous n'avons pas tardé à nous retirer, en emportant le corps de Koumé. Il allait sans dire que l'interrogatoire du commissaire m'attendait.

« Mon cher Tatsuya, intervint Kôsuke Kindaichi en riant. Cette fois-ci, vous n'y couperez pas : il va falloir tout avouer. Il est inutile de faire des cachotteries : vous vous trahiriez aussitôt. »

Je suivis son conseil et je répondis le plus honnêtement. Toutefois, il y a deux faits que je n'osai pas révéler. Le fait que, le soir de l'assassinat de la nonne de Koicha, j'avais vu Shintarô. Et, d'autre part, le secret des trois pièces d'or. Ma première omission était destinée à protéger Noriko. La seconde, à me protéger moi-même...

Je ne savais pas si Kôsuke Kindaichi s'en était aperçu ou non, mais il ne me posa aucune question. L'interrogatoire se termina. Sans me conduire à la gendarmerie, on me demanda simplement de ne pas quitter le village.

Ensuite, ce fut au tour de Haruyo. Mais sur l'intervention du Dr Arai, ce fut très rapide.

J'avais donc échappé à la honte d'être écroué, mais il n'était pas dit que cela serait une chance pour moi. Car l'hostilité des villageois à mon égard ne fit que s'accroître. Et de nouveaux drames m'étaient réservés.

Lorsque le cortège des policiers eut disparu, je me sentis soudain seul. Dans cette maison immense, nous n'étions plus que trois : Kotaké, Haruyo et moi. Mais Kotaké était l'ombre d'elle-même. Elle était devenue complètement puérile.

On dit souvent que lorsqu'un jumeau meurt, il est rapidement suivi par l'autre. Mais ce n'était pas le cas ici. Elle était toujours en vie. Elle ne l'était qu'en apparence. Dès la mort de sa sœur, l'âme de Kotaké était morte : elle était absente.

Si Kotaké avait sombré dans cet état, la santé de Haruyo ne cessa d'empirer. Elle ne pouvait plus me tenir compagnie. Disons plutôt qu'elle me faisait une telle peine que je n'osais plus lui demander de l'aide. J'étais donc contraint de m'occuper de tout ce qui concernait les obsèques de Koumé. Ce qui m'inquiétait le plus, c'était que, malgré tout le bruit que ce meurtre avait fait, personne ne vint présenter ses condoléances. Pourtant la nouvelle de cette mort avait couru dans le village. Mais je ne voyais personne frapper à la porte. J'éprouvai une angoisse terrible, que redoubla l'attitude des domestiques.

Les étrangers n'étaient pas les seuls à refuser de se déranger. Les gens de la maison, pourtant nombreux, ne se montraient guère. Quand je les appelais, ils obéissaient. Mais ils s'en tenaient au strict nécessaire. Ils paraissaient me fuir. C'était devenu très inquiétant et je me sentais complètement désespéré.

J'aurais tant eu besoin du soutien de Miyako. Mais elle était déjà rentrée chez elle, pendant que je me trouvais dans la grotte. Et elle ne réapparut plus. J'avais un peu l'impression que tout le monde m'avait abandonné, y compris Miyako. La solitude me pesait. C'est alors qu'arrivèrent – mieux vaut tard que jamais – Noriko et Shintarô.

« Salut, pardonne-nous d'avoir autant tardé. Ça a dû être dur pour toi. »

Shintarô était d'excellente humeur, contrairement à son habitude. Il souriait de toutes ses dents. Je ne lui avais jamais vu une telle vivacité. L'homme que je connaissais avait toujours le front soucieux et un visage à moitié perdu. Mais, aujourd'hui, il était vraiment en forme. Shintarô présentait ses condoléances à Haruyo et consolait Kotaké qui n'était plus elle-même : le tout avec le plus grand tact.

« Excusez-nous d'avoir tardé, dit Noriko. Nous aurions aimé venir plus tôt, mais c'est la police qui nous en a empêchés. »

La troupe du commissaire Isokawa avait dû se rendre chez Noriko, en sortant de chez moi.

« Ils m'ont posé des tas de questions, dit-elle.
— Et qu'as-tu répondu ?
— J'ai bien été obligée de tout leur raconter le plus franchement possible. J'ai eu tort ?
— Pas du tout. Mais cela veut dire que ton frère sait tout maintenant.
— Oui.
— Et que t'a-t-il dit ?
— Rien de spécial...
— Il ne s'est pas fâché ?
— Pourquoi devrait-il se fâcher ? me demanda-t-elle avec étonnement. Il n'a pas à m'en vouloir. Au contraire, il est ravi. Simplement il ne le dit pas... »

C'était donc pour cette raison qu'il était aussi souriant aujourd'hui. Mais dans ce cas, c'était plutôt à moi de m'inquiéter.

Noriko était amoureuse de moi. A cause de son innocence, de son optimisme inné, elle ne doutait pas d'être aimée pour la simple raison qu'elle aimait.

Mais moi-même, l'aimais-je ? Certes, elle me plaisait de plus en plus. Et puis, chose curieuse, elle me semblait belle, à présent. J'en arrivais même à me demander si l'amour ne m'aveuglait pas. Il n'y a pas de laides amours, dit-on... En réalité, il en était tout autrement. Même Haruyo et la bonne Oshima reconnaissaient que Noriko était soudain devenue belle. La bonne avait même dit :

« C'est incroyable ce que la demoiselle de la branche cadette est devenue belle ! Franchement, je n'avais jamais imaginé qu'elle pourrait devenir un jour aussi jolie. »

A mon avis, l'amour avait accéléré la maturation de Noriko. Cette enfant chétive avait acquis, à travers l'élévation de sentiments que confère l'amour, la fraîcheur de la jeunesse et retrouvé une beauté qui était la sienne.

Pourtant, j'étais encore loin de l'aimer. J'étais donc gêné que Shintarô caresse un espoir prématuré.

« A quoi penses-tu, Tatsuya ?
— A rien...
— J'ai entendu dire que l'on va se lancer dans une chasse à l'homme dans la grotte, avec tout le village.
— Il paraît.
— Ce sera bien ennuyeux, parce que je ne pourrai plus te voir pendant un bon moment. »

Même dans de telles circonstances, elle était heureuse de me rencontrer dans le souterrain. La force de son sentiment me mettait mal à l'aise.

« Tatsuya..., reprit-elle au bout d'un moment.
— Qu'y a-t-il ?
— Tu as donc raconté à la police ce que nous avons vu hier soir. A propos d'Eisen...
— Oui, j'ai tout raconté.
— C'est pour ça qu'on l'a amené à la gendarmerie aujourd'hui. Les gens du village t'en veulent beaucoup.
— Pourquoi ? demandai-je, le cœur battant.
— Ils imaginent que tu as menti rien que pour le faire écrouer. Il y a beaucoup de têtes de mules, fais attention.
— Oui, j'y veillerai. »

De nouveau, je sentis une lourdeur dans mon ventre. Je craignais d'être forcé, un jour ou l'autre, d'affronter les villageois de plein fouet. Mais je n'imaginais pas la tornade qui m'attendait...

Le village aux Huit Tombes était ainsi au bord d'un drame dont j'étais le centre.

Chapitre 35

Lettres d'amour de ma mère

À la demande du commissaire Isokawa, la jeunesse du village organisa, ce jour même, la chasse à l'homme dans la grotte.

Cette battue permit de comprendre que le souterrain se ramifiait sous toute l'étendue du village : c'était donc une cachette idéale, mais cela rendait la tâche difficile et on n'en aurait certes pas fini en deux ou trois jours.

Je m'occupais des préparatifs des funérailles de Koumé, dans les échos de la battue. Après le déjeuner, de rares personnes vinrent présenter leurs condoléances. Je chargeai Shintarô et Noriko de leur accueil, évitant de me montrer. Les visiteurs se retiraient, leur devoir accompli.

En fin d'après-midi, Eisen se présenta enfin. Je le croyais à la gendarmerie : comment s'était-il débrouillé pour être relâché ? Il avait la mine déconfite, mais il se résigna à célébrer l'office.

Les obsèques eurent lieu le lendemain. Par rapport à celles de mon frère Hisaya, elles étaient précipitées et tristes, sans la moindre sérénité. Le seul bon point pour moi était de m'être bien entendu avec mon cousin Shintarô.

Jusque-là, son nom m'évoquait l'expression féroce qu'il avait arborée la nuit de l'assassinat de la nonne de Koicha. Mais une fois qu'on l'avait en face de soi, il était loin de se montrer agressif. Il n'était pas du tout du genre à tendre un piège. Au contraire, il était très simple. Si simple qu'il ne s'était toujours pas remis du choc qu'il avait eu lors de la Défaite. N'avais-je pas commis une erreur sur son compte ?

Dans ce cas, qui m'avait envoyé cet avertissement bizarre ? Bref, aucune énigme n'avait encore été résolue. Loin de là : elles ne faisaient que se multiplier.

Le lendemain des obsèques, Kôsuke Kindaichi réapparut soudain.

« Bonjour, vous avez dû être épuisé par la cérémonie. Moi-même, je n'en peux plus.

— Il paraît que vous participez à la battue dans la grotte. Avez-vous retrouvé l'oncle Kuno ?

— Pas encore.

— Mais se cache-t-il vraiment dans la grotte ?

— Oui, bien sûr. Pourquoi non ?

— Mais ça fait deux semaines qu'il est parti. S'il a passé deux semaines dans la grotte, comment a-t-il pu survivre ?

— Quelqu'un a dû venir le nourrir.

— Soit... Mais malgré tout le remue-ménage qu'on fait autour, quelqu'un continue à lui apporter de la nourriture ?

— Je n'en sais rien. En tout cas, il est certain que le Dr Kuno se cache quelque part dans la grotte. Tenez, le béret qu'on a trouvé l'autre jour... Puisque le Dr Kuno le portait en partant de chez lui...

— Ah oui..., fis-je, avec perplexité. Il est tout de même curieux qu'il parvienne si bien à se cacher.

— Curieux ou non, il est certain qu'il se trouve quelque part dans la grotte. Du reste, si ce n'est pas le cas, cela m'ennuierait plutôt. Il en va de mon honneur.

— Pourquoi ça votre honneur ?

— Eh bien, répondit Kôsuke Kindaichi en se grattant la tête et en souriant avec gêne, cela fait trois jours qu'a commencé la battue. Et nous n'avons toujours pas trouvé de trace du Dr Kuno. Certains commencent à se plaindre. Cela dit, on les fait travailler, sans rétribution. Après tout, c'est naturel de leur part. Si on ne retrouve pas le Dr Kuno, je risque d'être lynché... »

Kôsuke Kindaichi haussa les épaules, d'un air inquiet. Je le comprenais.

« Qu'allez-vous faire ? demandai-je.

— Que voulez-vous que je fasse ? On ne peut quand même pas laisser tout en plan. On a l'intention de fouiller de fond en comble toute la grotte demain. A mon avis, c'est l'autre rive de l' " Abîme du Feu Follet " qui est à redouter. Mais les gens du village sont trop timorés pour s'aventurer là-bas. J'aimerais qu'on franchisse ce pas dès demain. Qu'en dites-vous, Tatsuya? Vous ne voulez pas vous joindre à nous? »

Je sursautai à cette proposition et le dévisageai. Kôsuke Kindaichi ne paraissait pas pourtant avoir la moindre arrière-pensée. Ce qui me rassura.

« Oui, bien entendu, je suis prêt à vous accompagner. Mais, dites-moi, monsieur Kindaichi, il y a quelque chose que je ne comprends pas. Au fond, qu'a-t-il fait, l'oncle Kuno? Qu'avait-il en tête? Qu'est-ce que c'était que tous ces gribouillis dans son agenda?

– Ah, c'est à cela que vous pensez? Eh bien, il devait avoir des raisons de noter tout cela dans un coin de son agenda. Il n'était quand même pas somnambule pour écrire des choses dont il n'aurait pas été conscient. Il y a une histoire étrange à propos de cet agenda. »

Kôsuke Kindaichi eut un sourire bizarrement amer.

« Au printemps dernier, on a volé quelque chose au Dr Kuno. Pendant qu'il visitait un malade, il avait laissé sa serviette sur son vélo et il ne l'a plus retrouvée. Sa femme m'a dit qu'il gardait toujours son agenda dans cette serviette. Le Dr Kuno était complètement bouleversé. Sa famille se demandait comment le simple vol d'une serviette pouvait le mettre dans cet état.

– Ah bon? Et on n'a jamais retrouvé cette serviette?

– Si, mais elle est réapparue dans un endroit insolite, il y a peu. »

Kôsuke Kindaichi ricana.

« Vous savez, reprit-il, que nous avons fouillé l'ermitage quand la nonne de Koicha a été assassinée? C'était un vrai capharnaüm. Évidemment, il n'y avait rien de précieux. C'étaient des vases dans leur bec, des louches sans manche et même un poids pour écraser les légumes marinés! Parmi tous ces objets, il y avait la serviette du Dr Kuno.

– C'est donc elle la voleuse?

– Oui. Vous le saviez, vous aussi, qu'elle était cleptomane? Le Dr Kuno a donc été victime de cette manie.

– Et l'agenda?

– Il ne s'y trouvait pas. Ou bien la nonne l'avait perdu, ou bien Mme Kuno s'est trompée : l'agenda n'avait jamais été dedans... Comme vous voyez, il est vraiment dommage qu'on ait tué la nonne de Koicha... »

Kôsuke Kindaichi se tut soudain et prit un air abattu. Je changeai alors de sujet et l'interrogeai sur Eisen. J'étais curieux de savoir comment Eisen avait justifié sa promenade souterraine.

« Ce n'était rien du tout, répondit Kôsuke Kindaichi en souriant. Le temple Maroo-ji se trouve à l'extrémité ouest du village, mais pour rejoindre Koicha qui se trouve à l'extrémité est du village, il faut passer par monts et par vaux. En revanche, si l'on emprunte le passage souterrain, ça prend deux fois moins de temps. Ainsi, Eisen passait par la grotte quand une obligation l'appelait à Koicha.

– Alors le souterrain continue jusqu'à Bankachi?

– Exactement. Moi aussi, j'ai été surpris quand j'ai fait ce trajet, guidé par Eisen. C'est une grotte immense.

– Comment a-t-il eu connaissance de ce chemin? Ça fait très peu de temps qu'il est au temple Maroo-ji.

– Il le tient du prêtre Chôei. Chôei lui-même, quand il revenait d'avoir fait la quête, se faufilait souvent dans le souterrain, pour éviter de croiser des gens qu'il n'avait pas envie de voir. »

Je n'en croyais pas un mot. Certes, il se pouvait qu'Eisen eût emprunté le passage souterrain pour atteindre Koicha et qu'il se fût égaré dans ce labyrinthe. Mais de là à finir dans ma chambre... Du reste Kôsuke Kindaichi non plus ne devait pas prendre pour argent comptant l'explication d'Eisen. J'en veux pour preuve son commentaire ironique :

« C'est tout de même curieux : les gens du village sont complètement indifférents à cette grotte, alors que les étrangers sont attirés par elle... Eisen aussi bien que vous... »

Kôsuke Kindaichi éclata de rire, mais retrouva immédiatement son sérieux.

« Au fait, reprit-il, Mme Mori vient-elle toujours vous voir? »

C'était justement la question qui touchait mon point sensible. En effet, je commençai à m'inquiéter de l'attitude nouvelle de Miyako. Elle avait complètement changé. Elle était devenue comme une étrangère à mon égard.

Au moment des obsèques de mon frère Hisaya, elle nous avait aidés comme si elle avait fait partie de la famille. Mais maintenant, elle ne se montrait que par obligation et, dès qu'elle s'en était acquittée, elle nous fuyait comme la peste. En me voyant, ni sourire ni mot gentil.

Je ne comprenais pas les raisons de cette métamorphose. Dans un village aussi hostile, Miyako avait été ma seule alliée. Je me sentais seul à présent que nos relations étaient distanciées. Aussi, quand Kôsuke Kindaichi aborda ce sujet, éprouvai-je un profond abattement.

Kôsuke Kindaichi n'avait toutefois eu aucune arrière-pensée. Il se retira avec insouciance quelques instants plus tard.

C'est ce même soir que je découvris ces lettres.

Ce soir-là, je ne trouvais pas le sommeil. Je pensais à Kôsuke Kindaichi, à Miyako, à Shintarô et à Noriko, et même à Eisen! Tout cela ne faisait que m'exciter et je me retournais en tous sens sur ma couche. Une idée m'obsédait.

A mon chevet, se trouvait toujours le paravent des trois sages et je ne pouvais m'empêcher d'imaginer qu'il y avait quelqu'un derrière. C'était improbable, mais – est-ce bien ce qu'on appelle une hantise? – il m'était impossible de m'en défaire.

Je finis par me lever, allumer la lumière et jeter un coup d'œil derrière le paravent. Naturellement, il n'y avait personne. Mais, en revanche, je tombai sur quelque chose d'étrange.

Comme la lampe électrique était de l'autre côté, cela produisait un effet de lanterne magique avec la doublure du paravent. Il y avait comme des lettres collées partout. Et par endroits le texte était lisible.

Vivement intrigué, je commençai à lire et compris qu'il s'agissait d'une correspondance amoureuse entre deux jeunes gens. Je voulus savoir qui étaient les signataires. Quelle ne fut pas alors ma stupéfaction!

Je décryptai les signatures « Tsuruko », et, plus loin, « Yôichi ». Oui, c'étaient de vieilles lettres d'amour que ma mère avait échangées avec son amoureux Yôichi Kamei.

Pauvre maman! Elle avait aimé un garçon et s'était retrouvée, malgré elle, dans les griffes d'un démon! Sa seule consolation avait été de coller à l'intérieur du paravent ses lettres d'amour. Sans doute, les nuits où mon père était absent, elle faisait comme moi maintenant : elle allumait la lampe derrière le paravent et, en pleurant, les relisait par transparence.

Je m'assis derrière le paravent et déchiffrai l'écriture de ma chère mère, à travers un voile de larmes. Je m'aperçus alors que ces lettres n'étaient pas toutes datées de la période qui précédait son installation dans cette maison. Elle avait continué à écrire à son amoureux après avoir été la proie du démon qu'était mon père. Ses lettres exprimaient un sommet de tristesse.

« Par quelle plaisanterie du destin, se lamentait ma mère, ai-je dû me laisser souiller par un démon ? Que je suis malheureuse ! »

Elle se rappelait les jours passés :

« Je ne puis m'empêcher de penser au jour où je me suis donnée à toi pour la première fois au bord de la " Mâchoire du Dragon ". »

Comme la rumeur du village le laissait entendre, ma mère avait déjà eu une liaison avec le jeune Kamei avant de se soumettre à la violence de mon père. Elle célébrait la joie qu'elle avait connue alors :

« Dans les ténèbres effroyables, un lit de rocher était mon paradis. »

Puis elle se plaignait de son sort :

« Mais, abandonnée par le destin, je n'ai connu qu'un bonheur éphémère. »

Elle avouait qu'à partir de ce jour d'infamie, elle n'avait « plus vécu que dans un demi-sommeil ». J'avais l'impression de voir de mes propres yeux son bouleversement devant ce soudain revirement du sort.

Cette nuit-là, je ne dormis pas un seul instant.

Chapitre 36
Dans la tanière du renard

Après une nuit blanche, le lendemain matin j'avais la tête lourde et l'esprit brumeux quand Kôsuke Kindaichi et le commissaire Isokawa se présentèrent.
« Bonjour, fit Kôsuke Kindaichi en souriant. Nous avons tardé. J'espère que nous ne vous avons pas fait trop attendre. »
Je fus un peu surpris de les voir, mais je me rappelai aussitôt que, la veille, Kôsuke Kindaichi m'avait invité à participer à la chasse à l'homme dans la grotte.
« Vous y allez donc...
– Oui, bien sûr.
– Puis-je me joindre à vous ? Ça ne vous dérange pas ?
– Au contraire, vous nous serez utile. Il me semble que vous êtes parmi nous le plus familier des lieux. »
Je cherchai à comprendre ce qu'il entendait par là. Mais il gardait son sourire innocent. Le commissaire Isokawa se tenait à son côté, silencieux, comme s'il lui avait délégué tout pouvoir.
« Ah bon, dis-je. Dans ces conditions, je vous accompagne. Si vous pouvez attendre un peu que je me prépare.
– Un instant, Tatsuya, dit Kôsuke Kindaichi. Commissaire, si vous le lui demandiez tout de suite ?
– C'est vrai. Dites-moi, Tatsuya. C'est à propos de cette lettre de menace que vous aviez reçue, à Kōbe. Où l'on vous conseillait de ne pas approcher le village aux Huit Tombes...
– Oui ?
– Si vous avez toujours cette lettre, j'aimerais bien y jeter un coup d'œil. »

Je les regardai en silence, l'un après l'autre. J'étais profondément troublé.

« Il s'est passé quelque chose de nouveau ?
— Oui, mais je vous en parlerai plus tard, répondit Kôsuke Kindaichi. Montrez la lettre au commissaire, en tout cas. »

J'allai aussitôt chercher dans ma cassette cette lettre de menace. Le commissaire et Kôsuke Kindaichi examinèrent attentivement le texte et acquiescèrent tous deux.

« C'est bien la même origine, n'est-ce pas ? »

Le commissaire hocha la tête.

« Qu'y a-t-il ? » demandai-je, saisi d'inquiétude. « Vous avez trouvé un nouvel indice à propos de cette lettre ?
— Ce n'est pas tout à fait ça, répondit le commissaire Isokawa. A vrai dire, hier, la police de la ville a reçu une curieuse lettre et ça m'a rappelé votre lettre de menace, aussi bien pour le style que pour la qualité du papier.
— Et alors ? fis-je, impatient. Elles se ressemblent ? »

Allions-nous démasquer l'auteur de la lettre de menace ?

« Je pense qu'elles sont à peu près les mêmes. Bien entendu, les contenus diffèrent, mais pour ce qui est de l'écriture, du papier, de la façon dont l'encre bave...
— Vous savez, c'est un point essentiel, cela, la façon dont l'encre bave. C'est que l'auteur a fait baver exprès. Ou plutôt il a choisi un papier qui s'y prête. Cela rend l'examen graphologique très difficile.
— Que raconte cette lettre ? Est-ce que je suis impliqué ?
— En effet, Tatsuya, dit Kôsuke Kindaichi, en me fixant, comme avec pitié. L'auteur vous accuse, vous savez. D'un ton aussi virulent et prophétique que dans l'autre lettre, il dit que vous êtes le meurtrier du village aux Huit Tombes. Il demande pourquoi on ne vous arrête pas et on ne vous exécute pas.
— On ne sait pas qui l'a postée ? demandai-je, accablé.
— Non, mais il est certain que c'est quelqu'un du village. Car c'est le cachet d'ici.
— Il y a donc quelqu'un ici qui veut ma perte. »

Kôsuke Kindaichi opina.

« Cette lettre contient-elle une preuve convaincante de ma culpabilité ?
— Rassurez-vous. Il n'y a rien. Simplement, l'auteur ne cesse de répéter : le criminel est Tatsuya Tajimi. C'est ça qui est

curieux. Vous comprenez, Tatsuya, la personne qui a envoyé ces lettres est loin d'être stupide. Du moins, connaît-elle la technique pour dissimuler son écriture parce qu'elle en a besoin. Or, une personne de cet acabit ne peut pas ignorer que la police ne bougera pas tant qu'on se contente de crier : " Le criminel est Tatsuya Tajimi ", sans donner de preuve. Alors que cherche l'auteur ? Qu'espère-t-il comme effet ? Je ne serai pas tranquille tant qu'on ne le comprendra pas.

— Son but n'est donc pas de me faire arrêter ? Il vise autre chose ?

— C'est mon opinion. Sinon, cela est non seulement dépourvu de sens, mais risqué. Pour courir un tel risque, l'auteur de cette lettre espère en retirer quelque chose, mais quoi ? »

Je sentais qu'au plus profond mon cœur se glaçait.

Nous n'avons pas tardé à nous glisser dans la grotte. Ce jour-là, nous n'étions que trois. Chacun de nous était muni d'une lampe de mineur lorsque nous nous faufilâmes dans le passage obscur en silence. Du reste, il m'en aurait coûté de prendre la parole, car ce que Kôsuke Kindaichi venait de dire avait laissé une inquiétante brume dans mes pensées. C'est alors que je remarquai quelque chose de bizarre.

« Mais que se passe-t-il ? demandai-je. Est-ce que c'est un jour de repos, aujourd'hui, pour la chasse à l'homme ? »

Il n'y avait pas âme qui vive dans la grotte. Kôsuke Kindaichi se mit à se gratter la tête.

« Pour ne rien vous cacher, nous avons été lâchés par la jeunesse du village.

— Comment ça, lâchés ?

— Ils prétendent qu'il est inutile de poursuivre les recherches dans la grotte. Ils disent que le Dr Kuno ne peut pas se trouver ici. Et que de toute façon s'il avait jamais été là, on l'aurait trouvé au bout de trois jours de recherches. Ils ont refusé catégoriquement aujourd'hui d'entrer dans la grotte.

— Vous avez donc travaillé pour rien pendant trois jours ?

— Pourquoi dites-vous ça ?

— Tout ça ne sert à rien tant que vous n'avez pas trouvé l'oncle Kuno.

— Si, tout de même un peu. Grâce aux jeunes, nous avons pu recentrer notre enquête.

— Pourquoi ?

— Mais parce qu'il n'est plus nécessaire de chercher dans les endroits qu'ils ont fouillés. »

Je le dévisageai avec stupéfaction : avait-il toute sa raison ?

« Mais enfin, monsieur Kindaichi, l'oncle Kuno a des jambes. Il peut très bien bouger après le passage des jeunes. »

Kôsuke Kindaichi poussa un cri de surprise et se frappa le front, comme si l'idée lui en venait seulement alors.

« Bien sûr, vous avez raison ! Il y a aussi cette possibilité. Je n'y avais pas pensé. »

Il éclata de rire. De son côté, le commissaire avançait silencieusement, tenant la lampe de mineur à la main. Chacun dans son coin. Je me sentais plus seul que jamais.

Nous arrivions à l'« Abîme du Feu Follet ».

Kôsuke Kindaichi s'était assigné pour but d'atteindre l'autre rive. C'était également ma destination. La « Tanière du Renard » et la « Mâchoire du Dragon » étaient également au-delà de l'« Abîme du Feu Follet ». Et de toute évidence, le trésor était caché non loin de la « Mâchoire du Dragon ».

Au bord de l'« Abîme du Feu Follet », lorsque je regardai la rive opposée, dans les ténèbres, je sentis un frisson irrésistible parcourir mon dos. C'est là que m'attendait mon destin. Ou plutôt pas exactement mon destin, mais le destin qui m'avait été transmis par ma mère. Il était donc naturel qu'au bord de cet abîme du destin j'aie éprouvé un désarroi indescriptible.

Kôsuke Kindaichi aussi semblait avoir besoin d'une certaine détermination pour passer de l'autre côté de l'abîme.

« Alors, commissaire, allons-nous franchir le pas ?

— Est-ce que nous ne craignons rien ? Il paraît que ces derniers temps, personne ne s'est aventuré au-delà...

— Ça va. Qu'en dites-vous, Tatsuya ?

— Je suis prêt à vous accompagner, annonçai-je avec détermination.

— Eh bien, c'est décidé. Commissaire, après vous. »

C'était une impasse et, à notre gauche, une paroi se dressait, comme si elle avait été tranchée net dans le roc. A mi-hauteur, on apercevait un sentier si étroit qu'on pouvait tout juste y mettre son talon. Il ne cessait de pleuvoir une poussière de sable : c'était un chemin plus que périlleux.

Kôsuke Kindaichi, après avoir fixé sa lampe de mineur à sa ceinture, se plaqua contre la paroi. Puis, il se déplaça de côté comme un crabe. Je lui emboîtai le pas. Le commissaire ne tarda pas à nous imiter.

Nous avancions centimètre par centimètre. Nous nous raccrochions à des proéminences, ce qui nous permettait de nous déplacer très graduellement. De temps à autre, sous nos pieds, des rochers se délitaient et se précipitaient dans le vide avec fracas. A chaque fois, nous ressentions une contraction au cœur. Certes les eaux de l'« Abîme du Feu Follet » n'étaient pas si profondes que cela. Mais, en l'occurrence, le problème n'était pas leur profondeur. Qui aurait pu supporter la perspective de plonger dans cette eau saumâtre ?

Le détail répugnant entre tous, c'était la présence de cette mousse phosphorescente. Ces lueurs livides qui scintillaient tout autour de nous ôtaient à celui qui les contemplait toute notion de distance. On avait l'impression qu'elles brillaient tout près. Et aussitôt après, elles paraissaient très lointaines. A force de les fixer, on sentait son corps aspiré. A plusieurs reprises, nous fûmes à deux doigts de perdre l'équilibre.

Tout le monde était silencieux. Nous rampions dans les ténèbres comme des reptiles. J'entendais les halètements de Kôsuke Kindaichi devant moi et du commissaire Isokawa derrière moi. J'étais en nage.

Nous étions à mi-chemin, quand soudain Kôsuke Kindaichi poussa un cri perçant. Un bruit de chute. Sa lampe de mineur s'éteignit brusquement.

Je crus, avec horreur, que Kôsuke Kindaichi était tombé dans l' « Abîme du Feu Follet ». Tout mon sang se glaça.

« Monsieur Kindaichi, monsieur Kindaichi, qu'y a-t-il ? criai-je dans le noir.

— Kôsuke Kindaichi ! Kôsuke Kindaichi ! » répétait derrière moi le commissaire Isokawa.

Je sentis alors quelque chose qui remuait devant moi.

Après un craquement d'allumettes, le visage de Kôsuke Kindaichi parut à la lumière de la lampe. Chose étonnante, ce visage était au niveau de mes genoux.

« Ah ! quelle peur j'ai eue ! » s'exclama-t-il, en regardant tout autour de lui. « Je croyais vraiment que j'étais tombé au fond de l'Abîme... Faites attention. Il y a une grande dénivellation. »

Puis il inspecta les lieux.

« Ça y est, commissaire, Tatsuya... Un peu de patience. Le chemin va s'élargir plus loin. »

Encouragé par ces mots, je hâtai le pas, tout en me déplaçant de côté. Je rencontrai à mon tour cette dénivellation d'environ un mètre. Après quoi, le chemin, en effet, s'élargissait légèrement. Certes, il fallait se retenir au mur, mais il n'était plus nécessaire d'avancer comme un crabe.

Nous sommes enfin arrivés sur l'autre rive. Il y avait un terre-plein d'où partaient cinq galeries de tailles inégales. Kôsuke Kindaichi grommela, puis, sans hésiter, se décida pour celle de droite. Il en revint très vite.

« Ce n'est pas la bonne, annonça-t-il. C'est un cul-de-sac. »

Il se glissa dans la deuxième galerie. Il réapparut aussitôt.

« Celle-ci paraît plus profonde. Commissaire, pouvez-vous me passer une corde ? »

Nous en avions deux. Kôsuke Kindaichi en prit une qu'il enroula autour de son bras. La seconde, il la déroula et demanda au commissaire de la tenir par un bout.

« Ne la lâchez pas surtout. Ma vie en dépend. Tatsuya, accompagnez-moi. »

J'obéis à Kôsuke Kindaichi, mais au bout de cent mètres nous nous trouvâmes dans une impasse.

« Flûte ! Encore bredouilles ! »

Nous regagnâmes le terre-plein, en nous accrochant à la corde. Elle nous servait donc de repère.

« Je vois que c'est un cul-de-sac, dit le commissaire.

– En effet. Nous allons attaquer maintenant la troisième galerie. »

Laissant le commissaire sur place, nous nous faufilâmes dans la troisième galerie, qui, comme nous devions vite nous en rendre compte, était également une impasse.

Après ces trois échecs, nous avons découvert que la quatrième galerie se ramifiait en d'innombrables chemins. Dès la première ramification, Kôsuke Kindaichi me demanda de l'attendre sur place, en tenant la première corde. Puis il déroula la seconde dont je saisis une extrémité.

« Restez ici, m'ordonna-t-il. Et surtout ne lâchez à aucun moment les deux cordes. Si jamais je tire celle qui me relie à vous, vous tirerez à votre tour celle qui vous relie au commissaire. Alors il comprendra et vous rejoindra. Dès son arrivée, vous attacherez le bout de la corde que je tiens à un rocher et vous viendrez, tous deux, jusqu'à moi. Il vous suffira de la suivre. »

Bref, la corde du commissaire représentait la route principale et la seconde représentait une route secondaire. En effet, il suffirait de répéter ce stratagème scrupuleusement pour ne pas craindre de s'égarer dans ce labyrinthe, si compliqué soit-il. Kôsuke Kindaichi s'aventura ainsi, mais pour revenir aussitôt après.

« C'est incroyable, dit-il. Elle se ramifie encore en trois autres galeries. Heureusement, elles n'ont pas l'air très profondes. »

Nous continuâmes, en déroulant la corde que tenait le commissaire Isokawa. Nous tombâmes aussitôt sur la deuxième ramification. Bien entendu, Kôsuke Kindaichi me redemanda de tenir la deuxième corde et il s'éloigna.

Je posai la lampe à mes pieds, avec les deux cordes en main. J'entendis alors des pas feutrés qui se rapprochaient du fond de la galerie principale. Je tressaillis. C'était certain! Quelqu'un venait dans ma direction!

Je soufflai aussitôt la lampe. Dans le noir, je me tins sur la défensive. Presque au même instant, je vis pointer une faible lueur qui avançait vers moi. On aurait dit une lampe de mineur comme les nôtres. Mon cœur palpita. J'aurais fui si je l'avais pu, mais c'était exclu, car je tenais dans ma main le fil auquel était accrochée la vie de Kôsuke Kindaichi.

Tapi dans les ténèbres, retenant mon souffle, toujours sur le qui-vive, je fixai la lumière qui s'approchait. La lampe fut enfin tout près de moi. Éclairé par en bas, un visage basané se dessinait vaguement. Mais quand je reconnus ces traits, je crus que mon cœur allait exploser.

« Monsieur Kindaichi! » m'écriai-je.

Je regrettai aussitôt mon éclat de voix. Car la surprise fit littéralement bondir en l'air Kôsuke Kindaichi.

« Qui... qui est là?

— C'est moi, Tatsuya. Un instant, j'allume la lampe. »

Kôsuke Kindaichi n'en croyait pas ses yeux.

« Tatsuya, que faites-vous là?

— Rien du tout. Je suis resté au même endroit. Je n'ai pas bougé. C'est vous qui avez fait une boucle. La ramification que vous avez prise vous a fait revenir sur vos pas, en aboutissant sur la galerie principale. Quelle peur vous m'avez faite! Je n'imaginais pas que cela pouvait être vous. J'ai préféré éteindre ma lampe en attendant. Excusez-moi de vous avoir surpris.

– Oui, ça doit être ça... Il est vrai qu'il y eu un endroit où le chemin se divisait en deux. C'est pour ça qu'une corde est vraiment nécessaire. Je croyais ne cesser de m'éloigner. Mais en réalité, sans le savoir, je revenais en arrière. »

Cet échec ne lui fit pas renoncer à poursuivre l'exploration des grottes. A chaque ramification, il ne s'estimait satisfait qu'après l'avoir inspectée. Les subdivisions se succédaient ainsi à l'infini.

Cette grotte était, sans aucun doute, la « Tanière du Renard ». Comme le dit le poème : *Ne t'égare pas dans les cent huit Tanières du Renard*. Le chiffre cent huit devait être une exagération prosodique. Mais il fallait s'attendre à de nouvelles ramifications. Kôsuke Kindaichi examinait, une à une, toutes les galeries.

J'étais un peu lassé par cette exploration. Mais, finalement, elle ne dura pas si longtemps que cela, car, peu de temps après, Kôsuke Kindaichi, qui s'était glissé dans la énième ramification, tira brutalement la corde.

Je m'apprêtais à me précipiter à sa rescousse, quand je me souvins de sa consigne : je tirai donc violemment la corde du commissaire. Puis, je nouai les deux bouts à une stalactite. C'est alors que le commissaire accourut, en se guidant sur la corde.

« Ah, Tatsuya, qu'y a-t-il?

– Je n'en sais rien. Il a dû se passer quelque chose au fond de cette galerie. »

Nous nous y enfonçâmes en suivant la corde de Kôsuke Kindaichi. Au bout de trois cents mètres environ, la lueur de la lampe apparut. La galerie semblait former un cul-de-sac. Kôsuke Kindaichi était accroupi près de sa lampe, les yeux tournés vers le sol.

« Kindaichi, Kindaichi, qu'y a-t-il?

En entendant la voix du commissaire, Kôsuke Kindaichi se releva en s'époussetant. Il nous héla, puis, en silence, il nous indiqua le sol.

Son visage qu'éclairait la lumière de la lampe était curieusement tendu. Nous accourûmes vers lui, mais nous fûmes cloués sur place.

A ses pieds, un monticule de terre avait été formé, au milieu duquel dépassait – horreur! – le buste d'un homme habillé à l'occidentale. Le visage du cadavre était décomposé et la puanteur était suffocante.

« Il n'a pas été parfaitement enseveli, c'est ce qui explique cette odeur, nous dit Kôsuke Kindaichi. C'est d'ailleurs l'odeur qui m'a permis de le retrouver.
— Qui est-ce? demandai-je, les mâchoires serrées. Qui est-ce? »

Le commissaire Isokawa observait le tas répugnant, en retenant son souffle.

« Il n'est pas facile de l'identifier, étant donné l'état avancé de décomposition, commenta Kôsuke Kindaichi. Mais je donnerais ma main à couper que c'est le Dr Kuno. »

Il se tourna vers le commissaire et lui tendit un étui à cigarettes en argent.

« Je l'ai trouvé sur la poitrine du cadavre. Ouvrez-le, c'est intéressant. »

Le commissaire obéit et trouva à l'intérieur non pas des cigarettes, mais une petite feuille de papier coupée dans le sens de la hauteur. On pouvait lire :

Médecins { Tsunemi Kuno
Shûhei Arai

Le premier nom était barré à l'encre rouge. Mais, comble d'horreur, c'était la propre écriture de l'oncle Kuno.

Est-ce que cela voulait dire que l'oncle Kuno avait, de lui-même, mis fin à ses jours?

Chapitre 37

Album-souvenir

Kôsuke Kindaichi devait le savoir. Il savait que l'oncle Kuno était raide mort depuis déjà longtemps. Sinon, il n'aurait pas autant insisté pour poursuivre les recherches, malgré l'insuccès de la battue menée par les jeunes du village pendant trois jours.

A cette idée, j'éprouvai une certaine honte. J'avais cru avoir été assez malin pour le mener en bateau, mais en réalité il était au courant de tout depuis toujours. Il en avait déduit que l'oncle Kuno était déjà mort et que son cadavre se trouvait au fond de la grotte. J'étais plus que mal à l'aise : il me fallait changer d'avis à son propos.

Kôsuke Kindaichi... Cet homme bègue et hirsute, qui ne payait pas de mine... ne serait-il pas un génie méconnu?

Quoi qu'il en soit, il allait sans dire que la découverte du corps de l'oncle Kuno causait un profond changement dans l'ordre des choses.

Car c'était lui, l'oncle Kuno lui-même, sur lequel convergeaient tous les soupçons. Pour une raison qui restait à éclaircir, il avait noté lui-même sur une page de son agenda cette liste scandaleuse de noms. Et il avait disparu dans la nature dès que cette manie avait été dévoilée. Il était difficile de trouver meilleur coupable... Or, maintenant, rien de cela ne tenait plus.

Il suffisait de jeter un coup d'œil sur le cadavre en décomposition de l'oncle Kuno pour comprendre – même si, comme moi, l'on n'était pas expert – que sa mort remontait au moins à deux ou trois jours. L'autopsie révélerait plus tard que le crime, en fait, avait eu lieu deux semaines plus tôt. Cela signifiait que l'oncle Kuno était mort peu de temps après sa disparition et qu'au moment de l'assassinat de Koumé, il était décédé depuis une dizaine de jours. Ce fait suffisait à le disculper et à montrer, au contraire, qu'il était une des victimes, dans les mains d'un unique meurtrier.

En ce qui concernait la cause de sa mort, c'était, une fois encore, le poison. Ce poison qui avait fait tant de victimes depuis mon grand-père Ushimatsu avait été utilisé pour l'oncle Kuno aussi. Eh bien, comment le lui avait-on administré ? Un empaquetage en écorce de bambou nous l'avait révélé. Il contenait deux boulettes de riz complètement durcies qui étaient toutes deux empoisonnées. Mais qui avait pu donner cet aliment à l'oncle Kuno ? Sa femme apporta le témoignage suivant : comme le Dr Kuno était parti à l'improviste, il était impossible que quelqu'un lui ait préparé un panier-repas. En outre, il était particulièrement empoté : il n'aurait jamais su confectionner lui-même des boulettes de riz. En supposant même, à la rigueur, qu'il ait préparé des boulettes de riz, il y aurait bien eu quelqu'un dans la maison pour le remarquer. Après avoir insisté sur ces précisions, sa femme expliqua en rougissant que leur famille, nombreuse comme on le savait, souffrait toujours d'insuffisance alimentaire. Depuis des années, ils n'avaient plus les moyens de s'offrir du riz. A plus forte raison, des boulettes de riz.

De toute évidence, quelqu'un lui avait donné à manger après sa fugue.

Quelle atrocité, vraiment, d'imaginer l'oncle Kuno, tapi au fond de la grotte, tremblotant. Qui sait pourquoi il en était arrivé là. Il devait, en tout cas, tressaillir d'angoisse. Et c'est alors que l'inconnu s'était présenté à lui et lui avait offert ces boulettes, en feignant d'être attentionné. Sans se méfier, l'oncle Kuno avait mordu à pleines dents et avait avalé une, deux, trois, quatre, cinq boulettes...

Après, les choses s'étaient passées comme toujours. Douleur, gémissement, crachat de sang, paralysie mortelle de tous les membres. Le criminel devait assister avec une froideur de serpent au progrès de la mort, la paralysie perdant peu à peu de sa force.

Je frissonnai d'horreur. Jusqu'où le massacre se poursuivrait-il ? Quand s'achèverait donc enfin cet enchaînement sanglant de crimes ? Ça suffisait à présent ! Qu'on me rendît l'ancienne grisaille de ma vie ! Je n'en pouvais plus.

Mais je ne devais pas m'en sortir aussi facilement. Je ne parvenais pas à échapper à cette folie générale. Du reste, quelque chose d'encore plus terrible m'attendait.

Pour commencer, évidemment la mort de l'oncle Kuno rendait plus incertaine ma position. L'existence même de l'oncle Kuno me servait d'unique soupape de sécurité. Or cette soupape venait de sauter. L'oncle Kuno bénéficiait à présent d'une sympathie d'autant plus grande que les soupçons avaient pesé sur lui ; en revanche, toute la haine convergeait sur moi.

Un jour, ma sœur, le visage blême, me mit en garde, en me faisant une révélation inattendue :

« Sois prudent, Tatsuya. Oshima m'a dit que quelqu'un avait écrit des choses à ton propos sur un papier qu'il a collé devant la mairie.

— A mon propos ?

— Parfaitement. Il a écrit que tous ces meurtres ne peuvent être que ton œuvre. Quelqu'un l'a écrit et l'a affiché cette nuit devant la mairie. »

Mon ventre se crispa et je sentis la colère me gagner.

« Que veut-il de moi, celui-là ?

— Rien de précis. Simplement, il prétend que tu es l'assassin. Il avance pour preuve que tous ces meurtres ne se sont produits que depuis ton arrivée. Tant que tu es dans ce village, le sang ne cessera pas de couler... Voilà ce qui est écrit, paraît-il. »

Étant donné sa faiblesse cardiaque, Haruyo haletait en racontant la chose et cela faisait peine à voir. Déjà en temps normal, elle n'était pas très vaillante, mais, après cette série de malheurs, l'inquiétude que je lui causais l'affaiblissait encore davantage. J'en étais si touché que j'essayai de ne pas l'inquiéter outre mesure, mais cette fois-ci il m'était difficile de parer le coup. Instinctivement, je me rapprochai d'elle.

« Haruyo, qui a bien pu afficher ces accusations ? Qui peut m'en vouloir à ce point ? D'après le commissaire, la police a également reçu une lettre qui allait dans ce sens. Quelqu'un dans ce village me hait. Il intrigue pour m'obliger à partir. Qui ça peut bien être ? Dis-moi pour quelle raison il me déteste comme ça.

— Eh bien, je n'en sais rien... Enfin, il faut être prudent, Tatsuya. C'est improbable, mais on ne sait jamais, les gens du village sont si simplets... »

Déjà à ce moment-là, Haruyo avait dû sentir la menace dont j'étais l'objet dans le village. Elle paraissait vraiment angoissée, mais pour ma part je ne prévoyais pas avec autant de perspicacité ce qui m'attendait.

« Je te promets d'être prudent, mais j'enrage. Qui me voue une haine aussi tenace et surtout pourquoi ? Ça me met hors de moi d'y penser. »

Je ne pus retenir mes larmes. Haruyo me posa une main sur l'épaule en reniflant.

« C'est normal. Tatsuya, ne te laisse pas décourager. Ce n'est qu'un malentendu, qui sera bien dissipé un jour ou l'autre. Il te faut être patient en attendant. Garde ton sang-froid. Ne prends pas de risques inutiles. »

Ce qu'elle craignait le plus, c'était que je parte sur un coup de tête. Effectivement, mon départ lui aurait causé le plus grand tort. Kotaké avait perdu la tête : elle était retombée à l'état d'enfance. Haruyo elle-même était si malade que le moindre effort l'essoufflait. Mais ce n'était pas pour ces raisons pratiques qu'elle refusait de me voir partir. C'est qu'elle m'aimait. Elle m'aimait tant qu'elle ne voulait plus me lâcher un seul instant. Je comprenais parfaitement ses sentiments. Du moins, croyais-je les comprendre, mais force me fut de constater que je n'en saisissais pas le dixième...

En tout cas, quelqu'un s'échinait à me faire tomber dans un traquenard. Pourtant la police ne vint pas me chercher. Du reste, depuis la découverte du cadavre du Dr Kuno, la police ne se manifestait plus : ni le commissaire Isokawa ni Kôsuke Kindaichi ne se montrèrent. Les villageois n'en étaient pas encore à passer à l'acte. Il n'y eut pas d'autre crime. Quant à Miyako, qui sait pourquoi, elle devenait distante. On ne la voyait plus.

Ce fut donc une période de repos : tout était silencieux. Je devais comprendre rétrospectivement que c'était exactement comme le gué paisible que forme un torrent avant la cataracte. Mais, sur le moment, j'étais encore dans l'ignorance de l'avenir et j'étais plutôt heureux de cette trêve. Cependant, je me disais qu'il m'était impossible de me lancer dans la chasse au trésor dans cet état. J'en profitai donc pour ranger les lettres d'amour de ma mère. Avec l'autorisation de Haruyo, je fis venir de la ville de N. un artisan pour qu'il démonte le paravent des trois sages et qu'il en dégage les lettres d'amour entre ma mère et Yôichi Kamei. Je ne voulais pas que le paravent sorte de la maison et que ces lettres d'amour soient exposées aux regards indiscrets. Je demandai donc à l'artisan de venir chaque jour à midi pour que nous nous mettions ensemble au travail dans la dépendance.

Ce travail me ravissait. A bien y réfléchir, depuis mon arrivée au village où rien de bon ne s'était passé, la découverte de cette correspondance était un grand réconfort. Comme c'est le cas pour tous ceux qui perdent leur mère dans leur enfance, la mienne me manquait beaucoup malgré mon âge.

Au début, Haruyo venait souvent à la dépendance, si sa santé le lui permettait, pour assister à notre travail. Mais elle était trop émue par la lecture des lettres de ma mère : elle avait cessé de revenir de crainte que son cœur ne flanche.

Chaque nuit, je rangeais les lettres que nous avions extraites de la doublure du paravent; leur lecture me fournissait un immense plaisir. Bien entendu, il n'y en avait pas une qui ne se référât à ses malheurs.

« Les supplices que j'endure jour et nuit m'épuisent, corps et âme... »

Ou bien on apercevait des traces de larmes sur la ligne suivante :

« Si je ne lui obéissais pas, il me traînait en me tirant par les cheveux... »

Ou bien, elle se plaignait en ces termes :

« Sous prétexte de me câliner, il me déshabille et me lèche partout. Il n'y a pas de mot assez fort pour dire mon dégoût, ma répugnance, mon horreur... »

Ce qui montre combien les caresses de mon père lui semblaient grotesques.

Ou encore, elle manifestait ainsi sa peur :

« Parfois, il s'absente et me dit de prendre mes aises. Je m'allonge et je lis. Ou bien j'écris des lettres. Et quand il revient, il devine exactement ce que j'ai lu et à qui j'ai écrit. Ça me terrifie. Il est si obsédant que même absent je sens son âme s'agripper à la mienne sans la quitter un seul instant. A cette idée horrible, je me sens encore plus accablée et désespérée... »

Mon père avait-il un don de télépathie ? Il connaissait donc les moindres gestes de ma mère quand il était loin d'elle, et il les devinait l'un après l'autre. Dans ce cas, quoi de plus normal qu'elle en fût terrorisée ? Je me rappelai soudain le masque de nô accroché dans l'alcôve et le trou percé dans le mur derrière le masque.

Bien sûr, bien sûr !

Mon père faisait semblant de partir de la maison, mais en réalité il empruntait le passage secret pour entrer dans le débarras et observait en secret ma mère à travers ce trou. Après quoi, en affectant le plus grand naturel, il lui disait tous les gestes qu'elle avait accomplis. Il devait être aux anges de provoquer en elle une telle terreur. C'était une méthode digne d'un sadique. Il satisfaisait son désir en martyrisant la faible femme qu'elle était.

Pauvre maman ! Elle n'avait pas dû connaître un seul instant de paix. A bien y réfléchir, c'était de sa part une excellente idée d'avoir conservé la trace de toutes ses pensées dans ce paravent. Mon père avait beau être soupçonneux, il n'aurait tout de même jamais pu lire à travers le paravent. Quand elle le voulait, elle allumait la lampe devant le paravent et se plaçait derrière pour lire ces anciennes lettres d'amour.

Je partageais la souffrance de ma mère avec une telle émotion que je mouillais de larmes, nuit après nuit, mon oreiller. Encore heureux que je me fusse aperçu de ce secret. Je m'étais même demandé si je n'avais pas été guidé par l'âme de ma mère. Pourtant, j'ignorais encore que tout cela cachait un plus grand secret. Celui qui devait changer complètement ma conception de la vie.

C'était le jour où l'artisan devait terminer son travail. En remontant le paravent dont il avait enlevé le rembourrage, il me déclara :

« Monsieur, il y a quelque chose de bizarre qui est collé à l'intérieur. Voulez-vous que je l'enlève ?

— Qu'est-ce que c'est ?

— Une sorte de papier épais. Mais il n'est pas collé directement. Il est enfermé dans une enveloppe. C'est l'enveloppe qui est collée dans le rembourrage. Que dois-je faire ? »

Je m'en étais aperçu moi aussi. Par transparence, grâce à la lampe mise de l'autre côté du paravent, j'avais vu un objet rectangulaire de la taille d'une carte postale, collé en haut, à gauche, comme une compresse.

Mais je ne m'étais pas rendu compte que le papier était contenu dans une enveloppe. J'étais extrêmement intrigué. N'y avait-il pas là quelque chose de très important?
« Eh bien, retirez-le », dis-je à l'artisan.
C'était une enveloppe fabriquée dans du papier d'excellente qualité. Elle était cachetée soigneusement. En l'effleurant, je constatai qu'elle contenait un épais carton.
Ce soir-là, j'attendis le départ de l'artisan pour la décacheter. Les doigts tremblants, j'en ai extrait ce qu'elle contenait. Quelle ne fut pas ma surprise!
C'était ma propre photo. Quand avait-elle été prise? Je n'en avais pas le moindre souvenir. Ce n'était pourtant pas il y a si longtemps. Car, il ne me semblait pas que j'avais beaucoup changé. On voyait mon buste. Je souriais en affectant une certaine pose. Elle avait été prise dans un studio de photographe. Je ne me rappelai absolument pas dans quelles circonstances.
J'en demeurai ébahi. Une angoisse indescriptible me torturait. Ma tête était prête à éclater. Or je commençais à comprendre. C'était quelqu'un qui me ressemblait énormément, puisque je m'y laissais tromper moi-même. Mais ce n'était pas moi. Les yeux, la bouche, les joues : c'était mon portrait craché. Mais ce n'était pas tout à fait moi. Que dire, du reste, de la vieillesse de cette photo? Elle n'avait pas été prise il y a deux ou trois ans.
Sans cesser de trembler, je la retournai. Les lettres que je lisais dansaient au fond de mes rétines :

Yôichi Kamei	(27 ans)
Photographié en automne 1921	

Chapitre 38

Une pluie de pierres

C'était incroyable ! L'amant de ma mère et moi nous ressemblions comme deux gouttes d'eau. C'était à s'y méprendre. Y avait-il au monde preuve plus tangible d'adultère ? Je n'étais donc pas le fils de Yôzô Tajimi. J'étais l'enfant que ma mère avait eu de son amant Yôichi Kamei.

Rien ne pouvait davantage me surprendre. J'en aurais perdu la raison. Si cette découverte me procurait un grand soulagement et une immense joie, il fallait reconnaître qu'elle me causait, en même temps, une amère déception. Puisque je n'étais pas un enfant de Yôzô Tajimi, le sang de folie de cette famille ne coulait pas dans mes veines : cette constatation m'emplissait de bonheur, mais, d'un autre côté, cela signifiait que la fortune considérable des Tajimi me glissait entre les doigts.

Je devais avouer que cette fortune avait fini par exercer sur moi une réelle fascination. J'en étais même arrivé à l'évaluer secrètement. Maintenant, tout cet argent n'avait plus aucun sens pour moi. Je n'avais même plus le droit de revendiquer le moindre fétu de paille. Je tombais de haut. J'avais le sentiment d'être soudain précipité au fond d'un abîme de ténèbres. Une inquiétude me traversa alors l'esprit : Koumé et Kotaké ne s'en étaient-elles pas aperçues ? Ma sœur était encore petite au moment du désastre. Mais Koumé et Kotaké n'avaient-elles pas vu l'instituteur Kamei ? Si elles l'avaient rencontré ne fût-ce qu'une fois, il était impossible que mon visage ne leur eût rien évoqué. Notre ressemblance était criante.

Une terrible image me revint alors en mémoire. C'était la

scène de la mort de mon frère Hisaya, à savoir notre première rencontre. Dès qu'il m'avait vu, il avait arboré un sourire mystérieux. Puis il s'était adressé à moi en ces termes :

« Quel beau garçon ! La beauté est rare chez les Tajimi... »

Son sourire mystérieux ou son ricanement fielleux me tourmenta longtemps, mais j'en saisissais à présent parfaitement le sens. Mon frère, évidemment, était au courant. Il savait que je n'étais pas de la famille. Il savait que j'étais le fils de Yôichi Kamei. Pourquoi, malgré cela, m'avait-il fait revenir comme héritier des Tajimi ? Cela allait de soi. Il ne voulait pas que Shintarô lui succède.

J'eus un frisson rétrospectif à la pensée de la terrible idée fixe de mon frère. Tout provenait de sa haine à l'égard de Shintarô. Pour l'exclure et pour pouvoir lui tirer la langue, il n'avait pas hésité à céder la richesse familiale à un total étranger. Ça n'avait rien à voir avec une éventuelle gentillesse à mon égard. Je n'étais qu'une marionnette entre ses mains. Je n'étais qu'un pantin dont le rôle était de danser pour nuire à Shintarô et l'humilier. En même temps qu'une amère déception, une terrible colère me gagnait.

Cette nuit-là, je ne trouvai pas le sommeil. Je maudis mon père, ma mère, mon frère et le destin qui m'avait amené dans ce village. Comment pourrais-je maintenant retourner à Kōbe sans perdre la face ? A mes collègues et à mes supérieurs, qui avaient fêté mon départ en me souhaitant bonne chance, je ne pouvais quand même pas leur annoncer : Eh bien, c'était une erreur !

La souffrance m'empêchait de dormir. Mais on ne sait pas de quoi le bonheur est fait. Car cette insomnie me sauva d'un terrible danger.

Nous devions être aux environs de minuit. Je me réveillai en sursaut aux cris de guerre des villageois : ils grondaient comme un tremblement de terre. Ils retentirent à deux ou trois reprises dans le silence de la nuit.

A peine m'étais-je demandé ce qui se passait, que j'entendis des coups sur les tuiles du toit et contre les volets. Je compris qu'il s'agissait de cailloux. Je me levai en toute hâte et me changeai. Les cris de guerre redoublèrent de violence.

Ça s'annonçait mal. Je m'approchai des fenêtres avec appréhension, les genoux tremblants. J'aperçus à travers les interstices des lueurs rouges au-dessus des murettes. C'étaient des torches qui s'agitaient. Les voix s'élevèrent une nouvelle fois et une avalanche de pierres s'abattit avec fracas sur les toits et les volets. Je ne savais pas ce qui s'était passé, mais la chose certaine, c'est qu'une foule prenait d'assaut la maison des Tajimi.

Pour m'enquérir de la situation, je courus à travers le long corridor et tombai sur Haruyo en chemise de nuit.

« Que se passe-t-il, Haruyo ?
— Oh... Tatsuya ! Enfuis-toi, enfuis-toi ! » s'écria-t-elle.

Je vis qu'elle avait mes chaussures dans les mains.

« Tatsuya ! Vite, va-t'en ! Ils viennent pour toi !
— Quoi ? Pour moi ? fis-je, abasourdi.
— Ils disent qu'ils vont t'enrouler dans une natte de paille et te plonger dans la rivière. Va-t'en, je t'en conjure !... »

Haruyo me prit par la main et m'entraîna de force vers la dépendance. J'éprouvais une peur horrible, mais en même temps la colère montait en moi.

« Pourquoi veulent-ils m'attraper, Haruyo ? Pourquoi veulent-ils me jeter à l'eau ? Non, je ne veux pas prendre la fuite. Il n'en est pas question. Je vais aller leur parler.
— Surtout pas, surtout pas ! Ce ne sont pas des gens qu'on peut raisonner. Ils sont survoltés en ce moment.
— Ça alors, ça me met hors de moi. Fuir, c'est reconnaître ma faute.
— A quoi ça servirait de parlementer ? C'est à qui perd gagne. Pour le moment, va-t'en en attendant des jours meilleurs... »

C'est alors que les insultes commencèrent à résonner dans la maison principale.

Haruyo blêmit et je tressaillis malgré moi.

« J'ai mis le verrou à la porte du corridor. Mais il sautera comme un rien. Vite, vite !
— Mais enfin, Haruyo...
— Il n'est plus temps de réfléchir, dit ma sœur, d'une voix autoritaire. Tu ne comprends donc pas ce que je te répète ? Tu ne comprends pas combien je me soucie de toi ? Enfuis-toi, va-t'en ! Obéis-moi !... »

Il m'était maintenant difficile de lui résister. Du reste, le fracas des cailloux qui tombaient sur le toit et les volets me rappelait le danger que je courais.

« Je veux bien m'enfuir, mais où ?
— Il n'y a rien d'autre à faire : tu te réfugieras dans la grotte. Personne n'osera s'aventurer au-delà de l' « Abîme du Feu Follet ». Pendant ce temps, je tâcherai de les calmer. Si ça dure trop, je t'apporterai de quoi manger. Tu feras ce que je te dis, ce soir, en tout cas. »

Haruyo avait les traits décomposés : rien que pour dire cela, elle était à bout de souffle. Je n'avais pas le droit de prolonger son angoisse.

« D'accord, Haruyo, je ferai comme tu le veux. »

Je mis ma montre au poignet et me précipitai dans le débarras. Heureusement, nous y avions laissé des lampes de mineur et des torches électriques. Je m'en munis. J'étais en train de soulever le couvercle du coffre quand Haruyo m'apporta un manteau.

« Il ne faut pas que tu prennes froid, me dit-elle.
— Merci, Haruyo. J'y vais maintenant.
— Fais attention. »

Haruyo contenait ses larmes. Comme je sentais que les pleurs me venaient, je me glissai dans le coffre.

Le cruel destin m'avait donc pourchassé jusque dans le labyrinthe de ténèbres.

Chapitre 39

Dans les ténèbres

J'avais échappé de justesse à un terrible danger.

Dès que je me fus engagé dans le passage souterrain, sous le coffre, j'entendis au-dessus de ma tête les pas de mes poursuivants et leurs insultes. Ils avaient donc réussi à pénétrer dans la dépendance. A en juger par le bruit qu'ils faisaient, ils n'étaient pas seulement quatre ou cinq. La peur que suscitèrent en moi leurs vociférations me faisait ruisseler : j'avais eu raison de suivre les conseils de ma sœur.

J'éteignis la lampe et j'avançai à tâtons dans le passage obscur. Je m'étais heureusement familiarisé avec ce chemin. Il ne m'était pas difficile de m'orienter même dans les ténèbres.

Je ne tardai pas à me retrouver au pied du deuxième escalier. Je ne l'ai pas précisé jusqu'ici : en gravissant ces marches, on parvenait dans l'enceinte de l'autel qui est situé dans le jardin. Sans doute, celui qui avait construit ce passage secret autrefois avait-il eu pour dessein de relier cet autel à la dépendance. Mais, en le creusant, il était tombé sur cette grotte naturelle, ce qui lui avait donné l'idée de tracer un véritable dédale à grande échelle.

Je palpai la paroi, pour trouver l'ouverture dans le rocher, quand soudain une lumière brilla dans les hauteurs.

« Ça alors ! Il y a un passage par là !
— Fais attention de ne pas tomber !
— Tu crois que ça tiendra ? Ça a l'air vraiment effrayant ! »
Ces voix se répercutaient dans la galerie étroite, résonnant comme une cloche fêlée.

Je baissai le levier en toute hâte. Jamais je n'avais trouvé aussi lent le dispositif d'ouverture du rocher. Alors que les pas descendaient peu à peu vers moi, la porte se déplaçait avec une extrême mollesse. Si elle ne s'ouvrait pas à temps, je serais bien forcé de rebrousser chemin; mais précisément, sur ce même chemin, les insultes se rapprochaient.

J'étais en proie à une terreur atroce. Le rocher s'entrebâilla tout juste assez pour me permettre de me faufiler de l'autre côté où j'appuyai sur le levier afin de procéder à la fermeture. Il s'en était fallu, une fois encore, d'un cheveu... Avant même que le rocher ne se fût complètement remis en place, les bruits de pas résonnaient dans la galerie.

« Regarde-moi ça ! Le rocher bouge !
– Merde ! Le salaud a dû s'enfuir par là !
– Comment on peut déplacer le rocher ?
– Attends, attends ! Laisse-moi voir ! »

Les laissant hurler derrière moi, je rampai dans le souterrain ténébreux.

C'est seulement alors que je m'aperçus qu'ils avaient en tête un plan à la fois grandiose et sérieux. Manifestement, mes poursuivants étaient entrés dans la grotte par toutes les ouvertures possibles. Je devais donc gagner au plus vite la fourche. Sinon, je serais arrêté en route par ceux qui auraient emprunté le passage de Koicha, par où Noriko entrait toujours.

En effet – comme je le compris plus tard –, ils s'étaient d'avance divisé les tâches : toutes les entrées de la grotte étaient gardées. Dès que je m'étais glissé dans le souterrain, ils avaient diffusé la nouvelle pour m'encercler. Mais, heureusement pour moi, c'était la nuit et le mot d'ordre ne passait pas aussi aisément qu'ils l'auraient voulu. Et puis, comme ils n'avaient pas mon habitude du labyrinthe, leurs mouvements y étaient fort ralentis. Autant d'avantages pour moi : je pus parvenir jusqu'à la bifurcation avec une solide avance.

Je n'en étais pas rassuré pour autant. Mes poursuivants augmentaient en nombre : leurs cris de guerre faisaient trembler l'air du souterrain, comme des coups de tonnerre. Moi-même, je me glissai dans la galerie qui menait du « Siège du Singe » au « Nez du Tengu ».

Après le « Nez du Tengu » se trouvait le « Carrefour de l'Echo », et je n'étais plus loin de l' « Abîme du Feu Follet ».

Une fois là, je serais en sécurité. Les villageois auraient peur de s'aventurer davantage. Même s'ils osaient le faire, je pouvais toujours me réfugier dans la cachette idéale que constituait la « Tanière du Renard ». Il leur serait impossible de fouiller les moindres recoins de la « Tanière du Renard ».

Encouragé par cette perspective, je parvins au « Nez du Tengu ». Mais je fus cloué sur place. J'entendis des éclats de voix en provenance du « Carrefour de l'Echo » qui était sur mon chemin. De plus, ces voix résonnaient dans tout le « Carrefour de l'Echo » et, formant un grand tourbillon d'échos, elles se rapprochaient de moi.

Je l'avais oublié : c'est là que j'avais aperçu Eisen. Il m'avait déclaré qu'il existait une sortie qui menait à Bankachi. Les villageois avaient donc dû emprunter ce passage. J'étais perdu! Derrière moi, ils avaient gagné du terrain. Leurs vociférations grondaient dans la grotte. Devant moi, les pas se rapprochaient à partir du « Carrefour de l'Echo ».

J'allumai ma torche électrique et regardai tout autour de moi. Je remarquai alors la proéminence du « Nez du Tengu », au-dessus de ma tête. J'escaladai aussitôt la paroi pour me jucher sur le « Nez du Tengu ». Heureusement pour moi, le haut du « Nez » formait un creux où je me recroquevillai. A peine l'avais-je fait que les flammes des flambeaux apparurent au coin du « Carrefour de l'Echo », avec des pas précipités.

« C'est curieux. S'il s'est enfui par là, on devrait vraiment tomber sur lui maintenant... On ne l'a quand même pas croisé sans s'en apercevoir...

— Arrête tes conneries! La galerie n'est pas assez large.

— C'est vrai. Alors, il n'est pas encore arrivé.

— L'imbécile n'ose pas allumer sa lampe. Il doit courir à l'aveuglette dans le noir. Ça lui prend nécessairement du temps.

— Tu as raison, Tetsu... On n'a qu'à l'attendre ici de pied ferme. »

A en juger par la conversation que j'entendais, ils étaient trois. Ils s'arrêtèrent pile au pied du « Nez du Tengu ». Ils voulaient me tendre un piège.

Je n'en menais pas large. Que se passerait-il si les autres poursuivants les rejoignaient? Ils passeraient au crible toute la zone. Alors, le premier venu remarquerait immédiatement le « Nez du Tengu ». J'entendais leurs voix qui montaient.

« Dis-moi, papet, il mérite bien son nom, le " Nez du Tengu ", c'est tout à fait ça !
— Tu as raison. C'est bizarre de se dire que tout ça c'est la nature qui l'a fait ! Remarque, on prétend que quelqu'un a sculpté les yeux et la bouche...
— Tu crois pas qu'il est caché dans le creux au-dessus du nez, papet ? »
Ma vie ne tenait plus qu'à un fil... Heureusement, le plus vieux des trois répliqua :
« Ne dis pas de bêtises ! Tu n'as qu'à regarder. »
Il brandit sa torche, faisant danser les ombres sur le plafond de la grotte.
« S'il y avait quelqu'un on le verrait, reprit-il. Ne sois pas idiot, Shin... »
Je poussai un soupir de soulagement. Je remerciai le creux du « Nez du Tengu » d'exister...
Ils s'assirent tous les trois et continuèrent à bavarder en fumant. Comme leur conversation concernait toujours la battue, je tendis l'oreille.
« Tu dis ça, Tetsu ? Ça ne te fait donc rien que le même drame qu'il y a vingt-six ans se reproduise dans le village ? »
Cette voix me disait quelque chose. Je tentai de regarder vers le bas à la dérobée. Ils avaient pris place tous trois dans le renfoncement où nous nous étions cachés quand nous avions surpris Eisen. Il y en avait un qui me rappelait quelqu'un. C'était le maquignon Kichizô que j'avais vu dans l'autobus, à mon arrivée dans le village.
Son interlocuteur murmura une réponse que je ne parvins pas à distinguer. Kichizô leva la voix :
« Quel âge avais-tu à l'époque, Tetsu ?... Trois ans ! Rien d'étonnant à ce que tu ne te rappelles pas l'horreur que ç'a été. Écoute-moi bien. Moi, j'en avais vingt-trois. J'étais marié depuis deux mois. On était encore en pleine lune de miel... Ma femme avait six ans de moins que moi : dix-sept ! Je sais qu'on dit que les disparus sont toujours parés de toutes les qualités... Mais, ce n'est pas pour dire, elle était vraiment belle. On disait même qu'elle l'était trop pour moi. Et là-dessus... »
Kichizô se fit plus virulent.
« Ce soir-là, reprit-il, elle a été abattue. Elle n'avait rien à voir avec tout ça. Mais ce salaud l'a tuée comme une mouche. Quand j'y repense, je ne sais pas ce qui me retient... »

La voix de Kichizô retentissait épouvantablement dans la grotte. J'avais la sensation qu'un vent glacé m'enveloppait.

« Bien sûr, répondit Tetsu. Quand on a perdu un parent à ce moment-là, c'est le sentiment qu'on a. Mais écoute, papet, je ne pense pas que ce soit une raison de faire tout ce remue-ménage en poursuivant ce freluquet... Tu ne crois pas qu'on peut laisser ça aux messieurs de la police?

— Tetsu! ricana Kichizô. Un petit jeune comme toi, avoir un tel respect pour la police! Écoute-moi bien. La police n'est pas fiable. Il y a vingt-six ans, c'était la même chose. Ce salaud de Yôzô a fait des dégâts pendant toute la nuit. Si la police s'était remuée un peu plus tôt, on aurait eu la moitié moins de morts et de blessés. Tu sais ce qui s'est passé? Ils sont arrivés quand tout était fini. Yôzô avait eu tout le temps de se réfugier dans les montagnes. Tu vois, c'est toujours comme ça avec la police. Ils ne s'amènent que quand le rideau est tiré. Comment veux-tu leur faire confiance? Si tu tiens à ta peau, c'est à toi de la sauver!

— Mais enfin, papet, rien ne dit que le drame d'il y a vingt-six ans va se reproduire si on laisse ce freluquet en liberté.

— Est-ce que tu le jurerais? Tu peux m'assurer que ça ne se produira pas? Comment expliques-tu alors cette série de meurtres? Depuis le drame d'il y a vingt-six ans, il n'y a pas eu un seul meurtre dans le village. Comment se fait-il que depuis l'arrivée de ce freluquet tant de malheurs se sont succédé? C'est un suppôt de Satan! Je l'ai pensé dès que je l'ai vu dans le bus. J'aurais dû l'assommer d'un seul coup à ce moment-là. »

Le grincement des dents de Kichizô me transperçait les nerfs, s'incrustait dans ma chair comme un poignard. J'avais l'impression d'avoir avalé du plomb.

« C'est vrai que le papet a une double rancœur, fit remarquer Tetsu sur un ton moqueur. Il paraît que tu étais dans les meilleurs termes avec Myôren, la nonne de Koicha.

— Où est le problème? rétorqua Kichizô sur un ton encore plus virulent. Qu'y avait-il de mal à être son ami? De toute façon, comme on dit, " il n'est si méchant pot qui ne trouve son couvercle ". Myôren avait un bec-de-lièvre et elle était à moitié folle. Moi, depuis l'assassinat de ma femme, j'ai filé un mauvais coton. Les gens normaux ne me prennent plus au sérieux. Écoute-moi bien Tetsu : homme ou femme, on ne doit pas juger quelqu'un sur ses apparences. Il y a des qualités qui se révèlent une fois qu'on a couché ensemble. Myôren m'a fait tourner pas mal la tête. Et je le lui ai bien rendu. Et dire qu'avec ce freluquet... »

J'entendis de nouveau ses grincements de dents. Puis le plus jeune des trois déclara :

« Mais vraiment, c'est ce freluquet le meurtrier ? Moi, je n'arrive pas à le croire. »

Le troisième homme, qui écoutait jusque-là en silence les deux autres, intervint alors :

« Tu sais, moi aussi, j'étais dubitatif. Mais, maintenant, j'en suis persuadé. C'est parce que... (il approcha son visage)... tu sais, la jeune dame de chez nous, c'est elle qui est allée à Kōbe chercher ce freluquet. Elle l'aimait bien au début et elle prenait ardemment sa défense. Mais maintenant, elle a changé du tout au tout. Elle est devenue très distante. Elle ne va plus le voir. Elle a certainement compris quelle était la nature de l'individu. C'est une dame, mais elle est très intelligente. »

J'ai eu un haut-le-cœur. Il n'avait pas prononcé son nom, mais il ne pouvait s'agir que de Miyako.

« La jeune dame de la Maison de l'Est dit donc que c'est lui, le criminel ? demanda Tetsu.

– Enfin... c'est quelqu'un de bien élevé. Elle n'est pas comme nous : elle ne dit pas les choses à la légère. Mais l'autre jour, notre contremaître a sondé ses pensées. Dès qu'il a prononcé le nom du freluquet, elle a changé de visage : " Ne parlez pas de lui. Je ne veux pas qu'on prononce son nom en ma présence ! " Et elle s'est réfugiée dans la maison. Notre chef pense qu'elle a certainement une preuve de la culpabilité du freluquet. »

Miyako m'avait-elle donc, elle aussi, abandonné ?

Quelle pouvait être cette preuve en sa possession ? Bien sûr, elle n'existait pas. Mais si Miyako avait découvert un indice, pourquoi ne l'avait-elle pas vérifié auprès de moi ? Je sombrai dans un profond désespoir, comme si on m'avait précipité dans les enfers.

« C'est donc bien ça... », commençait Tetsu, quand il y eut, de l'autre côté, un tollé.

Les trois hommes se relevèrent ensemble.

« Mais qu'est-ce que c'est ?

— Le freluquet a peut-être été retrouvé ?
— Oui, allons-y. »

Ils s'éloignèrent en courant, mais le vieux se ravisa soudain :
« Tetsu, il vaut mieux que tu restes ici.

— Non, par pitié !

— Tu as peur ? Espèce de lâche ! On va revenir tout de suite. Il faut que tu montes la garde. »

Abandonné seul, Tetsu resta un moment nerveux en tenant sa torche. Il ne résista pas davantage.

« Papet, attends-moi, attends-moi ! » cria-t-il.

Et il les suivit.

C'était le moment où jamais ! Je devais saisir l'occasion d'échapper à mes poursuivants. Je dévalai les marches du « Nez du Tengu ». Traversant le « Carrefour de l'Echo », j'atteignis enfin l' « Abîme du Feu Follet ». Mais je craignais, par-dessus tout, la présence de gardes. Heureusement, ils n'y avaient pas pensé : je ne trouvai personne.

J'éclairai l'endroit avec ma torche électrique et je m'engageai sans tarder sur le sentier. Il faisait très sombre, mais comme j'étais déjà passé une fois par là, je n'avais pas tellement peur.

Je fus rapidement sur l'autre rive de l' « Abîme du Feu Follet ». Cet endroit lugubre et inhospitalier constituait mon seul havre. Profondément abattu, comme si la bise soufflait dans mes poumons, je restai immobile dans le noir. Soudain, j'eus la sensation que quelque chose s'agrippait à ma poitrine.

Je bondis littéralement.

« C'est moi, Tatsuya, c'est moi ! »

C'était la voix de Noriko.

Chapitre 40

Une voix venue des ténèbres

« Qu'y a-t-il ? Que fais-tu là, Norichan ?
— Je t'ai cherché partout, Tatsuya. Quand on m'a dit que tu t'étais enfui, j'ai tout de suite pensé que tu étais là. Il y a un moment que je t'attendais. Heureusement que tu as réussi à leur échapper. Mais tu as tellement tardé que j'étais morte d'inquiétude à l'idée qu'ils aient pu te rattraper.
— Norichan ! »

Instinctivement, je l'étreignis contre moi tant j'étais ému.

En effet, jamais je n'avais eu un tel besoin de compassion. L'événement inattendu auquel je venais d'assister ce soir-là avait failli m'ôter à jamais toute confiance en l'humanité. Ce que je redoutais, ce n'était pas forcément le risque physique. J'avais la certitude que, puisque je vivais dans un État de droit, je ne pourrais pas être l'objet d'un lynchage aussi insensé. Je croyais fermement que la police interviendrait tôt ou tard et qu'elle saurait leur faire entendre raison et me délivrer. Ce qui m'effrayait, c'était la découverte de la nature humaine.

Une telle émeute ne pouvait s'être produite sans un agitateur. Et c'était moins cet agitateur que les villageois si faciles à manipuler qui m'effrayaient. Quel que soit le talent avec lequel le meneur avait agi, s'il n'y avait pas eu dans le cœur des villageois un germe de haine à mon égard, il n'y aurait pas eu une telle explosion. Étais-je donc à ce point haï d'eux ? Cette idée me déprimait profondément. J'étais au désespoir.

Ce qui m'assombrissait également, c'était cette rumeur sur Miyako, dont je venais de prendre connaissance. J'ignorais pour quelle raison Miyako s'était mise à avoir des soupçons sur moi. Après tous les encouragements qu'elle m'avait prodigués et la confiance qu'elle avait placée en moi, ce revirement inattendu me conforta dans l'idée qu'on ne pouvait jamais compter sur le cœur humain...

Pour toutes ces raisons, la gentillesse de Noriko me fit encore plus plaisir. Je lui en étais reconnaissant. Pourtant je ne pouvais pas l'accepter indéfiniment.

« Merci d'être venue, Norichan. Mais ce n'est pas un endroit pour toi. Rentre vite.

— Pourquoi donc ? »

J'imaginais qu'elle écarquillait ses grands yeux naïfs dans le noir.

« On ne sait pas ce qui peut se produire si jamais les villageois nous rejoignent. Si jamais tu prends un coup... Ce serait vraiment idiot que tu sois blessée dans la mêlée. Il faut que tu rentres à la maison.

— Mais non, tu n'as rien à craindre de ce côté-là. Les gens du village ont trop peur de traverser l'" Abîme du Feu Follet ". Une légende veut que l'on devienne l'objet d'une malédiction si l'on traverse ces eaux. Tant que nous restons là, nous sommes en sécurité. »

Il était pourtant gênant de rester dans une telle obscurité avec une jeune femme.

« Je t'assure, Norichan, tu ferais mieux de rentrer. Shintarô va s'inquiéter.

— Peu importe. Laisse-moi rester avec toi un peu, Tatsuya. De toute façon, je rentrerai à un moment ou à un autre.

— Tu as quelque chose à faire?

— Oui. Il faut bien que je te rapporte de quoi manger.

— De quoi manger ? répétai-je.

— Oui. Je crains que cette agitation ne se prolonge encore. Tu ne peux pas rester sans manger pendant tout ce temps. Tout à l'heure, je rentrerai à la maison et je reviendrai avec un panier.

— Qu'est-ce qui te fait dire que cette agitation va encore durer?

— C'est une simple intuition. Ils sont tellement déterminés...

— Mais enfin, Norichan, la police ne va tout de même pas les laisser... Ils seront bien obligés de se disperser après son intervention.

— Tatsuya, murmura Noriko avec tristesse. Dans un petit village des montagnes comme ici, tu sais, la police est vraiment impuissante. Du reste, si une partie du village seulement faisait des histoires, on pourrait toujours lui opposer un interlocuteur pour la convaincre. Mais, en l'occurrence, c'est tout le village qui agit de concert. Si la police intervient, elle ne fera qu'envenimer la situation. Elle n'ose donc pas s'immiscer : elle ne peut que laisser faire. C'était comme ça, l'autre jour, quand il y a eu une controverse à propos de l'eau. »

J'éprouvai soudain un terrible sentiment d'isolement.

« Tu veux donc dire, Norichan, que tout le village est monté contre moi, ce soir ?

— Oui. A part les réfugiés comme nous... Mais il ne faut pas croire que tout le monde te hait, Tatsuya. Simplement les gens se sentent obligés de prêter main-forte quand on leur rappelle le drame d'il y a vingt-six ans. Pour ceux qui ont plus de quarante ans, ce drame est resté dans leur mémoire comme un cauchemar fait la veille. Il suffit de leur annoncer que la même chose va se reproduire pour qu'ils soient prêts à tout. Quelqu'un a mis habilement de l'huile sur le feu et l'incendie s'est aussitôt propagé.

— Qui ?

— Je n'en sais rien.

— Il y a longtemps que ça menaçait ?

— Je n'avais rien remarqué. Et pour cause ! Ce projet vient de l'ouest du village. C'est certain. Il paraît que les meneurs sont Shû et Kichizô.

— Qui est ce Shû ?

— C'est le contremaître de la Maison de l'Ouest. Il paraît qu'il a perdu sa femme et ses enfants dans le massacre d'il y a vingt-six ans. »

Mon cœur palpita étrangement à cette nouvelle.

« Quoi ? Le contremaître de la Maison de l'Ouest ? Mais alors, Norichan, cela signifie que c'est le maître de la Maison de l'Ouest qui tire les ficelles.

— Ça m'étonnerait... Simplement, quand l'agitation prend une telle dimension, qu'il s'agisse du maire du village ou du maître de la Maison de l'Ouest, ils sont impuissants. »

Mon sentiment d'isolement s'accentuait encore.

« Que dois-je faire, Norichan ?

— Eh bien, c'est un combat de longue haleine. Il faut attendre que leur fièvre baisse. En ce moment, ils sont survoltés et il est inutile de tenter de leur parler. Le moindre geste ferait empirer la situation. Bientôt, ils se calmeront et trouveront idiot de brandir des lances de bambou. Il faut attendre ce moment.

— Ils brandissent des lances de bambou?

— Hé oui. Ce n'est pas la force qui leur manque. Seulement, il faut faire attention à Kichizô, le maquignon. Il est armé d'une massue pour tuer les chiens. Il dit partout qu'il t'abattra dès qu'il te verra. Sois prudent, parce qu'il en est vraiment capable à ce qu'on dit. »

En me rappelant l'expression féroce de Kichizô, entrevue à la lumière de sa torche, je fus parcouru d'un frisson de dégoût. Je l'avais échappé belle.

Je me tus. J'en avais tant sur le cœur qu'il m'en aurait trop coûté de parler. Je sentis les mains glacées de Noriko qui palpaient mes joues dans l'obscurité.

« A quoi penses-tu, Tatsuya? Tu n'as rien à craindre. Il te suffit de rester caché ici. Personne n'osera franchir l' " Abîme du Feu Follet ". Même pas Shû ni Kichizô. Ces brutes-là sont superstitieuses plus que tout autre. Tu es en parfaite sécurité ici. Quant à ta nourriture, je m'en chargerai. Tu sais, j'ai découvert un raccourci que personne ne connaît. Simplement c'est aussi petit qu'un terrier. C'est ce qui explique la façon dont je me suis habillée. »

Je la palpai et constatai, en effet, qu'elle portait une sorte d'accoutrement héroïque, qui ressemblait aux combinaisons antiraids aériens pendant la guerre.

« Il faudra tenir le siège, deux ou trois jours s'il le faut, jusqu'à ce qu'ils y renoncent eux-mêmes. Il ne faut pas que tu cèdes. Tu dois tenir absolument! »

Jamais je ne lui avais connu une telle confiance. Elle était si positive et optimiste qu'elle paraissait même ignorer le mot de désespoir. Ça me paraissait curieux qu'un corps aussi frêle pût abriter une âme aussi forte.

« Merci, Norichan. Je m'en remets à toi.

— Tu peux compter sur moi. Ne t'inquiète pas... Ah, les voilà ! »

Par réflexe, nous nous écartâmes dans une niche voisine. Presque en même temps, l'autre rive de l' « Abîme du Feu Follet » s'embrasa avec une clameur. Ils semblaient avoir compris que j'avais traversé l' « Abîme du Feu Follet ». Ils trépignaient en rageant et hurlaient des insultes dans notre direction.

Noriko me saisit violemment par le bras.

« Ne réponds surtout pas! Ils ne sont pas certains que tu es là. »

Bien entendu, je n'avais nullement l'intention de leur répliquer.

« Regarde bien là-bas. Celui qui est en tête avec la torche, c'est Shû, le contremaître de la Maison de l'Ouest. Juste derrière lui, c'est le maquignon Kichizô. »

Shû était un homme d'une soixantaine d'années, avec des cheveux blancs. A la lumière du flambeau, son visage paraissait très fripé. Il avait les yeux globuleux et le visage rougeaud. Quant à Kichizô, il portait en effet une lourde massue.

Noriko avait raison : personne n'osait franchir l' « Abîme du Feu Follet ». Ils trépignaient, fous de rage. Ils continuèrent à lancer des insultes sur la rive opposée, pendant une bonne heure. A la suite d'on ne sait quel conciliabule, ils se retirèrent en ne laissant que deux ou trois gardes.

« Tu vois, fit Noriko. Je te l'avais bien dit. »

Les gardes s'assirent, entourés de leurs lampes de mineur. Ils commencèrent par chanter des chansons en vogue. De temps à autre, ils lançaient des invectives dans notre direction. Mais ils finirent pas se calmer, avant de se taire complètement. Ils s'étaient apparemment endormis.

A ce spectacle, ma tension avait dû se relâcher. Je fus à mon tour terrassé par la torpeur. Je sombrai dans un sommeil profond, la tête sur les genoux de Noriko.

Combien de temps ai-je dormi? J'avais fait des cauchemars particulièrement pénibles et dans mon rêve je crus entendre quelqu'un qui m'appelait par mon nom. Je me réveillai en sursaut.

« Tatsuyaaa! »

La voix que j'entendais dans mon rêve résonnait dans les ténèbres.

« Tatsuyaaa! Au secours! »

Est-ce que je rêvais encore? Non, ce n'était plus dans mon rêve. On m'appelait bel et bien, de loin, dans les ténèbres.

Je me redressai.

« Norichan, Norichan ! » soufflai-je.
Mais elle ne répondait pas. J'allumai craintivement ma lampe de poche. Il n'y avait nulle trace de Noriko. Je jetai un coup d'œil à ma montre qui indiquait dix heures vingt.
Toute la nuit avait dû passer.
On m'appelait à nouveau du fond des ténèbres.
« Tatsuyaaa, Tatsuyaaa ! Où es-tu ? Au secours, au secours ! On va me tuer ! »
Je me réveillai enfin complètement et bondis hors de la niche.
Les gardes semblaient être déjà repartis. Sur l'autre rive de l' « Abîme du Feu Follet », il régnait une obscurité totale. Par-dessus ces ténèbres, j'entendais une voix qui paraissait s'éloigner et s'approcher tour à tour :
« Tatsuyaaa ! »
J'éprouvai une terreur abominable.
C'était la voix de Haruyo !

Chapitre 41

Terreur au « Carrefour de l'Écho »

J'eus un moment d'hésitation, mais ce n'était pas par lâcheté. J'ignorais tout à fait ce qui était en train de se produire. L'instant suivant, j'entendis à nouveau ce triste appel au secours :
« Tatsuyaaa! »
Ma décision était prise. Ma sœur m'appelait à l'aide. Je devais courir à son secours quel que soit le danger. Je glissai dans ma poche ma torche électrique. Je m'engageai sur le sentier. J'y étais suffisamment habitué pour ne plus rien risquer.
Quand j'arrivai au milieu du sentier, j'entendis à nouveau la voix de ma sœur. Elle était, cette fois-ci, beaucoup plus nette. Mais elle ne venait plus du même endroit. De toute évidence. Haruyo courait à travers la grotte.
Quelqu'un devait la poursuivre! A cette idée, je fus en proie à une indicible terreur. Moins pour l'inconnu qui l'agressait, que pour la santé de Haruyo.
Le médecin lui avait ordonné de garder le repos le plus longtemps possible. La moindre excitation, le moindre mouvement étaient mauvais pour son cœur. Déjà, je m'étais inquiété des conséquences qu'avait pu avoir l'agitation de la veille. Je poursuivis ma course effrénée sur le sentier.
« Haruyo, Haruyo! Où es-tu? »
J'en oubliais le danger que je courais en criant ainsi. C'est alors que j'entendis cette voix bizarre et ses échos horribles :
« Tatsuyaaa... Tatsuyaaaaaaa... Au secours... Au secououours... »
Chacun des cris de ma sœur se répercutait. Sa course fréné-

tique dans les ténèbres, ponctuée de chutes, était amplifiée par cette acoustique grotesque.

Ma sœur et son agresseur se trouvaient au « Carrefour de l'Écho ».

« Haruyo, Haruyo, j'arrive! Tiens bon. J'arrive! »

Tout en criant, je me mis à courir frénétiquement. Maintenant je n'avais plus peur de personne. Prêt à affronter quiconque se présenterait, Shû ou Kichizô, je brandis la lampe de poche.

Ma voix avait dû parvenir jusqu'à elle.

« Ah, Tatsuyaaa, viens vite! »

Ses appels qui jusque-là étaient lancés dans le vide avaient soudain retrouvé espoir et vivacité. Les bruits de pas et ses cris de détresse devenaient de plus en plus distincts. Je courais à toutes jambes, mais c'était absolument exaspérant.

Le « Carrefour de l'Écho » était tellement sinueux que, malgré la proximité des appels de Haruyo, je n'arrivais pas à la rejoindre. Le moindre geste de ma sœur et de son agresseur était amplifié et paraissait à quelques pas de moi. Mon exaspération était à son comble.

« Haruyo, Haruyo! criai-je en courant. Comment te sens-tu? Qui est avec toi?

— Ah... Tatsuya... Viens vite! Je ne sais pas comment il est. Je ne le vois pas, je suis dans le noir. Il ne dit pas un mot. Mais... mais... il va me tuer. Ah... Ta... Tatsuya... »

Je m'arrêtai net. Le silence s'installa un instant et soudain j'entendis un hurlement.

Des pas précipités. Cela ne dura qu'un moment. Un bruit de chute. Puis une fuite feutrée avec une légère réverbération. Le silence à nouveau. Le silence de la mort.

Un sentiment de terreur me glaça. Je restai paralysé. Mais je me ressaisis enfin et pris mes jambes à mon cou.

Je découvris quelques instants plus tard la silhouette de ma sœur gisant dans l'obscurité.

« Haruyo, Haruyo! »

Je tentai de la soulever dans mes bras. Mais je vis alors quelque chose de très étrange planté dans sa poitrine. Je constatai avec horreur que c'était une stalactite. Elle avait été poignardée avec l'une de ces stalactites qui pendaient de toutes parts.

« Haruyo, Haruyo! » répétai-je avec frénésie.

Elle n'était pas encore morte. Elle ouvrit ses yeux déjà voilés. Elle me dévisageait. Dans un râle, elle murmurait :
« Tatsuya...
— Oui, c'est moi. Tiens bon, Haruyo... »
Je la serrai dans mes bras. Un sourire imperceptible se dessina sur ses lèvres livides.
« Non... C'est trop tard... ce n'est pas cette blessure... c'est... mon cœur... »
Elle se tordait de douleur.
« Ça va, reprit-elle. Je suis heureuse, parce que j'ai pu te revoir avant de mourir...
— Ne me parle pas de mourir, Haruyo. Dis-moi qui c'était. Qui a pu faire ça ? »
Elle arbora un léger sourire, à nouveau. C'était une expression énigmatique.
« Je ne sais pas qui c'était. Il faisait si noir. Mais je lui ai mordu l'auriculaire gauche. J'étais presque sur le point de le lui arracher... Tatsuya, toi aussi, tu as entendu un hurlement tout à l'heure, non ? »
Surpris, je la dévisageai à nouveau. En effet, à la commissure de ses lèvres, du sang frais coulait. Le hurlement que j'avais entendu n'aurait donc pas été le sien, mais aurait été poussé par l'assassin ?
Elle se contorsionna encore et haleta comme en sanglotant.
« Tatsuya... Tatsuya...
— Qu'y a-t-il ? Haruyo ! Haruyo !
— Je vais mourir. Mais ne me laisse pas mourir seule. Reste ici. Serre-moi dans tes bras. Je serai heureuse de mourir dans tes bras. »
Hébété d'horreur, je la fixai encore. Une surprenante interrogation m'effleura l'esprit.
« Dis-moi, Haruyo... »
Mais, qu'elle m'eût entendu ou non, elle continuait à parler comme dans un délire.
« Tatsuya, maintenant que je vais mourir, je n'ai plus rien à cacher. Si tu savais combien je t'ai aimé... je t'ai tellement adoré... Je t'ai aimé à en mourir... Mais pas comme une sœur... Car tu n'es pas mon frère. Mais toi, tu ne m'as jamais considérée que comme ta sœur. J'en étais si triste... »
Elle était donc au courant. Elle savait que je n'étais pas son

vrai frère. Elle gardait une tendresse secrète envers l'intrus que j'étais dans leur famille. J'étais frappé d'une indicible mélancolie.

« Maintenant, ça ne fait plus rien, poursuivit-elle. Puisque je meurs dans tes bras... Dis-moi, Tatsuya, ne t'en va pas... attends que je sois morte... Si je meurs... tu te souviendras de moi et tu auras pitié de moi... »

Elle ne cessait de monologuer. Enfin, à bout de souffle, elle devenait inintelligible, mais continuait à parler. Elle avait les yeux ouverts, mais ne voyait plus rien depuis longtemps. Son visage avait la pureté de celui d'un enfant.

Ainsi expira-t-elle dans mes bras.

Je fermai ses yeux et, doucement, reposai son corps par terre. Je m'aperçus alors qu'elle tenait dans sa main gauche un balluchon et une gourde. Je dépliai le tissu qui contenait des boulettes de riz protégées dans un paquet de bambou. En les découvrant, je hoquetai et laissai couler mes larmes à flots. C'est en m'apportant de quoi manger qu'elle avait trouvé la mort. Je pleurai encore longtemps en la serrant contre moi. Mais je compris que je ne devais pas traîner davantage. Il me fallait avertir la police le plus vite possible.

J'attachai à ma ceinture le balluchon que ma sœur avait préparé avec tant d'amour et je fixai en bandoulière la gourde. Je me relevai, en tenant à la main ma lampe de poche. J'entendis alors :

« Espèce de salaud ! »

A peine avais-je perçu cette voix débordante de haine, que je sentais quelque chose siffler sur ma tête. Il s'en fallut de peu que ma tête n'eût éclaté comme une grenade trop mûre. Je m'étais baissé instinctivement pour échapper au coup.

« Que fais-tu ? » m'écriai-je.

Je tournai le faisceau de la lampe sur le visage de mon agresseur. Et je fus saisi d'une peur atroce en découvrant le visage de Kichizô. Comme il m'avait manqué, il grinçait des dents, en reprenant son énorme massue entre ses gros doigts noueux.

En voyant ses yeux, je compris que, tout à l'heure, Noriko n'avait pas exagéré. On y lisait une soif de meurtre. Ce n'était pas du tout un visage disposé à communiquer avec moi. Il avait vraiment l'intention de me tuer. Ébloui par la lumière, il se protégea d'une main et, de l'autre, brandit la massue en l'air.

« Voilà ce que tu mérites ! »

Il paraissait puiser dans ses entrailles toute la haine du monde. Bondissant comme un animal, il abattit la massue, mais me manqua une fois encore. Comme j'avais écarté ma tête instinctivement, la massue fracassa un rocher. Entraîné par l'élan, il fut projeté en avant et, poussant un cri terrible, il laissa échapper son arme qui vola à une dizaine de mètres. Sans doute avait-il eu les mains endolories au moment du choc contre la pierre. Au moment où il se redressait, je lui donnai un coup de tête en pleine poitrine. Malgré lui, il ne résista pas à cette attaque imprévue et tomba à la renverse, les deux mains sur le cœur. J'en profitai pour m'enfuir à toutes jambes. Mais je ne devais plus avoir les yeux en face des trous, parce que, en cours de route, je me suis rendu compte que je revenais vers l' « Abîme du Feu Follet ».

Quand j'ai voulu rebrousser chemin, j'entendais déjà les vociférations et les pas de mon agresseur.

Je ne pouvais plus revenir.

Une fois encore, je me retrouvais de l'autre côté de l' « Abîme du Feu Follet ».

Chapitre 42

Une blessure à l'auriculaire

J'étais à la fois au comble du désespoir et à bout de nerfs. Ce n'était plus le moment, pour moi, de rester caché dans un pareil endroit. Maintenant que Haruyo était morte, la seule survivante des Tajimi était Kotaké, qui ne m'était plus d'aucun secours. Qui en dehors de moi pouvait organiser les obsèques de Haruyo? J'avais, en outre, un devoir supplémentaire. Car j'avais désormais un indice sur son assassin. Il avait été mordu à l'auriculaire gauche. Son doigt avait été à moitié arraché. Il me fallait en avertir la police au plus vite.

Pourtant, je ne pouvais pas sortir de cette grotte.

Sur l'autre rive de l'« Abîme du Feu Follet », Kichizô montait la garde en faisant un feu. A ses côtés, j'apercevais le visage féroce de Shû. Ces deux meneurs me surveillaient obsessionnellement avec une haine inassouvie. Étant donné la cruauté dont Kichizô avait fait preuve tout à l'heure, il était exclu de tenter de parlementer avec eux.

Mon seul espoir reposait dans la police. Puisqu'il y avait eu meurtre, la police devait intervenir. Elle exigerait mon témoignage. Kichizô et Shû auraient beau vouloir s'interposer, ils seraient bien obligés de me livrer. C'est ce que j'attendais. Mais qui sait pourquoi les secours tardaient autant? Il y avait des va-et-vient autour du feu de Kichizô. Peut-être buvaient-ils du saké. Il y avait de plus en plus d'animation. Mais la police n'apparaissait toujours pas.

Je me sentais complètement misérable. En imaginant que peut-être ils pourraient franchir l'« Abîme du Feu Follet », j'étais d'une extrême nervosité, tapi au fond de la « Tanière du Renard ».

Je serais sans doute devenu fou si je n'avais pas formulé de terribles hypothèses. En assistant aux derniers instants de Haruyo, je m'étais tout de suite demandé si cet assassinat était prévu dans la série des meurtres.

Le poison avait toujours été l'arme du crime, à l'exception de Koumé et de la nonne de Koicha. Mais, d'après Kôsuke Kindaichi, le cas de Myôren était à part. C'était un meurtre inattendu même pour le criminel. Il est vrai que près du cadavre de Myôren on n'avait pas trouvé cette curieuse feuille de papier.

Que dire du cas de ma sœur? J'étais tellement bouleversé que je n'avais pas eu la présence d'esprit de chercher près d'elle cette feuille. Mais dans ce cas quel autre nom aurait été écrit? Il fallait un personnage qui pouvait faire pendant à ma sœur Haruyo... Qui d'autre sinon Miyako Mori?

Haruyo avait dû divorcer à cause de ses maux de reins. On ne pouvait pas dire que c'était une veuve. Mais c'est pour telle qu'elle passait au village. Miyako, elle, en était une vraie. De plus, elles étaient chacune la sœur du maître de la maison, l'une de l'Ouest et l'autre de l'Est. Quelle horreur! Cela signifiait donc que si Haruyo n'avait pas été tuée, Miyako aurait été la victime.

Mais... je ne sais pas pourquoi je n'étais pas tout à fait convaincu par ce raisonnement. Pour que tous ces meurtres fussent l'œuvre d'un fou, la famille Tajimi avait payé un trop lourd tribut. Passe encore pour Koumé et Kotaké, puisqu'elles appartenaient toutes deux à la famille Tajimi. Mais, dans le cas de Hisaya et de Haruyo, pourquoi seule la Maison de l'Est devait-elle être touchée? Il se pouvait bien que, dans leur cas, ils n'aient pas été choisis au hasard. Mais qu'il fût décidé, d'emblée, qu'ils seraient tous deux les victimes. En d'autres termes, le meurtrier, tout en faisant croire à une série anarchique de crimes, ne poursuivait-il pas le dessein d'anéantir la totalité de la famille Tajimi?

Pendant quelques instants, cette idée me terrifia tellement que je ne pus refréner un tremblement nerveux.

Mais maintenant que le mobile était clair, l'identité de l'assassin sautait aux yeux. Qui mieux que Shintarô Satomura correspondait à son profil ? Je me rappelai son visage terrifiant, entrevu le soir de l'assassinat de la nonne de Koicha.

Oui, ça ne pouvait être que lui, Shintarô ! C'est lui qui avait tout ourdi. Il m'avait dénoncé à la police, il avait affiché son accusation devant la mairie : tout cela, c'était son œuvre. Après avoir massacré la famille Tajimi et m'avoir attribué ces meurtres, il chercherait à usurper la fortune des Tajimi. Quant à l'agitation actuelle, peut-être n'était-ce pas lui qui l'avait fomentée. Il avait prévu le cas où je serais arrêté mais, faute de preuves, acquitté et il avait habilement manipulé Kichizô et Shû pour qu'ils me tuent.

Oui, tout devenait ainsi cohérent et logique. Je frémis d'horreur.

Mais alors quel rôle avait joué Noriko dans toutes ces intrigues ? Avait-elle été mise au courant de ce projet ? Feignait-elle de tout ignorer ? Non, ce n'était pas possible. Comment une fille aussi ingénue pouvait-elle avoir une double personnalité ? Du reste, Shintarô ne lui aurait jamais avoué ces projets effroyables.

Ce jour-là, allongé au fond de la grotte obscure, je me tournais et retournais comme un ver. Toutes ces idées épouvantables m'échauffaient le sang, puis me glaçaient. Je craignais même de tomber malade.

Je me demandais si au fond je ne devrais pas profiter de la situation pour explorer le fond de la grotte, à la recherche du trésor, ce qui me divertirait sûrement. Mais je n'en avais guère envie. C'était bien sûr parce que ma tête était trop pleine d'idées atroces et tristes. Par ailleurs, j'avais quelques doutes sur la fiabilité de ma carte.

D'après elle, la « Tanière du Renard » où je me trouvais et la cinquième galerie, celle d'à côté, se rejoignaient un peu plus loin. Et encore plus loin s'étendait la « Mâchoire du Dragon » au-delà de laquelle devait venir le « Mont du Trésor ». Mais comme la carte était tracée sommairement au pinceau, il n'était pas très rassurant de l'avoir pour seul repère dans un labyrinthe aussi complexe.

Depuis l'exploration que j'avais entreprise avec Kôsuke Kindaichi, l'autre jour, je savais combien la structure de la « Tanière du Renard » était compliquée, mais cela n'apparaissait qu'imparfaitement sur la carte. En fin de compte, la seule solution qui restait était de m'armer de cordes comme nous l'avions fait avec Kôsuke Kindaichi. Si seulement j'en avais, je pourrais me lancer seul à l'aventure. De toute façon, une aide serait la bienvenue. Je pensais à Noriko, mais elle ne revint plus ce jour-là.

Ce n'est que le lendemain matin qu'elle se présenta.

« Comment, Tatsuya, tu étais là ? s'écria-t-elle en s'agrippant à moi. Je te cherchais par là-bas et tu ne peux imaginer combien ça m'inquiétait de ne pas te voir.

— Te revoilà enfin, Norichan !

— Oui, enfin... Excuse-moi de t'avoir laissé hier sans t'avertir... Tu dormais si bien...

— C'est ce que je pensais. En tout cas, merci d'être revenue. Il n'y avait pas de garde ?

— Si, si. Ils sont toujours là. Mais ils ont dû faire une telle fête hier qu'ils sont écrasés de fatigue à présent. Tu dois mourir de faim, Tatsuya. J'aurais voulu revenir hier, mais il s'est produit un événement terrible...

— Ça va, hier, Haruyo m'a apporté de quoi manger.

— Ce n'est pas vrai ! »

Noriko s'écarta de moi d'un seul bond. Et elle me dévisagea à la lumière de la torche électrique.

« Mais alors, reprit-elle en haletant, tu l'as vue hier ?

— Oui, je l'ai vue. C'est dans mes bras qu'elle a expiré. »

Noriko étouffa un cri. Elle me jeta un regard épouvanté.

« Mais... ce n'est pas toi... dis-moi que ce n'est pas toi qui l'as fait.

— Que racontes-tu là, Norichan ? rétorquai-je en haussant le ton. Pourquoi aurais-je tué ma sœur ? J'étais tellement attaché à elle. Je l'aimais. De son côté, elle m'adorait. Comment veux-tu que je puisse la tuer ? »

Tout en parlant, des larmes coulèrent de mes yeux. Elles jaillissaient à flots, brûlantes. Indépendamment des dernières paroles de Haruyo, je lui étais si reconnaissant de la gentillesse dont elle avait toujours fait preuve à mon égard. Son attitude chaleureuse, jamais démentie, envers moi, dans un moment de complet isolement, m'avait profondément touché. J'étais submergé par la tristese de l'avoir perdue.

« Tatsuya, excuse-moi, excuse-moi! s'écria Norio en se jetant à mon cou. Pardonne-moi de t'avoir soupçonné un seul instant! Je t'ai toujours cru. »

Elle eut un moment d'hésitation avant de reprendre.

« Mais... il y a quelqu'un qui prétend t'avoir vu tuer Haruyo.

— C'est sûrement Kichizô... Il est normal qu'il m'accable. Il m'a vu porter dans mes bras le cadavre de Haruyo. En outre, il m'a toujours détesté. Mais, Norichan, ajoutai-je plus vivement, que fait la police? Pourquoi ne vient-elle pas me sauver?

— Il y a justement un problème. La mort de Haruyo a eu l'effet d'une bombe : les villageois sont si excités, qu'ils sont impossibles à maîtriser... Ils disent qu'ils vont régler ton affaire eux-mêmes. Ils se sont interposés pour empêcher la police de franchir le " Carrefour de l'Écho ". Celle-ci pour éviter tout incident malheureux, n'ose pas intervenir. Mais, Tatsuya, dit-elle sur un ton encourageant, ça ne va pas durer indéfiniment. La police ne peut pas laisser la situation pourrir. Encore un peu de patience. Tiens bon, Tatsuya!

— Puisque tu le dis, je vais m'efforcer de tenir encore. Au fait, qui va s'occuper des obsèques de Haruyo?

— Tu n'as pas d'inquiétude à avoir. Mon frère est là.

— Shintarô? »

Un frisson glacé me parcourut. Je dévisageai Noriko avec insistance. Mais elle paraissait l'innocence même.

« Oui, lui. Il était dans l'armée. Il fait preuve d'un grand esprit pratique dans un cas pareil.

— C'est vrai, répondis-je d'une voix étranglée. Du reste, comment va-t-il? N'a-t-il pas été blessé? »

Noriko écarquilla des yeux stupéfaits.

« Pourquoi donc? Il va très bien. Il n'est pas blessé.

— Ah bon... Tant mieux. »

Je tâchai de ne pas faire paraître le trouble qui m'agitait. Comment était-ce possible? M'étais-je trompé dans mon raisonnement?

Haruyo m'avait bien dit qu'elle avait presque arraché l'auriculaire du meurtrier. Quel qu'ait été le degré de la blessure, elle était nécessairement très douloureuse. De plus, si le doigt était à moitié arraché, comme l'avait prétendu Haruyo, il lui aurait été très difficile de dissimuler aux autres sa douleur.

« Dis-moi, Norichan, tu n'as pas entendu dire que quelqu'un avait été blessé au doigt? Tu n'as pas vu quelqu'un avec un bandage sur l'auriculaire gauche?

– Non, pourquoi? »

Elle conservait son air ingénu.

J'excluais un mensonge de sa part. Alors, avais-je mal raisonné? Je n'y comprenais plus rien.

Chapitre 43

Shintarô et Miyako

J'étais d'autant plus déçu que j'étais fier de mon raisonnement sans faille.

« Norichan, hier, à la veillée funéraire, Eisen du temple Maroo-ji est venu, je suppose ?

– Oui, oui, il était là. Pourquoi ?

– N'était-il pas blessé à l'auriculaire par hasard ? »

Noriko démentit cette hypothèse également. C'était elle qui avait servi le thé : elle l'aurait certainement remarqué. Elle pouvait affirmer qu'il n'était pas blessé à la main.

J'étais de plus en plus perdu. Y aurait-il quelqu'un d'autre que Shintarô et Eisen ? Dans ma tête, je retraçai toute la chronologie des meurtres. Je n'arrivais pas à trouver de suspect. Haruyo se serait-elle trompée ?

« Dis-moi, Tatsuya, qu'y a-t-il ? Tu soupçonnes quelqu'un qui a une blessure à l'auriculaire ?

– Ce n'est pas ça. Mais il y a simplement quelque chose qui m'intrigue. Quand tu ressortiras, Norichan, pourras-tu regarder autour de toi, pour voir s'il n'y a pas quelqu'un avec cette blessure ?

– D'accord, je viendrai te le dire tout de suite, si je le trouve.

– Oui, s'il te plaît. La prochaine fois, est-ce que tu pourras m'apporter de la ficelle ? Ça m'arrangerait que tu trouves une ficelle solide, comme celle d'un cerf-volant. Ou simplement un fil de coton. Si possible, très long. J'en voudrais cinq ou six pelotes.

– Que vas-tu en faire ? »

J'hésitai un moment, mais je me dis qu'elle finirait bien par le savoir.

« Eh bien, comme je m'ennuie à mourir, j'ai décidé d'en profiter pour explorer la grotte. Et j'ai besoin d'une longue ficelle. Plus elle sera longue, mieux ce sera. Elle servira de repère, pour m'empêcher de m'égarer. »

En m'écoutant, Noriko avait les yeux qui brillaient étrangement.

« Tatsuya, murmura-t-elle. Tu vas partir pour la chasse au trésor ? »

Je rougis jusqu'aux oreilles, comme si j'étais découvert. J'avais du mal à articuler. Je parvins enfin à éclaircir ma voix.

« Norichan, tu es au courant de ce secret, toi aussi ?
— Bien entendu. C'est une vieille légende. Et en plus... »
Elle baissa la voix.
« Je connais quelqu'un d'autre qui fait la chasse au trésor.
— Mais qui... qui est-ce ?
— Mon frère !
— Shin... Shintarô ? »

J'en avais le souffle coupé. Je scrutai le visage de Noriko.

« Hé oui. Il ne dit rien, parce qu'il en a honte. Mais moi, je le sais très bien. Tard le soir, il s'en va, armé d'une pioche et d'une pelle. C'est sûrement dans ce but. »

Je me rappelai de nouveau l'étrange accoutrement de Shintarô le soir de l'assassinat de la nonne de Koicha. Faisait-il à ce moment-là la chasse au trésor comme moi ?

« Il me faisait tellement de peine que je n'ai osé en parler à personne jusqu'ici... Il me fait une telle peine... Tu sais, il a tout perdu : son rang, sa profession, l'espoir dans l'avenir... Mais ce n'est pas tout. Il a perdu également l'amour.
— L'amour ?
— Oui. Mon frère est toujours amoureux de Miyako. Mais il est si orgueilleux que, dans la situation où il se trouve, il n'osera jamais la demander en mariage. Miyako est si fortunée. Elle a des quantités de diamants. Lui, c'est un sans-le-sou, qui va de déchéance en déchéance. Pour rien au monde il ne s'abaissera à la demander en mariage. Alors, il s'est dit qu'en trouvant un trésor... C'est pour ça qu'il cherche frénétiquement un trésor si incertain. Il me fait une telle peine... une telle peine... »

J'étais encore plus troublé. De toute évidence, il avait intérêt à mettre la main sur la fortune de la maison principale. Plutôt que de se fatiguer dans une recherche d'un problématique trésor, mieux valait s'intéresser à une fortune qui, elle, était à la portée de sa main. Était-ce donc bien lui le criminel? La blessure à l'auriculaire était-elle une hallucination de mourante?

« Cela veut donc dire, Norichan, que Shintarô a une certitude... Miyako accepterait de l'épouser s'il faisait fortune?

– Absolument, répondit-elle sans sourciller. Mais je suis certaine qu'il n'a pas besoin d'être riche. S'il la demande en mariage, elle acceptera de bonne grâce. Tu sembles ignorer pourquoi Miyako, avec sa beauté, son intelligence, sa fortune, s'enterre dans ce patelin. Elle n'attend que ça. Elle meurt d'envie qu'il la demande en mariage. Quand j'y pense, elle me fait de la peine, elle aussi. Mon frère n'a qu'à mettre de côté son orgueil idiot et se dépêcher de l'épouser... Quoique je n'aime pas trop Miyako... »

Elle prétexta alors ses obligations pour les obsèques et, trompant la surveillance des gardes, s'enfuit. C'est alors que je fus en proie à un terrible sentiment d'isolement.

Le récit de Noriko m'avait profondément ébranlé. Qu'il s'agisse de la conversation que j'avais surprise l'avant-veille au « Nez du Tengu » ou de ce qu'elle venait de me raconter, j'étais étonné du caractère complexe et des nuances psychologiques subtiles de Miyako. En même temps, cela suscitait en moi un sentiment d'une immense tristesse, un terrible désespoir. Étais-je amoureux de Miyako?

Quoi qu'il en soit, le lendemain, Noriko revint me voir, en trompant, une fois encore, la surveillance des gardes. Voici ce qu'elle m'apprit :

L'agitation des villageois ne se dissipait toujours pas. La police n'arrivait pas à leur faire entendre raison. Pourtant, il y avait une faible lueur d'espoir. Le prêtre Chôei pourrait intervenir. Il était déjà très âgé et depuis longtemps malade. Il laissait à son disciple Eisen toutes les charges du temple. Or, Kôsuke Kindaichi s'était dit qu'un prêtre d'un tel rang saurait convaincre les villageois. Kôsuke Kindaichi alla donc au temple Maroo-ji dans l'espoir d'obtenir son aide.

Le nom du prêtre Chôei me remit quelque chose en mémoire. Avant d'être assassinée, la nonne Baikô m'avait dit qu'il y avait un détail de mon existence qu'elle était seule à connaître avec le prêtre de Maroo-ji. Maintenant qu'elle était morte, j'avais envie de me rendre un jour au temple Maroo-ji. Mais la série de meurtres m'avait empêché de mettre mon plan à exécution.

« Norichan, si c'est vrai, quel bonheur ! J'en ai vraiment assez de rester confiné dans cette obscurité.

– Oui... encore un peu de patience.

– Au fait, Norichan, et ce que je t'avais demandé...

– La ficelle ? Je l'ai apportée.

– Ah, merci pour la ficelle... Mais je parle de la blessure à l'auriculaire.

– Ah oui... »

Elle me lança un coup d'œil à la dérobée et toussota pour s'éclaircir la voix.

« Oh, j'ai regardé les gens très attentivement, mais je n'ai vu personne qui soit blessé au petit doigt. »

Pourtant, elle semblait effrayée et n'osait plus soutenir mon regard.

« C'est bien vrai, Norichan ? Tu ne protèges pas quelqu'un en mentant ?

– Non, pas du tout. Moi, te tromper !... Allons, maintenant que je t'ai apporté de la ficelle, on va explorer la grotte. Aujourd'hui, j'ai un peu de temps devant moi. Dis-moi, c'est romantique, ça, une chasse au trésor ! »

Elle sembla soudain surexcitée et se leva. Elle connaissait à coup sûr la personne qui avait été blessée et la protégeait. Mais qui était-ce ?

Chapitre 44

Passion dans les ténèbres

Nous nous mîmes aussitôt à explorer la grotte. Comme Kôsuke Kindaichi me l'avait appris l'autre jour, j'attachai le bout de la ficelle à une stalactite et nous nous avançâmes dans la galerie le long de cette ficelle.

Ainsi que je l'ai indiqué plus haut, au-delà de l'« Abîme du Feu Follet » s'étendaient cinq galeries, dont trois avaient été déjà explorées par Kôsuke Kindaichi. Il restait donc la quatrième, à savoir la « Tanière du Renard », et la cinquième. Or, d'après mon plan, elles se rejoignaient plus loin. J'en conclus qu'entre les deux mieux valait celle où j'avais le moins de chances de me perdre : c'est donc la quatrième que je choisis.

Nous n'avons pas tardé à rencontrer une fourche. Toute cette zone avait déjà été explorée par Kôsuke Kindaichi et ne nécessitait donc pas une inspection. J'avais, l'autre jour, compté ces ramifications : il me semblait que Kôsuke Kindaichi avait découvert le cadavre de l'oncle Kuno dans la treizième ramification. Donc, du moins jusqu'à ce niveau, nous pouvions nous dispenser d'explorer les différentes galeries. Nous y parvînmes bientôt.

« C'est là que gisait le corps de l'oncle Kuno, dis-je à Noriko. Tu vois là-bas cette marque sur une stalactite, c'est Kôsuke Kindaichi qui l'a laissée comme repère.

— Alors, tu n'es pas allé plus loin?

— Non, pas encore.

— Allons-y. Ça m'excite. J'aimerais bien voir comment tu utilises la ficelle.

– Mais tu n'as pas peur, Norichan ?
– Pas du tout. Tant que je suis avec toi... »

Nous avons rapidement trouvé la quatorzième ramification. J'ai noué à une stalactite la pelote. Puis j'ai pris une autre ficelle dont j'ai attaché une extrémité à la même stalactite. Et lorsque nous avons avancé, je gardais en main la deuxième pelote.

La galerie était assez profonde et se ramifiait encore plus loin. J'ai alors fixé la deuxième pelote à une stalactite et toujours selon le même procédé j'ai noué une troisième ficelle à la même stalactite, avant que nous ne nous engagions dans une sous-ramification. Mais cette subdivision se terminait en cul-de-sac. Tout en réembobinant, j'en revins au point de départ, en empochant la troisième pelote. Puis nous suivîmes la deuxième ficelle pour poursuivre vers le fond. Mais c'était également une impasse. Nous avons rebroussé chemin en réembobinant la ficelle, jusqu'à la première pelote.

« C'est pas mal, ce système ! s'écria joyeusement Noriko. On se croirait au théâtre ! En tout cas, on ne risque pas de se perdre.

– En effet. Quand c'est un cul-de-sac, on ne devrait pas avoir besoin de la ficelle. Mais il arrive souvent que les galeries se croisent ou que, sans le savoir, on se retrouve dans celle du début. On perd alors complètement le sens de l'orientation. Par exemple, on croit rebrousser chemin alors qu'on continue vers le fond. Mais, dans tous ces cas, il suffit de suivre la ficelle pour ne pas s'égarer. »

Je lui racontai alors comment, l'autre jour, Kôsuke Kindaichi, qui s'était aventuré dans une ramification, s'était retrouvé sans s'en rendre compte dans la galerie principale et était tombé sur moi.

« Ça alors ! C'est terrifiant ! Il ne faut surtout pas couper la ficelle.

– Exactement ! Il faut tâcher de ne pas tirer trop fort. »

Nous nous enfoncions de plus en plus. J'avais beau dire qu'il était temps de retourner, Noriko s'amusait comme une folle et insistait pour continuer. Nous ne cessions de rencontrer de nouvelles ramifications que nous avons explorées les unes après les autres. Parmi elles, il en était de très compliquées, ce qui nous contraignait de dérouler une troisième, une quatrième, une cinquième pelote. C'est ainsi que nous sommes retombés, une fois, sur la galerie principale à partir d'une subdivision.

« Comme c'est drôle! s'exclamait Noriko, de plus en plus réjouie. Sans ces ficelles nous n'aurions jamais su que c'était la galerie même d'où nous venions... »

Nous nous engageâmes enfin sur une ramification très longue qui n'était pas un cul-de-sac et ne se subdivisait guère. Nous n'en trouvions toujours pas la fin, ce qui peu à peu nous angoissa.

« C'est inquiétant, Norichan! Elle est vraiment interminable, cette galerie! Il est temps de faire demi-tour.

— Non, non! On va continuer un peu. Quand on verra vraiment qu'elle est sans fin, on reviendra sur nos pas. »

Mais, au bout d'un moment, nous fûmes cloués sur place. Nous avons aussitôt éteint nos torches électriques. Nous nous sommes immobilisés dans le noir, en retenant notre souffle. Car nous avions cru entendre des voix vers l'avant.

« Tatsuya! murmura Noriko, la gorge sèche. Reste ici. Je vais en avoir le cœur net.

— Norichan, tu es sûre de ce que tu fais?

— Mais oui! »

Je l'entendis s'éloigner dans le noir. Visiblement, elle n'eut pas le temps d'aller très loin, car elle revint en allumant sa lampe de poche.

« Où es-tu, Tatsuya? Tu peux allumer ta lampe. On n'a rien à craindre. »

J'obtempérai et je la vis qui venait vers moi, les yeux brillants.

« Sais-tu où nous sommes maintenant? Nous sommes tout près de l'" Abîme du Feu Follet ".

— L'" Abîme du Feu Follet "? m'écriai-je, stupéfait.

— Parfaitement. Tu as dit, tout à l'heure, que la quatrième et la cinquième galerie devaient finir par se rejoindre. Eh bien, sans nous en rendre compte, nous nous sommes égarés dans la cinquième galerie et nous sommes revenus à l'" Abîme du Feu Follet ". »

J'avais l'impression d'être le dindon de la farce, mais, à la réflexion, cette exploration nous avait beaucoup avancés. Le trésor se trouvait, en effet, à la jonction de la quatrième et de la cinquième galerie. Or, il ne suffisait pas de marcher tout bêtement pour savoir où était cette jonction. Nous l'avions, nous, découverte par hasard.

« C'est à l'endroit où nous avons noué la première ficelle que se trouvait la jonction des deux galeries, annonça Noriko. C'est là que nous avons pris le chemin du gauche. Demain nous emprunterons celui de droite. Nous n'avons qu'à attacher ici la ficelle. Je crois que nous sommes plus près ici de la jonction. Demain, c'est cette ficelle que nous suivrons. »

Elle attacha la deuxième ficelle à une stalactite. Puis elle s'éloigna de l'« Abîme du Feu Follet », en déjouant la surveillance des gardes. Ce soir-là, je dormis dans la cinquième galerie.

Le lendemain après-midi, Noriko me rendit sa troisième visite.

« Pardonne-moi ce retard, Tatsuya. Tu as dû avoir faim. Je voulais venir plus tôt, mais les gardes étaient aux aguets. »

Elle ouvrit alors le panier-repas qu'elle m'avait apporté.

« En revanche, j'ai une bonne nouvelle à te donner. Peut-être que tu pourras sortir d'ici dès aujourd'hui.

— Pourquoi, Norichan ? demandai-je dans un souffle.

— Le supérieur du temple Maroo-ji est intervenu. Comme il était malade, il n'était pas au courant de ce qui s'était passé. Mais hier, Kôsuke Kindaichi est allé lui en parler. Ça l'a beaucoup surpris. Dès ce matin, il s'est présenté dans la maison de ta famille.

— Comment ça ? Chôei se trouve donc chez moi ?

— Oui, oui. Il y a convoqué les notabilités du village, auxquelles il est en train de faire un sermon. S'ils n'obéissent pas à la police, ils ne peuvent pas dédaigner ce que dit le supérieur. D'autant plus qu'il a dû vaincre sa maladie pour se déplacer. Il est donc presque certain que quelqu'un viendra te chercher. »

Les battements de mon cœur s'accélérèrent et j'avais comme une aigreur qui me remontait de l'estomac. Enfin, je pouvais sortir de cette grotte ! Enfin, je pouvais quitter ces ténèbres... J'en tremblais de joie et d'excitation. Si je pouvais enfin me libérer, cela impliquait que l'énigme des meurtres funestes du village aux Huit Tombes allait être résolue. Car j'avais une clé me permettant de retrouver le criminel.

« Norichan, Norichan, tu ne me donnes pas une fausse joie ?

— Non, c'est la vérité, Tatsuya. Encore un peu de patience...

– Norichan, m'écriai-je, en l'étreignant soudain. Merci, merci ! Tout cela, c'est grâce à toi. Sans toi qui venais tous les jours et me tenais au courant de toutes les nouvelles, j'aurais sans doute perdu la tête, à force d'angoisse et d'inquiétude dans ce noir. Ou plutôt, avant même de perdre la raison, j'aurais fini par fuir pour être abattu par Kichizô. Parce que c'est bien son intention. Merci, merci, Norichan !
– J'en suis heureuse, Tatsuya. »
Contre ma poitrine, le corps de Noriko frémissait comme un oiseau. Ses frêles bras s'agrippèrent à mon cou et nos lèvres se rencontrèrent, sans que je sache qui de nous deux l'avait cherché...
Je ne me souviens plus très bien de ce qui s'est passé ensuite. Nous étions entraînés par un ouragan de sentiments qui dépassait notre volonté. L'obscurité nous faisait oublier notre pudeur. Nous nous étreignions, le corps ruisselant... Nous haletions, gémissions à en perdre haleine... Une nuée rose nous enveloppait.
Noriko se dégagea de mon étreinte et me dévisagea, d'un air extatique, en écartant des mèches rebelles. Le rose pudique de ses joues était charmant à la lumière de la lampe électrique.
« Dis-moi, Tatsuya ! dit-elle au bout d'un moment.
– Qu'y a-t-il, Norichan ? »
J'avais l'impression d'être toujours dans un rêve, mais Noriko était redescendue sur terre.
« A propos de l'auriculaire, que voulais-tu dire ? Qu'insinuais-tu sur cette blessure au petit doigt gauche ?
– Norichan ! soufflai-je. Tu as trouvé quelqu'un ? Qui est-ce ? Enfin, qui est-ce ?
– Non, je ne sais pas encore exactement... Mais que voulais-tu dire ? Pourquoi une blessure au petit doigt ? »
J'hésitai un moment, mais comme elle ne semblait pas vouloir parler sans que je le lui aie expliqué, je décidai de lui révéler ce que je tenais de Haruyo.
« Eh bien, celui qui a été mordu au petit doigt gauche est l'auteur de tous ces meurtres. Du moins, c'est l'assassin de Haruyo. Dis-moi, Norichan, qui était-ce ? »
Une angoisse indescriptible la défigura. Elle ouvrit la bouche, mais sa voix ne sortit pas. Elle était devenue livide. Ses lèvres se desséchèrent et son regard se ternit.

« Norichan ! criai-je, en lui secouant les épaules. Qu'y a-t-il ? Ressaisis-toi ! »

Sa tête ballotta deux ou trois fois. Puis elle enfouit son visage sur ma poitrine et elle éclata en sanglots.

« Norichan ! Qu'y a-t-il ? Tu le sais donc. Tu sais qui a tué ma sœur ! Qui est-ce enfin ? »

Contre ma poitrine, elle secouait la tête violemment.

« Ne me le demande pas, Tatsuya. Je ne pourrai jamais le dire. J'ai trop peur. Je ne pourrai jamais. Ne me le demande pas... »

Un soupçon m'effleura.

« Norichan ! Qu'y a-t-il ? Pourquoi ne peux-tu pas me le dire ? Ne serait-ce pas par hasard Shintarô ?

– Quoi ? » s'écria-t-elle.

Elle s'écarta de moi d'un bond. C'est à cet instant qu'une voix, pareille à une cloche fêlée, frappa nos oreilles.

« Il est là, ce salaud ! »

Nous sursautâmes en regardant du côté d'où venait ce cri. C'était bel et bien le maquignon Kichizô. Il portait dans une main une torche et dans l'autre sa massue. Venant de l'entrée de la galerie, il s'approchait de nous, pas à pas. La flamme déposait sur le plafond une suie huileuse et l'écorce de pin crépitait en faisant des étincelles autour du visage de Kichizô aussi effrayant qu'une gueule d'ogre.

J'étais paralysé par la peur.

Chapitre 45

Danger de mort

« Va-t'en, Tatsuya ! » s'écria soudain Noriko en bondissant.
Sa voix m'arracha à ma torpeur. Je me redressai en sursaut et pris mes jambes à mon cou en direction du fond de la galerie.
« Tatsuya, prends ça ! me dit Noriko qui m'avait suivi en me tendant une lampe de poche.
— Merci, Norichan. »
Je courus frénétiquement pendant quelque temps. Puis je songeai à quelque chose.
« Tu ferais mieux de rentrer, Norichan. Kichizô ne va tout de même pas s'attaquer à toi.
— Tu te trompes, Tatsuya, me répondit-elle, le souffle court. Tu n'as pas remarqué son regard. Kichizô veut te tuer. Et il ne peut pas me laisser en vie, alors que j'aurai été le témoin du crime.
— Pardonne-moi, Norichan, de t'avoir entraînée dans une telle catastrophe...
— Ça ne fait rien. Fuyons plutôt... Ah, il est déjà là ! »
Nous avions sur Kichizô l'avantage de connaître déjà le chemin. Nos pas étaient donc plus sûrs que les siens : nous courions avec confiance, alors qu'il titubait et trébuchait à tout moment. Nous gagnions de plus en plus de terrain. Mais ce qui jouait en notre défaveur, c'était qu'il était exclu que nous éteignions nos lampes. Il aurait été trop dangereux de courir dans le noir. Cette lumière, hélas, servait de repère à Kichizô.
Exaspéré par l'écart qui ne cessait de s'aggraver entre nous, Kichizô nous agonisait d'injures. A chaque insulte, je sursau-

tais comme sous un coup de fouet. Mais nous n'avions pas d'autre choix que de fuir. Nous courions désespérément en nous fiant à la ficelle que nous avions laissée en place la veille. C'est ainsi que nous rejoignîmes l'endroit où nous avions attaché la première ficelle.

« Nous sommes sauvés, Tatsuya ! fit Noriko, en arrachant la ficelle à la stalactite. Nous enlèverons chaque fois la ficelle. Comme ça, Kichizô s'égarera. Les galeries forment un tel dédale qu'il finira par se perdre dans une des ramifications. Nous, nous sortirons par l'" Abîme du Feu Follet ". »

Je l'approuvai intérieurement, mais je ne parvenais pas encore à me sentir entièrement rassuré. Nous n'avions pas fait cinquante mètres que je fus pris en plein dans un faisceau de lumière qui me cloua sur place.

« Ah, ah ! Te voilà ! J'entendais ta voix et je n'ai eu qu'à t'attendre. Avec qui es-tu ? »

La lumière me quitta et éclaira Noriko.

« Ah bon... C'est la fille de Satomura, Noriko... Alors, vous vous pelotiez ici... Ha, ha, ha ! Ça tombe très bien ! Dis, toi, blanc-bec ! »

Le faisceau se porta à nouveau sur mon visage.

« Tu serais triste tout seul là-bas... Je vais te donner une compagne pour l'enfer. »

C'était Shû, le contremaître de la Maison de l'Ouest. Il portait un bandeau sur ses cheveux blancs et tenait dans une main une pioche et dans l'autre une lanterne. Il avait dans les yeux l'éclat sinistre d'un meurtrier. Imaginant que cette pioche s'abattrait sur mon crâne, je me sentais défaillir.

Shû fit un pas. Je ne pouvais pas bouger. Il avança encore. J'étais toujours incapable d'esquisser le moindre mouvement. C'est alors que Noriko soudain cria et agita la main droite. Au même instant, un objet heurta le visage de Shû, en répandant de la poussière tout autour. Shû laissa échapper sa pioche et porta une main à son visage.

« Profites-en vite, Tatsuya ! »

Noriko me saisit le bras et je me secouai enfin. En nous tenant par la main, nous courûmes de nouveau vers le fond de la grotte.

Noriko devait m'expliquer plus tard comment elle l'avait aveuglé.

« Pour éviter d'être surprise quand je venais te voir en cachette, j'avais emporté de la cendre dans des coquilles d'œufs et j'en avais toujours deux ou trois sur moi. Mais pour un sale type comme celui-là, ça ne suffisait pas. J'aurais dû ajouter du piment de Cayenne. »

Quoi qu'il en soit, nous nous retrouvâmes à la jonction de la quatrième et de la cinquième galerie, mais il n'était pas question de nous aventurer dans la cinquième galerie, car c'était là que Kichizô viendrait nous chercher.

« Il ne nous reste plus qu'à fuir par ici, me dit Noriko.

— Mais enfin, Norichan, on ne sait pas ce qui nous attend par là-bas. Nous n'y sommes encore jamais allés.

— Mieux vaut ça que d'attendre ici qu'on nous abatte comme des lapins! Oh, les voilà déjà! »

Dans la cinquième galerie, les flammes vacillantes des torches s'approchaient. Dans la quatrième, on entendait les vociférations furibondes de Shû.

Instinctivement, nous nous sommes mis en marche dans la galerie inconnue.

Ténèbres...

Devant nous s'étendaient à l'infini des ténèbres inconnues. Que recelaient-elles? Un démon? Un serpent? Même si un démon existait et qu'un serpent se cachât, ce n'était pas le moment pour nous de les prendre en considération. Le danger réel qui nous menaçait nous chassait vers les profondeurs désespérées des ténèbres.

Cette galerie se subdivisait interminablement comme les autres. Mais, poursuivis par deux meurtriers maniaques, nous n'avions ni le temps d'attacher des ficelles, ni la possibilité de marquer des repères. Nous fuyions dans l'angoisse, passant d'un labyrinthe à l'autre, chaque fois plus enchevêtré. Au point où nous en étions, à supposer que nous échappions à Kichizô et à Shû, rien ne disait que nous nous en sortirions.

« Ah, Tatsuya! s'exclama soudain Noriko en s'arrêtant et en me saisissant le bras, qu'est-ce que c'est que ce bruit?

— Quoi?

— Écoute ce bruit. Ce n'est pas le sifflement du vent? »

En effet, au loin, j'entendais un grondement. Il cessa aussitôt.

« C'est sûrement le bruit du vent, dit Noriko, les yeux brillants. Il y a donc une sortie près d'ici. On pourra sortir par là... Allons-y, Tatsuya ! »

Le grondement se faisait entendre par intermittences, mais nous ne trouvions toujours pas d'issue. Le moment vint où nous perdîmes tout espoir de fuir par là. Presque en même temps, nous poussâmes un cri et nous figeâmes sur place. Nous jetâmes un regard désespéré sur un mur glacé qui nous faisait obstacle. Nous étions dans un cul-de-sac !

« Éteins ta lampe, Tatsuya !... »

Nous les éteignîmes en hâte, mais c'était trop tard. La lanterne que portait Shû nous avait repérés de loin. A côté de lui, on apercevait Kichizô. Ils comprirent qu'ils nous avaient enfin acculés et ils s'arrêtèrent net. Ils semblaient nous examiner tour à tour, en promenant sur nos corps le faisceau de leurs lanternes.

« Ha, ha, ha ! fit Shû, d'une voix claironnante. Ils sont faits comme des rats ! »

Il échangea un regard avec Kichizô et ils partirent d'un éclat de rire ensemble. Leur rire était terrifiant, sanguinaire.

Ils étaient à une vingtaine de mètres de nous. Ils firent lentement un premier pas. Shû armé de sa pioche, Kichizô de sa massue...

Noriko et moi, immobiles, le dos au mur, nos mains serrées très fort, nous les regardions avancer vers nous. Personne ne parlait plus. J'avais l'impression d'être saoul et d'avoir vécu cette scène déjà plusieurs fois.

Shû et Kichizô firent un autre pas.

C'était la dernière fois que je les voyais en vie. Je ne sais pas ce qui se passa, mais ce grondement que nous avions entendu à plusieurs reprises et qui nous rappelait le sifflement du vent redoubla d'intensité et je tombai à terre comme sous le souffle d'une explosion. Le bruit se répéta deux ou trois fois et l'air environnant trembla violemment. Puis des objets durs me heurtèrent la tête. A partir de là, mes souvenirs s'estompent. J'avais perdu connaissance.

Chapitre 46

Une pluie d'or

Combien de temps sommes-nous restés évanouis? A bien y songer à présent, cela n'a pas dû durer très longtemps.
Lorsque je repris connaissance, j'entendais encore, mais très affaibli, le même bruit. C'était plutôt le silence qui régnait dans la grotte. Je prêtai l'oreille. Qu'était-il arrivé à Shû et Kichizô? Et à Noriko plutôt?
« Norichan, Norichan! » murmurai-je en palpant autour de moi.
Ma main rencontra aussitôt une chair douce. Je pris alors le corps de Noriko dans mes bras.
« Norichan, Norichan! » criai-je en la secouant.
Je l'entendis respirer nerveusement comme si elle sanglotait.
« Tatsuya? me demanda-t-elle en se redressant. Qu'y a-t-il eu? Qu'est-il arrivé à Shû et à Kichizô?
— Je n'en ai pas la moindre idée. Où est ta lampe de poche?
— Ma lampe de poche? Ah, la voici. »
Elle l'avait gardée dans la main quand elle avait perdu connaissance. J'éclairai d'abord autour de moi et retrouvai immédiatement la mienne. En me baissant pour la ramasser, je fus pétrifié. Certes, j'avais souvent été surpris ces derniers temps, mais jamais à ce point. Autour de la lampe, n'y avait-il pas deux ou trois pièces de monnaie dispersées comme celles que j'avais aperçues dans le sépulcre?
« Tatsuya... Qu'y a-t-il? »
Je me ressaisis en l'entendant. D'une main tremblante, je pris une des pièces que je tendis à Noriko en silence. Je ne parve-

nais pas à articuler. Une stupeur totale se lisait dans le regard de Noriko. Elle se baissa à son tour pour ramasser deux pièces. Nous avons continué à chercher avec nos lampes et nous avons ainsi trouvé six autres pièces. Il y en avait donc neuf en tout.

Nous nous sommes regardés en silence.

« C'est curieux, Tatsuya. Comment se fait-il qu'elles soient ainsi dispersées ? »

La réponse ne tarda pas à venir. Le grondement pareil au sifflement du vent se répéta et la grotte trembla de fond en comble. Noriko et moi nous nous sommes aussitôt serrés l'un contre l'autre. Et nous avons senti des pièces tomber sur nos épaules. Tout en étant enlacés, nous avons regardé instinctivement au-dessus de nos têtes. Noriko poussa alors un cri hystérique.

« Regarde, Tatsuya ! Là-haut, là-haut, elles tombent de là-haut. »

La voûte de la grotte était extrêmement élevée : elle était à une dizaine de mètres de nous. Le long des murs des sortes de pilastres s'entrelaçaient comme des serpents. Curieusement, ils s'arrêtaient à deux mètres au-dessous de la voûte. Cela voulait dire qu'entre le mur qui nous avait fait obstacle et la voûte il y avait une ouverture de deux mètres et c'est par là qu'on apercevait quelques pièces de monnaie prêtes à glisser. En effet, devant nous elles se remirent à tomber. Nous avons échangé un regard involontaire.

« Tatsuya, c'est la cachette du trésor ! »

J'acquiesçai en silence. L'excitation commençait à nous abandonner : nous avions retrouvé notre sang-froid.

Mais pourquoi ces pièces de monnaie avaient-elles été cachées dans de telles hauteurs ? Voici quelle était mon opinion :

A l'époque où les samouraïs fuyards avaient dissimulé ce trésor, la voûte ne devait pas être aussi haute. Probablement le sol devait-il se situer à deux mètres de la voûte, à savoir en haut de la paroi actuelle. Or, ce sol, au cours des siècles, s'était progressivement affaissé, sous l'effet de l'érosion, ce qui avait produit la configuration actuelle de la grotte, avec une voûte très élevée. Or, je ne sais pas si les samouraïs en étaient conscients, mais l'endroit où ils avaient caché le trésor se trouvait sur un rocher plus dur, qui échappait ainsi au travail des ans. Le trésor avait donc été abandonné sur une étagère de roches, en l'air, ainsi dérobé aux regards de nombreux aventuriers.

Ironie du sort... Combien de casse-cou avaient risqué leur vie à la recherche de cet or? Le trésor demeurait diaboliquement invisible. Nous, qui nous étions égarés par hasard ici, nous le recevions sur nos têtes...

Le destin n'avait pas fini de nous jouer des tours. S'il nous offrait cet or sans réclamer aucun effort, il nous bloquait la route si nous voulions emporter cet or...

Une fois arrachés à ce rêve du trésor, nous nous sommes souvenus de Shû et de Kichizô et nous les avons cherchés avec nos lampes électriques. C'est alors que nous avons dû faire face à une réalité cruelle. Le chemin par lequel nous étions venus était entièrement obstrué par des rochers et de la terre.

Il y avait eu un éboulement de terrain. S'il avait enseveli Shû et Kichizô, il nous avait emprisonnés dans la grotte!

Nous nous sommes précipités vers le lieu de l'éboulement, pour gratter frénétiquement la terre avec nos mains. Nous nous sommes rapidement rendu compte que c'était peine perdue et nous y avons renoncé.

Nous nous sommes serrés l'un contre l'autre avec violence.

« Norichan, nous sommes fichus... Nous ne pourrons plus sortir de la grotte. Il ne nous reste plus qu'à mourir de faim. »

Un rire nerveux m'échappa.

« Le ciel nous a donné de l'or, repris-je. Mais il nous a barré le chemin du retour. Tel le roi Midas, nous mourrons d'inanition en caressant de l'or. »

Je ris nerveusement une fois encore. Mais l'évidence de notre détresse me fit verser des torrents de larmes. Noriko montrait un plus grand calme.

« Courage, Tatsuya! Nous n'allons pas nous laisser mourir comme ça. Nous serons sûrement sauvés. Quelqu'un viendra bien à notre secours.

– Qui?... Qui veux-tu qui vienne à notre aide? Pour commencer, personne ne nous sait enfermés ici.

– Ce n'est pas vrai, répondit nettement Noriko. Tout le monde, au village, sait que tu es de ce côté-ci de l'" Abîme du Feu Follet ". Si Shû et Kichizô ont osé franchir l'" Abîme du Feu Follet ", en transgressant un interdit, c'est que le supérieur du temple Maroo-ji a réussi à convaincre les gens du village de venir te sauver. Shû et Kichizô, furieux, se sont précipités pour leur couper l'herbe sous les pieds. Afin de t'assassiner. »

Je devais apprendre plus tard que Noriko avait bien vu : Shû et Kichizô, furieux devant la mollesse des villageois, avait transgressé l'interdit de l'" Abîme du Feu Follet " pour connaître cette fin tragique.

« Par conséquent, conclut-elle, quelqu'un viendra bien, à un moment ou à un autre, nous chercher. Peut-être y a-t-il déjà quelqu'un ? En admettant que les villageois n'osent pas franchir l'" Abîme du Feu Follet ", la police, elle, n'hésitera pas. Ah, j'oubliais... il y a également Kôsuke Kindaichi qui viendra. Quand il découvrira la ficelle déroulée entre la quatrième et la cinquième galerie, il comprendra tout de suite ce que cela signifie. En la suivant, il pourra atteindre sans aucun problème la jonction. De là, il n'y a plus beaucoup à marcher jusqu'ici. Comme Kôsuke Kindaichi sait comment utiliser cette ficelle, il examinera toutes les galeries les unes après les autres. Il faudra que nous prêtions l'oreille pour ne laisser échapper aucun bruit. Les gens viendront sûrement en t'appelant. Dès que nous entendrons ton nom, nous leur répondrons, pour leur faire comprendre où nous sommes. »

Noriko se leva et ramassa les pièces qui étaient par terre. Elle creusa ensuite un trou dans le sol et les enterra. Surpris, je lui demandai la raison de ces gestes. Elle répondit en souriant :

« Ces pièces, puisque tu les as découvertes, sont à toi. Quand les secours arriveront, espérons que nous serons conscients. Mais si jamais ils nous découvrent évanouis, ce sont eux qui vont mettre la main sur les pièces d'or. C'est pour ça qu'il est nécessaire de les cacher. Si nous sommes sauvés, nous reviendrons un jour en reprendre possession. Il est certain qu'il en reste beaucoup d'autres en haut de la paroi. »

La femme est une curieuse créature. Alors que nous ne savions pas encore si l'on viendrait nous sauver, elle avait déjà programmé l'avenir. Pourtant ses préparatifs prudents devaient s'avérer d'une grande efficacité pour moi. Tout ce qu'elle avait dit était juste. Nous fûmes sauvés exactement comme elle l'avait prévu. Sauf qu'il fallut trois jours entiers.

Eh bien, quand elle eut enterré l'or, elle vint vers moi et me dévisagea avec un regard déterminé.

« Maintenant que le problème des pièces d'or est réglé, il faut revenir à celui du meurtrier. J'ai une question à te poser. »

Elle prit un ton grave et chercha mon regard.

« Tout à l'heure, tu m'as dit quelque chose d'étrange. Tu m'as demandé si celui qui avait été mordu au petit doigt par Haruyo n'était pas mon frère... Ça veut dire que tu le soupçonnes. Que dois-je en penser? Comment veux-tu que mon frère commette cette série de meurtres insensés? Tu le crois capable de tuer des êtres humains qui n'ont rien à voir avec lui? »

Ce n'était plus la Noriko que je connaissais. Elle était pleine d'énergie. Elle aimait son frère tout comme elle m'aimait. Elle ne pouvait pas laisser passer une calomnie à son égard, même si elle venait de moi.

Impressionné par sa vitalité, je me sentais godiche. J'étais mis au pied du mur et je ne pus faire autrement que de lui dire quelles avaient été mes déductions. Je lui expliquai que cette série de meurtres avait probablement pour but de camoufler un autre objectif : l'extermination de la famille Tajimi. Noriko blêmit et frémit en m'écoutant. Elle demeura longuement pensive, les yeux baissés. Quand elle se retourna vers moi, ses yeux étaient pleins de larmes.

Noriko me prit gentiment la main et me murmura de ses lèvres tremblantes :

« J'ai compris. Tu as sûrement raison. En effet, on ne peut pas imaginer un autre mobile de ces meurtres grotesques. Mais, je t'assure, Tatsuya, que ce n'est pas mon frère. Si tu l'avais vraiment connu, un tel soupçon ne t'aurait pas effleuré. Shintarô est un garçon probe et digne. Il préférerait mourir de faim plutôt que de toucher à la fortune d'autrui. De toute façon, ce n'est pas lui qui a été mordu à l'auriculaire.

– Qui alors? Qui a été mordu?

– Miyako... Miyako Mori! »

C'était comme un coup de massue. Le choc était tel que je fut paralysé d'horreur. Je demeurai un moment sans voix.

« Miyako... Mori! » répétai-je en haletant.

Je croyais que ma respiration allait s'arrêter.

« Oui, c'est elle. Elle a tenté de se cacher pour soigner sa blessure. Mais ça lui a été fatal. Elle a eu une infection qui a gagné tout son corps. Sa chair a gonflé et elle est devenue violette. Elle est dans un état grave. Le Dr Arai s'est précipité à son chevet. Il a compris seulement alors qu'elle avait une blessure terrible au petit doigt. Ça s'est passé ce matin. Personne ne sait encore le secret que cache cette blessure.

— Miyako... Elle!... Mais pourquoi elle?...
— C'est sans doute ce que tu avais imaginé. Elle voulait que mon frère prenne la succession de la Maison Tajimi. Elle a dû se dire qu'avec l'immense fortune des Tajimi, mon frère serait fier de la demander en mariage. Terrible Miyako! Pauvre Miyako! »

Elle enfouit son visage sur ma poitrine et éclata en sanglots.

Chapitre 47

Et après... (1)

Mon récit est pour ainsi dire achevé. Le trésor avait été découvert, ainsi que le criminel. Mais bien des détails demeuraient encore non élucidés, et de nombreuses questions restaient sans réponses.

Il faut que j'explique encore comment nous sommes parvenus à sortir de la grotte. Les secours arrivèrent comme l'avait prévu Noriko. Du reste, ils se présentèrent même plus vite qu'elle ne l'avait imaginé. Ce fut grâce à la torche de Kichizô. Dans la grotte qui est mal aérée, les odeurs persistent. La torche produisait une énorme quantité de fumée. Nos sauveteurs purent se laisser guider par elle.

Or, ils ne savaient pas que Shû et Kichizô s'étaient infiltrés bien au-delà de l'« Abîme du Feu Follet » à ma recherche. Dès que le prêtre Chôei eut calmé les esprits, les sauveteurs, parmi lesquels Kôsuke Kindaichi, le commissaire Isokawa et quelques inspecteurs, se dirigèrent tout droit vers l'« Abîme du Feu Follet » pour m'y rejoindre. Ils m'avaient appelé à partir de l'autre rive. Mais, inquiets de ne pas entendre de réponse, ils avaient traversé l'« Abîme du Feu Follet ».

En découvrant la ficelle déroulée entre la quatrième et la cinquième galerie, Kôsuke Kindaichi avait aussitôt compris mon stratagème. Jusque-là, tout avait été parfait. Mais, quand ils avaient trouvé, dans la cinquième galerie, un panier-repas intact violemment piétiné et qu'ils avaient senti une forte odeur d'huile brûlée, Kôsuke Kindaichi avait eu un mauvais pressentiment : il était exclu que je fusse muni d'une torche. Mon complice (car, selon lui, il était clair que j'en avais, quel qu'il fût) n'avait aucune raison de s'éclairer par ce moyen.

La tension les avait gagnés. Ils avaient décidé de suivre ma ficelle et de s'aventurer dans la galerie. Ils étaient parvenus à la jonction. La ficelle s'arrêtait là. Mais l'odeur d'huile brûlée leur servait de repère. Prudent comme il l'était, Kôsuke Kindaichi n'avait pas oublié de dérouler une corde à son tour. Ils avaient ainsi atteint l'éboulement, de l'autre côté. Manifestement, le tas de pierres n'était pas très important, parce que nous distinguions nettement leurs voix et leurs pas. Nous avons frappé frénétiquement sur les parois et le sol, en nous époumonant.

C'est ainsi qu'ils comprirent qu'il y avait des survivants de l'autre côté de l'éboulement. Ils formèrent en toute hâte une équipe de sauveteurs, tâche à la fois difficile et dangereuse. La galerie était profonde, étroite, exiguë. Ils craignaient un autre éboulement. Malgré tout, ils ont travaillé jour et nuit sans relâche, aidés par des cantonniers spécialement recrutés dans la ville voisine de N.

Noriko et moi, tout en étant reconnaissants des efforts prodigués par nos sauveteurs, de l'autre côté de l'éboulement, étions exaspérés par leur lenteur. Notre angoisse nous minait. Cela dura trois jours et trois nuits, avec une tension extrême où se mêlaient espoir et inquiétude.

Le matin du quatrième jour, nous avons enfin été sauvés. Ils avaient réussi à creuser un trou dans l'éboulement. Quand je vis bondir quelqu'un par cette ouverture, je crus m'évanouir. Il fut suivi par d'autres hommes, parmi lesquels Kôsuke Kindaichi, le commissaire Isokawa et Shintarô. Les yeux brouillés par la fatigue, je voyais même Eisen du temple Maroo-ji en larmes, ce qui m'étonna. A la fin, un visage familier, mais sur lequel je n'arrivais pas à mettre un nom, s'approcha de moi.

« Monsieur Terada, ressaisissez-vous... C'est moi. Vous m'avez oublié ? Je suis votre avocat, maître Suwa, de Kōbe. Vous avez traversé une période difficile. »

Quand je le vis éclater en sanglots, je me demandai pourquoi il était venu jusqu'ici. Mais déjà je commençais à sombrer dans un demi-rêve.

Dès lors, pendant une semaine, je vacillai entre le rêve et la réalité, en proie à une forte fièvre. Ma terreur, ma surexcitation et les conditions artificielles de ma survie dans la grotte m'avaient rendu effectivement malade. Noriko me raconta plus tard que le Dr Arai avait exprimé ses plus grandes craintes à plusieurs reprises. Quant à Noriko, elle était mieux portante que moi. Elle garda le lit deux ou trois jours, après quoi elle me veilla.

Au bout d'une semaine, j'étais sorti d'affaire. Mais dès que je fus hors de danger, je fus préoccupé avant tout par Miyako. Pourtant je n'avais pas le courage d'en parler et mon entourage paraissait éviter de prononcer son nom. Or, j'appris plus tard que les meurtres qui avaient fait frémir le village aux Huit Tombes avaient été totalement éclaircis pendant cette semaine. Je dirai même que dès l'instant où nous avions été libérés de la prison, les choses furent à peu près réglées.

Ma convalescence fut assez rapide et je récupérai en peu de temps. Un jour, je reçus la visite de Kôsuke Kindaichi.

« Bonjour, je vois que vous avez retrouvé votre forme. Parfait, parfait! A propos, aujourd'hui, on m'a confié un message pour vous. »

Il avait comme toujours un ton désinvolte.

« Ah bon?

— Cela vient du supérieur de Maroo-ji, qui aimerait vous parler au temple quand vous serez tout à fait rétabli. Il a quelque chose à vous dire. Comme il a été déterminant pour vous sauver la vie, vous devriez aller le remercier.

— Eh bien, j'en avais déjà l'intention. Je vais y aller tout de suite.

— Si nous y allions ensemble? Je rentre justement à la Maison de l'Ouest... »

Kôsuke Kindaichi m'avait proposé de m'accompagner, en prévoyant un embarras mutuel si jamais je croisais des villageois. J'acceptai son offre, en le remerciant de son attention.

« Vous logez toujours à la Maison de l'Ouest? lui demandai-je.

— Oui, mais je compte repartir bientôt.

— Et le commissaire?

— En ce moment, il est rentré à Okayama. Mais il sera de retour dans deux ou trois jours. A ce propos, j'ai quelque chose à vous demander. Quand le commissaire sera là, j'aimerais réunir tout le monde, pour parler de tous ces meurtres. Je me disais que ce ne serait pas mal si la réunion pouvait avoir lieu dans votre dépendance. »

N'y voyant aucun inconvénient, j'acceptai aussitôt. Puis, sans poursuivre davantage cette conversation, Kôsuke Kindaichi m'accompagna jusqu'à l'extrémité de Bankachi.

« Je vous laisse maintenant. Mes amitiés au supérieur. Ne soyez pas trop surpris par ce qu'il va vous dire. »

Sur cette remarque sibylline, il sourit et se retira. Je me sentais tout drôle. Y avait-il encore quelque chose qui pût me surprendre? Pourtant après toutes ces horreurs, j'étais blindé...

A vrai dire, je me trompais. Je n'étais pas au bout de mes découvertes.

Chôei avait une mine resplendissante et de bonnes joues, en dépit de sa maladie. Son attaque l'avait handicapé pour ce qui était de ses mouvements, mais son élocution demeurait normale. Il écouta mes remerciements, à moitié couché.

« Non, j'en suis vraiment ravi. L'important est qu'il ne vous soit rien arrivé de mal. Pardonnez-moi d'avoir réagi si tard. J'ignorais ce qui se passait. On m'a prévenu que vous étiez souffrant... Merci d'être venu me voir aussi vite.

– Il paraît que vous avez quelque chose à me dire.

– Oui... Eisen! Pourquoi es-tu aussi nerveux? Ce ne sont pas des manières. Calme-toi! »

Il était évident qu'Eisen était très attaché à son vieux maître dont il prenait le plus grand soin. Mais il était curieusement agité et paraissait m'éviter.

« Tatsuya, reprit Chôei, c'est à propos d'Eisen, justement. J'ai appris que vous n'êtes pas dans les meilleurs termes, lui et vous, à la suite d'un malentendu. Je vous demande d'oublier tous vos griefs. Car il a avec vous un lien profond.

– Maître! protesta Eisen.

– Mais non, ça ne fait rien. Je te croyais prêt à tout révéler. Écoutez, Tatsuya. Cet homme a eu la vie dure en Mandchourie. Mais maintenant il a complètement changé d'aspect physique. Personne, sauf Baikô, ne l'a remarqué. Il était jadis instituteur à l'école du village. Il s'appelait Yôichi Kamei. Il avait avec votre mère un lien peu banal. »

Comment ne pouvais-je pas être surpris? C'était donc mon père! Vingt-huit ans après ma naissance, je rencontrais pour la première fois mon véritable père. Je sentis tout mon corps et transir et brûler. C'était un sentiment violent et insaisissable, qui dépassait la nostalgie ou la rancœur. En silence, je fixai le profil de mon père. Il pleurait trop pour soutenir mon regard. Il n'y avait rien d'étonnant à ce que personne ne l'eût reconnu. Il avait tellement changé. Il ne restait plus rien du beau visage dont j'avais découvert le portrait dans la doublure du paravent. Tout comme le vent et la neige érodent les splendeurs d'un paysage montagneux en le réduisant à un mont chauve, ces vingt-huit années avaient totalement métamorphosé les traits de mon père.

« Tatsuya, vous semblez connaître le nom de Yôichi Kamei. »

Chôei guettait ma réaction. J'acquiesçai. Je me dis que ce n'était plus le moment de dissimuler. Mieux valait tout dire.

« L'autre jour, j'ai découvert, dans la doublure d'un paravent, des lettres que ma mère avait échangées avec un Yôichi Kamei. J'ai également trouvé un portrait de lui, jeune, que ma mère semblait avoir toujours gardé précieusement. »

Chôei et Eisen échangèrent un regard stupéfait.

« Cette photo était celle de Yôichi Kamei à vingt-six ou vingt-sept ans. Et c'était mon portrait caché. Alors je crois savoir à peu près quel est notre lien... »

Eisen porta les mains à ses yeux en éclatant en sanglots.

« De la tenue ! fit Chôei. Ça suffit maintenant. Je ne vais pas tout vous raconter, Tatsuya. Mais puisque vous êtes déjà au courant, ce sera plus facile. Il y a vingt-six ans, au moment de la tragédie, il couchait ici. C'est comme ça qu'il a pu échapper au massacre. Il pensait que c'était à cause de lui que toute cette tragédie éclatait. Il a donc pris la décision de quitter le village et de se faire bonze. De plus, il voulait s'imposer l'exercice le plus dur : il est devenu un moine ascétique au fin fond de la Mandchourie. Or, à cause de cette guerre, il a été rapatrié contre son gré et il est revenu me voir. Il regrette de vous avoir abandonné. Mais c'est par la force des choses. Il faut lui pardonner. »

Eisen pleurait encore. J'acquiesçais avec des sanglots dans la gorge.

« Eh bien maintenant, enfin pour les récents événements... Quand Eisen a appris que les deux jumelles Koumé et Kotaké vous recherchaient comme héritier, il a été terriblement surpris. Dès votre naissance, il y a eu une rumeur. Koumé, Kotaké et Hisaya ne pouvaient l'ignorer. Pourquoi se mettre à votre recherche, alors que jusque-là elles avaient été complètement indifférentes à votre sort? Eisen était si inquiet qu'il a profité d'une affaire qui l'appelait à Kyōto pour se renseigner sur vous. Bref, Eisen lui-même ne parvenait pas à savoir de façon assurée de qui vous étiez l'enfant. Il suffit pourtant de vous voir : ça saute aux yeux... »

Le prêtre Chôei eut un sourire ironique.

« En effet, tout m'est devenu clair, répondis-je avant de me tourner vers Eisen. Ce que je n'arrive pas à comprendre, c'est ce qui s'est passé au moment de l'assassinat de Kôzen. Pourquoi m'avez-vous pris pour l'assassin? »

Eisen semblait désolé. Son regard suppliait Chôei de lui venir en aide.

« Eisen m'en a parlé, intervint Chôei en se penchant vers moi. Depuis que vous étiez installé dans le village et à force de vous revoir, il avait acquis la conviction que vous étiez son fils et ça l'effrayait. C'était comme si on exposait sa faute à ses propres yeux. Il se sentait terrorisé. Une autre chose qui le tourmentait, c'était de ne pas comprendre votre psychologie. Il se demandait si vous ignoriez le secret de votre naissance. Mais comment auriez-vous échappé aux rumeurs? Vous deviez savoir forcément que vous n'étiez pas le fils de Yôzô... Comment osiez-vous hériter des Tajimi en connaissance de cause? Tout cela épouvantait Eisen. A l'idée que son propre fils puisse être un terrible monstre, prêt à tuer son grand-père, son frère, afin de berner la famille Tajimi, il était au supplice. Il avait l'impression que c'était la rançon du péché autrefois commis. Au comble de la souffrance, il avait assisté au meurtre de Kôzen. Il était alors convaincu que vous aviez voulu l'assassiner, lui, Eisen, en sachant que c'était votre père. En d'autres termes, vous aviez voulu l'éliminer, dans la crainte qu'il ne déclare être votre père, vous empêchant d'hériter de la fortune des Tajimi. Mais alors, il ne vous connaissait pas bien et il traversait une terrible crise de conscience. Il faut lui pardonner à présent. »

Au fond, ce n'était pas à moi que mon père s'en prenait mais au péché qu'il avait commis par le passé. Cette réflexion m'aida à me montrer indulgent.

« J'ai bien compris, dis-je. Si j'avais su, moi aussi, que je n'étais pas de la famille Tajimi, je ne serais jamais venu ici. Il y a autre chose que j'aimerais élucider. C'est vous, n'est-ce pas, Eisen, qui vous infiltrez dans la dépendance en passant par le labyrinthe souterrain ? Ma sœur a trouvé par terre le plan des galeries que vous avez perdu. Qu'est-ce que cela signifie ? »

Là aussi, Chôei donna l'explication.

« Mon cher Tatsuya, les exercices spirituels n'arrivent pas à affranchir aussi aisément l'homme de ses tourments. Eisen croyait avoir tout oublié de son passé et c'est d'ailleurs pourquoi il a eu le courage de rentrer au village. Mais avec le temps, le souvenir qui s'impose à lui, c'est celui de Tsuruko, votre mère. Les lettres qu'elle avait collées dans le paravent, ils étaient les seuls à connaître ce secret. Quand Eisen a appris que ce paravent était resté dans cette dépendance, il ne tenait plus en place. Il a emprunté le passage souterrain pour aller examiner le paravent dans la dépendance. Mais surtout depuis votre installation, il était tenaillé par la nostalgie et passait son temps à rôder dans le souterrain. A ce propos, Haruyo et Noriko l'ont aperçu au " Nez du Tengu ", n'est-ce pas ? Là aussi, il errait dans la grotte à votre recherche. Il a entendu un cri terrible, ce qui l'a épouvanté. Vous l'avez vu dans sa fuite désespérée. Tout cela venait de son désir de vous revoir. J'espère que cela dissipe vos soupçons. »

Mes yeux s'embuèrent lorsque je me souvins qu'un soir, où je dormais dans la dépendance, j'avais senti des larmes brûlantes tomber sur mes joues. J'acquiesçai en silence.

« C'est donc ça. Je croyais que vous recherchiez le trésor.

— Oh non ! » protesta Eisen pour la première fois.

Il semblait parler pour lui-même.

« Moi aussi, j'étais passionné par la chasse au trésor quand j'étais jeune. J'ai trouvé dans ce temple des feuilles où étaient tracés des poèmes et des plans curieux. Le maître m'a permis de les recopier. A une époque, je passais mon temps à rôder frénétiquement dans la grotte. Mais tout ça, c'est un vieux rêve. J'ai passé l'âge.

— Non, ce n'est pas un rêve. Le trésor existe bel et bien, rétorqua Chôei avant de se tourner vers moi. Au fait, je me suis demandé si l'endroit où vous avez été bloqué avec Noriko n'était pas précisément la cachette du trésor. D'après ceux qui ont déterré les corps de Shû et de Kichizô, il y avait déjà eu un éboulement là-bas. Ils ont trouvé un vieux squelette. Et ils ont découvert des boules de cristal, provenant d'un chapelet, ce qui leur a fait penser que c'était un moine. Je me suis rappelé le poème que nous conservons au temple. *Celui qui s'aventure sur le Mont du Trésor du Bouddha sacré / S'expose à la terreur de la Mâchoire du Dragon.* Je me demande si l'éboulement n'a pas eu lieu précisément à la " Mâchoire du Dragon ". Dans ce cas, vous étiez peut-être bloqué dans le " Mont du Trésor ". »

J'étais désolé pour Chôei, mais je gardai le silence, la tête baissée.

Chapitre 48

Et après... (2)

La nuit du trente-cinquième jour après la mort de Haruyo, nous nous sommes réunis dans la Maison de l'Est pour mettre un terme à cette pénible affaire.

Les invités étaient Kôsuke Kindaichi, le commissaire Isokawa, le Dr Arai, Sôkichi Nomura, maître de la Maison de l'Ouest, Eisen du temple Maroo-ji, Shintarô et sa sœur Noriko, Me Suwa qui était venu de Kōbé. En me comptant, nous étions neuf.

On nous servit pour cette commémoration un vrai repas. C'était la première fois que je participais à un festin détendu depuis mon arrivée au village aux Huit Tombes.

Kôsuke Kindaichi n'était, pas plus que moi, un grand buveur. Il lui suffisait d'un verre de bière pour devenir écarlate. Il se grattait aussitôt la tête. Sur l'invitation du commissaire Isokawa, il commença son discours en bégayant :

« Comme monsieur le Commissaire Isokawa le sait bien, j'ai souvent enquêté dans le département d'Okayama en sa compagnie. Jamais je n'ai rencontré autant de difficultés. Sans fausse modestie, je vous avouerai que je n'ai guère brillé. D'ailleurs, même en mon absence, le criminel aurait été démasqué. Pourtant, dès le départ, je l'avais découvert. A partir du moment où Ushimatsu, le grand-père de Tatsuya, a été assassiné, mes soupçons se sont portés sur Miyako... Cela va peut-être vous paraître présomptueux. Loin de moi cette attitude. Je n'étais pas le seul à le savoir. Une autre personne était au courant : le maître de la

Maison de l'Ouest, M. Sôkichi Nomura, à savoir le beau-frère de la coupable. »

Stupéfaits, nous nous tournâmes vers Sôkichi. Ce dernier gardait un masque impassible, les lèvres serrées.

« Si je vous dis ce qui m'a conduit au village, chez M. Nomura, vous comprendrez pourquoi. C'est qu'il avait une petite idée sur la cause de la mort de son frère Tatsuo, le mari de Miyako. Tatsuo était mort en pleine guerre. La cause officielle était l'hémorragie cérébrale. Mais M. Nomura n'y croyait guère. Il avait de profonds soupçons... Ne s'agissait-il pas d'un assassinat? Tatsuo n'avait-il pas été empoisonné? Et par sa femme Miyako? »

Abasourdis, nous dévisageâmes le maître de la Maison de l'Ouest. En particulier, l'angoisse et la stupeur se lisaient sur le visage de Shintarô. Il observa avec ébahissement le maître de la Maison de l'Ouest. Puis il laissa retomber sa tête, comme découragé. En revanche, tel un masque de nô, Sôkichi Nomura restait imperturbable.

« M. Nomura était très attaché à son frère, poursuivit Kôsuke Kindaichi, et il ne pouvait pas supporter de garder pour lui un tel soupçon. Il voulait mettre au jour la vérité et venger son frère. C'est pourquoi il fit appel à mes services, alors que je me trouvais dans la région pour une autre enquête. Je suis donc arrivé dans ce village, avec la tâche d'enquêter sur Miyako Mori. »

De toute évidence, le commissaire apprenait avec nous ce détail. Il fusilla des yeux le détective. Il paraissait dire que s'il l'avait su plus tôt, il aurait élucidé l'affaire bien plus vite. Pourtant Kôsuke Kindaichi ignora totalement ce reproche, préférant continuer :

« Dès mon arrivée au village aux Huit Tombes, M. Nomura me fit de nombreuses révélations. Il m'expliqua notamment quel était le fondement de ses soupçons à l'égard de Miyako. Ils n'avaient pas un grand poids. Même s'ils avaient été fondés, il était de toute façon à présent impossible d'en avoir les preuves. Je ne me sentais pas capable d'accepter cette tâche. Je m'apprêtais donc à décliner l'offre et à repartir quand tomba la nouvelle de l'assassinat par empoisonnement d'Ushimatsu à Kōbe. De plus, Miyako se porta volontaire pour aller régler tous les problèmes à Kōbe.

Si vous me permettez d'ajouter un autre élément, d'après M. Nomura, la mort de son frère ressemblait, à s'y méprendre, à l'agonie d'Ushimatsu. Tout cela m'amena à réviser ma position. M. Nomura insista pour que j'observe encore quelque temps l'évolution de la situation, quelle que soit ma décision définitive. Je prolongeai donc mon séjour. C'est alors que Hisaya fut assassiné. Désormais, il n'était plus question pour moi de me dérober. »

Tout le monde l'écoutait en silence. On n'osait même pas tousser. Seul Me Suwa sirotait sa bière dans son coin.

« Je suis un peu gêné de le dire devant l'intéressé, mais M. Nomura brûlait du désir de se venger. Sa haine de Miyako était telle que quand Ushimatsu et Hisaya furent empoisonnés, il l'en accusa aussitôt. Il m'affirma que cela avait suivi le même scénario que pour la mort de son frère Tatsuo. C'était bien possible. Et en effet, Miyako avait eu la possibilité de mettre du poison. Avant de partir pour Kōbe, Ushimatsu avait demandé à Miyako de lui écrire une lettre de recommandation auprès de Me Suwa. Elle avait alors la possibilité de substituer des gélules. Par ailleurs, le poison qui a tué Hisaya, comme vous le savez, a été préparé dans le cabinet du Dr Kuno : Miyako, qui venait souvent chez lui, avait, là aussi, la possibilité d'intervenir. Or, tout le problème est là. On ne peut pas accuser quelqu'un en s'appuyant sur le simple fait qu'il a la possibilité d'assassiner. Un homme ne commet pas un meurtre simplement parce qu'il en a la possibilité. Il faut un mobile. Alors quel mobile pouvait-elle avoir ? Passe encore pour le meurtre de son mari. Mais dans le cas d'Ushimatsu et de Hisaya, elle n'avait aucune raison de les tuer. A vrai dire, maintenant que l'affaire est élucidée, on sait que le meurtre de Hisaya était essentiel, mais sur le moment ce n'était pas clair. La seule mort de Hisaya était dépourvue de sens. Je m'exprime mal : si Hisaya avait été la seule victime, on aurait plus facilement deviné le projet de l'assassin. Mais Ushimatsu avait été précédemment assassiné. Il était donc logique qu'on cherche un mobile cohérent pour les deux meurtres. Par conséquent, on se fourvoyait. Pire encore, on cherchait à associer à ces deux crimes l'assassinat de Tatsuo. M. Tatsuo Mori, le maquignon Ushimatsu et Hisaya Tajimi, maître de la Maison de l'Est : si c'était le même assassin, il était fou à lier. Or, notre héroïne, Miyako Mori, est comme vous le savez pétillante d'intelligence. On peut difficilement imaginer qu'elle commette ces crimes sous le coup d'une " démence précoce ". Cela s'accentuera à mesure que les crimes suivants seront commis, avec Kôzen et la nonne Baikô. Bref, la difficulté consistait en cela que le mobile était introuvable jusqu'au moment où tomberait la dernière victime. En quelque sorte, le criminel était protégé par le caractère invisible de son mobile : il pouvait dormir sur ses deux oreilles. L'assassin aurait pu dissimuler encore plus parfaitement son mobile, s'il n'avait pas laissé près du corps de la nonne Baikô cette feuille. Avec cela, l'assassin, jusque-là infaillible, commettait sa première faute. Et à double titre... »

Me Suwa, près de lui, lui servit de la bière. Kôsuke Kindaichi s'interrompit et, après s'être désaltéré, reprit son monologue, murmuré entre ses dents.

« En effet, jusque-là, quand il s'agissait de trouver un mobile, nous baissions les bras. D'ailleurs, quel mobile commun pouvait expliquer les quatre meurtres qui avaient commencé par Ushimatsu et se terminaient par celui de la nonne Baikô? C'étaient des assassinats complètement gratuits. Or, avec cette feuille de papier, le criminel révélait un semblant de mobile. Quelqu'un qui avait reçu une inspiration démoniaque après que le cyprès Kotaké eut été foudroyé voulait offrir des victimes propitiatoires au sanctuaire des Huit Tombes. Pour cela, il éliminait un membre d'un couple analogique ou contradictoire. Un tel mobile fanatique était tout à fait crédible pour chacun des assassinats commis dans le village aux Huit Tombes. Crédible certes, mais tout de même irréaliste. Les crimes commis par des fanatiques sont en général violents, et rarement aussi retors et subtils. Quoi qu'il en soit, la feuille était intéressante, dans la mesure où le criminel faisait entrevoir pour la première fois un semblant de mobile. Peut-être voulait-il exhiber ce mobile apparent afin d'en camoufler un autre, lui, réel... Dès lors, on était en présence non plus d'un assassin privé de mobile, mais d'un individu redoutable. Déjà la rédaction du tableau supposait une intelligence peu banale, mais l'idée de concevoir un écran pour dissimuler le vrai mobile était la marque d'un criminel de haut rang. Quand il parvient à dissimuler son mobile, un assassin a déjà réussi plus de la moitié de sa tâche. Pour ne rien cacher, j'avais presque déclaré forfait. Mais en découvrant ce stratagème, je retrouvai toute ma combativité. Bref, le criminel s'est un peu trop empressé de montrer ses cartes. »

Kôsuke Kindaichi reprit alors sa respiration, avant de poursuivre :

« Mais il a commis un autre faux pas. Il a choisi le mauvais moment pour exhiber son plan. La nonne Baikô est morte en mangeant le repas livré de la Maison de l'Est. Les circonstances ne laissent subsister aucun doute sur le fait que c'est dans la cuisine de la Maison de l'Est que le poison a été mis dans le plat. Par conséquent, l'assassin n'avait aucune nécessité de venir lui-même dans l'ermitage de la nonne Baikô. Mais alors pourquoi la feuille s'y trouvait-elle ? L'assassin avait-il pris la peine de l'apporter lui-même ? Parfaitement. On ne peut pas imaginer autre chose. Mais à quel moment ? Intelligent comme il est, on doit exclure qu'il soit allé, de nuit, déposer cette feuille dans une maison où d'un moment à l'autre le crime allait être découvert. Donc le meilleur moment était celui où Tatsuya et Miyako ont rendu visite à l'ermitage, trouvant le cadavre de la nonne. A ce moment-là, l'un des deux a fait discrètement tomber la feuille en espérant que l'autre la remarquerait plus tard. L'assassin a compris que ce serait le moment le plus propice. Et il a mis son projet à exécution. Or, il se trouve que c'était le pire moment. Car, juste avant l'arrivée de Tatsuya et de Miyako dans l'ermitage, Myôren, la nonne de Koicha, était entrée par effraction. Elle a fouillé tout autour du cadavre de Baikô. L'assassin a commis sa plus grave bévue en ignorant ce fait. La nonne de Koicha pouvait, en effet, témoigner qu'il n'y avait pas eu une telle feuille près du cadavre de Baikô. Ce serait donc un désastre. C'est pourquoi, le soir même, l'assassin alla à Koicha pour étrangler la nonne Myôren. »

A ce moment-là, quelqu'un dans l'assistance laissa échapper un gémissement aigu. Nous nous retournâmes tous en sursaut. C'était Shintarô. Il tremblait de tous ses membres et, les yeux dans le vide, essuyait la sueur qui humectait son visage.

Je m'adressai doucement à lui.

« Ce soir-là, quand la nonne de Koicha a été tuée, je t'ai vu descendre de l'ermitage. Tu avais une mine si terrifiante que j'étais persuadé que c'était toi qui l'avais assassinée. Puisque ce n'est pas le cas, tu as peut-être aperçu Miyako près de l'ermitage, non? »

Cette fois-ci, toute l'assistance se tourna vers moi. Le commissaire maugréa d'un air réprobateur. Shintarô acquiesça sombrement.

« Oui, j'ai vu Miyako. Mais je n'aurais pas pu affirmer de façon certaine que c'était elle. Elle était travestie en homme et je ne l'ai qu'entr'aperçue. Naturellement elle ne m'a pas remarqué. En tout cas, quelqu'un qui ressemblait à Miyako est sorti de l'ermitage. Intrigué, j'ai regardé à l'intérieur et j'ai découvert alors le cadavre de Myôren. Mais je me suis dit que Miyako n'avait absolument aucune raison de tuer la nonne de Koicha. Il m'a semblé qu'il valait mieux garder le silence. C'est pour ça que je n'en ai parlé à personne. Alors, toi, tu m'as vu, Tatsuya? »

Il essuya la sueur qui coulait sur son front. Le commissaire grommela encore et nous adressa un regard plein de colère. Kôsuke Kindaichi intervint comme pour le calmer.

« Enfin, que vous ne nous ayez pas informés de vos découvertes, c'est en effet répréhensible. Mais c'est trop tard maintenant. De toute façon, c'était notre faute d'avoir rendu possible le meurtre de Myôren. Je n'imaginais pas chez le criminel un tel acharnement. Et, par ailleurs, je doutais de la valeur du témoignage de Myôren. Et puis la feuille était si petite... Même si elle prétendait qu'elle ne l'avait pas vue, on ne pouvait pas la croire sur parole. Mais cela n'a pas été le raisonnement de l'assassin. Il préférait prendre les devants en éliminant un témoin dangereux. Il était vraiment redoutable. Mais, à bien y réfléchir, il a suivi la méthode la plus sûre. C'est ce qui m'a soudain permis de tracer dans mon esprit un portrait très exact de Miyako Mori. Jusque-là, elle n'était que l'objet d'un vague soupçon de la part de M. Nomura. Mais là, pour la première fois, j'ai découvert dans son comportement un élément qui pouvait prêter flanc à l'attaque. Or, l'ennui c'était que simultanément le Dr Kuno apparaissait comme un suspect. Un suspect mieux désigné que Miyako...

– Oui, mais enfin, intervint alors le Dr Arai, quel rôle jouait le Dr Kuno dans ces meurtres? Est-ce vraiment lui l'auteur de ce curieux tableau? »

En fixant le Dr Arai, Kôsuke Kindaichi avait dans ses yeux un éclat très étrange. Il arbora le sourire d'un enfant espiègle.

« Bien sûr, c'est le Dr Kuno qui l'a tracé.

– Mais pourquoi?

– Écoutez-moi bien, docteur Arai, le premier concepteur de ces meurtres bizarres était en réalité le Dr Kuno. Et pourquoi avait-il conçu un projet aussi extravagant? C'est vous qui en êtes la cause, docteur Arai. »

Chapitre 49
Et après... (3)

« Quoi ? » demanda le Dr Arai d'une voix stridente.
Ce cri était l'expression de la stupeur et de la fureur. Contrairement à sa douceur habituelle, le médecin était livide et ses lèvres tremblaient légèrement. Nous étions stupéfaits et regardions tour à tour Kôsuke Kindaichi et le Dr Arai.
« Excusez-moi, docteur, de vous avoir surpris. Mais ce que je viens de dire n'est ni un mensonge ni le produit de mon imagination. Si le Dr Kuno a conçu un projet aussi étrange, c'est bel et bien à cause de vous, docteur Arai. Bien entendu, je ne vous reproche rien. Naturellement, la faute en revient au Dr Kuno. C'est ce qu'on appelle la revanche du vaincu. Mais le Dr Kuno s'est vu priver de ses clients par le nouveau venu que vous étiez et il vous vouait une rancœur tenace. Il aurait sans doute aimé vous voir écartelé. Cela lui est monté à la tête au point qu'il a imaginé de vous supprimer.
– Me supprimer ? »
Il pâlissait de plus en plus. Gêné de voir toute l'assistance le dévisager, il saisit son verre d'une main tremblante.
« C'est ça, répondit Kôsuke Kindaichi. Le Dr Kuno voulait votre mort. Mais il savait très bien qu'il serait aussitôt soupçonné de votre meurtre. Car tout le village savait la haine que vous lui inspiriez, en lui ayant volé ses clients. Il s'est creusé les méninges pour trouver un stratagème qui n'attirerait pas les soupçons sur lui. Après avoir ruminé, il a inventé cet enchaînement de meurtres suivant la légende des huit tombes. La prophétie lugubre de la nonne Koicha, selon laquelle l'un des

cyprès jumeaux avait été foudroyé parce que le sanctuaire des Huit Tombes exigeait des sacrifices humains, est tombée à point nommé et il en a profité pour imaginer un crime superstitieux dont la victime serait un membre d'un couple analogique ou contradictoire dans le village.

— Mais, dit le Dr Arai toujours ébahi, vous voulez dire que, rien que pour me supprimer, le Dr Kuno était prêt à tuer tous ces innocents!

— Exactement. Le Dr Kuno était prêt à supprimer autant de personnes qu'il le voulait, pour la simple raison qu'il n'a jamais eu en réalité la moindre intention de mettre son projet à exécution.

— Comment ça? demanda le Dr Arai en roulant des yeux. Qu'entendez-vous par là? Je ne comprends plus rien. »

Kôsuke Kindaichi dévisagea le Dr Arai avec un sourire ingénu.

« Docteur, pardonnez-moi de vous demander cela, mais... vous semblez être quelqu'un de doux et d'affable, il ne vous est jamais arrivé de haïr personne? Vous ne vous êtes jamais emporté en souhaitant la mort de quelqu'un ou un supplice quelconque? »

Le Dr Arai soutint le regard de Kôsuke Kindaichi en silence. Puis il hocha légèrement la tête.

« Je mentirais si je vous disais que je n'ai jamais connu ce sentiment. Bien entendu, je n'ai jamais pensé mettre à exécution mes souhaits.

— Je n'en doute pas, répliqua Kôsuke Kindaichi en grattant les épis de ses cheveux. Nous autres, pauvres humains, nous ne cessons de commettre des meurtres en pensée. Par exemple, le commissaire ici présent, si vous saviez le nombre de fois où il m'a assassiné... Ha, ha, ha! Blague à part, le désir meurtrier du Dr Kuno n'a jamais dépassé ce stade. Comme il n'a jamais eu l'intention de passer à l'acte, il voulait que ses projets soient les plus singuliers et les plus grandioses. Du reste, tant qu'on s'amuse de ce genre de projets, on ne commet jamais de meurtre. Si le Dr Kuno s'était contenté de s'en tenir à des élucubrations mentales, il n'y aurait pas eu de drame. Mais le malheur a voulu qu'il les ait notées! C'est la source de son erreur.

— On ne sait pas comment les pages de l'agenda sont tombées dans les mains de Miyako, n'est-ce pas? intervint Sôkichi Nomura.

— Voilà, voilà, fit Kôsuke Kindaichi. La nonne de Koicha a servi d'intermédiaire involontaire. Le Dr Kuno s'est imprudemment promené en gardant dans sa serviette son agenda où il avait noté ses secrets. La nonne de Koicha l'a subtilisée et l'a fouillée. Elle a dû se dire qu'elle n'avait aucun besoin d'un agenda et l'a jeté n'importe où. Malheureusement, c'est Miyako qui l'a ramassé. »

Un profond soupir nous échappa. Le regard de Kôsuke Kindaichi s'assombrit.

« On ne sait jamais où se cache l'origine d'un crime. Il est possible que, sans avoir ramassé cet agenda, Miyako aurait commis des crimes semblables. Mais on ne peut pas nier que cet agenda ait servi de stimulus. Combien Miyako a dû être étonnée en découvrant ce curieux projet de meurtres en série, noté dans l'agenda. De plus, son propre nom figurait au nombre des victimes, face à celui de Haruyo. Mais elle était si perspicace qu'elle dut comprendre immédiatement qu'il s'agissait de paroles en l'air qui ne seraient pas suivies d'effet. Elle dut également remarquer que ce projet convenait parfaitement au désir qu'elle caressait depuis longtemps d'exterminer la Maison de l'Est. Car, parmi les victimes énumérées, elle pouvait lire les noms de tous les membres de cette famille. Bref, le dessein que le Dr Kuno avait conçu autour du meurtre du Dr Arai pouvait être remplacé par un autre : l'extermination de la Maison de l'Est. C'est ainsi que les dés étaient jetés. Contrairement au Dr Kuno, Miyako avait la volonté de passer à l'acte. Elle mena son plan avec assurance. Ainsi le rideau s'ouvrait-il sur la série de meurtres du village aux Huit Tombes. »

Un silence pesant tomba sur l'assistance. Nous éprouvions un sentiment funeste. Comme pour conjurer le mauvais sort, Kôsuke Kindaichi toussota deux ou trois fois.

« Le Dr Kuno a récolté ce qu'il avait semé, poursuivit Kôsuke Kindaichi. Mais son destin est vraiment pitoyable. Combien il a dû être stupéfait et terrorisé de constater que les victimes tombaient selon le plan qu'il avait conçu lui-même. Bien entendu, dans son propre projet, à part le cas du Dr Arai, il n'avait pas décidé qui tuer dans chaque couple. Mais pouvait-on imaginer une terreur plus atroce que de voir tuer les uns après les autres les personnes que l'on a désignées soi-même? Quelqu'un d'autre réalisait son projet... Il comprenait du moins cela. Mais il ne savait pas qui le faisait, ni pour quel motif. Et puis, il n'osait pas se confier. Il était bien forcé d'observer passivement le cours des événements, dans l'épouvante. C'est alors que surgit ce tableau tracé de sa main. Le Dr Kuno était projeté dans un abîme de désespoir. Au départ, il avait prétendu tout ignorer, mais il se doutait bien que tôt ou tard on identifierait son écriture. Comment se justifierait-il alors ? Un plan aussi absurde et délirant... Pourrait-il avouer que, malgré son âge, il avait noyé sa rancœur à l'égard du Dr Arai dans ces meurtres imaginaires ? Il avait préféré fuir. Il n'avait pas d'autre solution que de se cacher. Mais il s'est laissé avoir par l'assassin et, entraîné dans la grotte, il a été empoisonné. Je ne sais pas ce qu'a dit l'assassin pour le tromper. Sans doute l'a-t-il persuadé de se cacher en attendant que la rumeur se dissipe. Alors il trouverait bien, avec le temps, une solution. Comme c'était une femme qui lui parlait, il lui a fait confiance.

— Alors, Miyako connaissait bien la topographie de la grotte ? demandai-je.

— En effet. Elle était si futée qu'il était impossible que sa curiosité ne soit pas éveillée par la légende du trésor caché. J'imagine qu'elle explorait la grotte depuis fort longtemps. Il y a d'ailleurs une preuve tangible qu'elle fréquentait ce souterrain. Commissaire, pouvez-vous nous la montrer ? »

Le commissaire Isokawa sortit un objet de son cartable. J'écarquillai les yeux. C'étaient trois pièces d'or.

« D'après le témoignage de M. Eisen, ici présent, dit le commissaire, ces trois pièces se trouvaient jusqu'à une date récente dans le tombeau du cadavre cireux du " Siège du Singe ". M. Eisen le savait depuis longtemps. Mais il les avait laissées où elles étaient, pour ne pas troubler le repos de l'âme du mort. Bien sûr, on dit que les moines s'affranchissent de tout désir. Mais je dois saluer son honnêteté. C'est une petite fortune au change actuel. Soit dit en passant, puisqu'on a maintenant ces trois pièces d'or, cette légende du trésor caché n'est peut-être pas une légende. Si nous nous lancions dans la chasse au trésor ? »

Noriko et moi échangeâmes un sourire en nous regardant. Mais nous préférions baisser les yeux et nous taire.

« Excusez-moi, dit Kôsuke Kindaichi avec discrétion. Où se trouvaient ces pièces ?

– Ah! j'oubliais! Elles ont été découvertes au fond de la cassette de Miyako. En tout cas, cela montre que Miyako a pénétré dans la grotte récemment. C'est peut-être le soir de l'assassinat de Koumé qu'elle a trouvé ces pièces. Koumé et Kotaké sont survenues au moment où elle était en train d'examiner le sépulcre. Je ne sais pas si elle les rencontrait par hasard ou si elle les attendait consciemment. Mais, dès qu'elles sont apparues, elle leur a sauté dessus et a étranglé Koumé. Pour Miyako, peu importait laquelle des deux c'était. En fait, elle aurait préféré assassiner Kotaké, puisque c'était le cyprès de Kotaké qui avait été foudroyé. C'est pour ça qu'elle a barré par erreur le nom de Kotaké sur la liste.

– Justement, chuchotai-je, elle n'arrivait jamais à les distinguer.

– Ah bon? Elle a donc là aussi commis une erreur. Eh bien, jusque-là les victimes n'avaient rien de commun entre elles. Avec l'assassinat de Koumé, il y en avait, désormais, deux qui avaient quelque chose en commun: Koumé, précisément, et Hisaya, qui appartenaient tous deux à la famille Tajimi. Quelle n'a pas été ma stupeur de constater que la seule survivante de la famille (je mets provisoirement de côté Tatsuya, qui est un nouveau venu) était Haruyo et qu'elle avait toutes les qualités requises pour s'ajouter à la liste des victimes. Autrement dit, elle pouvait entrer, à côté de Miyako Mori elle-même, dans la catégorie des veuves. C'est alors que m'est apparu enfin le mobile des meurtres: le criminel voulait exterminer la Maison de l'Est. Les assassinats qui avaient été commis jusque-là devaient simplement camoufler ce dessein. J'étais abasourdi par une telle découverte... Or, il y avait longtemps que je savais Miyako coupable. Je tentai donc d'associer Miyako à ce mobile. Quel intérêt pouvait-elle avoir à exterminer la Maison de l'Est? Aucun directement. En revanche, si l'on mettait Shintarô entre les deux, tout cela revêtait une signification plus grave. J'avais déjà entendu dire par M. Nomura que Miyako avait pensé se remarier, après la mort de son premier mari, avec Shintarô. J'en déduisis alors que tous ces crimes étaient l'œuvre commune de ce couple. Il était, au fond, naturel que j'aie été induit en erreur, car comment pouvais-je comprendre ce conflit psychologique subtil et cet affrontement de deux orgueils entre eux?»

Shintarô acquiesça, le regard sombre. S'il avait épousé Miyako et mis son amour-propre en berne, les meurtres n'auraient pas été commis dans le village aux Huit Tombes. Certes, il aurait de toute façon épousé une veuve qui avait la mort de son mari sur la conscience.

« Maintenant, j'avais à peu près compris la nature du mobile et l'identité de l'assassin. Mais que pouvais-je faire ? Je n'étais en possession d'aucune preuve décisive. Je n'étais nullement fondé à accuser le couple Miyako-Shintarô (à l'époque j'en étais du moins à ce stade). Du coup, il ne me restait plus qu'à attendre. L'assassin ne tarderait pas à s'attaquer à Haruyo. Je pourrais alors le prendre sur le fait... C'est ce que j'imaginais. Eh bien, le criminel était bien plus malin que moi. Je pense que Miyako était persuadée que le corps du Dr Kuno ne serait pas découvert de sitôt. Je supposais qu'elle comptait attribuer au Dr Kuno tous les crimes. Le Dr Kuno aurait assassiné tout le monde et aurait disparu dans la nature : telle était la version qu'elle voulait nous faire avaler. Le cadavre ne serait pas découvert avant six mois ou un an, réduit à l'état de squelette. On ne pourrait plus savoir qui était mort le premier, entre Koumé et lui. Pis encore : si elle tuait Haruyo juste après Koumé, elle pourrait toujours en attribuer le crime au Dr Kuno. Bref, on croirait que le Dr Kuno avait vécu un moment dans la grotte, qu'il avait assassiné Koumé, puis Haruyo. Après quoi, il s'était caché au fin fond de la grotte, pour se tuer, en laissant sur sa poitrine le tableau des meurtres. Or, c'est moi qui ai insisté de toutes mes forces pour qu'on entreprenne une battue dans la grotte – car dès l'instant où le béret du Dr Kuno a été trouvé près du corps de Koumé, j'avais acquis la conviction qu'il était déjà mort – et à cause de mon insistance, le criminel a dû changer ses plans en catastrophe. En effet, si jamais on découvrait le corps du Dr Kuno, on comprendrait qu'il était mort avant Koumé. Il n'était plus possible de lui attribuer le meurtre de Haruyo. C'est alors qu'elle vous a choisi, Tatsuya, comme bouc émissaire, à sa place. »

J'en avais déjà vaguement pris conscience, mais une fois que Kôsuke Kindaichi l'eut fait remarquer, un frisson d'horreur rétrospective me parcourut.

« Non, non, reprit Kôsuke Kindaichi avec un sombre regard, même si l'on n'avait pas retrouvé le cadavre du Dr Kuno,

Miyako aurait voulu de toute façon se débarrasser de vous. Probablement, dès le moment où elle était allée vous chercher à Kōbé, avait-elle pensé qu'elle ne pourrait pas vous laisser en vie. Miyako, du reste, m'avait dit quelque chose : quand elle avait tué Haruyo, elle avait eu l'intention de mettre du poison dans le repas que Haruyo vous avait apporté. Ainsi, tout le monde aurait conclu que vous étiez le coupable et qu'après avoir fini votre massacre, vous vous étiez suicidé au poison par désespoir. Or, vous avez secouru Haruyo trop vite pour lui laisser le temps de mettre son projet à exécution. »

De nouveau, je ne pus m'empêcher de frissonner. Je n'avais aucune échappatoire : elle avait tout programmé pour ne me laisser aucune chance de survie. C'est à un miracle que je dois d'être encore de ce monde.

« Pourtant, continua Kôsuke Kindaichi, devenant de plus en plus grave, avant de vous acculer, Tatsuya, Miyako avait conçu un redoutable stratagème. Elle l'a réalisé avec brio. Elle a envoyé une lettre de dénonciation à la police, elle a apposé une affiche devant la mairie... Oui, oui, tout cela c'était son œuvre. Tatsuya, c'est encore elle qui vous a envoyé cette curieuse lettre de menace qui vous dissuadait de rentrer au village. Pourtant, c'est elle-même qui était venue vous chercher : il était donc logique que vous ne l'ayez pas soupçonnée un seul instant. Bref, d'un côté, elle envoyait une lettre de dénonciation à la police et collait une affiche devant la mairie, et, de l'autre, elle manipulait habilement nos chers paysans ! Mais elle avait eu la prudence de ne jamais vous accuser verbalement. Elle a su, par des gestes autrement plus efficaces, persuader Shô et Kichizô que vous étiez le coupable. C'est ainsi que l'émeute a éclaté. »

Kôsuke Kindaichi poussa un soupir.

« Quand j'ai dit tout à l'heure que le criminel était plus malin que moi, c'est à cela que je faisais allusion. L'émeute... qui aurait pu imaginer une telle situation ? Je n'ose pas penser au désarroi où je me trouvais alors... Une vraie purée de pois ! Et pendant ce temps, Haruyo a été assassinée. C'est ce qui me fait dire que je n'ai guère brillé dans cette affaire. »

Kôsuke Kindaichi se tut d'un air piteux. Au bout d'un moment, il murmura dans un souffle :

« C'était une femme redoutable. Elle était vraiment abominable. Le jour, elle séduisait les hommes par sa beauté et son intelligence et la nuit, dans sa robe de ténèbres, elle se métamorphosait en démon meurtrier, errant de grotte en grotte. C'était une empoisonneuse de génie, un assassin de génie. N'est-ce pas ce type de femme qu'on appelle une ensorceleuse ? »

Personne ne lui répondit. Un silence étouffant pesait sur nous tous. Je le rompis en demandant soudain :

« Mais que lui est-il arrivé au fait ? Qu'est-elle devenue ? Personne ne m'en a parlé. »

Tout le monde se taisait et se regardait. Kôsuke Kindaichi se racla la gorge et dit simplement :

« Miyako est morte.

— Morte ? Elle s'est suicidée ?

— Non, elle ne s'est pas suicidée. Mais sa mort a été atroce. Vous savez, Tatsuya, ç'a été un vrai duel entre Miyako et Haruyo. Miyako est morte de la blessure que lui a faite Haruyo. C'était une fin vraiment épouvantable. Elle, qui était si belle, a eu son corps complètement déformé, il est devenu violet... Elle s'est débattue contre la douleur qui la détruisait jusqu'à la moelle de l'os et elle a rendu son dernier souffle. »

Je me suis demandé si Haruyo n'avait pas été au courant de tout. Bien entendu, elle n'avait pu prévoir la fin horrible de Miyako. Mais elle savait peut-être qui était la personne qui allait la tuer et à laquelle elle avait mordu le petit doigt. Certes, elle était dans l'obscurité totale et son agresseur ne parlait pas. Mais dans leur affrontement et au moment où l'autre lui avait mis une main sur la bouche, elle avait pu du moins reconnaître son sexe. Par ailleurs, une fois qu'elle avait compris que c'était une femme, elle avait pu en déduire qui c'était. Oui, Haruyo était au courant. C'est pourquoi elle a souri mystérieusement quand je lui ai demandé qui c'était. Elle n'a pas voulu dire son nom, mais elle devait savoir qu'en mordant son auriculaire, elle avait déjà accompli une vengeance suffisante. Il m'a semblé que la fin atroce de Miyako était ce qu'avait recherché Haruyo. J'en frémis d'horreur.

Kôsuke Kindaichi, les yeux dans le vide, poursuivit son récit :

« Les derniers instants de Miyako ont été redoutables. Ç'a été un terrible moment de suspense. Non pas pour Miyako, mais pour moi. Si elle mourait, tout allait rester dans l'ombre. Il fallait absolument lui arracher un aveu avant sa mort. Car je n'avais rien de décisif en ma possession. Je n'avais qu'une série d'hypothèses. Au début, elle se pensait assez sournoise pour pouvoir ricaner. Ç'a été un vrai duel entre nous. Ce n'était pas un défi psychologique, mais plutôt un combat d'endurance. Dès le moment où j'ai prononcé le nom de Shintarô, elle a renoncé. J'ai profité de sa faiblesse. Je lui ai dit : " Si vous emportez votre secret dans la mort, c'est Shintarô qui va payer. " Elle s'est avouée vaincue devant ma ruse. Elle a crié de toutes ses forces : " Mais non! Mais non! " Puis elle est passée aux aveux en sanglotant. " Shintarô n'était au courant de rien. C'est moi qui ai tout fait toute seule. S'il vient à l'apprendre, il me méprisera tellement. Dire que je voulais lui faire hériter des Tajimi sans qu'il sache rien... " C'était une femme épouvantable, mais je ne peux m'empêcher d'avoir un serrement de cœur en pensant à son désespoir. »

Après avoir tout avoué, Miyako avait demandé à Kôsuke Kindaichi d'envoyer un télégramme à Me Suwa, pour le faire venir de Kōbe. L'avocat était arrivé le lendemain matin. Elle eut tout juste le temps de s'entretenir avec lui avant d'expirer. C'était le lendemain du jour où j'avais été délivré de la grotte. Malgré tout, elle s'était, dit-on, enquis de moi jusqu'au dernier moment.

« Eh bien, c'est la fin de l'histoire à présent. »

Chacun resta plongé dans ses réflexions. Quelqu'un poussa soudain un cri joyeux. C'était Me Suwa.

« Maintenant que tout est terminé, il ne nous reste plus qu'à trinquer! C'était vraiment trop lugubre. Ça m'a complètement déprimé. Il faut mettre un peu de gaieté. »

Ses yeux brillaient de larmes. Il avait été amoureux de Miyako.

Ayant compris son état d'esprit, je m'avançai moi-même pour égayer l'atmosphère.

« Eh bien, si vous le permettez, je vais vous raconter quelque chose. Monsieur Kindaichi...

— Oui?

— Vous m'avez annoncé, l'autre jour, que je serais surpris. Il est vrai que les surprises n'ont pas manqué depuis mon arrivée au village. C'est à mon tour de vous surprendre. »

Les autres me considérèrent avec perplexité. J'échangeai un regard avec Noriko en lui souriant. J'étais tout émoustillé. Mais je me calmai en buvant une gorgée de bière. Et j'annonçai, non sans solennité :

« Monsieur Kindaichi, vous avez dit tout à l'heure que la légende du trésor caché n'était peut-être pas privée de fondements. En effet, ce n'était pas un rêve. J'ai découvert la cachette. »

L'assistance murmura. Ils se regardaient entre eux, comme si vraiment j'avais perdu la raison. Noriko et moi nous sourîmes à nouveau.

« Ne vous inquiétez pas. Je ne suis pas fou et je ne rêve pas. Si j'ai réclamé la présence de M⁰ Suwa parmi nous, c'est que j'avais une question à lui poser. Celui qui découvre un trésor a-t-il le droit de se l'approprier? Quelles démarches doit-il faire? J'en profite, du reste, pour vous annoncer que Noriko et moi nous sommes mariés. Ça s'est passé dans la grotte... Allons, Noriko, montre-leur l'or... »

Elle se leva et sortit des tiroirs de l'alcôve d'innombrables pièces d'or. Inutile de décrire les applaudissements et les acclamations que ce geste suscita dans l'assistance.

Chapitre 50

Épilogue

Je crois avoir été exhaustif, mais, pour les lecteurs vétilleux, j'ajouterai quelques précisions encore.

Nous avions trouvé deux cent soixante-sept pièces d'or. Avec les trois que Miyako avait gardées dans sa cassette, cela en faisait deux cent soixante-dix. Le chiffre n'était pas rond. Les compagnons du moine dont on avait découvert le squelette à la « Mâchoire du Dragon » avaient dû se servir. En tout cas, deux cent soixante-dix pièces, cela faisait déjà une coquette somme.

Un jour, je déclarai à Shintarô que j'avais l'intention de refuser l'héritage des Tajimi. J'avançai pour raison l'incertitude qui entourait ma naissance. Shintarô me dévisagea en silence, puis secoua la tête.

« Tu ne devrais pas, Tatsuya. Au fond, qui est certain de l'identité de son père ? Qui pourrait affirmer avec certitude que son père est Untel ou Untel ? Seule la mère le sait et encore, il y a des cas où elle n'en jurerait pas. »

Je lui montrai la photo de Yôichi Kamei, que j'avais trouvée dans la doublure du paravent.

« Regarde ça, Shintarô. Tu crois qu'avec ça je peux avoir le culot de faire valoir mes droits sur la fortune des Tajimi ? »

Shintarô compara en silence la photo et mon visage. Il me prit soudain les mains. Il était d'une nature plutôt impassible, mais cette fois-ci des larmes brillèrent dans ses yeux.

En ce moment même, Shintarô s'échine à faire édifier une fabrique de chaux dans le village aux Huit Tombes. La région est riche en calcaire. Les spécialistes prédisent à cette entreprise un avenir prospère. Shintarô m'avait dit :

« Dès qu'il y aura une nouvelle activité dans ce village, des techniciens férus de modernité vont affluer. Les habitants changeront peut-être alors de façon de penser. Je ne vois pas d'autre manière de faire évoluer les idées superstitieuses dans ce village sinistre. Et c'est aussi pour cela qu'il faut à tout prix que je réussisse dans mes projets. »

A une autre occasion, il m'avait également confié :

« J'ai décidé de ne jamais me marier, Tatsuya. Ce n'est pas tant le souvenir de Miyako... Mais tu comprendras aisément qu'avec mon expérience, je ne peux plus être que sceptique et timoré à l'égard des femmes. Quant à toi, j'espère que tu auras beaucoup d'enfants avec Noriko. J'aimerais faire de ton deuxième fils l'héritier des Tajimi. Ce sera une façon de compenser un peu tous les malheurs de ta mère et de satisfaire la volonté de Hisaya qui aurait voulu que tu hérites. Mais je voudrais que tu me le promettes dès à présent. »

Je décidai d'attendre le centième jour après la mort de ma sœur pour regagner Kōbe. Me Suwa nous aura, d'ici là, trouvé une maison dans la banlieue ouest de la ville. Le monde est étrangement fait : dès que les journaux ont annoncé la découverte du trésor, beaucoup de gens m'ont sollicité pour un emprunt. Mais, en même temps, certains m'ont proposé de l'argent. Comme on dit, on ne prête qu'aux riches.

J'ai offert à mon père, Eisen, de venir s'installer dans ma nouvelle maison de Kōbe, mais il a refusé.

« J'ai le devoir de m'occuper de mon vieux maître, m'a-t-il expliqué. Et puis un vieillard n'a pas à importuner un jeune couple. Peut-être un jour, si je n'ai plus de liberté de mouvement, vous serai-je une charge. Mais en attendant, j'aimerais prier pour le repos des âmes de toutes ces malheureuses victimes. »

Par égard pour Haruyo, je décidai de ne jamais partager l'intimité de Noriko sous ce toit. Noriko le comprit parfaitement. Or, à deux ou trois jours de notre départ, Noriko me chuchota quelque chose à l'oreille.

J'en fus abasourdi.

Mais j'avais une certitude. Je savais que c'était dans cette grotte que ma vie s'était formée dans le ventre de ma mère. La même chose s'était reproduite dans celui de Noriko. Il avait suffi d'une fois... L'histoire des cellules se répète avec insistance.

J'étreignis Noriko de toutes mes forces. Et je jurai que l'enfant qui allait naître ne connaîtrait jamais les souffrances que j'avais endurées.

Cet ouvrage a été réalisé par la
SOCIÉTÉ NOUVELLE FIRMIN-DIDOT
Mesnil-sur-l'Estrée
pour le compte des Éditions Denoël
en avril 1993

Imprimé en France
Dépôt légal : mai 1993
N° d'édition : 3576 — N° d'impression : 23651